A E
& I

Los corruptores

Autores Españoles e Iberoamericanos

Jorge Zepeda Patterson

Los corruptores

Para Clara, Sergio y Camila

Martes 19 de noviembre, 5 p. m.

Pamela

Su primer reflejo fue acomodarse la falda que tenía arremangada a la altura de las caderas. Detuvo el movimiento al sentir las cuerdas sobre sus muñecas; el dolor entumido de la mandíbula le recordó dónde se encontraba. El gordo que la había golpeado para acallarla y amordazarla seguía allí, acomodando la herramienta sobre la cómoda. Pamela alcanzó a ver una manta gruesa, un martillo chato y una especie de bate corto de metal. Prefirió desviar la mirada.

Dobló las piernas hasta el límite que permitían sus amarres para ofrecer el mejor ángulo posible a sus afamados muslos. A sus cuarenta y tres años todavía era considerada una de las mujeres más deseadas del país. Sus críticos solían decir que esas piernas la habían encumbrado hasta la cúspide de la industria cinematográfica nacional. Ojalá también me saquen de esta, pensó aferrándose a la idea de una seducción *in extremis*. Impedida de hablar por la mordaza, era todo lo que podía hacer.

El hombre parecía ensimismado en sus cosas, absolutamente ajeno a la mujer. Se desplazaba del maletín a la cómoda con movimientos exactos, sin prisas ni pausas, como el tendero que prepara su mostrador para un día más de actividades. Pamela comenzó a tomar conciencia de que al sujeto le importaba un bledo su sugestiva pose. No iba a violarla. Una buena noticia se estaba transformando de manera acelerada en otra terrible. El dolor en el plexo anunció el pánico que poco a poco inundó su cuerpo. Se preguntó si el tipo habría sido enviado para extraerle información. Desesperada, repasó lo mucho que sabía, los secretos de Estado que había atesorado a lo largo de su agitado pasado. A su verdugo, quienquiera que fuese, podría no interesarle su cuerpo, pero no podía ser indiferente a sus secretos, se dijo Pamela. Inventarió la información que tenía para ofrecer: el avión, los videos, el acuerdo.

Toda esperanza la abandonó cuando el gordo se dio la vuelta enfundado en un delantal de cuero y el mazo en la mano. La vio apenas con interés, sin ninguna intención de quitarle la mordaza para interrogarla; simplemente con la mirada del que calcula la mejor manera de terminar un trabajo pendiente.

Pamela bajó los muslos y como pudo se arregló la falda. Cerró los ojos.

Lunes 25 de noviembre, 10.30 a. m.

Tomás

Britney Spears lo veía con codicia desde el pubis en el que apoyaba la barbilla, con la ventaja, pensó Tomás, de que se trataba de su propio pubis. Estaban en su cuarto entre las sábanas percudidas de una cama de cuya cabecera colgaban las camisas usadas la última semana. Un plato de cáscaras de edamame despedía un olor insano desde el buró. Nada de esto parecía importarle a Britney a juzgar por la mirada de arrobo que le dirigía. Él elevó los ojos al techo cuando ella bajó el rostro para ocuparse de su entrepierna. Tomás se perdió en la primera oleada de placer mientras divagaba sobre la profunda garganta que tendría una cantante profesional. Súbitamente el goce dio paso a la consternación cuando escuchó los extraños ruidos que procedían de la boca de Britney; los agudos chirridos intermitentes le hacían suponer que algo terrible estaba a punto de pasarle a su anatomía.

Despertó encogido y sudando, con las dos manos sujetando el pene todavía erguido. Alguien se había pegado del timbre de la puerta sin conmiseración. Tomás tomó una bata, salió de la habitación y cruzó la pequeña sala que lo separaba de la puerta. Mario irrumpió con el rostro sudoroso y excitado.

—¿Qué pasa? Me despertaste, estaba a punto de cogerme a Britney Spears —reclamó Tomás al abrir la puerta, molesto y confundido por el sueño recién abortado.

—¿Con o sin condón?

—Nadie coge con condón en los sueños.

—Pues seguro te salvé de una gonorrea —respondió Mario.

Todavía con ganas de regresar a la piel lechosa de Britney, Tomás se consoló con la idea de que en los sueños no se contraen infecciones. Aunque Mario tenía razón: «Mi subconsciente podría tener mejores gustos».

—Llevo horas llamándote al teléfono. ¿No te has enterado? —le dijo Mario angustiado, recorriendo con la mirada la habitación en busca del celular de su amigo.

—¿Qué pasó, carajo, qué se quemó?

«El problema con Mario —se dijo Tomás—, es que siempre exagera su preocupación por los demás y por mí en particular. Le falta vida propia».

—Aún no sé muy bien, pero incendiaste la pradera.

—Explícate, porque ya me asustaste —en realidad Tomás creía que Mario era incapaz de asustar a nadie, aunque tenía verdadero talento para sacarlo de sus casillas.

—Los noticieros de la mañana no hacen otra cosa que hablar de tu artículo. El procurador ha dicho que se trata de una baladronada de tu parte, pero alguien del PRD afirmó en el noticiero de Carmen Aristegui que pedirán una investigación sobre el secretario de Gobernación.

Tomás no había despertado lo suficiente para acordarse de lo que escribiera el día anterior; sin embargo, las menciones del procurador y del poderoso ministro de Gobernación encendieron sus alarmas y alejaron la última bruma que quedaba de Britney. Poco a poco le vinieron a la mente algunas líneas de los párrafos apresurados que enviara la tarde anterior al diario.

—¿Y Los Pinos no ha dicho algo? ¿Qué horas son? —preguntó Tomás con la mirada puesta en la ventana.

El tenue hilo de sol que se colaba entre las cortinas solo dejaba ver el polvo que flotaba en la habitación; ningún indicio de cuán avanzado estaba el día en que según Mario había incendiado la pradera. Trataba de recordar lo escrito la víspera, pero la resaca no colaboraba. El periodista se enorgullecía de su sana costumbre de dejar atrás toda consideración sobre un texto al que hubiera colocado el punto final; hacía mucho tiempo que había dejado de atormentarse por el resultado de su escritura. Pero las noticias que le daba Mario anticipaban que este artículo no seguiría el rápido camino al olvido que solían recorrer sus colaboraciones. Mientras Tomás hurgaba en su cerebro en busca de respuestas y encendía la computadora, Mario hacía su parte abriendo cortinas y aporreando las puertas de la despensa en busca de café.

La primera ojeada a la pantalla confirmó sus peores temores. Normalmente escribía de política y nunca de nota roja, pero esta vez había decidido aprovechar un par de datos exclusivos de poca monta sobre la aparición del cuerpo de Pamela Dosantos cinco días antes. La tarde anterior resumió lo que se sabía del caso y deslizó algunas vaguedades para llegar a las novecientas palabras que exigía el editor de las páginas de opinión del diario. Era un artículo apresurado, como muchos últimamente, en esta ocasión orillado por la perspectiva de una cita con un grupo de amigos en La Nueva Flor del Son, su lugar favorito para bailar salsa.

Mario volvió a atajar sus extravíos con otra pedrada.

—Báñate y ponte corbata porque los periodistas te buscarán todo el día.

La advertencia lo distrajo con una preocupación menor al recordar el estado calamitoso de las cuatro corbatas que nunca se ponía.

—¿De dónde sacaste esa información?—insistió Mario.

—¿Cuál información? Todavía no entiendo de dónde viene el alboroto. Simplemente resumí el caso de Dosantos del que todos hablan —se defendió Tomás y comenzó a leer en voz alta directamente de su pantalla:

Los noticieros han informado que Alfonso Estrada, albañil de profesión, y Ricarda Pereda, trabajadora doméstica, se introdujeron en el baldío de la calle Filadelfia, de la colonia Nápoles, para tener alguna intimidad. Un rollo abultado de alfombra, oculto desde la banqueta y tirado en medio de la maleza, les pareció atractivo para sus fines: «platicar», según Ricarda, «empiernarnos», según Alfonso. Cualquier cosa que estuvieran haciendo quedó interrumpida cuando se percataron del pie que sobresalía por un extremo de la alfombra.

—En el resto del artículo tan solo describo la trayectoria profesional de Dosantos, su célebre carrera interpretando a «reinas del sur» y amantes de grandes potentados y hombres de poder. Señalo que había instalado recientemente un restaurante de gran éxito en Polanco, y sugiero la necesidad de investigar su muerte entre los empresarios y políticos que hicieron de la mesa de esta mujer la tertulia de moda de la ciudad. Pero no publiqué ningún nombre —terminó Tomás, exhausto luego de su larga defensa.

—No necesitabas poner nombres —respondió Mario—. Igual pudiste publicar la ficha bautismal del responsable.

Y entonces Tomás recordó el dato. En el artículo afirmaba que los servicios policiacos sabían que el cadáver fue depositado en el terreno baldío, ya que la ausencia de sangre hacía suponer que Dosantos fue golpeada y asesinada en otro sitio. Y para mayor abundancia señalaba que las autoridades habían puesto su atención en una casona con el número 18 de la misma calle Filadelfia, a cuarenta metros de donde se encontró a la víctima.

Tomás reconoció que cualquier otro periodista habría investigado la propiedad citada antes de mencionarla; él mismo lo hubiera hecho todavía unos años antes. No obstante, hacía tiempo que estaba desanimado con una columna que nadie parecía leer excepto Mario y una docena de conocidos, no todos con buenas intenciones.

Comenzó a crecerle la punzada incómoda que ya había experimentado la tarde anterior, cuando escribió el domicilio sin tener idea de quién viviría allí. Tenía aún suficientes escrúpulos para saber cuándo estaba violando los códigos periodísticos, pero demasiado cinismo para evitarlos; de cualquier forma las punzadas de remordimiento ya no entraban en su corrector de estilo. Tomás recordó que en el mismo artículo tuvo otra de ellas cuando escribió: «… a nadie sorprendería si al final de esta investigación descubrimos que, una vez más, la vida imita al arte». Le carcomía no solo el horroroso cliché sino también la insinuación de que las películas de Dosantos tuvieron algo que ver con el arte. Y, sin embargo, la frase se quedó en el texto entregado.

—¿De quién es la casa? —preguntó, ahora sí inquieto.

—¿De veras no lo sabes? —respondió Mario, una vez más dispuesto a poner a prueba la paciencia de su amigo.

—¿Quién vive allí? —insistió Tomás, molesto por la demora.

—¿Pero cómo se te ocurrió publicar un domicilio sin investigar de quién era? —dijo Mario, desquitándose de las humillaciones de tantos años de fungir como escudero.

Molesto y antes de darse cuenta de lo que hacía, Tomás clavó los ojos en la pierna lisiada de Mario, de la que nunca se hablaba. Cuando su vista regresó al rostro de su amigo, la mirada en él era otra vez huidiza.

Le dio los detalles, ahora sí en rápida sucesión.

—Resulta que la casona es la oficina alterna que desde hace poco usa el secretario de Gobernación. Prácticamente estás incriminando a Salazar.

Tomás acusó el golpe. Augusto Salazar era el hombre más temible del nuevo gobierno. El PRI había vuelto a Los Pinos luego de doce años de administraciones panistas débiles e ineficientes. El margen de victoria del ahora mandatario Alonso Prida mostraba, en opinión de muchos, que el país necesitaba el regreso de un presidencialismo fuerte. La oposición y muchos analistas creían que Salazar, brazo derecho del presidente, estaba decidido a convertir esa aspiración popular en coartada para instalar un régimen autoritario y asegurar la permanencia del PRI en el poder por varios sexenios.

Tomás dio una palmada en el hombro de Mario y se desplomó en el sillón. Ahora necesitaba más al amigo que a un esgrimista verbal. No entendía cuál podría ser el vínculo entre Salazar y el asesinato de Dosantos, pero le quedaba claro que al relacionar uno con el otro se había metido en un hoyo profundo.

—Quizá debería salir del país mientras se arregla todo —dijo Tomás con poca convicción; sabía que los ochocientos dólares que tenía guardados no le permitirían llegar muy lejos.

—No te precipites —respondió Mario—. Si escapas y solo tú tienes información del lugar del crimen, la policía podría asumir que estás involucrado de alguna manera. Te convertirías en prófugo.

—No jodas, yo no tengo que ver con eso. El dato me lo pasó un amigo el sábado y no aguanté la tentación de utilizarlo, eso es todo —se defendió Tomás.

—¿Y quién es ese «amigo»? —inquirió Mario, haciendo gestos de comillas con los dedos.

—Nadie que conozcas —respondió el periodista en tono sombrío. Pero al recordar a su informante, Tomás se dio cuenta de que el hoyo en el que se encontraba se estaba convirtiendo en abismo.

—A ti te han puesto un cuatro. Tenemos que ver a Amelia y a Jaime.

1984

Los tres revoloteaban en torno a Amelia con el nerviosismo de las hormonas incendiadas por la adolescencia. Desde la primaria ella había sido la líder del grupo de cuatro niños que el resto de los alumnos llamaba los Azules, por el color de las pastas de los cuadernos franceses que les traía el padre de Jaime de regreso de sus viajes. Tomás y el propio Jaime intentaron disputarle el liderazgo, pero la lengua afilada de Amelia carecía de rival. Jaime tenía a su favor la riqueza del padre, la alberca de su casa y la novedad de los juguetes de importación. Tomás contaba con una dulzura involuntaria que seducía y desarmaba. Mario no tenía más virtudes que ser amigo solícito de los otros tres, siempre dispuesto a convertirse en comparsa de cualquier capricho ajeno. Sin embargo, era Amelia quien galvanizaba al grupo.

Cruzaron la infancia y la adolescencia protegidos por las respuestas rápidas y lapidarias con que mantenía a raya a las distintas especies que habitaban la escuela. Su habilidad para asestar motes a profesores y estudiantes inspiraba temor y respeto universal. A los catorce años Amelia ejercía su autoridad con los renovados argumentos de un cuerpo que cambiaba con mayor rapidez que el de sus amigos.

Los cuatro tenían meses hablando de coitos y excitaciones, aunque también en esto Amelia llevaba mano. Hija de una doctora feminista, había crecido en un hogar donde los niños hablaban de su pene o su vagina como otros lo hacían de una garganta irritada o de la velocidad con que crecían las uñas. Al principio a Amelia le desconcertaban las reacciones incómodas y a veces violentas de otros alumnos cuando ella se refería a estos temas, pero a medida que se acercaron a la pubertad observó que el desparpajo y el conocimiento sobre un área que fascinaba a los demás le otorgaba algunos privilegios. Pontificaba, corregía e intimidaba a sus compañeros, que terminaron considerándola una especie de oráculo de lo que podrían esperar de los parajes oscuros, inciertos e irresistibles de su futura vida sexual.

Fue justamente eso lo que la metió en problemas. Un viernes a mediodía, en el intermedio entre clases, los cuatro amigos miraban a sus compañeros disputar un ardoroso partido de basquetbol. Los Azules se veían a sí mismos como los intelectuales del salón; unos meses antes Tomás los había convencido, contra la opinión de Jaime, de que hacer deportes era una práctica antinatural. Él mismo no carecía de habilidades atléticas, pero desarrolló el gusto por la lectura y llegó a la conclusión de que destacaba más gracias a su conversación informada y provocadora que a sus encestes irregulares.

—¿Cuándo has visto que las vacas se pongan a sudar y a correr por gusto? El deporte es contra natura —les dijo con una argumentación que le pareció irrefutable.

—Pero es algo bueno para la salud —objetó Jaime, el más atlético de los cuatro y alumno ejemplar en el instituto de karate al que asistía por las tardes.

—Claro, hasta que te tuerces un tobillo o te rompen la nariz con un cabezazo, lo cual no es muy sano que digamos —terció Amelia, quien si bien tenía facilidad para el volibol, resintió la creciente desventaja muscular frente a sus compañeros de infancia.

—El deporte es una vía para que el hombre no pierda sus habilidades de cazador y de guerrero, y siempre esté listo para reaccionar ante el peligro —se defendió Jaime, transmitiendo con titubeos algo que escuchó decir a su profesor de karate.

—Imbécil —dijo Amelia, quien había descubierto la contundencia del epíteto unas semanas atrás—, la civilización tiene que ver con el desarrollo del cerebro y no de los músculos para andarse trepando a los árboles —y zanjó con ello el asunto.

El juego de basquetbol comenzó a atraer la atención de los Azules a partir de un empujón que el Zanahorio, puntualmente bautizado por Amelia meses atrás, le propinara al Nazi, el bravucón de la escuela. Sabían que eso no se quedaría así. El Zanahorio miraba impaciente el reloj que colgaba de un muro en un extremo de la cancha, deseando que sonara el timbre salvador de regreso a clases. El Nazi no esperó: en el siguiente rebote de tablero se lanzó contra su víctima y lo bajó de un codazo en la cabeza. El chico se desplomó desmadejado y su cabeza hizo un extraño ruido al rebotar contra la duela.

—Imbécil —gritó Amelia.

—Pobre Zanahorio —exclamó Mario angustiado, aunque reprimió el impulso de acudir en su ayuda ante la pasividad del resto de sus compañeros.

—Alguien debería pararlo —dijo Tomás resuelto, pero en voz baja, fantaseando con la idea de tener los músculos y las agallas para enfrentar al Nazi. Por lo general tenía mejores sentimientos que acciones.

—No te preocupes, detrás de esos bíceps hay una cabeza de alfeñique. Él mismo cavará su tumba —afirmó Amelia con desprecio.

Jaime no estaba muy seguro. En más de una ocasión había envidiado las espaldas anchas del Nazi y el dominio que su presencia física ejercía entre sus compañeros.

—Pues en las regaderas no se ve precisamente muy alfeñique que digamos. Dicen que cuando va al baño no se sabe si está orinando o dándole de beber a la cobra —respondió Jaime.

Los tres amigos celebraron la ocurrencia ante la mirada crítica de Amelia.

—Ese es un chiste viejo y malo. Además son puras mentiras. Hay investigaciones científicas que dicen que entre más grande sea el pene mayores son las posibilidades de que un hombre sea homosexual —afirmó ella.

Los tres protestaron y aseguraron que se lo estaba inventando, aunque Mario pensó que si fuese cierto habrían terminado sus temores, alimentados, entre otros motivos, por considerarse portador de un minúsculo pene.

—No estoy bromeando, lo leí en un libro de mi mamá —aseguró Amelia con el tono más contundente que pudo emitir. No recordaba dónde lo había visto, ¿o no?, pero en todo caso debería ser cierto. Amelia no era alguien que acostumbrara desandar sus dichos.

Sus amigos siguieron protestando y exigieron pruebas. Ella aseguró que las tenía y prometió llevarlas al día siguiente a la reunión en casa de Jaime donde se habían citado, como cada sábado, para nadar y comer juntos. La reunión sería especial porque era la última antes de separarse por vacaciones de verano. Amelia pasaría las siguientes semanas en la casa que poseía la familia en Malinalco, a menos de dos horas de la Ciudad de México. Jaime viajaría a Miami con su madre y su hermana. Tomás iría con sus primos a Puerto Vallarta. Mario, con menos recursos que sus compañeros, se quedaría en México aunque a los Azules les había dicho que un tío se lo quería llevar a un rancho ganadero en Tamaulipas.

Amelia quiso cambiar el tema con la esperanza de que el asunto quedara olvidado, pero el timbre de regreso a clases no le dio oportunidad.

Jaime cerró toda posibilidad de escape:

—Mañana nos traes el libro, ¿eh?

—Claro, pero luego se van a arrepentir —dijo Amelia, todavía con aplomo.

Los tres rieron nerviosamente, aunque mostraron que no dejarían correr el asunto.

Esa tarde Amelia revisó con atención las ilustraciones de algunos libros de sexualidad y anatomía del estudio de su madre, pero no encontró algo que soportara su teoría. Estaba en problemas: no quería pasar como embustera y menos el último día antes de vacaciones, sin oportunidad de reafirmar su credibilidad en las siguientes semanas. Perdería autoridad con sus amigos justamente en el área que dominaba la atención de todos ellos en los últimos meses.

La chica buscaba afanosamente una salida. Recordó que también su padre tenía un apartado de libros de sexualidad. Algún tiempo atrás los había revisado, aunque eran más técnicos, sin ilustraciones y plagados de jerigonza freudiana. En aquella ocasión resultó más interesante el escondite que el contenido. A diferencia de su madre, absolutamente desenfadada sobre asuntos del cuerpo, su padre abordaba estas conversaciones haciendo un esfuerzo para mostrarse relajado, pero desde chica Amelia notó que él solía escudarse en su jerga psicoanalítica para desembarazarse rápido de esos temas.

Acudió al tercer cajón del escritorio de un consultorio que su padre mantenía en casa aunque rara vez lo usaba, prefería las instalaciones modernas de un edificio de Santa Fe, el llamado «San Diego mexicano». Como la ocasión anterior, retiró los enormes expedientes que ocultaban tres libros de pastas duras, uno de ellos en inglés; Amelia se dispuso a ojearlos con escasas esperanzas. Al extraerlos se dio cuenta de que en el fondo del cajón una cartulina café ofrecía una superficie irregular, y dos revistas yacían detrás de la cubierta improvisada. Primero con extrañeza y luego con fascinación, Amelia comenzó a ojearlas hasta que cayó en cuenta de que se trataba de revistas de sexo explícito y pornográfico, con fotos exclusivamente de hombres.

Se dijo a sí misma que tal vez se trataba de material relacionado con algún paciente homosexual, pero sabía que su padre no acostumbraba traer expedientes a casa o algo que estuviera relacionado con las sesiones terapéuticas. Amelia experimentó una creciente aprehensión mientras pasaban por su mente imágenes antes ignoradas: las camisas demasiado coloridas que usaba, su risa extrañamente aguda cuando bebía y la ausencia de caricias entre él y su madre.

Amelia se desplomó en la silla del escritorio. Nunca fue cercana a su padre; su carácter insumiso le había ocasionado demasiados roces con un hombre que vivía obsesionado por el orden y la estética. No era severo en particular, pero nunca dejaba pasar la oportunidad de reñirla suave aunque insistentemente por los estragos que su infancia inquieta ocasionaba en el mantel o en los muebles de la sala. Ambos llegaron a una tregua que consistía en ignorarse sin animosidad.

Con todo, era una revelación abrumadora. Amelia se dijo que no debía llegar a conclusiones apresuradas; tendría que confirmar el asunto antes de darse a la tarea de explorar las consecuencias emocionales y psicológicas de ser hija de un papá gay. Con rapidez reprimió el estremecimiento que le provocó evocar la imagen de su padre desnudo y regresó a las revistas. Pero su investigación había perdido sentido: ya no tenía ganas de seguir indagando la relación entre homosexualidad y el tamaño del pene.

Al día siguiente Tomás sacrificó sus viejos pantalones vaqueros para convertirlos en traje de baño improvisado. Los breves trajes de rayas estilizadas que usaba Jaime le habían hecho sentirse crecientemente incómodo con el anticuado y pesado *short* que él utilizaba. Se puso una camiseta holgada de los Cowboys de Dallas y decidió que solo se la quitaría para meterse al agua. Por más que se examinaba en el espejo, sus músculos todavía no afloraban entre los blandos brazos que se resistían a dejar la infancia. No era el caso de Jaime.

Siempre se había sentido más cercano a Amelia que cualquiera de sus dos amigos. A Tomás le parecía que entre ellos existía una complicidad basada en la absoluta convicción, compartida por ambos, de que eran los más inteligentes de la clase. No necesariamente los que obtenían las mejores calificaciones: él era demasiado flojo y Amelia demasiado rebelde, aunque se las ingeniaban para obtener ochos y nueves sin mucho esfuerzo. Pero los dos captaban más rápido que el resto de sus compañeros y hacían las preguntas más agudas en clase o fuera. Incluso al interior del grupo de los Azules, Tomás creía constituir un club más exclusivo solo con ella. Intercambiaban miradas para contener los excesos de Jaime, de cóleras rápidas y violentas, o para consentir las torpezas y equívocos de Mario, sin necesidad de explicitarlas. O quizá Tomás la había adoptado como alma gemela por influencia de Mercedes, la madre de Amelia, quien no escondía que el chico era su favorito entre los amigos de su hija.

Sin embargo, en las últimas semanas Tomás empezaba a tener dudas. Los cuerpos de Jaime y de Amelia parecían haber ingresado a un nuevo estadio, como serpientes que mutan en pieles más coloridas. El vientre plano y alargado de ella hacía juego con la espalda elástica y musculosa de él. Las largas sesiones de sol de los sábados dejaban en ellos

24

un cobrizo lustroso, mientras que Mario y Tomás terminaban enrojecidos e insolados. Las nuevas hormonas habían insuflado una alquimia distinta en unos y otros: era como si sus amigos flotaran en un aura sensual que dotaba a sus movimientos de elegancia natural, mientras que a él solo le trajeron un brote de acné cada vez más preocupante y un cuerpo aún estacionado en la infancia.

Cuando llegó Tomás a casa de su amigo, en el exclusivo fraccionamiento de las Lomas, Ramón, el jardinero, le dijo que los demás ya se encontraban en la terraza de la alberca.

El cuadro perfecto que ofrecían el breve bikini de ella y el traje de licra a rayas de Jaime le confirmó sus peores temores. Ambos parecían perfectamente cómodos en su semidesnudez, como si toda la semana hubiesen portado ropa por razones antinaturales y solo ahora asumieran su verdadera naturaleza, ella con absoluta inconsciencia, Jaime con orgullo y placer. Tomás decidió conservar toda la jornada la holgada camiseta de los Dallas Cowboys.

—Richard Burton está muy viejo para el papel, pero la película es muy buena, tienen que verla —escuchó decir a Jaime mientras se instalaba en un camastro al lado de sus amigos.

—Richard Burton se hizo más guapo en la vejez —objetó Amelia, sin saber que su gerontofilia la acosaría el resto de su vida.

—Pues no has visto la película, es anciano y feo.

—¿Cuál película? —interrumpió Tomás a manera de saludo.

—*1984*, la vi el fin de semana pasado. Se basa en la novela esa de ciencia ficción —dijo Jaime.

—La de George Orwell —precisó Tomás con el rostro iluminado. Súbitamente se olvidó de la camiseta holgada y los *shorts* trasquilados. Había leído *1984* hacía menos de un mes y le había encantado.

—Esa, aunque la película es mejor —respondió Jaime.

—¿Cómo sabes? ¿Ya leíste el libro?

—Bueno, no, pero está muy buena.

—¿No te acuerdas de lo que dijo el maestro de literatura cuando nos pasó la de *Romeo y Julieta*? Que las películas que se basan en libros a veces son buenas, aunque cuando el libro es una obra maestra, siempre es mejor —afirmó Tomás convencido.

—Una película tiene actores y sonido, el libro no.

—A ver, las pelis duran una hora y media o algo así, mientras que leer un libro te requiere muchas más. Con el de *1984* acabas viviendo en ese mundo del Hermano Mayor.

—¿Tú la leíste? —preguntó Amelia.

—Hace tiempo, sí —dijo Tomás restándole importancia, como si fuese uno entre miles.

—¿Y de qué trata?

—Del control del gobierno sobre los habitantes; el Hermano Mayor es como el presidente y exige adoración. Pero un hombre se rebela por amor a una chava y comienza a descomponer todo.

—¿1984? ¿Es el año? ¿Por qué? —inquirió Amelia, fascinada.

—Sí —respondió Tomás—. El escritor la hizo hace como cuarenta años y pensó que el futuro, o sea hoy, podía ser así.

—Bueno, pues en eso sí que se equivocó tu escritor —dijo Jaime con sorna—. Miguel de la Madrid es aburridísimo, pero no se parece al Hermano Mayor.

—No era para México, creo que se refiere a los países comunistas —contestó Tomás a sus amigos mientras estos volteaban a saludar al padre de Jaime.

Carlos Lemus era un hombre de treinta y ocho años, atractivo y seguro de sí mismo; la misma piel bronceada de

Jaime, los dientes blancos, el bigote recortado a la moda y la ropa de corte perfecto. Era oficial mayor de la Secretaría de Hacienda aunque se le conocía por tener bajo su control desde años antes la estructura de oficinas de aduanas del país, una posición que le había dado una fortuna inmensa y muchos amigos agradecidos por sus favores en materia de permisos de importación.

Se acercó a saludarlos y con una mirada discreta apreció a la atractiva mujer en que se estaba convirtiendo Amelia. Siempre le había hecho gracia la amiga de su hijo: desde los siete u ocho años, cuando comenzó a aparecerse por su casa, todavía chimuela y de zapatos rojos raspados, le gustó la irreverencia de la niña. Pero en traje de baño parecía mucho mayor de los catorce años del resto de sus compañeros.

—¿De qué hablan, muchachos? —dijo tomando asiento en uno de los camastros, cerveza en mano.

—De la novela de George Orwell, *1984* —respondió Tomás, orgulloso de citar el libro por autor.

También ellos apreciaban al padre de Jaime, no así a la madre, quien, esclava de una apretada agenda social, prefería ignorarlos; aunque siempre agradecían, en especial Mario, las charolas de *hot dogs* o los sándwiches con limonada que una camarera les surtía indefinidamente los sábados al mediodía. Don Carlos gustaba de conversar con ellos de vez en vez, mientras esperaba en casa alguna llamada o una visita de negocios; los escuchaba y en ocasiones los provocaba para obligarlos a discutir. Parecía encontrar en la adolescencia de los amigos de su hijo claves para recordar una infancia traspapelada en la biografía política que se había inventado.

—Es la película que vi el fin de semana —dijo Jaime, sin embargo su padre no pareció escucharlo. Aunque amaba a su hijo, este hacía tantos esfuerzos para imitarlo que el padre encontraba más estimulantes las variaciones que ofrecían Amelia, Tomás e incluso Mario.

—¿La leyeron?

—Yo sí —respondió Tomás—. Es como una crítica al comunismo, ¿no? —añadió un poco menos seguro de sí mismo en presencia del político.

—Más o menos —dijo Carlos, en tono conciliador—. En realidad se trata de una alegoría entre la libertad individual y el Estado autoritario. Orwell la escribió al final de la Segunda Guerra Mundial, con el fantasma de los regímenes fascistas recién derrotados todavía presente, y sí, con un guiño de preocupación acerca del riesgo que representan las dictaduras comunistas.

Amelia lo escuchó con admiración, pero había oído demasiados discos de música de protesta de su madre para aceptar de manera pasiva una crítica al socialismo.

—Si es para cuestionar a un sistema, es más bien propaganda política, ¿no?

—La buena literatura, no importa cuál sea el tema, nunca es propaganda —respondió el dueño de la casa con una sonrisa—. Vamos a hacer algo —añadió—. Le regalo el libro al que no lo tenga, lo leen y cuando nos veamos otra vez, me dicen si es propaganda. ¿Va?

Los cuatro asintieron, conscientes de que habían tomado una tarea para vacaciones.

—Ahora les encargo el libro. No se vayan —dijo a manera de despedida mientras se encaminaba al interior de la casa.

—Qué buena onda es tu jefe —aseguró Mario, mientras Jaime se enorgullecía por enésima vez de su padre y Tomás lamentaba lo efímero de su triunfo intelectual.

—No está mal para ser político —mencionó Amelia, todavía siguiéndolo con la mirada—. El mío es maricón —agregó en tono indiferente.

Lunes 25 de noviembre, 7 a. m.

Amelia

Qué tiene Cristina Kirchner que no tenga yo, se preguntaba Amelia frente al espejo mientras se pintaba la ceja izquierda. Cada vez le tomaba más tiempo la cuidadosa rutina que un especialista le diseñara para maquillarse de tal forma que no quedaran rastros visibles de cremas ni afeites.

La noche anterior había estado en la exclusiva recepción que Los Pinos ofreció para homenajear a la presidenta de Argentina, de visita por México; fue invitada a la mesa central gracias a la cuota de género que el Estado Mayor se creyó en la obligación de reunir en torno a la mandataria sudamericana. En su calidad de presidenta del PRD, principal partido de oposición, Amelia era la mujer más encumbrada en la política mexicana, aunque eso no significaba que fuese invitada a la primera fila en los eventos presidenciales. Con el PRI había regresado una renovada misoginia al gobierno, aunque Amelia creía que en realidad nunca se había ido del todo. Por lo general la cuota femenina, cuando un evento lo requería, quedaba cubierta por las esposas de los ministros; la presencia de una presidenta extranjera por una vez lo hizo diferente.

A dos lugares de distancia, examinó toda la noche a la viuda de Kirchner y no pudo evitar hacer comparaciones mentales. Tenía oficio y don de mando, aunque los alcances de su conversación y el pobre sentido del humor de la presidenta la hicieron sentirse mejor respecto de sus propios méritos en la política. Pensó en un par de apodos que le cuadrarían a doña Cristina, pero al final decidió que el más adecuado era la Yegua, que ya le habían adjudicado en su país. Las caderas demasiado anchas para su complexión o quizá algo equino en la manera de reírse evocaban la figura de una potranca.

Lo único que ella tiene que yo no es un marido que le heredó el poder, concluyó Amelia al final de la velada. Se sentía más articulada, más leída y más versada en los intríngulis de lo público que la mujer que tenía enfrente. Y además más guapa.

Fue una reflexión reconfortante para paliar la confusión de haber aceptado un papel activo en el partido, un oficio para lo cual en ocasiones se sentía inadecuada y la mayor parte de las veces frustrada.

Al día siguiente, sin Kirchner a la vista, se sentía aun menos segura de haberse decidido a incursionar en la política. No eran los mejores momentos para presidir la oposición. El PRI tenía el control del Congreso y cada vez parecía menos interesado en llegar a acuerdos con otras fuerzas políticas. Su triunfo había sido lo suficientemente amplio para darle a su partido todo lo que necesitaba.

Le tienen más miedo a un *hashtag* crítico en las redes sociales que al PRD y al PAN juntos, se dijo Amelia al darse el último brochazo frente al espejo. La batalla que habría de venir afloró en su rostro: una mirada resuelta que se había convertido en marca profesional desde sus días de activista, cuando era conocida por su espíritu indeclinable. La cara de «chica superpoderosa», según la había bautizado la prensa adversa, mote que ella disfrutaba en secreto.

Con el cuerpo tenso y ágil caminó a su recámara, entretenida con una nueva consigna para su luchadora interior:

Habrá que pararlos antes de que Salazar haga del presidente un Vladimir Putin en versión mexicana. Y eso le recordó la noticia sobre el secretario de Gobernación: a la figura inmensa e invulnerable del primer ministro parecía haberle salido por fin una fisura, algo relacionado con la muerte de Dosantos que su lectura en diagonal había captado del resumen de prensa que solía ver en la cama, aun antes de levantarse. Tendría que hacer algunas llamadas, se dijo mientras terminaba de vestirse.

—Alicia, búscame a Tomás —pidió a su asistente desde el teléfono de su buró.

—¿Tomás Arizmendi, doctora?

—Obviamente —respondió, irritada. Para ella no había otro Tomás que el amigo con el que compartió tantos pasajes, algunos de ellos con secuelas que no le gustaba recordar. Pero se arrepintió del tono usado con Alicia cuando cayó en cuenta de que hacía un par de años que no mediaba palabra con Tomás.

—Espera, Alicia: mejor comunícame con Mario Crespo desde una línea segura. La de Tomás ya debe estar intervenida.

El buen Mario, pensó Amelia. Era el único de los cuatro Azules que había procurado mantener la amistad, aunque con los años las carreras obsesivas de ella y de Jaime terminaron por alejarlo. Solo Tomás lo dejó formar parte de su vida, aunque Amelia suponía que esa relación tenía que ver más con la indolencia muy propia del carácter del periodista, que con el cariño que pudiera profesarle a su amigo.

—En el celular no responde. En su casa, su hijo Vidal me dijo que salió desde temprano. ¿Quiere que preparen el auto?, su desayuno con el senador Carmona es en quince minutos.

—Sigue intentando con Mario y me lo pasas en cuanto lo tengas. Salgo en diez minutos.

El traslado a través de la colonia Roma no tuvo esta vez el efecto acostumbrado. Normalmente agradecía las imágenes caóticas que ofrecían las calles de camellones arbolados, flanqueados por casonas afrancesadas y señoriales, apretadas entre tendajones y pequeños edificios de apartamentos para clase media baja; un fiel reflejo de las fortunas e infortunios que experimentara la colonia desde su pretenciosa fundación cien años atrás. Le parecía una buena metáfora del país. Pero más que las construcciones, Amelia disfrutaba ver a la gente preparándose para resistir un día más. No pasaba una semana sin que descubriera un nuevo oficio ofreciéndose en la calle; la imaginación de la gente para inventarse un empleo donde no lo había siempre le sorprendía.

Sin embargo, hoy no estaba para miradas antropológicas. El recuerdo de Tomás le inquietaba; conocía lo suficiente al secretario Salazar para saber que no se quedaría de brazos cruzados ante el ataque recibido. Necesitaba hablar con el periodista y valorar el riesgo en que se encontraba. Pero también sabía que no podía desperdiciar la oportunidad política de un escándalo de esa magnitud. Todo el país hablaba de la muerte de Pamela Dosantos: la conmoción podía ser el detonante que estaban esperando, al menos para poner al nuevo gobierno a la defensiva. Amelia no pudo reprimir una sonrisa; el desayuno con Carmona iba a ser más interesante de lo que había creído.

—Senador, gracias por venir a mi territorio —dijo Amelia a manera de saludo cuando un hombre atildado y muy erguido a pesar de rondar los setenta años se levantó de la mesa para recibirla.

—Para desayunar con la más guapa de todos mis colegas iría hasta Tombuctú —respondió Carmona.

Normalmente Amelia no permitía que los políticos la cintureaban, así fuera verbalmente. A lo largo de su carrera había propinado infinidad de baldes de agua fría a aquellos que intentaban ningunearla o seducirla cuando trataba asuntos profesionales. Desde luego se sabía atractiva y era algo que solía utilizar: sin llegar a usar atuendos provocadores, en ocasiones realzaba su belleza cuando sabía que un interlocutor de ojo alegre resultaría intimidado por su presencia. Las negociaciones en esos casos solían concluir de modo más favorable, pero prefería que su atractivo físico fuese un subtexto en sus relaciones de trabajo y no el terreno en el que se desarrollaran.

Sin embargo, Ramiro Carmona tenía un porte asexuado. Ceremonioso y cortés en exceso, no era precisamente un dechado de seducción erótica; no formaba parte de los políticos que podían verse deslumbrados por un escote, ni de los aún más numerosos que solían pasar del elogio cortesano a la insinuación. Amelia lo apreciaba porque siempre la había tratado como un colega más y porque sabía escuchar con atención, algo raro entre los hombres públicos.

Fue un golpe de suerte para ella que Carmona hubiese sido designado presidente del PAN, el otro gran partido de oposición.

—Con la ventaja de que aquí se desayuna mejor, senador, se lo aseguro.

—Eso me temo, doña Amelia, soy incapaz de resistir el chocolate y las conchas de este lugar.

Se encontraban en el Mario's, un restaurante que había pasado de moda aunque su cocina seguía siendo impecable, en particular la repostería. Amelia gustaba de la cercanía del lugar, pero sobre todo de las terrazas interiores con mesas aisladas que permitían conversar con privacidad.

—¿Cómo van las cosas en el PAN, don Ramiro? —inquirió Amelia una vez que ordenaron jugo de toronja, café y pastas. La pregunta no era retórica: dieciocho meses atrás el Partido Acción Nacional, de tendencia conservadora, había perdido la presidencia a manos del PRI. Carmona encabezaba la reacción interna en contra de Felipe Calderón, el exmandatario derrotado, quien convirtió a su partido en una extensión de la silla presidencial.

—Nada fácil. Creí que Calderón optaría por una especie de exilio político voluntario luego de la humillante derrota, a la manera en que lo hizo Zedillo dentro del PRI cuando nos entregó la presidencia en 2000.

Habían acordado que se hablarían con franqueza hasta donde fuese posible. Era la segunda ocasión que se reunían en privado en calidad de dirigentes de sus respectivos partidos. Amelia suponía que su propia designación al frente del Partido de la Revolución Democrática también era una buena noticia para Carmona. En un desayuno anterior coincidieron en que el regreso del PRI con un triunfo capaz de darle el control de las cámaras obligaba a los dos partidos de oposición a operar de común acuerdo hasta donde sus militancias y programas lo hicieran posible.

—Mi tarea es devolverle a los panistas un sentido de orgullo por su partido. Regresar a los orígenes —continuó Carmona.

—Pues tiene una buena oportunidad si logra convencerlos de que la derrota es achacable a Calderón más que al panismo.

—Eso está clarísimo, mi querida Amelia. Pero no será fácil el embate contra el calderonismo, varios de nuestros senadores y gobernadores son de su equipo y no permitirán una cacería de brujas contra el expresidente.

Amelia entendía el problema. Los recursos más importantes de los partidos provenían de los presupuestos y apoyos que ofrecían los gobernadores de manera extralegal; ahora que el PAN ya no tenía el control del aparato federal, dependía más que nunca de los pocos gobiernos estatales que aún conservaban los correligionarios de Carmona.

—Pues usted me dice si podemos ayudar en algo. Como sabe, tenemos un peso importante en el congreso local en dos de las entidades calderonistas, y siempre está nuestro movimiento campesino de la sierra de Puebla para mover las aguas.

—Gracias, no será necesario —respondió seco Carmona.

La dirigente entendió que se había excedido: se dejó llevar por la confidencia de Carmona sobre sus cuitas con el expresidente. Pero aceptar ayuda de un rival para desestabilizar a un gobernador de su propio partido escapaba a la noción de *realpolitik* de este viejo luchador panista.

Amelia había sido imprudente en su afán de ofrecer algo a Carmona a cambio de lo que venía a pedir. Intentó recomponer la confianza regresando la conversación a un terreno más personal.

—Estoy segura de que encontrará la forma. Y se lo digo sinceramente, su nombramiento ha sido recibido dentro y fuera del PAN como la mejor noticia para el partido en mucho tiempo.

—Le agradezco sus palabras, aunque debo decirle que mi esposa no coincide en lo absoluto. Según ella, ya debería estar escribiendo mis memorias y malcriando nietos.

—Los nietos no necesitan tutores para malcriarse, don Ramiro. En cambio el país sí que lo necesita ahora —dijo Amelia mientras posaba una mano en el brazo del viejo que descansaba en la mesa.

Carmona le dirigió una mirada prolongada y acuosa que Amelia no pudo descifrar aunque la hizo sentirse incómoda. Se preguntó si no habría violado la barrera personal que construyera Carmona a fuerza de cortesías y ceremonias, o peor aún, si con su mirada la estaba juzgando por intentar contra él un elogio demagógico. Súbitamente se sintió frágil frente a la fuerza moral del viejo. ¿Cómo decirle que no era una fórmula oportunista, que realmente creía que el país lo necesitaba, pero también a ella?

Decidió recuperar el diálogo a costa de sus propias confesiones.

—Pues yo tampoco lo tengo fácil, senador. Mi nombramiento fue una solución cesarista, un mero equilibrio entre las tribus de izquierda, que prefirieron designar a una figura independiente antes que entregar la posición a un rival político. Aunque, la verdad, en mi circo soy más acróbata que gerente.

—¿Cómo está su relación con López Obrador y su movimiento?

Carmona podría mantener resabios por el exabrupto de Amelia, pero nunca desperdiciaría una confidencia de este nivel. En política la información privilegiada lo es todo.

—El PRD no es enemigo de Morena, aunque eso no parecen entenderlo ni los de aquí ni los de allá. Andrés Manuel y yo tenemos una relación amable, pero nunca fuimos cercanos; y sin embargo, me prefiere a mí en esta posición que a alguno de sus enemigos. También debo decirle, y guárdeme la confidencia, que en el fondo el Peje es un hombre rústico: para él, una mujer nunca será una líder auténtica, su machismo le impide aceptarme como dirigente real. La ventaja es que tampoco me ve como rival, a sus ojos no tengo estatura suficiente para serlo.

Amelia se preguntó si tampoco para Carmona una mujer era su igual político. En la historia del PAN nunca había existido una presidenta nacional o una gobernadora. Con alivio, se dio cuenta de que el tono de complicidad se había restablecido.

—Dicen que está deprimido luego de esta segunda derrota.

—Como lo estuvo en la primera. Su matrimonio con una mujer más joven, luego de su viudez, y el nuevo hijo ayudaron a sacarle la muina hace seis años. Aunque no era para menos, don Ramiro; muchos seguimos convencidos de que él ganó en 2006 —al momento de decirlo Amelia percibió que volvía a perder el control de la conversación; hacer alusión al fraude de ese año era la fórmula perfecta para desbarrancar la relación con un panista. La izquierda seguía convencida de que había sido López Obrador, y no Calderón, el verdadero triunfador en los comicios—. Pero Andrés Manuel se levantará, estoy segura —continuó diciendo ella—. Está convencido de que el PRI no será capaz de sostener las altas expectativas que su regreso ha generado. Eso significaría que en 2018 la gente votará por la alternancia y esta vez lo hará inclinándose a la izquierda. Él quiere estar allí para cosecharlo.

—Pues a como van las cosas, creo que prefiero eso a ver la reelección del PRI por otros setenta años, y no me cite por favor —dijo Carmona en tono de broma tomando, ahora él, el brazo de Amelia.

—Justo de eso quería hablarle, senador. Cada vez estoy más preocupada por los pasos que está dando Salazar. Quieren aprovechar su mayoría en el Congreso y el miedo que la inseguridad provoca en la gente para sentar las bases de un gobierno autoritario. Sé que hay un grupo de asesores en Gobernación preparando leyes para otorgar más facultades a la presidencia y reducir el peso de instituciones, medios de comunicación y sociedad civil. Si lo logran vamos a retroceder treinta años, ¿no lo cree, don Ramiro?

—El país ya no soportaría los caudillismos de antes, Amelia. Aunque tiene razón, Salazar es un *führer* en potencia; como López Obrador, también él está viendo para sí mismo el 2018. Y eso sí que sería una calamidad.

Amelia pensó que solo un político que usa corbata de margarita, como Carmona, era capaz de llamar *führer* a un rival.

—Totalmente de acuerdo. La pregunta es qué vamos a hacer nosotros. Porque lo que no haga la oposición no lo hará nadie en este país para evitar otra dictadura perfecta —respondió, escondiendo su satisfacción por haber llevado por fin la conversación al terreno que quería.

Carmona asintió en silencio. Demasiado buen jugador de póquer, pensó la perredista. El viejo político espera que yo le muestre mis cartas antes de revelar lo que él trae entre manos.

—Lo de Pamela Dosantos es interesante. Podría convertirse en la primera gran mácula del flamante regreso priista —dijo ella con ironía.

—Puede ser, aunque primero habría que ver si hay algo sólido en la filtración de la columna de Arizmendi.

—Seguramente lo hay —se apresuró a responder Amelia, más por lealtad a su amigo que por convicción hacia su método. Sabía que Tomás era incorruptible, pero no tenía la misma confianza en la solidez de sus hábitos de trabajo.

—Entiendo que usted lo conoce desde hace mucho.

—Así es, estudiamos juntos y de vez en vez nos seguimos viendo. Él no inventaría una información como esa.

—Pues su amigo se puede hacer rico o muy pobre en los próximos días. Lo primero que hará Salazar es intentar comprarlo para que se retracte o pretexte un error en su información. Lo segundo será hacerle la vida imposible o algo peor; es tan poderoso como rencoroso.

—Tomás no se doblará, aunque esa batalla no puede darla solo —aseguró Amelia—. Si Salazar está implicado de alguna forma en la muerte de Dosantos, debemos sacarlo a flote.

38

—¿Y qué sugiere? —inquirió el viejo panista.

—Para que el tema explote en lo político, primero tiene que avanzar en dos terrenos: el mediático y el policiaco. Salazar tratará de paralizar ambos para que la investigación no avance o de plano generar un chivo expiatorio para que termine.

—De acuerdo —concedió el senador, animándose por fin—. Hay un par de periódicos y conductores de radio que pueden mantener viva la noticia. Pero necesitarán más información dura sobre la investigación policiaca—. Ustedes tienen el control de la fiscalía, ¿no es cierto? —añadió Carmona. Se refería al hecho de que el gobierno de la ciudad seguía siendo perredista y la indagación era conducida por las autoridades capitalinas.

—Más o menos, entre la corrupción policiaca y el futurismo político al que juegan los funcionarios medios, ya no hay manera de saber quién está con quién. Habrá que zambullirse para ver en qué oficina va a parar el asunto, y seguramente también en esto meterá mano Gobernación. Aunque hasta hace un año ustedes tenían el control del gobierno federal, por allí les deben quedar algunos leales en los equipos de inteligencia de los aparatos de seguridad.

Por fin había llegado Amelia al tema que le interesaba. Solo unos pocos sabían que el gobierno calderonista había sembrado algunas células dentro de los servicios de inteligencia del Ejército y de Gobernación en previsión de que llegaran a perder el poder, como en efecto sucedió. En uno de sus extraños arranques de sinceridad, Jaime se lo confesó cuando el proyecto apenas estaba en ciernes. En su momento le pareció una idea descabellada, pero respetaba demasiado las habilidades de su viejo amigo para creer que fuese una baladronada: Jaime había sido responsable de las relaciones extralegales de los servicios de inteligencia de

México con los de Estados Unidos durante muchos años. Construyó relaciones personales con su contraparte estadounidense y se le consideraba imprescindible por la sencilla razón de que era el único funcionario de alto nivel en el que confiaban profesionalmente los servicios de inteligencia de otros países.

Amelia llegó a la conclusión de que alguna variante de ese proyecto debía haberse instalado y en tal caso los panistas contarían con material confidencial sobre sus principales rivales, Salazar el primero de ellos. Si hubiese grabaciones o imágenes que relacionaran al secretario de Gobernación con la artista asesinada, el escándalo nacional e internacional sería imparable, incluso para el nuevo gobierno.

—Ojala tuviéramos algo, Amelia; por desgracia, los que se dedican a estas cosas son mercenarios políticos, no hay lealtades —dijo Carmona, quejumbroso.

Imposible saber si dice la verdad, pensó Amelia. Era probable que esos temas solo los manejase el círculo íntimo calderonista, aunque no descartaba que el político prefiriera guardar para los suyos esa poderosa carta.

—Pues habrá que trabajar con lo que tengamos, senador. Usted tiene acceso a ciertos medios y comentaristas, yo a otros. Le propongo que cuando reunamos información sobre el asunto la intercambiemos para hacerla circular. Lo importante es que el tema no desaparezca de la agenda.

—Es cuestión de días. Puede usted jurar que antes de una semana Salazar se encargará de que algún escándalo mayúsculo o incluso una tragedia nacional lleve a segundo plano lo de Dosantos.

Amelia y Carmona acordaron mantenerse en contacto para discutir lo que hubiesen encontrado. Salió un tanto frustrada de la reunión; esperaba más generosidad del panista. Con todo, se dijo, algo había avanzado. Aunque fuese por su lado, Carmona quedó convencido de activar el asunto de Salazar entre los suyos.

Ya en el auto decidió que una reunión con Jaime sería imprescindible. Algo que se temía desde horas antes.

Lunes 25 de noviembre, 11.30 a. m.

Jaime y Tomás

Tomás buscó su teléfono celular para ver si había mensajes. ¿Se preocuparía su hija Jimena? ¿Le habría llamado alguien del periódico? Pero la batería del aparato estaba muerta. Lo conectó y se metió a la regadera. Bajo el agua recordó una frase de Jaime, largamente olvidada, sobre Pamela Dosantos y no pudo evitar sonreír: «No te le acerques porque te meterá en problemas», le dijo. Y en efecto, le acarreó dificultades aunque nunca tuvo que ver con ella.

Poco a poco recordó la escena de la primera y única ocasión en que conoció a la actriz, tres años antes. Llegó solo a la boda de la hija del dueño del periódico y tardó un rato en advertir que Jaime estaba presente; sin embargo, se saludaron con genuina alegría. Su amigo estaba harto de escanear el salón en busca de peces gordos para descubrir que, contra lo esperado, había muy pocos. La novia le había exigido al padre que su fiesta no se convirtiera en un comedero político, en una suma de celebridades haciendo la corte al empresario de la comunicación. Los novios consiguieron una fiesta parcialmente íntima con apenas doscientos cincuenta invitados, o al menos eso fue lo que escuchó Jaime.

Descubrió a Tomás en posición meditabunda, en una esquina, con un caballito de tequila en la mano. El periodista no había advertido la presencia de su amigo; su atención estaba dividida entre la novia y un grupo de editores del diario que mantenían una estruendosa conversación. Pasó algunos minutos con ellos; luego, una sensación de incomodidad lo llevó a apartarse. El problema con los periodistas de tiempo completo es que están tan inmersos en el tumulto noticioso de cada día, que sus conversaciones terminan siendo un universo propio, un código que expulsa al resto de los mortales.

Si bien hablaban de política, la referencia cruzada al apodo de un subsecretario o al escándalo efímero de dos días antes convertían cada broma un chiste interno. Tomás se alejó después de un par de risotadas que secundó para no evidenciar que desde hacía tiempo estaba más interesado en la sección deportiva de su propio diario, que en las columnas de exégesis de las veleidades públicas.

En realidad Tomás andaba cabizbajo por Claudia, la novia de la boda. Nadie lo sabía, pero tuvieron un amorío en condiciones extrañas. Dos años antes, el padre viajó a Estados Unidos para entrevistarse con los dueños de los diarios *The Washington Post* y *The New York Times*, una gira conseguida luego de enormes cabildeos con la embajada mexicana en Washington y algunas donaciones a los organismos de beneficencia del periodismo neoyorkino. Sin embargo, el dueño exigió una comitiva de tres o cuatro personas, una de las cuales hablase un inglés perfecto. Ninguno de los subdirectores cumplía cabalmente el requisito y el director, presionado por la fecha, terminó extendiendo la invitación a Tomás, quien técnicamente formaba parte del diario aunque no lo fuera de tiempo completo. El séquito también incluyó a Claudia, quien si bien nunca había cedido a la pretensiones de su padre de dedicarse al periodismo y prefirió doctorarse en Historia del Arte, no estaba dispuesta a desperdiciar la ocasión de conocer a Katherine

Graham, la legendaria propietaria del *Post*. Las visitas a los dos diarios se convirtieron en seis días de abierta francachela del grupo, primero en el hotel Plaza de Nueva York y luego en el Four Seasons de Washington. El padre era generoso y dominaba plenamente ambas ciudades. Decidido a convertirse en guía de sus propios empleados, los pastoreó por una intensa agenda entre *shows* en Broadway, visitas protocolarias y extensas cenas por las noches. En ese círculo, Claudia y Tomás construyeron una complicidad inmediata nacida del déficit cultural del resto de la *troupe*: el inglés atropellado del padre —que nadie se atrevía a corregir— y los errores abismales del director editorial en materia de arte o pintura los hacían intercambiar miradas sarcásticas. Al tercer día de la gira ella tocó a la puerta de la habitación de él: «Vengo a que me expliques el Bacon».

Las noches restantes se escabulló a la *suite* de Tomás entre mutuas promesas de que no se trataba sino de un interludio pasajero: ella tenía un noviazgo estable en México que finalmente la llevaría a la boda, y él un panorama emocional inestable pero adictivo. Sin embargo, Tomás no podía dejar de sentirse halagado. En más de una ocasión en esas breves noches, mientras Claudia dormía reponiéndose de los desvelos provocados por sus escapadas, pensó que después de esos encuentros su vida no haría sino involucionar; llegó a decirse que estaba viviendo sus quince minutos de gloria, al menos en lo que tocaba a virilidad. Claudia no solo era la hija única de uno de los hombres más poderosos del país, también era una beldad por derecho propio, pero sobre todo poseía una alegría contagiosa y genuina que desarmaba; una risa pronta y siempre acompañada de una mirada cargada de inteligencia hacían de ella la interlocutora perfecta. Y desde luego estaba su trasero: sus orígenes cubanos, por el lado materno, la convertían en objeto de atención casi voyerista en los bares y restaurantes neoyorkinos.

Sin embargo, al terminar la gira ambos se separaron con la sensación de que algo más tendrían que haberse dicho. Y quizá lo habrían hecho si Tomás no se hubiese convencido de que prefería habitar en el recuerdo de Claudia a lo largo de esa excepcional semana, que enfrentarla a su decepcionante cotidianidad.

Semanas más tarde, seguiría preguntándose si alguna vez podría ser el hombre seguro de sí mismo, ingenioso y culto que se había mostrado ante Claudia. Durante meses fantaseó con la posibilidad de convertirse de tiempo completo en ese que fue en Nueva York aunque a la postre terminaba convencido de que aquello era una máscara temporal, sostenida gracias a la brevedad del viaje y a las circunstancias. Una parte de él asumía que allí existía algo que podría haber derivado en una relación de pareja; no obstante, en su fuero interno, aceptaba que más temprano que tarde terminaría decepcionándola. Eso fue lo que dos semanas después del regreso le llevó a dejar sin respuesta un mensaje en su contestadora de parte de Claudia: un cauto «Llámame cuando puedas». Nunca más se vieron. Hasta donde sabía, nadie más llegó a enterarse del breve *affaire*.

La noche de la boda, mientras observaba con nostalgia las pecas que exhibía su amplio escote, y con dolor aquel espectacular cuerpo, Tomás se consolaba diciéndose a sí mismo que en lugar de condolerse debía sentirse agradecido; sin duda habría sido envidiado por la mayoría de los varones del salón y por no pocas de las mujeres.

Fue en ese momento cuando advirtió que Jaime le hablaba. Alguien a quien no se le podría contar lo de Claudia, pensó al instante, pero recibió a su amigo con gusto; aunque hacía mucho tiempo habían dejado de frecuentarse, la estima era mutua. Le recordaba a Tomás los tiempos en que todo era futuro, cuando la vida era una pradera de posibilidades infinitas en espera de que cada uno de ellos potenciara alguna versión optimizada de sí mismo. Aunque eso no hubiese sucedido, recordaba con cariño las primeras épocas de los Azules. Entre otras razones lo apreciaba por la manera en que Jaime, a diferencia de él mismo, había sido «arquitecto de su propio destino», como solían decir los maestros españoles del Colegio Madrid.

Físicamente había algo contrastante en sus atuendos, en la actitud y hasta en la manera de estar en la vida. Jaime vestía un esmoquin de colección y unos zapatos italianos cuyo costo equivaldría al ingreso mensual de Tomás. Sus formas galantes y su bigote fino y perfectamente afeitado hacían recordar al típico galán latino del Hollywood de los cincuenta, pero nadie se habría atrevido a ridiculizarlo. Jaime tenía una presencia física poderosa, y si eso no bastaba para amedrentar, sus ojos solían inspirar una vaga e incómoda sensación de respeto o temor pese a la ensayada sonrisa que casi siempre llevaba puesta.

Tomás portaba con desgano un traje negro de Hugo Boss que había vivido ya sus mejores épocas aunque seguía siendo la estrella de su ropero; sin embargo, el desaliño del periodista de alguna forma entonaba con el pelo ensortijado y semicano que coronaba su cabeza. Amelia alguna vez había dicho que Tomás tenía una mirada líquida y todos entendieron de qué hablaba aunque cada uno tenía su propia interpretación; él se consoló pensando que se refería a la capacidad de conmoverla, pero Jaime lo consideró una alusión al estado de ánimo acuoso de su amigo, siempre a punto de desviar la mirada del interlocutor para fijarla en la punta de los zapatos o en las nubes.

—No se te vaya a ocurrir acercártele —dijo Jaime a manera de introducción—. Esa sí te metería en problemas.

—¿Quién? —respondió Tomás con una sonrisa, acostumbrado a la inclinación de su amigo por los acertijos. Al seguir su mirada se dio cuenta de lo que decía: a tres metros de ellos se encontraba la actriz Pamela Dosantos, una morena de figura llamativa, embutida en un traje demasiado entallado para ser de buen gusto. No obstante, lo portaba con la dignidad invulnerable de quien se sabe deseada por los que la rodean.

Jaime hizo un par de comentarios sobre la agitada vida amorosa de la estrella a quien se disputaban algunos de los hombres de poder del país, pero Tomás puso poca atención al dato, consciente de que se trataba de una beldad profesional muy lejos de su liga.

Tres años después, trataba de recordar con desesperación la información que Jaime le compartió sobre la mujer que hoy yacía en la morgue. Sin embargo, lo único que volvía a su memoria de aquella noche era la mirada irónica y larga que Claudia le dirigió antes de desaparecer por la puerta, camino a su noche de bodas. Esto no se ha acabado, se dijo Tomás y trató de aferrarse a la posibilidades que dejaba ese atisbo y a la probabilidad de que otro giro de la vida le ofreciera quince minutos de gloria adicionales. Nada de eso sucedió en los siguientes tres años, salvo que finalmente se cruzó con el cadáver de Dosantos y eso lo había metido en problemas.

Cuando salió de la regadera su celular sonaba insistentemente; le llamaban desde un teléfono que terminaba en 2000 y eso solo podía ser el conmutador de una radiodifusora. Seguramente querían entrevistarlo. Ignoró la llamada y revisó los mensajes, apenas alcanzó a oír dos: el primero le dio una punzada en la boca del estómago; el segundo, una palpitación.

Te vas a morir, cabrón. El emisor era el número del celular de Mario. Marcó de inmediato a su amigo y le preguntó si le había enviado algún mensaje; este lo negó y Tomás colgó aún más preocupado. Supuso que solo alguien con una tecnología sofisticada era capaz de enviar un SMS desde un teléfono ajeno.

El segundo mensaje procedía de un número privado inidentificable. *¿Qué debes hacer con Dallas Cowboys? ¡Aquí, ahora!*

Solo podía ser Amelia, se dijo. ¿Cómo sabía que él nunca olvidaría aquella terrible y humillante frase de Jaime: «Vente a la alberca, pero quítate la camiseta de los Dallas Cowboys, y aprovecha para que la laven»?

A pesar de los casi treinta años transcurridos no tuvo dificultad alguna para descifrar lo que significaba: Amelia lo esperaba en los lavaderos de la azotea, una convocatoria que solo él y ella podrían haber entendido.

Se felicitó por estar recién bañado y se vistió con su mejor ropa interior. Podía estar en medio de un lío, pero nunca dejaría de fantasear con la posibilidad de un reencuentro amoroso con Amelia.

Subió apresurado los cuatro pisos hasta llegar a la azotea. Su amiga había escogido bien el lugar: cuatro distintas escaleras permitían el acceso a los lavaderos, con otras tantas salidas a la calle; podía encontrarse con él y salir a cualquiera de las avenidas laterales de la cuadra. El corazón le latía con fuerza cuando llegó a la enorme zona de tendidos de ropa, desierta por el sol que caía a plomo sobre el lugar; sin embargo, su entusiasmo se congeló cuando vio a Jaime recostado contra un tinaco, esgrimiendo su famosa media sonrisa. Se veía fresco y relajado, como si en lugar de un entorno de sábanas que hacían el último esfuerzo para despercudirse y paredes que no hacían ninguno para evitar desmoronarse, se encontrara en una terraza del Country Club un domingo por la mañana. ¿Cómo recordó lo de la camiseta de Dallas Cowboys?, se preguntó Tomás decepcionado al no ver a Amelia.

—Necesitas mejorar tu condición física, el cigarro te va a matar —lo recibió con expresión divertida.

Qué ironía, pensó Tomás al percatarse de que hacía apenas unos instantes había invocado a Jaime a propósito de la boda de Claudia. Desde entonces no lo veía. Recordó vagamente que se habían llamado en dos ocasiones: una con motivo de la muerte de la hermana mayor de su amigo, a cuyo funeral Tomás no pudo asistir por haberse enterado demasiado tarde. La otra llamada fue hecha seis meses antes por el propio Jaime, en circunstancias que a Tomás le parecieron extrañas: le habló tan solo para preguntarle cómo estaba y si necesitaba alguna ayuda; sin decirlo abiertamente, le hizo prometer que si requería cualquier cosa —dinero si fuera necesario— no dudara en buscarlo. La llamada coincidió con la peor racha económica de Tomás, una temporada en que sus tarjetas de crédito estaban saturadas.

Se acercó a Jaime con reticencia. No sería una conversación fácil; su amigo tenía siempre una manera de hacerle sentir que, sin importar el tema del que hablasen, él tenía información adicional que se reservaba para sí mismo. Un diálogo asimétrico en el que el periodista jugaba a una banda y Jaime lo hacía en tres simultáneas. De cualquier forma no tenía opción: estaba dispuesto a agarrarse de cualquier clavo ardiente, así tuviese que pasarse una hora entre reminiscencias adolescentes.

Por fortuna Jaime parecía tener prisa. Le dio un abrazo largo sin palabras y fue directo al grano:

—Si sigues en el país debe ser porque tienes algo más con qué defenderte.

—No tengo idea de por qué sigo aquí. El problema es que ni siquiera sé el tamaño del problema en el que me he metido. Confiaba en que tú me ayudaras a precisarlo.

—Estás hasta el cogote. Pero primero cuéntame, ¿por qué metiste el dato del domicilio, quién te lo dio?

Tomás pensó que era típico de Jaime exigir información antes de ofrecer algo a cambio; no obstante, su viejo amigo podía ser un apoyo invaluable. En cinco minutos le dijo lo que sabía.

—El sábado comí con el abogado Raúl Coronel. Hablamos casualmente del escándalo del día y allí me reveló que una fuente policiaca cercana a la investigación le informó del verdadero lugar donde se encontró el cadáver y la cercanía de la casa de donde pudo haber salido. «Es una exclusiva», me dijo sin darle demasiada importancia. Al día siguiente tenía que escribir mi columna, pero quedé de llevar al cine a Jimena, y ya ves cómo se pone su mamá cuando paso tarde por ella. Total, que redacté de manera apresurada e incluí el dato porque di por sentado que si lo traía Coronel ya estaría circulando entre los reporteros de la fuente —Tomás no se atrevió a decirle que el apuro no había sido motivado por una cita con su hija, sino por una juerga en La Flor del Son; le pareció que su falta ya era demasiado grave.

—Carajo, te la jugaron completa —dijo Jaime en tono categórico.

—Dime algo nuevo, eso me quedó claro desde que comenzó el puto día —respondió Tomás molesto.

—Bueno, no sé por qué mataron a Pamela ni quién lo hizo, al menos por ahora. Pero el conducto al que recurrieron para utilizarte es un punto de partida: Raúl Coronel está asociado a algunos de los priistas más poderosos del país, aunque juega con varias corrientes; no será tan evidente descubrir la mano que mueve la cuna. Y por si fuera poco también está involucrado en varios proyectos turísticos en Los Cabos y Puerto Peñasco, de esos que pisan ampollas de todo tipo.

—¿Y eso qué tiene que ver con Dosantos?

—Todo y nada. Ya lo veremos.

La siguiente media hora consideraron una estrategia de reacción inmediata. Repasaron todos los recursos posibles; Jaime insistió en que se acercara al periódico. *El Mundo* seguía siendo el diario de mayor peso entre la clase política.

—Es importante que no se deslinden de ti —le dijo—, cualquiera se lo pensará dos veces si considera que atacarte puede ser interpretado como un embate al periódico.

Tomás asintió sin entusiasmo. Había un nuevo director, Alfonso Palomar, con el que tenía poca afinidad, aunque tampoco podía decirse que le fuera hostil. Toleraba sus colaboraciones con más resignación que entusiasmo; Palomar consideraba que el columnista aportaba poco al periódico, aunque suponía que su salida haría más daño si emigraba a un diario competidor.

—La mejor estrategia para protegerte es elevarle el costo político a cualquiera que desee lastimarte. Me preocupa menos Salazar, por ahora, que alguno de sus subordinados que asuma que al darte una golpiza le hace un favor a su jefe.

—Entonces lo mejor sería que me esfumara algunos días mientras esto se tranquiliza.

—Por el contrario, activa a las amistades importantes, procura a otros periodistas y conductores. ¿Sigues siendo amigo de Carmen Aristegui? Que te invite a su noticiero con algún pretexto. Todavía es la de más audiencia en la mañana, ¿no?

—Pero si sigo hablando del asunto entonces sí que buscarán silenciarme a como dé lugar; además, no sé nada del asesinato de Dosantos. ¿De veras estaba relacionada con Salazar?

—La idea es que no hables más de ese asunto aunque sí sería muy conveniente que tu próximo artículo sea un campanazo periodístico, una revelación interesante; te pondría otra vez en los reflectores de la opinión pública. Esa es tu mejor protección.

Tomás acarició la idea de que su columna volviese a ser una de las referencias obligadas de los círculos rojos en el país, como lo consiguiera por un breve periodo una década atrás. Hacía años que no tenía una primicia decente, salvo la que ahora lo había metido en un berenjenal.

—No te recrimines tanto —le dijo Jaime, adivinando su preocupación—. Lo de Dosantos era un dato demasiado bueno para ignorarlo. Yo me encargo de prepararte un buen material para las siguientes semanas. Vas a ser el columnista más leído.

Tomás asintió aliviado, aunque estaba consciente de que Jaime lo utilizaría para ventilar su propia agenda política, cuyos alcances se le escapaban. Una vez más nos vamos a usar uno al otro, pensó Tomás y un doloroso recuerdo de Amelia cruzó su mente.

—Descartemos tu salida del país, aunque te aconsejo tener a la mano visa y pasaporte.

Jaime metió la mano al interior del saco y extrajo un sobre sin cerrar que contenía un abultado fajo de dólares.

—Y tampoco te separes de esto, por si acaso.

Tomás agradeció el gesto, pero desechó el ofrecimiento sosteniéndole la mirada. Contuvo la tentación de adivinar la cantidad que encerraría el sobre, aun cuando no pudo impedir la sensación de alivio que le recorrió el cuerpo solo de imaginarse vagabundeando durante meses por el Mediterráneo.

Jaime regresó el dinero a su bolsillo con una sonrisa que incomodó a su amigo.

Me pueden pegar un tiro en unas horas y aquí estamos, como siempre, retándonos con el pavoneo de machos alfa, se dijo Tomás recordando una frase típica de Amelia.

—Veámonos mañana por la noche; te llevaré algo para tu próxima columna. Dile a Amelia y a Mario que nos acompañen, para entonces tendremos un panorama más claro de cómo lidiar con este asunto. Diez de la noche, cafetería del hotel Reina Victoria en Paseo de la Reforma, ¿va?

Sin esperar respuesta, Jaime le dio un abrazo y comenzó a alejarse. Tomás lo miró caminar a una escalera de servicio y súbitamente advirtió el enorme parecido que tenía con su padre: movimientos confiados y desenfadados, una elegancia natural incluso al quedar en reposo. Un ramalazo de irritación le subió por la garganta hasta enrojecerle el cuello.

Lunes 25 de noviembre, 11.30 a. m.

Mario

Tendría que haber leído menos libros de Paul Auster y Murakami y más de Tom Clancy y Dan Brown, se dijo Mario mientras se alejaba del apartamento de Tomás. Por más vueltas que le daba no encontraba forma de ayudar a su amigo, ni siquiera tenía elementos para evaluar el riesgo en que se encontraba. ¿No estarían exagerando? Si el secretario de Gobernación quería vigilar al periodista, o peor aún, ejercer alguna represalia, ¿estaban en condiciones de evadirla? ¿Sería ya demasiado tarde? Quizá en este momento ya era seguido por algún esbirro mientras caminaba hacia la estación de las ecobicis y se imaginó escabulléndose de un perseguidor mientras pedaleaba furiosamente por las calles en sentido contrario. ¿Tendrán credencial de Ecobici los guaruras de la Secretaría?, se preguntó mientras miraba por encima del hombro en busca de cualquier figura sospechosa en la estela de su camino.

El pedaleo y el viento fresco que corría por la avenida Ámsterdam lo tranquilizaron. En bicicleta no se advertía la rigidez de la pierna, su movimiento casi era normal. Cuando paseaba por la Condesa en la ecobici, Mario no podía evitar pensarse ciudadano holandés; tomar gratuitamente una bicicleta y dejarla en un estacionamiento público quince minutos más tarde le parecía una experiencia del Primer Mundo.

Pero no en esta ocasión: los ciudadanos holandeses no solían ser perseguidos por la policía política, creía Mario.

Por fortuna ningún vehículo o persona parecía circular en su misma dirección. Se dijo que debía asegurarse de no ser seguido para no revelar su domicilio, o quizá ya lo sabían: tenía veintidós años habitando el mismo sitio. Había tenido la fortuna de comprar una vivienda casi regalada luego de su boda, seis años después del severo sismo del 85 que desoló la arbolada colonia Condesa. En aquel momento Mario se dijo que si la casona resistió una magnitud de 8.1 en la escala de Richter, soportaría cualquier cosa, incluida la prole que pensaba traer al mundo o el terrible carácter de Olga, la mujer a la que se sometía con mansedumbre y adoración. Dos décadas después habían engendrado un solo hijo, pero el barrio se convirtió en el Greenwich Village mexicano y su propiedad se cotizaba en más de un millón de dólares. Aunque igual podrían ser cincuenta pesos; Mario y Olga nunca venderían el paraíso en que convirtieron su casa verde en la glorieta Popocatépetl.

—Vidal —le dijo a su hijo al entrar a casa—, ¿puedes revisar cómo andan las redes sociales con el asunto de Dosantos, ver si hay algo nuevo?

A los veinte años Vidal no parecía muy consciente de haber alcanzado la mayoría de edad, se decía Mario. No tenía mucha idea de lo que quería hacer en la vida ni la mínima prisa por decidirlo, pero en materia de computadoras y la Web no había secretos para él, o por lo menos eso creía su padre.

—Ve si hay algo que relacione el tema con Salazar —le pidió. Mario entendía lo suficiente de redes sociales para saber que las noticias podían crecer hasta hacerse tumultuosas o simplemente pasar inadvertidas y diluirse en la copiosa marea digital.

—El *hashtag* #SalazarDosantos es *trending topic* en Twitter México —informó lacónico Vidal.

—¿Y eso qué significa exactamente?

—Que varios miles de personas ya han tuiteado algo al respecto en las últimas horas.

—¿Por ejemplo?

—*Pobre Susana, primero asesinada, ahora acusada de mal gusto. ¿Salazar? Guácalas.* Ese es uno. *Para eso me gustaba Salazar, rabo verde y asesino.* Otro: *¿Qué nadie les dijo que bastaba un no-eres-tú-soy-yo para terminarla? ¿Por qué asesinarla?*

Adiós a su esperanza de que el tema pasara inadvertido, se dijo Mario mientras su hijo comenzaba a teclear vertiginosamente.

—Hola, Crespo, ¿qué te regresó tan temprano? —preguntó Olga al entrar al estudio. Mario nunca había entendido la razón por la cual su mujer siempre se dirigía a él por su apellido, pero lo decía en el mismo tono con el que otras mujeres llamaban a sus parejas «amor» o «viejo», con cierto cariño y un dejo de posesión.

—Preferí no ir a la facultad, tengo muchos exámenes que corregir —mintió Mario para no preocuparla con los asuntos de Tomás.

—Están haciendo crecer artificialmente el tema Dosantos-Salazar —interrumpió Vidal—. La mayor parte de los tuits provienen de avatares vinculados a la izquierda. Oye, se menciona mucho un artículo de mi tío Tomás. ¿Por eso te interesaba?

—¿Qué está pasando, Crespo? —terció Olga en tono severo. No le apasionaba la política; sin embargo, entendía lo necesario para encender alarmas cuando escuchaba en la misma frase a la actriz asesinada, al temible Salazar y al omnipresente Tomás.

Mario emitió un suspiro largo, le indicó un sillón y les explicó lo que sabía.

—Por piedad, no te involucres. Por una vez deja que Tomás resuelva sus problemas.

Mario pareció no haber escuchado. Se quedó prendado del extraño «por piedad» utilizado por su esposa, una mujer rabiosamente atea; le recordó a un locutor de futbol de la televisión que solía proferir de manera lastimosa el término cuando un jugador disparaba más cerca del segundo piso del estadio que de la portería. «Por piedad, Mújica, no te pido que seas Messi, solo que tires al arco».

—Crespo, te estoy hablando. Primero está tu familia, tu hijo. No los pongas en riesgo.

—No te preocupes, para mañana el tema se habrá disipado, nadie hablará de Tomás.

—Oye, papá, te buscaron de la oficina de la tía Amelia, dijeron que era importante.

Olga recriminó a Mario con la mirada; si los Azules se metían en esto no habría poder humano que mantuviera a su marido al margen. Para ella era el único hombre que existía, aunque una parte de él seguía habitando en el universo paralelo de su grupo. Lo que para los otros tres amigos había sido una etapa de la infancia y de la juventud, en Mario constituía una parte definitoria de su manera de estar en la vida. A veces Olga se preguntaba si el Mario esposo, padre de familia y profesor universitario era el real o una mera faceta de ese que seguía viviendo en el mundo peculiar de una fraternidad adolescente que solo existía en su cabeza.

—Tengo que irme, mujer. Tranquila, todo saldrá bien —le aseguró—. Vidal, sigue vigilando el tema en las redes —dijo antes de salir a la calle, muy lejos de adivinar lo que esas palabras desencadenarían.

Durante media hora deambuló por las calles en busca de un teléfono público desde el cual llamar a Amelia. Notó entonces que la propagación endémica de celulares había convertido a las casetas telefónicas en un anacronismo; por fin encontró una al lado de las cajas registradoras de un supermercado, solo para descubrir que el aparato requería tarjeta prepagada, sin opción para monedas.

Mario acudió a las cajas registradoras, donde una mujer malhumorada le dijo que el establecimiento no vendía tarjetas para el teléfono. Un gafete sobre el inflado pecho rezaba *Margarita*.

Amargadita, se dijo Mario recordando el mote que Amelia le colgara a una profesora del mismo nombre, quien pese a impartir Biología se sonrojaba cada vez que los Azules le preguntaban sobre los órganos de reproducción sexual.

Le tomó otros diez minutos encontrar una farmacia donde vendieran tarjetas telefónicas. Regresó al supermercado tarjeta en mano, pero no pudo evitar la mirada burlona de Margarita, quien fijó los ojos en el celular que colgaba de su cinturón; una recriminación callada que Mario interpretó como una especie de «Pobre diablo, no tienes ni para pagar el tiempo aire de tu celular». Esta no es amargadita, se dijo Mario, esta es una verdadera hija de puta.

Cinco minutos y dos llamadas más tarde estaba hablando con Amelia, luego de reportarse al número de teléfono que la secretaria le facilitó. El asunto se torna cada vez más clandestino, pensó Mario.

—¿Cómo está Tomás? —le preguntó Amelia, sin saludo de por medio—. ¿Hablaste con él?

—Está preocupado, lo vi hace unas dos horas. No tenía idea del lío en que se metió; yo mismo lo desperté y le comenté el escándalo que ha provocado.

Mario comenzó a sentir alivio a medida que hablaba. Compartir el problema con Amelia lo hacía colectivo, algo que descansaría en los hombros de los Azules y no solo en los suyos.

—No sabemos qué hacer —continuó Mario—. Convencí a Tomás de que antes de cualquier otra cosa los buscáramos a ti y a Jaime para analizar la situación.

—Hiciste bien. Necesito hablar urgentemente con él sin que se sepa. Si nos ven juntos se va a politizar el tema y podría resultar peor.

—¿Cuándo y dónde? —dijo Mario, viendo de reojo a la cajera que no le quitaba la vista.

—A las nueve treinta de la noche, en el bar del Sanborns de San Ángel. Él solo y que se asegure de que no lo sigan. Díselo personalmente, no por teléfono.

—Está bien —aceptó Mario, decepcionado por ser excluido de la cita.

—Tengo que hacerle algunas advertencias que no van a gustarle sobre la manera en que se ha abandonado últimamente, seguro que preferirá escucharlas él solo, sin compañía —se justificó Amelia, a quien no se le escapó el reproche disimulado de su amigo—. ¿Y tú cómo estás? —añadió, dejando atrás el tono imperativo.

—Bien —respondió Mario, quien no supo si la pregunta era trivial y se refería a la familia o a la crisis de las últimas horas. Se decidió por lo segundo y para mostrar que su rol era mayor al de un simple mensajero, le informó sobre los hallazgos de su hijo Vidal.

—¿Así que impulsada en las redes por la izquierda? Interesante —dijo Amelia en tono pensativo, aunque sabía perfectamente que era ella quien había pasado la instrucción hacía ya varias horas.

—Vidal seguirá navegando para ver qué más descubre.

—Mejor que no se meta, ya hizo suficiente.

—Puede ser muy útil —aseguró Mario orgulloso—. Hace rato que no ves a tu sobrino, es tremendo con un teclado y una pantalla.

—Dale un beso de mi parte y dile que te investigue otra cosa; a veces las búsquedas mismas acaban por calentar el tema. Aunque no se lo prohíbas porque será contraproducente: en eso se parece más a mí que a ti. Que te haga un *dossier* sobre la filmografía de Dosantos, dile que Tomás lo necesita para un artículo.

Mario colgó el teléfono y guardó la tarjeta telefónica en la cartera, aunque se aseguró de que la mirada de Margarita captara la American Express dorada; salió a la calle y se dirigió al café en que había acordado encontrarse con Tomás una hora más tarde. No advirtió el taxi que lo seguía cuarenta metros atrás.

Lunes 25 de noviembre, 4.25 p. m.

Tomás

Tenía los ojos enrojecidos luego de la extensa sesión de lectura de los diarios del día en la pantalla del iPad. Caminó las dos cuadras que separaban su apartamento de Le Pain Quotidien, en la calle de Ámsterdam, donde se reuniría con Mario a las cinco de la tarde. Su reloj marcaba 4.25; le venía bien estar solo un rato y hacer un balance de la situación en que se encontraba. Se dio cuenta de que no había probado bocado desde el café de la mañana y ordenó un té de menta con leche y un sándwich de salmón. Extrajo su libreta negra Moleskine de pastas duras y comenzó a hacer el recuento de lo que sabía hasta ese momento.

Patricia Serrano Plascencia, luego conocida como Pamela Dosantos, había tenido una carrera meteórica, aunque su fama se debía más a la cobertura de las revistas del corazón que a las reseñas cinematográficas. Cuando fue reina de belleza de Sinaloa, en 1991, un jefe militar dedicado al combate de los cárteles de la droga en Culiacán, tierra de origen de los capos mexicanos, la sedujo y sacó de la región antes de que fuese presa de algún cacique local. Con apartamento a su nombre en la exclusiva zona de Polanco de la Ciudad de México, Patricia se convirtió en la amante trofeo del general Aguilar. Dos años después, un repentino exilio del militar, quien comenzó a ser investigado por su «inexplicable» riqueza, dejó a la artista sin ataduras y en la ruta perfecta para triunfar; su belleza y una vocación inagotable para las juergas hicieron el resto. Suplió el anticlimático «Patricia Serrano» por el glamoroso «Pamela Dosantos» y quince años después su currículo incluía un tórrido romance con el futbolista más querido del país; se le atribuía un largo amorío con el cantante Luis Miguel y otro aún más escandaloso con un empresario zapatero de Guanajuato a quien conoció al convertirse en las piernas de la campaña de publicidad de sus comercios.

Todos contribuyeron a su acelerada carrera artística: unos gracias a sus relaciones, otros a sus financiamientos. Su filmografía incluía una decena de películas nacionales de las que no van a festivales ni ganan palmas de oro. Aunque sí incontables palmas de las manos de una legión de adolescentes, pensó Tomás. En los últimos años la vida amorosa de Dosantos se concentró en políticos de alto nivel. Uno de los últimos, un gobernador con aspiraciones presidenciales, tuvo que tomar distancia pública de ella después de que la artista comentara en una entrevista radiofónica que este país ya se merecía una primera dama guapa.

Su corazón era genuino y de amplio criterio. De acuerdo con lo que Tomás recordaba de las revistas de sociales, la actriz parecía invariablemente estar enamorada del galán en turno. Una especie de desamparo natural en ella la hacía mostrar un auténtico afecto por el protector del momento, sin importar si era joven o viejo, guapo o feo. Uno de ellos, al parecer, resultó demasiado celoso, pensó Tomás, aunque la descripción del estado en que encontraron el cadáver parecía producto de algo más siniestro que unos simples celos. ¿En qué te metiste para que te tasajearan así, Pamela?, preguntó el periodista mirando una fotografía de la diva en la portada de un diario depositado en la mesa.

¡En qué me metí yo!, se dijo Tomás, para recibir amenazas como la de esta mañana. Súbitamente se dio cuenta de que Jaime nunca respondió a su pregunta sobre las relaciones entre la actriz y Salazar. ¿Sabía algo su amigo? ¿Por qué se lo ocultaba? Una vez más se instaló en él la desazón que sus diálogos con Jaime solían dejarle.

La amenaza en su teléfono era dura y feroz. No era la primera que recibía a lo largo de su vida profesional: en los noventa, cuando su columna influía y producía escozor en los políticos, padeció unas cuantas e incluso fue custodiado por policías judiciales durante algunos meses. A la postre decidió que no había manera de evitar un ataque si en verdad querían ejecutarlo, y en cambio vivir rodeado de judiciales de dudosa fiabilidad resultaba no solo incómodo sino peligroso. Desarrolló un fatalismo práctico que tenía que ver más con la negligencia que con la valentía. O como decía el refrán que citaba Amelia, quien prescindía de guardias: «Si no te toca, aunque te pongas; y si te toca, aunque te quites».

No obstante, esta provocación parecía diferente. Había bloqueado durante horas el recuerdo del mensaje intimidante aunque sabía que era peligroso; alguna vez leyó que entre más lacónica y menos discursiva la advertencia, más mortífera podía resultar.

El recuerdo del mensaje le hizo percatarse de que seguía con el celular apagado. Lo activó para escuchar su buzón de voz. Los siete primeros mensajes eran de jefes de información de otros tantos noticieros, el octavo pertenecía al director del periódico. Apagó el aparato, se dirigió a la caja y pidió al dependiente permiso para hacer uso del teléfono del local, pretextando carecer de batería; no era cliente asiduo, pero había acudido lo suficiente para ser conocido por Toño, responsable del lugar. Alfonso Palomar tomó de inmediato la llamada.

—Felicidades, tu artículo es la nota más leída en el portal del periódico.

—¿Y has tenido reacciones de arriba?

—¿Por arriba te refieres al gobierno o al dueño?

—Bueno, a cualquiera de los dos arribas.

—Don Rosendo quiere que vengas a verlo, mañana a las doce.

—¿Y del gobierno?

—Te esperamos aquí mañana y tráete lo que tengas sobre el caso. Te dejo, estoy entrando a la reunión de portada. Cuídate.

Todo el mundo parecía estarse despidiendo de él con un «cuídate», lo cual era explicable, pero no le gustó el tono de Palomar. No había nada amenazante en la forma en que lo pronunció, más bien un desdén burlón, como si le dijese: «Eso te sacas por andar metiéndote en ligas que no son las tuyas».

Siempre se habían profesado una desconfianza recíproca: el director del diario lo consideraba un arribista en el medio periodístico y creía inmerecida la fama que su columna adquirió en años anteriores. Cada vez que se rediseñaba el periódico, su artículo era empujado a páginas menos relevantes, o por lo menos eso es lo que Tomás creía. En todo caso, la animadversión era bien correspondida. *El Mundo* habría podido ser uno de los grandes periódicos del continente si su director hubiese sido menos complaciente con los intereses políticos, a veces caprichosos, del dueño, aunque entendía que Palomar debía el puesto menos a sus méritos profesionales que a su lealtad ciega e incondicional a Rosendo Franco.

El típico sonido del renqueante paso de Mario lo sacó de sus cavilaciones.

—¿Alguna novedad? —preguntó su amigo al momento de sentarse.

Tomás decidió ser cauto. La amenaza recibida podía

ser inocua, y no había razón para alarmar innecesariamente a Mario.

—Nada en particular. Creo que ahora entran al relevo los reporteros de nota roja y supongo que mi artículo será historia vieja para mañana. Por lo menos eso espero.

—Amelia me buscó por teléfono, muy misteriosa, y me dijo que si podías verla hoy por la noche, en el bar del Sanborns de San Ángel a las nueve treinta; que te asegures de que no haya moros en la costa. Yo tengo un compromiso con Olga, no los voy a poder acompañar —añadió Mario casi entre dientes.

—De acuerdo. Pues a mí me buscó Jaime y me pidió que nos juntáramos los cuatro mañana por la noche en el Reina Victoria de Reforma. Más tarde, cuando la vea, le aviso a Amelia.

—¿Los cuatro? —dijo Mario con el rostro iluminado.

—Si no puedes no importa, seguramente para mañana nos vamos a estar riendo del asunto y Amelia y Jaime se burlarán de mi fama involuntaria.

—Claro que voy a estar, si es para burlarnos de ti no me la voy a perder.

Tomás trató de recordar cuándo fue la última vez que se reunieron los Azules: cinco o seis años atrás, en los funerales de la madre de Mario. La noche después del entierro los tres se llevaron a su amigo a un bar con intención de reconfortarlo, pero los cuatro bebieron de más, comenzaron a esgrimirse «verdadazos», como decía Amelia, y terminaron lastimándose con revelaciones que nunca debieron hacerse. En realidad se dijo poco, pero se sintió mucho. Los funerales suelen ser malos momentos para sincerarse, opinaba Tomás, los cables emocionales están pelados.

—Espero que ahora termine mejor que la última vez que nos vimos —dijo Tomás, pensando en voz alta.

—Seguramente, ahora uno de nosotros está en peligro.

Tomás estuvo a punto de burlarse del tono «tres mosqueteros» de Mario, pero se contuvo. No había necesidad de lastimar el candor adolescente de su amigo y probablemente tenía razón, de otra manera no lo habrían buscado Jaime y Amelia el mismo día luego de tantos años.

Esa revelación y el entusiasmo de Mario comenzaron a contagiarlo. Después de todo, el impacto inesperado de su columna no era desafortunado, lo había puesto otra vez en los reflectores y quizá ello le permitiera dar un nuevo impulso a su trabajo como columnista. Existían riesgos, sí, pero la peor de las amenazas era el estancamiento en que se encontraba su vida personal y profesional; un día detrás de otro sin esperar nada, con la convicción cada vez más firme de que por el andén en que se encontraba no volverían a pasar los trenes. Y sin embargo, surgía esta locomotora imprevista que podía ser su última esperanza, a condición de que no lo arrollara.

Tomás fantaseó con el periodista vital e influyente en el que podría convertirse. Siempre creía haber tenido el talento, no así la ambición; quizá el instinto de sobrevivencia le proporcionaría el litio que faltaba en la batería de su vida. Por lo pronto el periodista pensó que debía enderezar algunas cosas.

Se despidió de Mario y al salir juzgó que era señal de buena suerte encontrar un taxi desocupado a la puerta de la cafetería; le indicó al conductor, un hombre joven, la calle donde vivían su exmujer y su hija. Pensó en llamar a Jimena para avisarle, aunque decidió no usar el teléfono: ya debería estar de regreso de la clase de alemán. Le resultaban un enigma las razones que llevaron a su hija a inclinarse por un idioma de tan escasa utilidad en México, pero así era ella. Parecía hija de Amelia y no de Teresa, quien abandonó años antes sus largas faldas *hippies* de la juventud, no así la actitud relajada y complaciente con que navegaba por la vida. No era el caso de su Jimena, siempre asertiva y cargada de opiniones contundentes, en ocasiones rígidas. Debe ser eso lo que le gusta del alemán, se dijo Tomás, aunque no tenía idea de si la gramática germana era tan severa como el sonido cortante del idioma.

Caía la tarde y el tráfico en Insurgentes era lento y pesado; los dos carriles semejaban largas serpientes multicolores que se arrastraban despacio hacia el sur. Lo compacto de las filas no impedía que los autos cambiasen continuamente de carril. Lo único que no se perdona en México son las ofensas de honor y dejar un espacio vacío en una calle transitada, pensó Tomás, aunque de lo primero ya no estaba tan seguro.

Sin embargo, el conductor del taxi no parecía tener prisa; mejor, eso le daría un rato para descansar. Reclinó la cabeza en el respaldo y cerró los ojos.

—¿Ya a descansar a casa, patrón?

—Ajá —contestó de mala manera. Antes solía conversar con los taxistas, se suponía que eran el mejor termómetro del estado de ánimo de una ciudad, pero luego de años de esas pláticas Tomás llegó a la conclusión de que se trataba de una leyenda urbana alentada por corresponsales extranjeros demasiado holgazanes para hacer un trabajo de fondo; tres viajes en taxi y creían que ya le habían tomado el pulso a la metrópoli.

Pese a todo, se sintió en la obligación de charlar en atención al renovado periodista en que debería convertirse.

—¿Cómo van las cosas? ¿Hay trabajo?

—Muy poco, apenas sale para pagar los gastos del auto. Eso de las bicicletas nos está quitando clientes.

A Tomás le pareció una exageración, aunque supuso que el joven sabría su negocio. Lo miró con simpatía y exa-

67

minó el taxi. Le llamó la atención un café de Starbucks en el descansabrazos delantero: un lujo asiático para los ingresos de un taxista con apremios económicos. Las contradicciones de la modernización, pensó. Un detalle de color para algún artículo sobre la imposición de las modas del Primer Mundo en los sectores pauperizados de nuestros países.

—¿Y cómo te va con la inseguridad? ¿No es muy riesgosa la chofereada?

—Voy a tomar un atajo porque Insurgentes está muy cargado —dijo al momento de dar vuelta para internarse por calles interiores—. Uno se cuida, pero ya ve que hasta a las artistas les toca.

—Pues sí —contestó Tomás y maldijo el momento en que se le ocurrió hablar de inseguridad.

—Cómo ve, patrón, ¿quién se la habrá echado?

El timbre del celular lo salvó de preguntas que ya no tenía deseos de contestar; luego recordó que su teléfono estaba apagado. Debía ser el del taxista, quien en efecto sacó de su bolsillo el aparato y lo silenció. Un BlackBerry que a Tomás le pareció de última generación, quizá por el parecido con el que le viera a Jaime esa mañana.

Revisó al joven con mayor detenimiento y creyó adivinar que la ropa era de marca, aunque no se consideraba un experto. Repasó el momento de abordar el taxi y una vena pulsó en su frente cuando recordó que el auto estaba detenido, esperando quizá, afuera del Le Pain Quotidien.

Todo capitalino conocía el *modus operandi* de los asaltos en taxis; eran mucho menos frecuentes ahora que en los años noventa, pero los relatos habían cambiado muy poco. El auto solía desviarse a calles poco transitadas y en algún momento era alcanzado por otro del que descendía un cómplice para subirse en el asiento del copiloto desde donde lo amenazaría con una pistola: lo que seguía era un largo paseo para vaciar sus tarjetas en cajeros automáticos. No obstante, algo en la pulcritud y porte atlético del joven le hacía suponer que no iban por sus tarjetas.

Tomás se desplazó hacia la ventana derecha para escapar del perímetro dominado por el espejo retrovisor del conductor y giró la cabeza despacio para ver si algún auto los seguía. Advirtió una camioneta blanca a media cuadra de distancia con varios pasajeros en su interior; eso terminó por decidirlo. Hacía algunas semanas escuchó que los judiciales ya no usaban camionetas negras por ser demasiado conspicuas, el problema era que el crimen organizado ya había comenzado a imitarlos.

Con sigilo intentó abrir la puerta con el propósito de bajarse cuando el auto disminuyera la velocidad, pero no pudo. Supuso que estaba accionado el seguro de protección a menores que solo permitía abrir desde afuera; sin duda la puerta izquierda también estaría bloqueada.

Dos cuadras más tarde el taxista giró a la izquierda para tomar una calle pequeña. A la mitad del giro Tomás golpeó con los nudillos de su mano derecha la barbilla del conductor con toda la fuerza de la que fue capaz; la cabeza del joven rebotó contra la ventana y un acto reflejo lo llevó a aferrarse al volante y prolongar el giro del auto. El taxi se impactó contra la llanta delantera de una vieja combi estacionada en la acera izquierda y se detuvo. El conductor parecía haber perdido el sentido, aunque Tomás no se quedó a averiguarlo: sabía que tenía pocos segundos antes de que los de la camioneta doblaran la esquina y se dieran cuenta de lo sucedido. Se desplazó al asiento delantero del copiloto, abrió la puerta y salió del auto a toda prisa.

Por instinto corrió hacia la combi porque era el único objeto capaz de ocultarlo en la larga hilera de autos compactos estacionados a ambos costados de la calle; era una camioneta de reparto sin ventanas, tras la que Tomás se hizo ovillo por el lado de la acera. Unos instantes más tarde oyó a la camioneta girar y detenerse súbitamente con un movimiento rápido hacia la derecha. Agachado y protegido por los autos estacionados, Tomás se dirigió a la calle por la que habían circulado antes, llegó a la esquina, giró a la derecha y echó a correr en dirección a Insurgentes. La camioneta blanca no estaba a la vista, aunque supuso que era cuestión de segundos para que uno de sus pasajeros regresara unos pasos y se asomara a la calle. Tenía que alcanzar la siguiente esquina para desaparecer.

Dos hombres descendieron de la camioneta, no así el conductor, quien mantuvo el motor en marcha. Uno de ellos se asomó al taxi e hizo un gesto negativo en dirección a la camioneta. Esta arrancó con un fuerte chirrido de neumáticos y se desplazó hasta la siguiente esquina para bloquear una posible salida de escape; suponían que el pasajero había huido hacia adelante, en la dirección que llevaba el taxi. Eso le dio unos minutos de ventaja a Tomás. Los dos sujetos que habían bajado del vehículo, se separaron para caminar hacia la esquina, uno por cada acera; revisaban debajo de los autos y entre las dos largas hileras que se proyectaban hasta la camioneta blanca. Por su parte, el conductor de esta descendió y, volteando a diestra y siniestra, comenzó a caminar hacia sus compañeros. Uno de ellos se detuvo, volvió la vista atrás, regresó sobre sus pasos para examinar la combi y siguió caminando en dirección a la calle por la que habían llegado.

Tomás sentía que sus pulmones estallaban: la siguiente esquina parecía inalcanzable y cada segundo que pasaba sentía crecer el peso de una mirada clavada en su espalda. Nunca llegaré, se dijo. Cinco metros adelante, más por falta de aire que por estrategia, se metió a una farmacia de similares; dos dependientes y un cliente lo miraron alarmados.

—Me quieren secuestrar —dijo Tomás—. Escóndanme, por favor.

Ninguno de los tres se movió.

—Les suplico, a cualquiera de ustedes puede pasarle.

El más joven de los empleados volteó al interior del local y no pareció muy convencido. Era una farmacia de barrio sin almacén ni estantería interna; sin embargo, le señaló una botarga del Doctor Simi en un rincón del lugar.

—No va a venir el que se la pone —le explicó—. Usted verá.

Tomás pensó que era una broma, pero nadie reía. Decidió que haría cualquier cosa antes que volver a la calle. Los dos empleados de la farmacia comenzaron a ayudarlo a meterse en la botarga; el cliente se apresuró a recoger la bolsa con su compra y salió a la acera. No obstante, antes de desaparecer dijo: «Alguien viene a trote, apúrense».

Los dos empleados apenas se habían separado del muñeco cuando vieron pasar a un hombre corpulento y sudoroso por el frente de la farmacia. Tomás trataba de recordar qué es lo que solía hacer el Doctor Simi y le vino a la cabeza la imagen de la botarga bailando a ritmo tropical e invitando a los clientes a pasar al establecimiento. Por fortuna no hay música, se dijo, controlando con dificultad sus movimientos sofocados por el peso del disfraz; aplaudió torpemente con las enormes manazas y se aproximó al dintel de la entrada. El hombre llegó a la esquina y revisó el camino recorrido en busca de alguna explicación a la súbita desaparición de su víctima. La camioneta blanca se le unió luego de dar vuelta a toda la manzana. Al parecer sus perseguidores dedujeron, correctamente, que Tomás había regresado a la calle por la que venían y trataban de encontrarlo. Conferenciaron brevemente a gritos, apenas a diez metros de distancia de dónde él se encontraba.

—Ese cabrón no pudo haber llegado a la esquina tan rápido, tiene que estar en esta cuadra —dijo el sudoroso.

—Solo hay tres o cuatro comercios, dudo que se haya podido meter a alguna casa. Revísenlos —ordenó el conductor de la camioneta.

Tomás seguía aplaudiendo y comenzó a balancearse sobre uno y otro pie. La farmacia era el primero de los comercios abiertos en el camino de regreso de sus perseguidores. Agradeció que la botarga no se suponía que hablase, porque no habría podido: respiraba con dificultad y tenía la garganta atenazada por el miedo. El hombre entró a la farmacia e interrogó a los empleados:

—¿No han visto a uno que venía huyendo? Es un narcomenudista que vende afuera de una escuela. Corrió para acá.

—No, señor —contestó el joven—. Yo estaba atendiendo al cliente que acaba de salir, no vi pasar a nadie.

—Tampoco yo, mi comandante. Estaba atrás, sacando medicinas de las cajas —se apresuró a decir el otro empleado; el joven era mejor actor.

El hombre se inclinó sobre el mostrador, levantó la cortina y confirmó que el breve pasillo que hacía de almacén resultaba insuficiente para esconder a nadie.

—Y tú, ¿viste algo? —inquirió al Doctor Simi.

Tomás se encogió de hombros para indicar que no tenía idea pero el hombre, que en realidad no era comandante, seguía esperando una respuesta. El periodista se dio cuenta de que su encogimiento de hombros había sucedido al interior de la botarga; entonces negó con los brazos haciendo aspavientos.

La mirada del hombre regresó al empleado de mayor edad: lo miró por unos instantes y algo en su semblante delató que no valía la pena continuar el interrogatorio. Salió de la farmacia y se dirigió a un salón de belleza media manzana más adelante.

Tomás regresó al dintel y vio con alivio las espaldas que se alejaban; por la acera de enfrente el otro hombre se dirigía a una tlapalería cercana a la esquina opuesta. El agudo dolor de cabeza le hizo percatarse de que tenía trabada la mandíbula a fuerza de apretar los dientes. Respiró profundo y se dijo que todo había pasado.

Giró el cuerpo para ver la camioneta blanca. El conductor había descendido y lo miraba con atención recostado sobre el frente del vehículo. Pareció decidirse y se encaminó hacia Tomás; el periodista retrocedió y se preguntó qué posibilidades tendría de defenderse de su atacante. El hombre llegó a la farmacia, vio a Tomás y le dijo: «Tranquilo, Doctor Simi», se dirigió al dependiente y pidió unos condones. Pagó con un billete de cien pesos y regresó a la camioneta.

El conductor esperó otros quince minutos, que a Tomás le parecieron horas, tras los cuales emprendió la marcha para recoger a sus compañeros y desaparecer. No supo si dejaron al del taxi o también se lo llevaron.

El periodista esperó a que oscureciera para animarse a salir de la botarga. Agradeció a los empleados luego de insistir en que no era un delincuente; el joven parecía convencido, el viejo no tanto. Estaba claro que ninguno de los dos quería involucrarse; no para ayudarlo, tampoco para denunciarlo.

Pasó las siguientes horas deambulando a pie en dirección a la cita que tendría con Amelia. Le sobraba tiempo y le faltaban ganas para subirse a otro taxi.

Lunes 25 de noviembre, 2.30 p. m.

Vidal y Luis

Le alcanzó para el consumo de tres días a razón de un churro diario; la marihuana se había encarecido en los últimos meses, aunque las pastillas eran cada vez más baratas. No obstante, tres años antes Vidal se juró nunca más probar una tacha, luego de intoxicarse de fea manera al final de la juerga en un antro.

Quería armar uno de inmediato y fumarlo en la azotea, pero se encontró una tarjeta sobre el teclado con un mensaje de su padre. *Tomás me pide que le eches una mano haciendo una búsqueda de la filmografía de Dosantos, ¿puedes?* Vidal sonrió por la ingenuidad de su padre. En las tres últimas horas peinó la red y extrajo prácticamente todo lo que existía sobre la actriz; la filmografía le tomó menos de cinco minutos. Sin embargo, estaba insatisfecho: casi la totalidad de la información se concentraba en los romances de la sinaloense, pero sabía quién podía ayudarle. Hacía rato había enviado un mensaje cifrado a Luis, el mejor *hacker* de su generación.

Luis era una leyenda desde los catorce años, cuando se las ingenió para enviar mensajes encriptados por medio de torrents que sus amigos bajaban como una pieza de video. A los veintidós era un internauta absolutamente atípico. No era el *nerd* obeso carente de vida propia, encerrado en

74

un mundo virtual: era atleta y lector voraz, carismático y atractivo. Sus sesiones frente a la computadora no pasaban de cuatro o cinco horas diarias, un suspiro comparado al estándar de catorce o dieciséis de cualquier *hacker* que se precie.

Lo que Luis tenía era una conexión íntima, personal y muy precoz con los diversos lenguajes de programación, como si hubiera nacido en el país donde se hablaba ese idioma. Una especie de Mozart con la música de las esferas en su cabeza; le bastaba manipular un rato un nuevo programa para tener la partitura completa en su mente.

Vidal solía pensar que el talento de Luis habría merecido una mayor vocación: una como la suya. Justamente se hicieron amigos porque él había realizado el trabajo negro de una ingeniosa idea de Luis apenas enunciada; Vidal dedicó dos días a escribir todo el programa y se lo envió a su autor, quien resultó que vivía en Guadalajara. Agradecido, este le pidió que se encontraran en el primer viaje que hizo a la Ciudad de México. Desde entonces Vidal intentaba hacerse útil alertándolo de novedades del mundo cibernético y en un par de ocasiones lo apoyó en la escritura de programas engorrosos a petición de Luis. En ambas fue gratificado generosamente, pues formaban parte de los trabajos de asesor que el tapatío ofrecía a una firma desarrolladora de *software* en Santa Fe, Nuevo México.

Vidal nunca le había pedido un favor, y sabía que Luis estaría interesado en escudriñar el tema de Dosantos porque esa era su verdadera pasión: desentrañar misterios solo por el placer de hacerlo. Siempre pensó que si WikiLeaks no existiera, muy probablemente Luis estaría en camino de inventarlo. Había algo de Julian Assange en su amigo, aunque estaba menos obsesionado con el reconocimiento personal que el australiano. En realidad era más voyerista de la

75

información que divulgador: se introducía en bases de datos confidenciales, hurgaba un rato, encontraba detalles chuscos o comprometedores, borraba las huellas de su entrada y salía sin dejar rastro. Penetraba en archivos herméticos con ánimo de coleccionista o como un seductor de mujeres que pierde el interés tan pronto las ha cautivado.

El joven activó la pantalla y verificó si había alguna alerta de parte de su amigo. Tomaba algunos minutos hacer la descarga de torrents, pero seguía siendo el medio más seguro. Le decepcionó no encontrar algo. Vidal decidió subir a la azotea, después de todo.

El porro le vino bien. Sentía que estaba haciendo lo correcto al haber dejado la escuela para dedicarse de tiempo completo a darse a conocer entre los profesionales del ciberespacio. Luis le había pagado ocho mil dólares por el primer trabajo y diez mil por el segundo; quería concretar un tercero para poder mostrarle a sus padres el dinero y hacerles ver que esta era una profesión tan digna como cualquier otra y probablemente más rentable.

Fantaseaba con la posibilidad de vincular las habilidades de Luis con las conexiones de Tomás y hacer algo que les diera fama y dinero, quizá una revista digital con solidez periodística y material explosivo, o un programa de televisión con revelaciones que dejaran pasmado al auditorio. Ni siquiera tenían que ser escándalos políticos; simplemente información insospechada sobre la vida de los ciudadanos comunes y corrientes, como un adivino que relata a un sorprendido auditorio el contenido de sus carteras.

Regresó a su computadora un rato más tarde, cuando sintió que se disipaba el efecto de la marihuana. Hizo la descarga correspondiente y tuvo que esperar algunos minutos porque esta vez sí había un archivo pesado. Lo pasó a una memoria USB, lo trasladó a su portátil sin conexión a internet, borró la descarga de la computadora principal y comenzó a leer; Luis lo quitaría automáticamente de Torrent ahora que había hecho la descarga.

Encontró varias carpetas. La primera incluía algunos archivos sobre la propiedad donde Salazar tenía su oficina y se suponía que habían matado a la actriz: registro predial, croquis de la casa, dueños actuales y anteriores. La segunda carpeta era un apretado árbol familiar de Patricia Serrano. Las genealogías eran una de las aficiones de su amigo: a medida que los registros civiles se fueron digitalizando en el país, Luis se divirtió desarrollando un programa que escaneaba y cruzaba las bases, comparaba, eliminaba y arrojaba un gráfico en forma de bosque en el cual un árbol entretejía ramas con otro, hasta ofrecer un amplio mapa de cualquier clan familiar. Le dijo que quería enseñarlo a los Testigos de Jehová, una secta que por alguna razón bíblica consideraba necesario conocer los ancestros de los feligreses; nunca supo en qué terminó su proyecto.

Vidal pudo ver que en el árbol de los Serrano y los Plascencia, apellidos originales de Dosantos, menudeaban nombres relacionados con el narcotráfico, aunque eso no era nada sorprendente en Sinaloa, donde los Fonseca, Beltrán y Félix eran apellidos comunes y se intersecaban con varios Plascencia, incluida la madre de la actriz. Tendría que revisarlo con más calma y contrastarlo con archivos policiacos para ver si allí había algo; probablemente su amigo ya estaría haciéndolo.

La tercera carpeta fue la más inquietante. Eran tres imágenes de un auto, tomadas al parecer desde cámaras destinadas a regular el tráfico de la Ciudad de México. Una captaba el coche por la parte de atrás, con la placa a la vista. Otra mostraba el mismo vehículo, o uno muy similar, doblando una esquina que Vidal no pudo identificar, aunque la foto incluía datos de hora y lugar: *19 de noviembre de 2013, 2.46 p. m., cruce de calles Nueva York e Insurgentes, Col. Nápoles.* La tercera era la más borrosa; el mismo carro desde una perspectiva lateral, un conductor al frente y una mujer de pelo oscuro y largo en el asiento de al lado. ¿Dosantos?, se preguntó Vidal conteniendo el aliento.

Lunes 25 de noviembre, 9.30 p. m.

Tomás y Amelia

En el camino para encontrarse con Tomás, Amelia pensó que había sido una buena idea citarlo en el bar del Sanborns, era semioscuro, el bajo volumen de la música permitía conversar y había muchas entradas y salidas para perderse entre la multitud; pero cuando cruzó las estanterías de libros y discos de la tienda se preguntó si no la habría traicionado el subconsciente. Justamente era en un Sanborns, aunque de la Zona Rosa, donde Tomás y ella solían encontrarse cuando tenían veinticuatro años para irse luego de museos o al cine, y había sido en un bar de esta cadena donde ella puso fin a una relación que había pasado de la fase fraterna a otra que se aproximaba peligrosamente al incesto, o por lo menos así le pareció a Amelia por aquel entonces.

Entró en el bar diciéndose que Tomás estaría tan metido en el vértigo de su crisis que seguramente pasaría por alto la desafortunada elección del lugar. Lo encontró en una mesa del fondo, mirando reflexivo la aceituna colgada de su copa.

—Tomé un martini la última vez que nos vimos en un Sanborns. Me preguntaba qué habría sido de nuestras vidas si esa conversación hubiera acabado diferente; quizá tendríamos hijos y una segunda casa en Valle de Bravo —dijo Tomás al recibirla, con ironía no exenta de amargura.

79

—O nos habríamos puesto el cuerno a los tres años de casados y hoy nos profesaríamos un odio jarocho —respondió Amelia en tono casual, se acercó a su amigo y lo estrechó en un largo abrazo.

El familiar olor y los brazos de Tomás le dieron tal sensación de regreso a casa, que también se preguntó si no se habría equivocado dieciocho años antes al rechazarlo.

—¿Cómo estás? ¿Qué reacciones has tenido a lo de Salazar? —le dijo al sentarse, sacudiéndose sensaciones del pasado lejano.

—Me dejaron una amenaza en los mensajes del teléfono. Y llevo horas caminando luego de haber escapado de un intento de secuestro en un taxi por los esbirros de ese gorila.

—¿Qué? ¿Estás seguro de que no se trataba de un robo común?

—Créeme, la ropa y los modos eran de agentes o sicarios, no raterillos.

—Si fue Salazar, lo más probable es que simplemente te quisieran llevar a un lugar confidencial para que hablaras con él mismo o alguno de sus alfiles.

—Para eso no necesitaban secuestrarme, ¿no crees?

—Para ellos sería muy útil que llegaras amedrentado a esa conversación. Seguramente ahora mismo Salazar está más interesado en cooptarte y saber de dónde te llegó la información, que en desaparecerte. Date cuenta de que con lo que publicaste hoy, él sería el primer sospechoso si te llega a pasar algo. Y por cierto, ¿de dónde te llegó el dato de la casa de Salazar?

Tomás emitió un suspiro y le repitió casi con las mismas palabras lo que le dijera a Jaime sobre su comida con el abogado Raúl Coronel, pero al escuchar ahora su propio relato le pareció aún más irresponsable e infantil la manera en que se dejó engatusar. La mirada inquisitiva de Amelia le regresaba exactamente la misma impresión: había sido un imbécil.

—Me dijo que era un dato demasiado bueno para dejarlo pasar —agregó Tomás al terminar su explicación.

—Voy a tratar de indagar algo más sobre Coronel, podría ser el hilo que nos conduzca al fondo de todo esto —propuso ella.

Tomás no la escuchó: la última frase de su alegato reverberaba en su cerebro. Allí había algo que llamaba su atención aunque no podía asirlo, como una alarma que sonara a lo lejos, de procedencia incierta.

El periodista se recompuso y relató a Amelia la conversación que había sostenido con Jaime.

—No carece de razón, pero no tomes literalmente todo lo que te diga; ya ves que no da salto sin huarache. En todo caso pondera el material que te pase para publicar. Yo también te puedo dar algo valioso para una buena columna. Hay un gobernador que está detrás de las extracciones clandestinas de los ductos de Pemex; un negocio de cientos de millones de dólares al año.

—Me interesa, pásame una tarjeta con los datos. A partir de eso puedo hacer algunas llamadas para darle consistencia, hay un miembro del sindicato petrolero que me debe algunos favores —dijo Tomás animándose.

Amelia sonrió, sabía de la afición de su amigo por los escándalos petroleros. Tomás había saltado a la fama, todavía como reportero, cuando hizo pública la verdadera razón de las explosiones de los colectores en Guadalajara en 1992. Aunque la versión oficial aseguró que se trataba de un accidente debido a la negligencia de las industrias tapatías que solían verter sus desechos en el alcantarillado, Tomás demostró en una serie de reportajes que la tragedia entrañaba un crimen de proporciones mayúsculas. Los responsables de una planta de almacenamiento recibían mucho más combustible procedente del poliducto de Salamanca del que inventariaban, lo cual les permitía colocar en el mercado negro cantidades ingentes de gasolina y solventes; el 21 de abril de aquel año fueron alertados de una probable auditoría y decidieron deshacerse del combustible no inventariado tirándolo al drenaje. Eran toneladas.

Al día siguiente, a las diez de la mañana una chispa provocó que ocho kilómetros de calles volaran por los aires dejando cientos de cadáveres y miles de casas destruidas. La investigación de Tomás fue divulgada por la prensa internacional, le procuró un par de premios de periodismo y lo convirtió en columnista de *El Mundo*. Regresar por méritos propios al centro de la escena y por la vía de un escándalo petrolero, arrancaría de cuajo los últimos años de mediocridad profesional.

La mera posibilidad mejoró el semblante de Tomás; volvió a verse a sí mismo como el periodista aclamado y centro de la atención de los círculos políticos. Se preguntó, inevitablemente, si eso le daría una nueva oportunidad con Amelia. Veinte años antes le habían atacado todas las inseguridades en el cortejo de aquella joven que llegó a la adultez un lustro antes que él.

Pensó con alguna satisfacción que en pocos años las curvas de envejecimiento se invertirían. A los veinticuatro años ella era una beldad que atraía la atención de hombres de todas las edades, mientras que él era un joven titubeante saliendo apenas de una tardía adolescencia. Había sido un *match* desigual. Sin embargo, a medida que se deslizasen por sus cuarenta, él seguiría siendo atractivo para mujeres dos décadas más jóvenes, en tanto que Amelia quedaría limitada a la breve franja de los aspirantes a la senectud. Tomás pensó que en algún momento la cortejaría de nuevo y con generosidad le mostraría que habría de preferirla por encima de mujeres más jóvenes.

Estos pensamientos y dos martinis más lo regresaron a la senda del optimismo. El único problema era que Amelia no parecía consciente de haber descendido algún escalón en el *hit parade* del atractivo físico: los muslos firmes y morenos que acababa de tensar al cruzar las piernas no mostraban signos de complacencia con los argumentos de Tomás.

—Voy a sincerarme contigo —le anunció Amelia—. Lo de Dosantos es una fisura en los planes del nuevo gobierno y no podemos desperdiciarla: una fisura que tenemos que convertir en fractura. Hay que abrirla y ventilarla antes de que el sistema se cierre sobre ella.

Por lo visto, estaba más preocupada por la agenda política que por el envejecimiento hormonal al que la condenaba la biología.

—De acuerdo —aceptó Tomás, recuperándose—. Me gustaría profundizar algo más en lo del asesinato de Dosantos; ni siquiera para publicarlo yo, simplemente necesitamos llegar al fondo del asunto policiaco si es que queremos explotarlo. Bien a bien todavía desconocemos el vínculo de Salazar con ella y los motivos que alguien haya tenido para asesinarla.

—Tienes razón, eso es riesgoso —concedió Amelia, viendo a su amigo con respeto por primera vez en lo que iba de la noche—. Lo peor que podría pasar es que todo esto no sea más que una gran bufonada. Tenemos que conocer el terreno que estamos pisando.

—Tengo algunos contactos en la policía de la ciudad, debería comenzar por allí. Jaime también obtendrá algo, aunque no quiero depender completamente de él.

Amelia asintió pensativa. Tomás la conocía lo suficiente para reconocer el entrecejo fruncido que precedía a una idea desaforada, una frase provocadora o simplemente a un juego que a la larga solía meterlos en problemas durante su infancia.

—¿No nos estaremos equivocando de Lemus? —preguntó finalmente con una sonrisa pícara.

—¿Acudir a don Carlos?

—¿Por qué no? Hace rato que él y Jaime no se hablan —dijo Amelia, omitiendo el hecho de que ella había sido el origen del conflicto entre padre e hijo—. Carlos tiene acceso a los viejos policías, recién retirados o que están por jubilarse. Para ellos no hay secretos en la vida de las alcantarillas de la ciudad.

Tomás sintió el golpe del vodka en la boca del estómago. Sabía lo que había sucedido entre el padre de Jaime y Amelia, y en su momento atribuyó el rechazo de su amiga a la atracción que esta sentía por hombres mayores. Se preguntó si la ocasión en que terminó con él, dieciocho años atrás, coincidiría con el inicio de la relación entre ella y Carlos.

Pero Amelia no estaba para sutilezas. Nunca parecía estarlo.

—¿Quieres que le llame para que converses con él?

—¿Lo sigues viendo? —preguntó Tomás, con voz más aguda de lo que hubiera deseado.

—Nunca hemos dejado de ser amigos —respondió Amelia en tono neutro.

—Yo lo busco, no te preocupes.

Pese al incómodo recuerdo, Tomás tuvo que admitir que no era una mala idea recurrir a Carlos Lemus. Hacía años que no lo veía, aunque frecuentemente lo escuchaba en entrevistas de radio. Lemus se había convertido en uno de los abogados penalistas más prestigiados y poderosos del país; primero fue designado procurador del Estado de México y más tarde titular de la Procuraduría General de la República por un breve periodo. Luego de su exitosa incursión como funcionario en la administración federal, su carrera dio un giro hacia las leyes y los tribunales. Unos años más tarde solo se hacía cargo de clientes de gran envergadura y no había secretario de Estado que rechazara tomar un café en su compañía.

Tomás sabía de las relaciones de Lemus con los cuerpos de seguridad pública y fiscalías en los juzgados. Pese a dejar de ser procurador, nunca perdió el contacto con las redes policiacas; su despacho incluía no solo una docena de abogados y ayudantes, sino también expolicías a cargo de investigaciones. Se aseguraba de tener en nómina a varios miembros del personal de distintos juzgados y comisarías que solían pasarle documentos y avisos de los casos en los que trabajaba.

—¿Y cómo está de salud? ¿Lo has visto últimamente? —preguntó Tomás, cauteloso.

—Se ve más sano que tú y yo.

Amelia apenas pudo reprimir una sonrisa. Tomás quería saber el estatus de su relación con él, pero ella no pensaba darle esa satisfacción. En realidad hacía más de un año que no se reunía a comer con el abogado, y más de diez que dejaron de ser amantes ocasionales; sin embargo, sus encuentros siempre eran cálidos y entrañables. Pero no quería compartir la naturaleza de una relación en la que su amigo solo vería un vínculo sexual extraño o incluso perverso.

Se despidieron con un beso rápido en la comisura de los labios y un largo abrazo. Una vez más una corriente cálida recorrió ambos cuerpos; Amelia lo atribuyó al recuerdo de tantas experiencias vitales compartidas, Tomás a la promesa de las intimidades que les esperaban.

1994

El temblor tuvo la culpa, se dijo Amelia al salir de la oficina de Carlos Lemus, todavía impactada por lo sucedido. Lo había visitado en busca de orientación para elegir el tema de tesis que debía inscribir en la maestría recién iniciada en El Colegio de México.

Nunca se habían encontrado solos fuera del ámbito social y familiar, pero Amelia recordaba docenas de conversaciones que el padre de su amigo tuvo con los Azules sobre política e historia de México. Le atraía su consejo porque además de sus amplias lecturas sobre estos temas, Carlos era un actor político y un profundo conocedor de la vida tras bambalinas de la escena pública. Amelia quería hacer una tesis que no solo tuviera valor académico entre profesores y estudiantes: aspiraba a que su investigación pudiera convertirse en un libro de circulación comercial y hacer así una contribución más amplia. La elección del tema y el tratamiento eran la clave para conseguirlo y el padre de Jaime podía ser muy útil para ello.

Carlos Lemus recién había salido de la Procuraduría y apenas estaba instalando sus oficinas particulares en un elegante despacho en el piso doce de un edificio en Paseo de la Reforma. Allí acudió Amelia a las ocho de la noche de un miércoles, día en que tenía menos carga de lectura en el pesado programa del posgrado que cursaba.

La recibió Esther, la eficiente secretaria de Lemus de toda la vida. Amelia la conocía bien porque Jaime solía llamarla cada que necesitaban un chofer para rescatarlos de alguna excursión por la ciudad cuando eran más jóvenes; coincidieron en más de una ocasión en reuniones familiares de los Lemus.

—Pasa, Amelia, qué guapa estás. Nunca te había visto tan arreglada.

—Gracias, Esther, es que no puedo ir a clases de la maestría en El Colegio de México tan chamagosa como antes —respondió, aunque cayó en cuenta de que era la primera vez que para ir a estudiar usaba pintura roja en los labios y aretes de tonos verdes que hacían juego con sus ojos; también era inusual la falda floreada de tela elástica que realzaba su cuerpo, y que por lo general usaba en fiestas y ocasiones especiales.

—Hoy es cumpleaños de mi mamá, así es que tendré que dejarlos solos. Hay café, refrescos y galletas en la cocineta. ¿Quieres que te sirva algo antes de irme? Los demás ya se fueron.

—No, gracias, aquí espero al licenciado. Y feliz fiesta de cumpleaños.

Se instaló en la sala de espera de un despacho elegante de alfombras mullidas y sillones de piel. No tuvo que esperar mucho tiempo: Carlos la invitó a pasar a su oficina minutos más tarde. El abogado se había despojado ya de la corbata y desabrochado el primer botón de la camisa; mostraba la frescura de quien apenas inicia el día, aunque Amelia sabía que eso era una característica que corría en el ADN de los Lemus.

Se saludaron con un medio abrazo cortés y cálido, aunque lo suficientemente cercano para que Amelia percibiera el peculiar aroma que desprendía el cuerpo de Carlos, algo que vagamente le hacía recordar al dátil.

Amelia se había considerado siempre una coleccionista de olores. Adoraba los quesos franceses fuertes que repelían a todos sus amigos, pero podía salir huyendo de una cita romántica o una aparentemente impecable pareja de baile por la malsana fragancia que despedían sus cuerpos, la que al parecer solo era perceptible para ella. La extraña habilidad de inventar apodos exitosos que la dotara de fama durante la adolescencia procedía en gran parte de las alegorías que le inspiraba el olor de una persona.

Carlos Lemus era dátil, aunque nunca se lo había dicho a nadie. Lo que sí sabía, y ahora cobraba conciencia de ello al revisar su falda y sugerente arreglo, es que el dátil era algo que le fascinaba. La joven se obligó a hacer a un lado las señales que emitía su cuerpo: el abogado tenía veinticinco años más que ella, una edad suficiente para ser su padre, además de las complicaciones familiares y personales que provocaría cualquier tipo de involucramiento.

La actitud de Lemus favoreció el tránsito de la conversación a un terreno intelectual. Le pidió que se sentara en un sofá y él ocupó un sillón individual a dos metros de distancia con mesa de centro de por medio.

—Me dices que estás pensando en una tesis sobre el Tratado de Libre Comercio, aunque tu maestría es en Ciencias Políticas, no en Economía, ¿no es cierto?

—Sí, pero quiero abordar las consecuencias sociales y políticas del TLC, no las económicas.

—Puede ser interesante —reconoció Lemus—. No obstante, va a ser difícil que puedas aislarlo del resto del paquete tecnócrata. Cuando analices la desigualdad social o el fortalecimiento de los monopolios costará mucho trabajo discernir qué parte se debe a las cláusulas del tratado y cuál a la manera en que se han hecho las privatizaciones para favorecer al gran empresario a costa del mediano, por ejemplo.

Amelia asentía con atención mientras pensaba que no solo era el aroma lo que le gustaba de Carlos: tenía siempre la virtud de flotar por encima de los temas para verlos de manera integral y desencadenar luego un comentario puntual y preciso, como un águila que contempla la campiña antes de precipitarse rápida y voraz sobre una presa minúscula.

Y pese a la fascinación que le inspiraba, Amelia no era alguien que se entregara fácilmente al talento ajeno; más con el ánimo de alimentar sus propias dudas sobre Carlos que en aras de la conversación política, contraatacó.

—Entiendo que tú no eres salinista, aunque perteneces al PRI. Yo no estoy de acuerdo con el modelo supuestamente modernizador de Salinas, ¿pero qué opción ofrecen los priistas en desacuerdo? ¿Mantener el viejo régimen a toda costa?

Carlos la contempló haciendo una pausa larga, como si la viese por primera vez; repasó su falda, se percató de sus aretes y sus labios rojos. A diferencia de la mayoría de sus colegas, él amaba la polémica y las conversaciones golpeadas. El reclamo de Amelia le hizo pensar en los motivos de la atracción que le inspiraba esa joven y las muchas veces que se detuvo a conversar con los amigos de su hijo simplemente por el placer de provocar sus reacciones.

—Mira, Amelia, yo he sido del PRI porque era la única manera de participar en la esfera política. Durante décadas el partido único fue un mal necesario para obtener estabilidad y crecimiento: mientras el resto de América Latina se convulsionó en un ir y venir entre irrupciones sociales y dictaduras militares, México logró salir de su pasado violento. La historia del siglo diecinueve y la Revolución muestran el riesgo en que estuvimos de que el país siguiera desangrándose indefinidamente. La violencia parecía estar en los genes del país; el presidencialismo sin reelección que impuso el PRI permitió cincuenta años de estabilidad.

Carlos había asumido un tono formal y monocorde y hablaba tanto para ella como consigo mismo. Parecía ser un tema que abordara infinidad de veces.

—Sin embargo, a partir de los años setenta el régimen comienza a ser anacrónico —continuó—. El proyecto de Salinas es una salida hacia atrás, aunque esté acorde con las medidas aparentemente modernizadoras del llamado Consenso de Washington: privatización y disminución del papel del Estado. En el fondo van en detrimento de las políticas sociales.

—Lo que me estás diciendo es que habría tres tipos de priistas, entonces: ¿los tecnócratas neoliberales en torno a Salinas, los dinosaurios de la vieja guardia que creen que el viejo régimen puede continuar indefinidamente, y los reformistas como tú?

—Bueno, ojalá hubiera tres tendencias; los que piensan como yo son una minoría y no sé cuán priistas podemos seguir siendo. Como ves, ahora mismo estoy fuera del gobierno —explicó Carlos señalando con un gesto vago el contenido de su oficina.

—¿Las reformas que intentó Reyes Heroles hace dos sexenios formarían parte de esta tendencia de la que hablas?

—Veo que has aprovechado tus lecturas —dijo él, recorriendo con los ojos la figura completa de Amelia.

Ella se removió inquieta en el sofá, consciente de su mirada y un tanto sorprendida de la oleada de rubor que le provocara su elogio. Amelia no era alguien que soliera depender de la aprobación de terceros.

—Tienes razón —continuó—. El presidente Echeverría profundizó el viejo régimen hasta sus últimas consecuencias de 1970 a 1976. Mano dura en lo político y una expansión del Estado paternalista, pero con todos los defectos de un modelo exhausto: burocracia, despilfarro, corrupción, negligencia, mafias sindicales. Cuando entró al poder López Portillo en 1976, sabía que algo tenía que cambiar, aunque tenía más verbo y retórica que ideas claras. En la ambigüedad, optó por explorar dos vías distintas: nombró a Reyes Heroles como su secretario de Gobernación para buscar una reforma política desde arriba, una especie de Perestroika anticipada, y al mismo tiempo prohijó a un grupo de economistas con posgrados de escuelas neoliberales de Estados Unidos y les dio el control del gabinete económico.

—Miguel de la Madrid, Salinas, Aspe y compañía —acotó Amelia.

—En efecto, al final ellos vencieron. Reyes Heroles solo duró dos años y, aunque algunas de las reformas llegaron a concretarse, la propuesta de conjunto quedó trunca. En realidad fue derrotado por una combinación de la vieja guardia que resentía cualquier apertura y por los jóvenes tecnócratas que insistían en que primero debían hacerse las reformas económicas y después las sociales y políticas.

—¿Pero entonces los dinosaurios y los tecnócratas modernizadores se hicieron aliados para detener las tendencias reformistas?

—Ese es un punto interesante. Es un maridaje extraño de acercamiento y alejamiento entre esos dos grupos; el expresidente Carlos Salinas es una fusión de ambos. Hasta por su biografía: hijo de un miembro de la vieja guardia aunque él mismo egresado de Harvard y profeta del Consenso de Washington. Y como dicen, lo que sigue es historia. No obstante, lo que sucedió este año con el movimiento zapatista y el asesinato de Luis Donaldo Colosio muestran que las estructuras sociales no resistirán un modelo económico de mayor concentración del ingreso y que deja en la marginación a la mitad de los mexicanos, sobre todo en las zonas rurales. Los tecnócratas no entienden que mejorar la economía no puede pasar por eliminar a los campesinos, a no ser que vaya acompañado de políticas públicas y cambios estructurales que les permitan reinsertarse en la vida social y política.

Amelia pensó que tenía suficiente para repensar su tema de tesis. No había tomado notas pese a la libreta abierta sobre sus piernas, aunque podría recuperar algunas ideas si se ponía a trabajar esa misma noche. No quería irse, pero sentía que debía procesar lo escuchado antes de seguir avanzando con su interlocutor.

—Me gusta el enfoque de lo que me has platicado. Déjame hacer un borrador con algunas de estas ideas y armar un posible tema de tesis; si te lo mando, agradecería mucho un comentario. Ahora creo que me marcho.

—Por supuesto que lo leeré encantado. Siempre he pensado que la mejor parte de los Azules era la división femenina.

Amelia sonrió nerviosa frente al comentario personal de Carlos. Guardó en su bolso la libreta, se puso de pie y se encaminó a la salida.

—Te acompaño —dijo Carlos tomándola del brazo.

Al llegar a la puerta que comunicaba con el vestíbulo de elevadores la detuvo.

—Espera, está temblando.

—Tenemos que correr a la calle —casi gritó ella impulsada por el recuerdo del temblor de 1985, en el que perdiera a varios compañeros de escuela.

—Amelia, estamos en el piso doce: todo habrá terminado antes de que descendamos las escaleras. Ven —dijo, y la llevó abrazada entre sacudidas del edificio hasta descansar su espalda contra una columna de su oficina; fue lo último que hablaron.

Amelia se aferró a Carlos, encajó la nariz en la camisa abierta y se dejó inundar por su olor. Un instante más tarde se estaban besando; nunca se dieron cuenta del momento en que cesó de temblar. Regresaron al sofá del que Amelia había partido, se deshicieron de la ropa y compartieron un largo e intenso orgasmo.

Al terminar, Amelia se abrazó a Carlos y recostó la cabeza en su pecho. No podría decir si era el mejor sexo que había tenido, pero sí resultó diferente. A los diecisiete años de edad, con un novio una década mayor que ella decidió deshacerse de lo que consideraba una virginidad ignominiosa; desde entonces había entrado y salido de relaciones de dos o tres años de duración, siempre con hombres más bien cercanos o entrados a los treinta, salvo los breves escarceos que comenzara a tener con Tomás unos meses antes.

Sin embargo, el sexo era invariablemente un placer en el que ella se sentía en control. No fue el caso ahora. Nunca hizo el amor sin preservativo, gracias a la influencia de su madre sexóloga, pero hoy ni siquiera se había acordado del tema pese a traer un par de condones en la bolsa. Sobre todo la sorprendía la manera en que se perdió ella misma en la oleada de sensaciones que le producía el encuentro con Carlos; la mirada íntima, profundamente cómplice y gozosa en la que se detuvieron por mucho tiempo cuando él la penetró, había borrado edades y circunstancias.

Carlos comenzó a reírse tan pronto recuperó el resuello, primero en tono bajo y luego con mayor volumen. Ella levantó la cabeza y lo miró inquisitiva.

—Es pura alegría —dijo—, no sé desde cuándo no me sentía así. Por mí, el temblor puede regresar cuando quiera; me iría del mundo agradecido.

Amelia terminó riendo con él, aunque no tenía ninguna gana de irse de este mundo todavía. No obstante, coincidía con Carlos en la sensación de plenitud que les dejara el momento de intimidad compartido.

Siguieron viéndose una vez a la semana por la noche en su despacho y en completa secrecía. Hablaban de su tesis, pero también de sus afanes, sueños y preocupaciones. Bebían vino blanco y hacían el amor sin prisa, explorándose.

—Saber que tenemos este espacio los miércoles te permite encarar la semana como si tuvieras un millón de dólares en el banco —decía él—. Sabes que está allí, te da confianza y un calorcito en el estómago cada que piensas en él. Como estar en el desierto sabiendo que hay un oasis detrás de la próxima duna.

A ella le gustaba más la noción de una burbuja: ambos procedían con sus rutinas de trabajo y familiares, conscientes de que no existía más vida de pareja de lo que sucedía en esas tres o cuatro horas semanales. Amelia sabía que las burbujas nacen y crecen para explotar inexorablemente, sin importar cuánto lleguen a lucir.

Pero la burbuja duró más de ocho años. Al principio les resultó difícil controlar el impulso de llamarse a lo largo del día o pensarse en otros escenarios; sin embargo, poco a poco aprendieron a valorar una relación que no imponía condiciones, lazos ni compromisos más allá de dedicarse uno al otro, con plena intensidad, en los confines de sus encuentros.

Se reunían con regularidad semanal al principio y luego dos o tres veces al mes, a medida en que los viajes y las agendas los fueron estorbando. Pero su burbuja nunca dejó de ser íntima y entrañable: al principio se centró en una larga exploración de su sexualidad, que gracias a la falta de convivencia nunca se hizo monótona; como las buenas parejas de baile, comenzaron a reconocer tamaños y distancias, cóncavos y convexos, y a entender y a hacer suyos los movimientos naturales del otro, que pronto fueron de ambos.

A medida que los meses y años de encuentros se acumularon, Amelia se percató de lo importante que se había convertido la relación y los muchos equilibrios emocionales que le aportaba. Él aprendió de ella a fumar marihuana ocasionalmente y a cocinar, para lo cual ampliaron y convirtieron la cocineta de la oficina en un rincón de chef. Gracias a él, ella transformó su habilidad verbal en una talentosa escritura que la convirtió en autora de libros y prestigiosa ensayista. Ambos se aficionaron a autores anglosajones que comenzaron a leer directamente en inglés.

Amelia llegó a apreciar los largos diálogos poscoitales a los que solían entregarse casi tanto como al sexo mismo. La absoluta confianza en una relación que renunciaba a todo intento de control o manipulación le permitió convertir esas sesiones en terapias honestas en las que reconocía sueños, frustraciones e inseguridades que habría sido incapaz de aceptar en cualquier otro contexto, incluso ante ella misma.

La relación con Amelia le permitió a Carlos volver a entrar en contacto con una parte de sí mismo que creía perdida: el entusiasmo que ella transmitía por cambiar las cosas pero también por cuestionarlas, la exaltación frente a los males del mundo o el arrobo incondicional ante una obra de arte o literaria. Sobre todo, revivió por lo que experimentó su cuerpo. A lo largo de la semana vivía permanentemente erotizado por el recuerdo de Amelia. Nunca tuvo debilidad por las mujeres jóvenes, lo cual provocó que lo tomara por sorpresa el encuentro en su oficina y más aún el poderoso impacto de sus secuelas. Algo en la vitalidad de su piel de durazno, en la sensualidad con que lo envolvían sus largas piernas, provocaba en él recuerdos de un deseo adolescente en que la intimidad real era una posibilidad absoluta. La avidez física y erótica de la joven, sin más cálculo emocional que dar curso al placer en sus más infinitas formas, se convirtió en el motor de sus días y sus noches. Durante reuniones de negocios con clientes aburridos se sorprendía tejiendo dibujos mentales de los lunares aprendidos en la espalda de Amelia y se aficionó, igual que ella, a sus conversaciones de medianoche, cuando la satisfacción de los apetitos daba curso a las confidencias de sus almas apaciguadas.

Descubrieron que en su burbuja podían ambos conjurar las miserias e infamias de la vida diaria siempre y cuando pudieran conversarlas juntos a media luz y entrepiernados luego de un encuentro amoroso. A veces les parecía que el universo paralelo no era ese que habían construido en el paréntesis de media semana, sino el resto de la vida familiar y profesional que simplemente existía para ofrecer temas de conversación a su refugio.

En algún momento ella reanudó las relaciones de pareja con otros hombres, se enamoró, se desilusionó y volvió a enamorarse, aunque nunca sintió que la burbuja con Carlos le estorbara; se había encapsulado de tal manera que formaba parte de su vida interior. De hecho, encontraba que podía enamorarse de manera más sana, menos apremiante, gracias a la seguridad emocional que le ofrecía esta relación. Solo cuando decidió vivir con Héctor de tiempo completo, ocho años más tarde, creyó prudente suspender sus visitas al abogado y no porque la confundieran emocionalmente, sino para omitir la invención de excusas y mentiras a las que obligaría una relación oculta en el contexto de la convivencia diaria con otra persona.

Convirtió así las sesiones con Carlos en comidas ocasionales y aunque llegó a disfrutarlas, la calidad de su diálogo nunca volvió ser la misma.

La relación con Héctor se alargó durante cinco años y terminó muriendo por desidia. Nunca reanudó las visitas a la oficina de Carlos, aunque siguió viéndolo dos o tres veces al año en un restaurante de Polanco. Tampoco él hizo algún intento para reinstaurar la burbuja. Se habría necesitado otro temblor para reunirlos.

Martes 26 de noviembre, 10 a. m.

Tomás y Carlos

Tomás se sintió impresionado a su pesar. En los veinte minutos que llevaba esperando, Esther, la secretaria de Carlos Lemus, pasó cuatro llamadas a su jefe: un gobernador, un subsecretario de Hacienda y dos empresarios miembros de la lista de *Forbes*, los dueños de Banorte y de El Palacio de Hierro respectivamente.

Esther lo recibió con muestras de cariño y lo arrastró a su oficina en lugar de retenerlo entre los volcanes pictóricos del Dr. Atl que adornaban la enorme sala de espera. Tomás recordó lo mucho que le agradaba la asistente de Lemus: una solterona de cincuenta y pico años de edad, eficiente y organizada, pero nada aburrida. Solía decir que no se había casado porque no soportaba depender de los humores de un hombre; juraba que la monogamia no iba con ella. Acostumbraba enamorarse de músicos, poetas, meseros y otros habitantes de la noche que más temprano que tarde desaparecían de su vida; presumía que en lugar de figuras de porcelana coleccionaba objetos en recuerdo de cada relación. Un aparador de su sala inventariaba puntualmente la naturaleza excéntrica de sus relaciones: un sombrero negro con una larga pluma, una bota con manchas rojas, un broche de plata para sujetar billetes con la inscripción *En mujeres y fiestas, lo demás lo derrocho,* e incluso un pene de madera tallado por un examante presuntuoso.

El atuendo de Esther lo decía todo: una falda larga y entallada por un cinturón color vino, piernas enfundadas en medias de red sobre imposibles tacones rojos, una blusa blanca translúcida y sostén de encaje negro. Su cabello ahora era azabache, pero Tomás lo había conocido rojo, blanco y rubio. El maquillaje era impecable, aunque más propio de un bar que de una oficina de muebles de caoba y alfombras mullidas. No era hermosa, pero tenía una sonrisa enorme y pronta; dientes grandes enmarcados en labios carmesí siempre lubricados.

—Hola, Tomás, qué guapo, eres el primer Azul que veo en mucho tiempo.

—Igualmente, Esther. ¿Cómo está tu colección, sigue aumentando o ya hay un afortunado que te haya incautado el aparador? —preguntó Tomás, quien sabía que era un tema del agrado de ella.

—En el último año he añadido una cámara Polaroid de las de antes que me dejó un colega tuyo y una bata color obispo tipo Mauricio Garcés que está divina. A estas alturas creo que me interesa más el objeto con el que voy a recordar a un hombre, que el hombre mismo —dijo Esther con una carcajada.

Tomás rio con ella.

—Pues déjame decirte que la mayoría de las divorciadas que conozco suelen tener peores *souvenirs* de sus ex. Me pregunto qué habrías coleccionado de mí si hubiera pasado por ese aparador.

—Solo los que pasan lo saben y a veces ni esos —respondió ella con coquetería.

Cuando no involucraban temas de oficina, los diálogos con Esther solían ser una esgrima erótica divertida, aunque invariablemente inofensiva. Ella siempre mantuvo una distancia tajante entre su cama y su escritorio; con todo, Tomás sospechaba que la secretaria había estado enamorada de su jefe toda la vida.

El periodista la examinó con cariño. Lejos de amargarse por un amor imposible, ella decidió pasar su vida diurna de lunes a viernes con el hombre que quería y disfrutar por las noches a muchos otros que no quería. Esta reflexión le inspiró un sentimiento de lástima, que se cortó en el momento en que la mujer comenzó a tararear una melodía alegre. Quizá haya sido más feliz que cualquiera de nosotros, se dijo Tomás.

Sus reflexiones sobre la felicidad de Esther fueron interrumpidas cuando se abrieron las dos hojas de la puerta del despacho de Carlos Lemus y la música de Brahms inundó la pequeña recepción.

—Hola, Tomás, qué gusto verte.

—Igual, don Carlos, gracias por recibirme.

—Si me vas a hablar de usted, aquí se termina la conversación —dijo el abogado jalando la mano de Tomás para estrecharlo en un abrazo efusivo—. Pasa —añadió.

Tomás siguió el paso decidido de Lemus hasta aterrizar su cuerpo en un sillón individual de piel en la esquina del despacho; el anfitrión tomó asiento en un sillón similar con una mesita de ajedrez entre ambos. Por alguna razón, el periodista agradeció no haber sido recibido con escritorio de por medio.

—¿Café, té? ¿Algo más fuerte?

—No, gracias, Carlos, estoy bien.

—De veras me da mucho gusto verte, Tomás. Ya nos iremos a comer tú y yo, a platicar de la vida, de la política o de nuestras mujeres, pero hoy no te voy a entretener con cháchara. Amelia me habló anoche para explicarme la situación en que te encuentras y la manera en que podría ayudarlos.

Él resintió la información. Otra vez las complicidades entre ellos, pensó. Amelia y Tomás se habían despedido poco después de la medianoche; una llamada telefónica después de esas horas revelaba el nivel de confianza e intimidad que mantenían su amiga y el abogado.

—Espero que haya sido por una vía secreta —comentó Tomás incómodo.

—No te preocupes, a prueba de intervenciones.

La respuesta dejó a Tomás aún más preocupado. ¿Se habrían visto en persona? ¿En la madrugada?

—Coincido con la estrategia que me describió Amelia —continuó Lemus—. Mantén tu columna por todo lo alto, placéate en los medios de comunicación, sube la factura en caso de que alguien quiera tocarte.

—En eso estoy. Ya traigo un par de temas que darán mucho de qué hablar —dijo Tomás, recordando la promesa de Jaime de pasarle esa misma noche una bomba mediática. Confiaba también en la filtración de Amelia sobre la ordeña de ductos de Pemex.

—Bien. Volverte a poner en los reflectores será tu mejor protección. Aunque quisiera conversar contigo la otra parte de la estrategia, lo de convertir este incidente en un misil en contra de Salazar. Ese es otro juego: quisiera escuchar tu punto de vista.

Tomás sonrió recordando las muchas ocasiones en que el padre de Jaime los invitara a la polémica con una frase similar; tales intercambios invariablemente terminaban con una larga reflexión de parte del abogado que solía dejarlos inquietos, aunque más ilustrados sobre los temas abordados. El periodista esperó salir mejor librado en esta ocasión.

Se tomó su tiempo, aunque no pudo dejar de apreciar el tablero de ajedrez que los separaba. Las piezas eran personajes de la Independencia en hierro forjado: de un lado Hidalgo y la Corregidora, del otro los reyes de España. Él estaba de lado de los insurgentes, Lemus de los realistas. Tomás se animó pensando que a la postre los rebeldes habían triunfado sobre la Corona, aunque bien mirado, Hidalgo terminó fusilado.

—Yo estoy dispuesto a jugármela: lo que el presidente Prida y su supersecretario Salazar quieren hacerle al país es imperdonable. Los factores de poder, los monopolios, los medios de comunicación y hasta el crimen organizado están regresando al redil dictado por el presidencialismo, no porque vayan a desaparecer o a debilitarse, sino porque van a acomodarse con el nuevo amo. Pero terminaremos pagándolo con un retroceso de veinte años en materia de libertades públicas y espacios democráticos. Si el incidente, como tú dices, ayuda a ponerlos contra la pared, yo estoy decidido a llevarlo hasta las últimas consecuencias.

Tomás se sorprendió de su propia vehemencia. Durante la noche había reflexionado sobre la coyuntura en la que se encontraba y la responsabilidad que cayera en su regazo sin haberla solicitado; sin embargo, fue ahora, al ser sutilmente retado por Lemus, cuando Tomás se dio cuenta de la intensidad de su resolución.

—«Llevarlo hasta sus últimas consecuencias» son palabras muy fuertes, Tomás.

—No seré ni el primero ni el último. Seamos francos, Carlos, mi vida ha sido un desperdicio estos últimos años, ya pasé de la fase «lo que pudo haber sido y no fue» —dijo entrecomillando con los dedos—. No voy a escribir la novela importante que me imaginaba hace quince años ni a hacer una diferencia en la vida de los pocos que en verdad me quieren. Llevo rato chapoteando en el cinismo y la negligencia, deslizarme otros veinte años entre amoríos y juergas hasta que me acabe destrozando el hígado no es un plan A que quiera proteger a toda costa. ¿No crees?

Carlos lo miró con curiosidad; luego concentró la mirada en el ajedrez como si pensara un jaque agresivo por parte de la Corona. En cierta forma fue lo que hizo.

—Siempre me has parecido mejor persona de lo que tú mismo crees que eres, pero es cierto que la falta de confianza ha saboteado tus talentos una y otra vez. Quiero decirte que he seguido leyendo tus columnas todos estos años y sí, puedo notar el desgano y el descuido al que te fuiste abandonando. No obstante, tus textos nunca han perdido esa manera tan peculiar y honesta de mirar el mundo, reflejo seguramente de tu falta de certidumbres. Vas por la vida como si fueras un habitante de otro planeta, pisando con cuidado el césped, incierto del resultado, preguntándote cómo conducirte con cada persona con la que te topas, como si aún no hubieses logrado descifrar los códigos de relación con los nativos de estas tierras. Me da la sensación de que la dejadez y la indiferencia en que te has encerrado no son más que un escape a esa incapacidad para acomodarte en tu cuerpo o en la vida de otros.

—¿Y todo eso lo descubres en mis textos? Tendré que volver a leerlos —Tomás contestó lo primero que se le vino a la mente, inquieto por el tono intimista que había adquirido la conversación.

El periodista se removió en su asiento. Lamentó no haber pedido un vaso de agua; se sentía desnudado y no muy seguro de encajar en la descripción que el abogado acababa de endilgarle. Pero también se dio cuenta de la satisfacción que le provocaron los elogios que acababa de escuchar, así fueran meramente potenciales. Tomás pensó que no solo Jaime y Amelia buscaron durante años ser respetados y admirados por Carlos Lemus en las innumerables charlas que tuvieron cuando jóvenes: consciente o inconscientemente, él también pretendió la aprobación del político y recordó los libros que leyó con la esperanza de tener oportunidad de citarlos en su presencia.

—Y si tu plan A es tan poco halagüeño, ¿cuál sería tu plan B?

—Necesito documentar mejor el grado de involucramiento de Salazar en el asesinato de Dosantos. Antes de pensar en disparar un misil tengo que asegurarme de que contamos con uno, ¿no crees?

—Fueron amantes durante los últimos tres años.

—¿Hay manera de documentarlo?

—Probablemente no, aunque yo lo sé; él mismo lo mencionó al principio de su relación. Verás, lo más satisfactorio de acostarse con una mujer tan universalmente deseada no está en los orgasmos que te proporciona sino en el placer de divulgar la hazaña y concitar la envidia de los amigos; Salazar no resistió la tentación de hacerlo. Pero no era el único.

—¿Crees que la haya matado por celos?

—No sé. Es rencoroso, aunque más calculador que arrebatado. Encontraría más lógico que hubiese querido amedrentar a sus competidores para quedarse con ella de manera exclusiva. Nadie le habría disputado el terreno ahora que es el hombre más poderoso del reino.

—Eso nos dejaría sin misil. Tener una amante y sobre todo de ese calibre no es pecado político en este país. Si no podemos relacionarlo con la muerte de Pamela no hay mucho que pueda usarse en su contra —dijo Tomás decepcionado.

—No te apresures. En política, como todo en la vida, es más importante la percepción que la realidad. Además, yo podría estar equivocado, el poder descoloca a la gente; igual Salazar se volvió loco y mandó matarla.

—Pues no sé por dónde podría averiguarlo. Estoy buscando desde ayer a un amigo reportero de la fuente policiaca, aunque no me ha devuelto la llamada. Supongo que el tema es una papa caliente para todos.

—Creo que puedo ayudarte en eso. Después de hablar con Amelia, ayer mismo busqué al comandante Ordorica; anda sondeando tu tema desde temprano, debe estar por llegar. Está retirado, pero fue jefe de la generación que ahora manda en los cuerpos policiacos de la ciudad.

—Sé de Ordorica, ¿quién no? ¿No es peligroso? Tiene una historia turbia desde que andaba con el Negro Durazo por allá en los ochenta.

—Nadie que sea experto en las alcantarillas sale inmaculado. Me ha hecho muchos trabajos de este tipo, es confiable, no te preocupes.

Tomás guardó silencio, todavía indeciso. Miguel Ordorica había sido el joven brazo derecho del Negro Durazo, el férreo jefe policiaco capitalino del presidente López Portillo a principios de los ochenta. El apelativo de «Negro» no solo obedecía al tinte carbón de la epidermis de aquel hombre de siniestra fama, sino a los relatos de las extorsiones y las desapariciones ejecutadas por la policía de entonces. Durazo logró reducir los índices de criminalidad con el simple expediente de poner a las principales bandas a trabajar a su servicio.

Mientras pensaba recorrió la vista por el despacho de Lemus. Fotos del abogado con presidentes, artistas e intelectuales; un pequeño librero con primeras ediciones de pastas en piel; una escultura de Giacometti; los trofeos del éxito. Su paneo paró en seco en un librero que se encontraba al otro lado del cuarto. Pese a la distancia pudo reconocer el rostro de Amelia: una foto reproducía la imagen de Carlos y la joven en lo que parecía una franca y espontánea carcajada, él con un brazo en torno a los hombros de ella. La felicidad que irradiaba el retrato irritó a Tomás. ¿Sería este el aparador de los amores de Lemus?

De manera intempestiva, comenzó a hablar de nuevo:

—¿Y cómo está Jaime, don Carlos?

—¿Otra vez me hablas de usted? —contestó Lemus molesto.

Tomás captó que la incomodidad del abogado no obedecía a la ausencia de tuteo, sino a la mención de Jaime.

—Lo vi ayer y también quiere ayudarme.

—Pues cuídate, Jaime puede ser peor medicina que la enfermedad. Déjame ver si ya llegó Ordorica —dijo Lemus y salió de la habitación.

Regresó unos minutos más tarde acompañado de un hombre cercano a los setenta años. El contraste entre los dos no podía ser mayor: si bien ambos eran altos y bien parecidos, las semejanzas terminaban allí. Ordorica portaba una figura enjuta y sinuosa, de miembros alargados y enormes manos, además de un rostro tasajeado por profundas arrugas que hizo a Tomás pensar en algún viejo rockero. Un sombrero de fieltro acentuaba la imagen envejecida del policía. Por el contrario, Lemus exudaba frescura con su cara apuesta y su eterno bronceado; una versión aún más elegante de Carlos Fuentes, si tal cosa fuera posible.

Lemus hizo las presentaciones y se excusó dejándolos solos. Tomás se percató de que el abogado seguía molesto; la relación con Jaime parecía ser mucho más tormentosa de lo que había imaginado. Ordorica interrumpió sus cavilaciones.

—Le tengo información, joven —la voz gutural del policía parecía provenir de un triturador de desechos de cocina.

Así se escuchan cincuenta años de fumar Delicados sin filtro, pensó el periodista.

—El jefe de los forenses a cargo de la autopsia me hizo un resumen. Dosantos murió por asfixia y luego fue mutilada en cortes absolutamente limpios.

—¿Y eso qué significaría?

—Que se trata más de una ejecución que de un crimen pasional: fue desmembrada después de muerta y se usaron cuchillos de carnicero profesional o de uso industrial. El corte en huesos es impecable.

Tomás se estremeció a su pesar, no tanto por la imagen gráfica que acudió a su mente como por el tono casi admirativo en que lo enunciaba Ordorica. El periodista se preguntó cuántas muertes habría presenciado el policía.

—En otras palabras se trata de un asesinato benigno, aplicado por un experto; la mujer seguramente se desmayó por asfixia antes de morir. El que la mandó matar quiso evitar toda rudeza innecesaria.

—¿Un amante despechado pero aún enamorado?

—Los amantes despechados nunca son amables. Yo me inclinaría a pensar que se trata de un asesinato que alguien consideró necesario y simplemente lo ordenó. A veces uno tiene que hacer cosas feas en contra de su voluntad; en tales casos trata de ser lo más amable posible. Compensa en algo, ¿sabe?

—¿Un asesinato político?

—Exactamente, Watson.

Una vez más Tomás se sintió incómodo; no le hacía gracia convertirse en comparsa de este Sherlock y menos aún luego del tono casual con que justificaba un asesinato brutal a condición de hacerlo profesional y desapasionadamente.

—¿Algo más que me pueda ser útil, comandante?

—La autopsia revela que Dosantos era adicta a la cocaína, consumidora intensa y durante mucho tiempo. Estoy tratando de averiguar quién era su *dealer*, eso podría conducirnos a algo —dijo Ordorica, extrayendo su cajetilla de cigarros.

—¿Sabe si tenía problemas de dinero? Los adictos terminan siendo víctimas de su propio vicio, ¿no?

—Dosantos no tenía problemas económicos. Hay propiedades importantes a su nombre y un par de cuentas bancarias abultadas. Y tendría otros guardaditos, porque mucho de lo que recibió seguramente no pasó por el fisco.

Tomás asintió, agradeció la información y se despidió lo más pronto que pudo: le urgía salir de la habitación, fumarse un cigarrillo en Paseo de la Reforma, alejarse de esa siniestra sombra del pasado. Antes de alcanzar la puerta escuchó el ruido metálico de un encendedor y un gruñido estertóreo de Ordorica a manera de despedida. Tomás se dirigió a la calle; sus ganas de fumar habían desaparecido.

Martes 26 de noviembre, 10 p. m.

Los Azules

Mario llegó con media hora de anticipación a la cita en la cafetería del hotel Reina Victoria en Paseo de la Reforma, aunque a él no le importaba. Contra su costumbre de evitar el café en la noche, pidió un *espresso* cargado doble; pensó que necesitaría estar lo más ágil y alerta posible para ser útil. Esperaba que sus otros tres compañeros coincidieran con él en la necesidad de revivir a los Azules de cara al peligro que ahora enfrentaba Tomás. Se sentía optimista: el material que tenía en el maletín haría que sus amigos lo vieran con respeto y agradecimiento.

Por su mente pasaron varias imágenes de Amelia y Tomás abrazándolo efusivamente, felicitándolo por los aportes entregados, incluso imaginó a Jaime arqueando las cejas en un gesto de sorpresa y admiración. Pidió otro café y se perdió en sus pensamientos.

Tomás fue el siguiente en llegar, cinco minutos antes de la hora fijada. Mario lo vio y se puso de pie para darle un fuerte abrazo.

—¿Qué pasa, de quién es el cumpleaños?

—De nadie, solo me alegro de que hayas llegado.

—Gracias, pero no me empieces a tratar como sobreviviente porque me pones nervioso. Y a propósito de nervios, no me digas que ya traes párkinson —dijo Tomás cuando observó la mano temblorosa que se estiraba para alcanzar una servilleta.

Mario vio el estremecimiento de su mano y maldijo el café que se tomó durante la espera.

—Es pura emoción, no sabes lo que traigo sobre el caso. Te vas a sorprender.

Lamentó su exabrupto al momento mismo de proferirlo; había pensado mostrar su evidencia como un jugador de póquer levanta un as cuando otro considera ganada la partida.

—¿De qué se trata?

—Ya lo verás, es un video que traigo en la portátil.

—¿Y de quién, qué aparece?

—Paciencia, lo muestro en la *suite*. Aquí no conviene.

—Okey, pero de qué trata, por Dios.

—Ya verás.

—Mario, no comiences con las adivinanzas otra vez. Te juro que ahora no tengo paciencia.

—Aparece Pamela en sus últimas horas —respondió ufano, aunque en tono apenas audible.

—¿Qué? —inquirió Tomás, también en voz queda.

Amelia interrumpió la escena con una provocación:

—Parecen confabuladores o enamorados hablándose al oído. ¿Qué prefieren?

—Siéntate —ordenó Tomás, impaciente por la interrupción—. Mario estaba a punto de decir algo importante.

Mario asintió con la cabeza, esperó a que Amelia ocupara una silla entre ambos y con ojos brillantes describió el material que le diera Vidal unas horas antes. Las miradas de Tomás y Amelia se desviaron del rostro de su amigo para dirigirse al maletín con la computadora que reposaba en la cuarta silla.

—No mames —dijo Amelia.

La mirada que Mario vio en la expresión de su amiga no era de incredulidad o admiración sino de enojo. Extrañado, les explicó que las habilidades de su hijo eran mucho más notables de lo que nunca creyó.

—Es impresionante lo que puede hacer con una computadora —comentó Mario con orgullo.

—Y los líos en los que te puedes meter con una computadora —respondió Amelia.

—Ahora no discutan —dijo Tomás—, lo primero es conocer el material.

Como para cualquier otro periodista, el morbo de tener acceso a una información explosiva le resultaba más poderoso que los peligros incurridos para conseguirla.

Tomás vio con alivio la aparición de Jaime, quien les hacía señas para que lo siguieran a los elevadores; le urgía ver el material. Pagaron la cuenta y subieron al octavo piso, el más alto del hotel. El cubículo del ascensor quedó impregnado con la combinación de aromas de la loción de Jaime y el perfume de Amelia, una mezcla que, aunque hipotética, molestó a Tomás.

Ella seguía incómoda, rumiando las implicaciones del involucramiento de Vidal. Jaime clavaba la mirada en la escala ascendente del elevador; Mario abrazaba el maletín como si fuese una bomba y estuviera a punto de inmolarse.

Jaime abrió la *suite*, encendió las luces y se dirigió al minibar. Hacía tiempo que habían pasado las mejores épocas del hotel: los muebles seguían siendo señoriales y las alfombras mullidas, pero todo tenía una pátina grisácea y un tufo decadente. Sin embargo, con su amplia sala y una sólida mesa para cuatro la habitación compensaba el olor a encerrado que despedía.

—¿Tequila todos?

En realidad solo Tomás seguía siendo netamente tequilero. No obstante, los tres asintieron en aras de los viejos tiempos, cuando Amelia los convenció de que era la única bebida no controlada por las trasnacionales. Jaime entregó las copas a sus compañeros; al llegar al turno de Tomás le alargó una carpeta:

—Lo que te prometí para tu columna. En Veracruz no se la van a acabar.

El periodista abrió el fólder con avidez, pero Amelia interrumpió el movimiento. Impaciente, ella informó a Jaime de lo que traía Mario y se instalaron en la mesa para verlo. Él corrió los tres archivos en toda su extensión; la imagen quedó congelada al terminar la última toma, donde se adivinaba a Pamela tras la ventanilla de un auto negro.

—Ese tiene que ser el asesino —dijo Tomás.

—No nos precipitemos. Déjame copiar el material para asegurarnos de que no esté manipulado —respondió Jaime.

—Me imagino que tu gente podrá extraer el registro de las placas del auto, casi se pueden adivinar a simple vista; con ello sabremos la identidad del conductor. Si podemos relacionarlo con Salazar tendremos ganada la partida —afirmó Tomás, exaltado.

—Yo también necesito una copia —dijo Amelia y entregó una memoria USB a Mario.

—Tranquilos —intervino Jaime con las manos abiertas hacia abajo, como si fuese un ampáyer marcando un *safe* en *home*—. El carro pudo ser robado y la imagen del conductor es demasiado difusa, con lo cual nos volvemos a quedar en ceros.

—Aunque así fuera, sigue siendo una pista importante, ¿no? —protestó Mario—. Digo, se puede interrogar a testigos que vieron el paso del auto, rastrear el robo, no sé.

Jaime iba a decir algo, pero prefirió callarse como si estuviese apenado de seguir boicoteando el entusiasmo de Mario. Poco a poco la mirada de los tres terminó convergiendo en Amelia, quien aún no se había pronunciado.

—Tiene razón Jaime, lo más probable es que no podamos vincular la escena con Salazar; sin embargo, el material es importantísimo. Dentro de una semana, si el tema decae en los medios, podemos hacer circular el video en las redes, lo cual lo instalaría en los noticieros de la noche: ni el gobierno podría pararlo porque se movería hasta en el extranjero. Solo con eso las especulaciones sobre Salazar se mantendrán durante varios días más y seguiría aumentando el costo político para el presidente.

—No está mal —dijo Jaime—. Sería facilísimo soltar datos sobre las desavenencias de la pareja y los celos del ministro; total, la opinión pública ya asume que eran amantes, gracias a las especulaciones que dejó la columna de Tomás.

—Oigan, ¿pero qué tal que Salazar no tiene nada que ver con su muerte? ¿No lo estaríamos linchando? —cuestionó Mario.

Los tres lo miraron con curiosidad. Jaime fue el primero en soltar la carcajada, Amelia abrazó a Mario con cariño.

—Aquí no se trata de la inocencia o culpabilidad de Salazar, querido —aseguró ella—, se trata del futuro inmediato del país.

—En cierta forma, con su muerte Pamela le hizo un enorme favor a los demás; es probablemente lo más útil que hizo en su vida —sentenció Jaime.

A su pesar, Tomás tuvo un estremecimiento; no solo por la dureza del comentario sino por el tono festivo con que lo profería su amigo. Recordó las imágenes del cuerpo de Pamela en el baldío y se preguntó si la política justificaba esa salvajada. Amelia intuyó los pensamientos de su compañero y, como en los viejos tiempos, intercambiaron una mirada de comprensión. Ella misma parecía apenada por su comentario.

La escena fue interrumpida por la llamada insistente de un radio. Jaime extrajo un Nextel rojo del bolsillo; su rostro se contrajo al recibir la información. Hizo varias preguntas en rápida sucesión y colgó.

—Tomen sus cosas, nos vamos, estamos en peligro —anunció.

Mario guardó la computadora, Amelia recogió su bolso y Tomás se colocó el saco de pana que había abandonado en una silla. Conocían lo suficiente a Jaime para saber que en temas de seguridad no jugaba, las preguntas vendrían después.

Jaime hizo una llamada por el mismo aparato rojo, dando instrucciones a su gente.

—Hay un tres-dos-dos en marcha. Preparen evacuación por Río Danubio, protejan mi salida por la escalera —ordenó categórico y se enfiló a la puerta que comunicaba con otra *suite*—. Síganme, saldremos por acá.

Tomás entendió por qué Jaime los había citado en este piso. Las *suites* se comunicaban entre sí y la contigua tenía una salida a un pasillo distinto al que utilizaron al llegar; este desembocaba directamente a la puerta de emergencia.

Amelia lamentó los tacones que decidiera usar esa tarde. Mario aprisionaba la computadora entre sus brazos y Tomás volaba hacia abajo, hasta que se percató de que Amelia comenzaba a rezagarse. Escucharon una ráfaga procedente del piso que acababan de dejar. Jaime lideraba el grupo pistola en mano. Dos pisos más abajo se toparon con varios hombres con armas automáticas y Tomás asumió que serían acribillados; se abalanzó sobre Amelia y la tumbó en la escalera, protegiéndola con su cuerpo.

—Pendejo, es mi gente, apúrense —dijo Jaime.

Siguieron bajando mientras los hombres de Jaime cubrían la escalera. Al llegar al *lobby* otros tres los esperaban y los condujeron a un convoy de camionetas negras; subieron a los vehículos y salieron derrapando llanta.

—¿Qué es lo que acaba de pasar? —preguntó Amelia, todavía con la respiración agitada.

—Muy pronto para saberlo. Alguien venía por nosotros.

—¿Quién te avisó? Obviamente no fue tu equipo porque tú mismo les informaste que nos atacaban.

—Denme algunas horas, necesito ir a mi oficina. ¿Dónde los dejo? Hoy no pueden quedarse en sus casas.

—Yo tengo escoltas aunque casi nunca los llamo. Llévame a mi casa, ahora les aviso. Y mi chofer todavía debe estar afuera del hotel —explicó ella.

—Amelia, el comando que nos atacó estaba formado por ocho elementos con armas largas. Ninguna escolta se la va a jugar contra eso.

Los tres amigos callaron. Tomás se preguntó cómo diablos sabría Jaime el número exacto de atacantes.

—Miren, déjenme llevarlos al hotel Alameda Express de Periférico Sur, a veces trabajan conmigo. Pueden quedarse sin tener que registrar su entrada. Hasta que no sepamos de dónde viene el golpe, mejor asumir todas las precauciones posibles —dijo Jaime.

—¿Y mi familia? Tengo que sacarlos —protestó Mario.

—Ahora mismo envío dos camionetas con agentes a cuidar tu casa; no se arriesgarán a una balacera. Pero no alarmes a Olga: llámale por mi radio y dile que te quedarás con Tomás esta noche o cualquier otra excusa —Jaime sabía que la familia Crespo no estaba en peligro; no se le ocurría razón alguna para que alguien quisiera lastimar a Mario.

Una hora más tarde los tres estaban en la habitación de Amelia, devorando lo que un mesero intrigado pudo llevarles del menú de madrugada. Tomás se sorprendió del apetito que mostraban y las carcajadas que compartían por el *ménage a trois* que creía haber adivinado el camarero; la actitud festiva del trío parecía una reacción a la adrenalina producida por la fuga. Sobrevivir a un peligro de muerte por alguna razón azuzaba los sentidos, pensó Tomás al recordar el gozo que le proporcionó respirar a bocanadas la noche que salió de la botarga del Doctor Simi.

Hablaban de las incidencias del escape quitándose uno al otro la palabra, aunque evitaban toda conjetura sobre los atacantes y sus motivos. No tenían ganas de preocuparse, por el momento disfrutaban de haber escapado con vida.

—No entiendo cómo bajaste tan rápido la escalera con la pierna mala y una computadora abrazada a dos manos —se burló Tomás—. Creo que has fingido todos estos años.

—Por lo menos yo no confundí a los buenos con los malos —contraatacó Mario.

—Oye, sí —dijo Amelia riendo—, el peligro no fueron las balas sino el riesgo de terminar desnucada cuando me aplastaste contra la escalera.

Al recordar el golpe, Amelia se descubrió el muslo para examinar un hematoma en la parte posterior; el gesto hizo a Tomás recordar a la amiga de su juventud, su amor imposible. Con el pelo mojado y envuelta en la bata blanca del hotel se veía menos profesional, menos segura de sí misma: una vulnerabilidad similar a la que veinte años antes solía esconder detrás de su temeraria desfachatez. De súbito Tomás cayó en cuenta de que el éxito político y la personalidad de granito de Amelia eran un escudo para los miedos e inseguridades aún no resueltos.

Con ese último pensamiento, Tomás no pudo evitar una breve caricia al pelo húmedo de su amiga. Mario percibió el movimiento y se puso de pie.

—Bueno, yo le caigo. ¿A qué hora nos vemos?

—Yo también —repuso Tomás—. ¿Les parece a las ocho en la cafetería?

Amelia los acompañó a la puerta, estrechó a ambos y deslizó una palabra al oído de Tomás: «Regresa». Quince minutos más tarde hacían el amor con desesperación animal. Quizá fuera un desahogo para la intensidad de la jornada o simplemente los veinticinco años de espera, se dijo Tomás. Al incorporarse percibió que tenía las mejillas mojadas por las lágrimas silenciosas de Amelia. Tuvo el tino de no hacer preguntas, simplemente la acarició hasta que escuchó la respiración profunda y regular de su sueño.

Miércoles 27 de noviembre, 0.30 a. m.

Jaime

—Estaba esperando tu llamada.

—No podía hablar, acabo de dejar a mis acompañantes. ¿Sabes quiénes eran?

—Apenas recibí el reporte de reconocimiento de rostros, nuestras cámaras captaron su entrada al hotel.

—¿Y?

—En total eran dieciséis, ocho que subieron y otros ocho esperando abajo. Hasta ahora hemos reconocido a dos, Benigno Avendaño y Nicolás Zárate.

Jaime tragó saliva mientras su convoy subía al segundo piso del Periférico camino a sus oficinas en la colonia Del Valle. Benigno Avendaño era el brazo ejecutor de confianza del Cártel de Sinaloa: solo se ocupaba de la seguridad del jefe y de la estrategia en operativos clave de la organización. Rara vez intervenía personalmente en el terreno.

—¿Por quién iban? —dijo Jaime, tenso.

—Sin duda por ti. Aislamos las llamadas en torno a la zona antes y después y tenemos el audio del operativo. Avendaño quería darte él mismo el tiro de gracia, fue la última instrucción que recibió el comando antes de irrumpir en tu cuarto.

—¿Estás seguro? ¿Sabes con quién estaba yo? Alguien podría tener razones para atacar a mis acompañantes, y no es que lo desee, simplemente quiero descartarlo.

—Ni siquiera sabían con quién te ibas a reunir. En el último momento se percataron de que la mujer con quien subías era la presidenta del PRD, lo cual les obligó a conferenciar entre ellos. Eso te salvó, porque nos dio diez minutos y pudimos confirmar el número de armas y el objetivo. Lo preocupante es que a pesar de la repercusión política decidieron proseguir con el ataque.

Jaime bendijo el *chip* que tan reticentemente aceptó colocarse detrás de la oreja: su código era uno de los pocos que la DEA monitoreaba de forma permanente. Se había salvado por sus obsesiones casi paranoicas. Eligió el hotel Reina Victoria porque se encontraba cerca de la embajada estadounidense; era uno de los sitios donde se hospedaban los empleados y el personal operativo que viajaba entre Washington y la Ciudad de México. Ahora los altos mandos preferían quedarse en el Four Seasons, más elegante y nuevo, pero el Reina Victoria seguía siendo utilizado por cuadros medios, incluidos asesores militares y de inteligencia que pasaban por México. El escaneo en torno al hotel era absoluto. Los rastreos aéreos y la disposición de satélites completaban una red que permitía detectar armas y recuperar cualquier conversación que se hubiese registrado en las últimas horas, sin importar la frecuencia utilizada; el sistema había detectado la amenaza y leído la proximidad del *chip* de Jaime, y generó una alerta automática.

—Pues parece que te debo una, Sebastian.

No era el nombre del coordinador de los servicios de inteligencia estadounidenses en México; Jaime lo había bautizado así en honor a J. F. Sebastian, el diseñador de replicantes de la película *Blade Runner*.

—Estamos casi a mano, Gaff —respondió el agente utilizando a su vez el sobrenombre que le atribuyera a Jaime, tomado de un personaje de la misma película, un detective hispano interpretado por Edward James Olmos.

Jaime y Robert Cansino, el agente de la embajada de origen cubano, se conocían desde veinte años atrás, cuando coincidieron en un curso de inteligencia militar impartido en Puerto Rico, y desde entonces su camino se había cruzado con frecuencia. Los favorables reportes que Cansino hacía sobre Jaime explicaban en buena medida el papel privilegiado que los servicios secretos extranjeros concedían al mexicano; este se lo retribuía con información estratégica sobre el gobierno y diversos temas de seguridad.

—Ya me dirás qué le hiciste a esos tipos para que te quieran cobrar tan caro —dijo el agente.

—Se están arreglando con el nuevo gobierno y seguramente creen que soy un estorbo porque conozco a la perfección el acuerdo que hicieron con el anterior secretario de Gobernación.

—Mmm. Tenemos que platicar, Gaff. Te busco —comentó Cansino y colgó.

La frase de su colega dejó a Jaime casi tan preocupado como la amenaza del Cártel de Sinaloa. Tendría que jugar con mucho cuidado sus cartas con el gobierno estadounidense, podían ser tan peligrosos como cualquier cártel y ciertamente estaban mucho mejor informados. Pensó que debería mejorar su coartada para explicar el odio pasional que súbitamente había inspirado en la gente del Chapo Guzmán, el legendario líder del más poderoso y longevo cártel del narcotráfico en México. Jaime cerró los ojos y apresuró a su chofer.

Trabajó durante horas en los distintos escenarios y estrategias por seguir. Su mapa de acción quedó dividido en cuatro territorios: los Azules, Salazar, el Cártel de Sinaloa y los estadounidenses. Comenzó por el más fácil, sus amigos. Llamó a su asistente, a quien había convocado al llegar a la oficina pese a tratarse de altas horas de la noche.

—Investiguen todo lo que puedan sobre la computadora de Vidal, el hijo de Mario. Qué enlaces ha hecho, su capacidad real para hackear bases cerradas y todo lo relacionado con sus búsquedas sobre Pamela. Lo quiero para el mediodía.

A las siete de la mañana despertó a Tomás por teléfono.

—Espero que no hayan vaciado el servibar con cargo a mi presupuesto.

—No te preocupes, lo intentamos pero los licores eran de la peor calidad. La próxima ocasión que nos des asilo preferiría un hotel de cinco estrellas, si no es mucha molestia —dijo Tomás, quien tenía dos horas despierto luego de regresar de la habitación de Amelia.

—No habrá próxima. Absolutamente confirmado que venían por mí. Ustedes no tienen nada que temer, ya pueden regresar a sus casas.

—¿Estás seguro? ¿No era gente de Salazar?

—Tranquilo, ninguna relación. Fue un ataque del narco por los temas que ando manejando.

—¿Y qué vas a hacer? —preguntó Tomás, tratando de disimular un involuntario suspiro de alivio.

—Sobrevivir, no te preocupes.

—Jaime, mil gracias, en nombre mío y de los demás.

—No te me pongas solemne, dale un abrazo a Mario y un beso a Amelia de mi parte.

Tomás pensó con ironía que le había dado algo más que un beso a Amelia por cortesía de Jaime, quien pagaba las habitaciones. Tanto tiempo recelándose mutuamente y al final su rival fue el pretexto y la coyuntura idónea para romper la última resistencia de Amelia. Se metió a la regadera sintiéndose mejor.

Miércoles 27 de noviembre, 7.30 a. m.

Amelia

Se sintió fatal al salir de la ducha: justo cuando menos quería complicarse la vida, se le ocurre enredarse con su amigo. Amelia carecía de prejuicios para una sesión terapéutica de buen sexo ocasional, pero tenía claro que la relación con Tomás distaba mucho de constituir un encuentro de sexo casual. No tenía ganas de pensar en las implicaciones. Quería concentrarse en la amenaza que representaba el ataque de la noche anterior y las consecuencias políticas que entrañaba para ella misma y su partido.

Mientras se secaba el pelo decidió que debería comenzar por llamar a Jaime para enterarse de los detalles del atentado. Descubrió, con satisfacción, que el gesto de «chica superpoderosa» ya se había instalado en su rostro.

Salió del baño y regresó a la habitación donde la esperaba el vestido ajado de la víspera. Se puso la ropa interior frente al espejo de cuerpo entero de manera rutinaria, y se sorprendió cuando en un gesto involuntario su mano recorrió el vientre plano y recordó la intensa experiencia compartida con Tomás. Giró la cabeza y observó la cama revuelta; el deseo volvió a entrar en su cuerpo.

Eran las ocho de la mañana cuando se encontraron en la cafetería del hotel. Amelia portaba la mejor armadura posible dentro de las limitaciones que imponían las circunstancias: maquillaje perfecto, ceño contraído y una larga lista de pendientes por desahogar. Encontró solo a Mario, quien apuraba un café con cara de haber dormido muy poco.

—¿Alguna novedad?

—No —respondió Amelia—, hay que llamar a Jaime.

Tomás entró a la cafetería con varios diarios en el brazo, silbando una canción que a ella le resultó familiar, pero no pudo identificar de inmediato. El periodista hizo un gesto a su amigo, besó de manera casual la mejilla de ella y se sentó mientras seguía silbando.

Amelia reconoció la canción: «*Will you love me tomorrow*», de Carole King. Cabrón, pensó, un escuadrón de sicarios detrás de nosotros y este jugando al novio de secundaria.

—Hablé con Jaime, podemos irnos —dijo Tomás.

En los siguientes minutos reprodujo la conversación que sostuvo con Lemus. Amelia agradeció las noticias, aunque no se le escapó el significado de la llamada entre Jaime y Tomás: en una situación de peligro los machos conferenciaron entre sí y la mujer fue dejada a un lado. Podía ser políticamente más poderosa que los dos juntos, pero el atavismo de género era más fuerte que ellos.

—Terminemos lo que traíamos ayer. Luego le informo a Jaime lo que convengamos —dijo.

—Bien —secundó Tomás—. Primero, investigar la autenticidad del video de Pamela. Segundo, determinar la identidad del conductor o al menos identificar el vehículo; creo que tú, Jaime y yo tenemos fuentes para rastrearlo. Y tercero, definir la estrategia para divulgarlo en redes y medios cuando mejor convenga.

Amelia agradeció el tono decidido de Tomás. Se había temido un interlocutor distraído que la mirara con ojos de cordero luego del incidente de la noche anterior.

—Una cosa más —dijo ella—: Mario, tienes que decirle a Vidal que se retire del tema. Quizá tenga razón Jaime y lo de anoche no esté relacionado, pero estamos jugando con fuego. Mejor dejar al chico fuera de esto.

—De acuerdo. Durante la noche ya lo había decidido.

—¿Y a ti cómo te fue con Carlos? Se juntaron ayer por la mañana, ¿no?

Tomás miró a Amelia tratando de adivinar si la mención del examante tenía alguna connotación, algún mensaje oculto o una provocación con la intención de tomar distancia de él. Sin embargo, en su rostro simplemente creyó advertir curiosidad.

—Sí, se lo iba a decir anoche, pero los malosos nos interrumpieron. Pues a propósito de malosos, el ilustre abogado me sentó con Miguel Ordorica, el policía que servía al Negro Durazo. Me tenía alguna información, aunque creo que el viejo testaferro ya chochea. En todo caso está convencido de que la muerte de Pamela fue una ejecución y no un crimen pasional.

—Eso no exime a Salazar. Pudo haberla mandado a matar por motivos pasionales y el que la ejecutó, el autor material, lo hizo profesionalmente.

—Si el autor intelectual fue Salazar, y el autor material un profesional, no hay razón para que hubieran tirado el cuerpo tan cerca de su oficina, ¿no creen?

Los dos miraron a Mario con sorpresa. Su razonamiento era impecable: o se trataba de un crimen pasional en un momento de arrebato, lo cual explicaría un impulso irracional y perentorio para deshacerse del cuerpo de manera imprudente, o una ejecución experta que incluía sembrar el cadáver en las inmediaciones de la oficina de Salazar para incriminarlo, pero esto último eximía al ministro de toda responsabilidad en el asesinato de Pamela.

—Si Ordorica tiene razón y la autopsia en efecto muestra que el cadáver fue desmembrado con instrumentos especializados, mucho me temo que se trate de lo segundo. Salazar está siendo incriminado. Ningún crimen pasional termina con un trabajo de profesionales en los cortes del cuerpo, para luego autoincriminarse deshaciéndose del cadáver en el terreno de al lado —dijo el periodista.

—Carajo, ahora resulta que nuestras investigaciones van a exonerar a ese cabrón —protestó la perredista.

—No adelantemos vísperas, sigamos armando el rompecabezas. Clarifiquemos primero la parte policiaca y luego definamos la estrategia política. Nadie va a salvar el cuello de Salazar, y menos nosotros. Si no debe la muerte de Pamela, seguramente debe muchas otras —respondió Tomás.

Amelia pensó que le estaba gustando más el periodista que redescubría en las últimas horas; se preguntó si su juicio no estaría siendo influido por la sensación que aún emanaba de su piel. Lo cierto es que le encantaban aquellas palabras de Tomás, resumían perfectamente la estrategia por seguir.

—No creo que avancemos mucho hoy o mañana. Veámonos el sábado, les propongo mi casa o aquí mismo, será lo más seguro —dijo ella.

—De acuerdo, luego decidimos el lugar. Sugiero que vayamos saliendo uno a uno, por precaución —propuso Tomás.

—Yo me adelanto, ya me entraron las prisas por hablar con Vidal —anunció Mario.

Se despidió y Amelia pensó que había llegado el momento que temía desde que despertó. No obstante, Tomás volvió a sorprenderla.

—Qué bueno que nos quedamos solos. Te quería decir algo.

—Tomás, no es necesario que…

—Quiero hablarte de Carlos y de Jaime: vámonos con tiento en ambos casos. No me gusta nada tener de informante a un policía como Ordorica. Quizá Carlos esté tratando de ayudar, pero esas alianzas pueden ser peligrosas. Y en todo caso, Amelia, su esbirro pertenece al México que tú y yo hemos repudiado toda la vida.

—Usar la información no nos convierte en aliados de nadie. Aunque sí, estoy de acuerdo en que no conviene abrirnos del todo con Carlos. Hace mucho que dejé de hacerlo.

Tomás agradeció la confidencia. Le pareció que súbitamente habían restablecido una intimidad que dividía al mundo en un «nosotros» y el resto. Amelia se preguntó en qué momento la revisión de la estrategia política se convirtió en una conversación paralela con implicaciones emocionales.

—Mencionaste a Jaime.

—Jaime sigue siendo un Azul, pero también es muchas cosas más. El problema es que juega en varias pistas al mismo tiempo y no me gustaría andar de equilibrista en tramoyas de las cuales ni siquiera estoy enterado. Lo de ayer es una de ellas —dijo Tomás.

—¿Te dio más detalles sobre el origen del ataque?

—No, aunque me aseguró categórico que iban sobre él. Le creí. Mira, no me malinterpretes, estoy seguro de que Jaime se cortaría una mano antes de permitir que alguno de nosotros corriera un peligro real. Solo que a veces me da la impresión de que se mete en batallas demasiado ambiciosas, incluso para él.

Amelia apreció la intuición del periodista. Ella había llegado a esa conclusión mucho tiempo atrás, porque conocía algunos de los terrenos en los que Jaime andaba metido. Estaba convencida de que las intenciones de su amigo normalmente eran las correctas, pero hacía tiempo que había dejado a un lado toda distinción entre lo que resultaba legal e ilegal; para él los medios siempre justificaban los fines, y sus medios podían ser más que cuestionables.

—Jaime será un hijo de puta, pero es nuestro hijo de puta, como dirían los clásicos. En todo caso es nuestro hermano: a veces creo que los Azules tienen para él un significado mayor que para cualquiera de nosotros, incluso Mario, aunque lo esconda. Date cuenta de que en la práctica somos lo más cercano que tiene a una familia o a una relación personal. Se empareja cada dos o tres años aunque me da la impresión de que nunca se enamora; sus mujeres son intercambiables, casi impersonales. Y fuera de nosotros no tiene amigos, solo intereses.

Amelia se escuchó a sí misma defender a Jaime a pesar de que tenía más información sobre su lado oscuro: con los años Carlos le compartió las dudas que le generaba su hijo y en los ambientes políticos pudo enterarse de incidentes dramáticos de la vida nacional en los que él estuvo involucrado. Con todo, sentía que en el fondo era un patriota aunque muy a su modo, o quizá simplemente lo quería, era su hermano, un trozo de su propia biografía.

—De acuerdo, aunque a veces me cuesta trabajo reconocerlo detrás de ese Fouché en que se ha convertido —dijo Tomás.

—Por lo pronto no hay que alejarlo sino acercarlo; si en verdad está en peligro de muerte no es momento de regatearle nuestra amistad. Él se mete en los asuntos de todos, y los suyos termina tragándolos en solitario. Nos hemos reunido en torno al escándalo generado por tu columna y el temor de que tú estuvieras en riesgo, pero hasta ahora es a él a quien han tratado de asesinar.

Tomás acusó el golpe; le pareció excesivo el reclamo de Amelia. Con todo, el remordimiento terminó venciendo su molestia.

—Quizá tengas razón. Lo buscaré, quién sabe en qué lío esté involucrado y aunque no sea mucho lo que podamos hacer, le hará bien darse cuenta de que no está solo.

—Yo haré lo mismo. Sondeemos a Jaime cada uno por su lado y juntémonos antes para intercambiar puntos de vista, evaluar el riesgo en el que anda metido y la mejor manera de ayudarlo. ¿Te parece?

Amelia dijo esto último mirando a los ojos de Tomás. Había fruncido el entrecejo y lo expresó con toda la seriedad de que era capaz la líder de la izquierda, pero al periodista le pareció una declaración de amor. No mostró emoción alguna al respecto.

—¿Cómo andas mañana por la noche ? —respondió en tono indiferente.

—Va, te confirmo más tarde.

Se despidieron con un abrazo largo: sus cuerpos restablecieron el subtexto que la conversación extravió. No se besaron ni intercambiaron palabra alguna; simplemente les costó trabajo deshacer el contacto que se había eternizado.

1996

La alberca era la misma y el sol de mediodía caía sobre los camastros con la violencia acostumbrada de los veranos mexicanos, pero muchas cosas habían cambiado desde la adolescencia, cuando los Azules hacían de esta terraza el laboratorio de sueños apenas intuidos pero largamente conversados. Habían pasado dos años desde la última vez que se reunieron para despedir a Jaime camino a su maestría en Ciencias Políticas en Georgetown, Washington, luego de obtener el título de abogado en la Escuela Libre de Derecho.

Hoy volverían a encontrarse para festejar su regreso, acompañados de la familia y de otros amigos. Jaime se preguntó qué cambios habrían experimentado Tomás y Mario en su ausencia; el primero estudiaba en la UNAM un posgrado en Historia y el segundo ya tenía esposa e hijo.

El caso de Amelia era diferente, se había reunido con ella en diciembre pasado, en sus vacaciones de Navidad. El hecho de que tanto Tomás como Mario se hubieran ausentado de la ciudad durante las fiestas de fin de año le permitió a Jaime disfrutar de Amelia a solas; fueron al cine en una ocasión y al teatro en otra. Pero sobre todo charlaron a lo largo de extensas caminatas sobre libros, la vida, los desencuentros amorosos, la infancia perdida.

Jaime vivió el siguiente semestre académico atesorando los momentos que pasó con su amiga. Leía compulsivamente todo lo que creía que podía ser de interés para ella y le escribía extensas cartas con reflexiones que no siempre eran suyas. Amelia respondía con menos regularidad de la que Jaime hubiera querido, pero sus cartas siempre denotaban interés por las ideas que él le compartía sobre lecturas, cursos y chismes políticos desde Washington.

Hoy la vería de nuevo en su fiesta de bienvenida. Se preguntaba cómo reaccionaría al regalo que le tenía preparado: un exquisito juego de colección de pulsera y aretes egipcios. Lo guardaba en el bolsillo de su pantalón en espera de la oportunidad para entregarlo, pero no podía evitar introducir su mano y tocar el estuche una y otra vez, como si se tratase de un anillo de compromiso, y en cierta manera lo era. Jaime pensaba que a partir de su regreso podría invitarla a salir a solas, sin el estorbo del resto de los Azules, tal como había sucedido en diciembre. Confiaba que la relación derivaría en un romance intenso que los convirtiera en la pareja que él siempre intuyó que eran.

Por segunda vez en el día repasó con su madre la disposición de las mesas en el jardín, el atuendo de los meseros contratados, el brillo de las copas y la blancura de los manteles. Había heredado de ella el aprecio por los pequeños detalles, el gusto refinado y una habilidad innata para la organización; de su padre adquirió el físico, aunque no su carisma ni el talento intelectual.

Los primeros invitados llegaron cuando el jefe de meseros cambiaba la última copa empañada, aunque para Jaime la fiesta comenzó media hora más tarde, cuando Amelia hizo su entrada. No solo el joven advirtió su presencia: a sus veinticinco años, con la piel brillante y cobriza, los ojos verdes, el pelo ala de cuervo y unas formas rotundas sin dejar de ser atléticas, Amelia evocaba a una pantera. Las plantas del entorno y las piernas y brazos que dejaba al descubierto el breve vestido de algodón con tirantes que llevaba puesto acentuaban la sensación de un hermoso animal, decidido y sensual.

Al verla cruzar el jardín para llegar a la terraza en medio de todas las miradas, la confianza de Jaime en sus propios planes comenzó a flaquear. Introdujo su mano una vez más en el bolsillo y se adelantó para recibirla; lo mismo hicieron Tomás y Mario, quienes habían llegado momentos antes.

Jaime observó con precisión de topógrafo la reacción de Amelia al saludar a cada uno de los Azules. ¿Había sido más cálida con él o con Tomás? Examinaba la amplitud de la sonrisa, la intensidad del abrazo, la exacta colocación del beso en busca de claves para responder a esa pregunta. El resultado lo dejó inseguro y vacilante; Amelia parecía genuina y salomónicamente feliz de ver a cada uno de sus amigos.

Los cuatro intercambiaron novedades por turnos y eso acrecentó su desasosiego. Tomás y Amelia se entusiasmaron mutuamente al relatar los cursos que tomaban en sus respectivas maestrías, y Mario los hizo reír con sus descripciones de la vida familiar al lado de Olga.

Las siguientes dos horas intentó quedarse a solas con ella, pero le resultó imposible. El medio centenar de invitados hacía y deshacía círculos de conversación alrededor de la alberca en caprichosas coreografías, pero siempre en configuraciones con más de dos. La invitación a pasar a las mesas, para ocho personas cada una, clausuró cualquier opción para el momento de intimidad que Jaime buscaba.

Al llegar los postres su padre tomó la palabra e hizo un largo brindis por el regreso del hijo pródigo, una pieza de oratoria en apariencia espontánea pero perfectamente salpicada de bromas ingeniosas y frases rotundas y reflexivas, idóneas para ser atesoradas como fotos del recuerdo. Terminó con un mensaje clandestino y particular: «La vida profesional, igual que la amorosa o la familiar, puede ser como un dátil del desierto. El mejor de los manjares, si sabemos degustarlo, o un bocado cuyas primeras capas empalagan y dan paso a un hueso duro, traicionero e insípido».

Con una amplia sonrisa, Amelia se puso de pie mientras aplaudía y obligó a la concurrencia a hacer lo mismo; Carlos Lemus tomó asiento entre vítores y bravos.

Al extinguirse los aplausos, como si hubiese un guion que solo él desconocía, los invitados voltearon a ver a Jaime en espera de su respuesta. El joven sintió que el pasto que pisaba se abría a sus pies: su padre nunca le mencionó un brindis y mucho menos se imaginó que él tendría que responder a uno. Su mente había estado ocupada durante horas en las frases de seducción que utilizaría con Amelia; la fiesta y sus asistentes eran para él un simple pretexto para ver a la joven y confesarle su amor.

La unanimidad de las miradas y el silencio ominoso que se extendió por las mesas agudizaron sus sentidos, pero embotaron su cerebro. Escuchó el tintineo de una copa, advirtió que la sombra de la casa había avanzado sobre las mesas, percibió la presión de los zapatos nuevos sobre el empeine y una suave brisa contra la nuca, pero su mente estaba huérfana de frases. Finalmente se incorporó, agradeció la presencia de los invitados, externó el deseo de que todos hubiesen disfrutado la comida y la música y balbuceó una confusa despedida. Nunca miró a Amelia, simplemente se hizo cargo de la brevedad de los aplausos y la reanudación de las conversaciones aun antes de regresar a su silla.

El resto de la comida lo pasó sentado entre sus amigos aunque en un universo paralelo; su mente componía de manera frenética las frases que debía haber pronunciado momentos antes. Hacía cálculos y los recomponía acerca de los daños residuales que su ridícula presentación pudo causar en el ánimo de Amelia. El hecho de que el resto de la mesa conversara animada y absolutamente ajena a lo sucedido no le ofrecía ningún consuelo.

Su mamá lo llamó para que se despidiese de su tío y su familia, quienes tenían que acudir a otro compromiso. Jaime los acompañó hasta el automóvil y debió escuchar una larga perorata del hermano de su madre sobre la responsabilidad de hacerse adulto y del brillante porvenir que le esperaba en el despacho de abogados de su padre.

Cuando regresó a su mesa, advirtió la ausencia de Amelia; supuso que habría entrado a la casa para ir al baño y decidió que era su oportunidad para interceptarla durante el camino de regreso. El joven entró en la mansión y observó que ella no se encontraba en alguno de los dos baños de la planta baja: en uno esperaban turno dos hombres y del otro salía Olga, la esposa de Mario. Asumió que Amelia habría subido a la siguiente planta, al sanitario que compartían la sala de televisión y el estudio de su padre, un recinto grande con dos puertas. Pensó que estaba de suerte; eso le daría un momento de intimidad alejado del resto de los invitados. Subió al segundo piso decidido a esperarla en el sofá frente al televisor, pero la puerta del baño estaba abierta. Confundido, optó por echarse agua en el rostro y recomponer la figura frente al espejo del lavabo antes de continuar la búsqueda de la joven.

Lo distrajeron los murmullos que se colaban por la puerta entreabierta que comunicaba con el estudio de Carlos Lemus. El joven se aproximó y pegó la cara a la hendidura. Lo primero que vio fue la mano de Amelia sumergida en el cierre abierto del pantalón de su padre; él correspondía con un brazo que se perdía detrás de la falda de ella. Se encontraban en el otro extremo del estudio, la espalda de su padre contra un librero que trepaba de piso a techo, el cuerpo de ella laminado sobre el de él y sus bocas unidas en un frenético intercambio.

Jaime retiró la vista cuando ella se acuclilló para llevar el rostro a la altura del vientre de su padre, al tiempo que forcejeaba para extraer su sexo por la bragueta abierta.

El joven caminó a su recámara, entró a su propio baño y vomitó entre violentas arcadas. Se quedó un rato abrazado al inodoro, sacudido por esporádicas aunque pequeñas convulsiones; contempló la mezcla de restos de la comida y jugos digestivos que flotaba en el escusado y pensó que eran una alegoría de la fiesta de ensueño malogrado que acababa de vivir.

¡Odio! Por fin le puso nombre a la larga cadena de afrentas y desprecios paternos que Jaime había padecido desde su infancia. Estaba convencido de que ahora no solo era la indiferencia de los primeros años, sentía que se trataba de una animadversión hostil y creciente de parte de su padre a medida que él se acercaba a su debut profesional y se incorporaba plenamente a la vida adulta. Lo que acababa de suceder hoy lo confirmaba: un brindis para ridiculizarlo frente a todos los que importaban y una escena para destruir el amor de su vida. Se dijo que su padre no podía ser indiferente a la devoción que él experimentara por Amelia desde la infancia y a lo largo de la adolescencia. La había conquistado seguramente para satisfacer un antojo, indiferente a los estragos que provocaría en la vida de su hijo.

Se incorporó despacio, se lavó la cara y se peinó; tomó del clóset las maletas que había desempacado dos días antes, vació en ellas algo de ropa y documentos personales, pidió un taxi y salió por la puerta trasera del jardín. Nunca regresó a la casa ni volvió a ver a su padre.

En los siguientes días aceptó un trabajo en la unidad recién creada de Amenazas a la Seguridad en la Secretaría de Gobernación y rentó un apartamento en la colonia Nápoles. Le tomó tres años volver a reunirse con los Azules. Con el tiempo perdonó a Amelia; Jaime entendió que la chica no había podido resistir la poderosa figura de su padre y pensó que la relación terminaría tan pronto como Carlos Lemus se encaprichara con otra conquista.

Pero nunca más se atrevió a hablarle de amores. Conservó, eso sí, el estuche de joyas egipcio en el buró, a un lado de su cama; de vez en vez lo abría para prometerse que algún día habría de ofrecérselo a Amelia. Pero cuando lo cerraba, invariablemente el recuerdo del odio a su padre dominaba cualquier otra pasión.

Miércoles 27 de noviembre, 10 a. m.

Mario y Vidal

El sol que inundaba el taxi de costado estalló contra las pupilas de Mario. No pudo pegar ojo la noche anterior pese a los dulces sueños que prometía la publicidad del Alameda Express; extrañó demasiado su cama y la respiración pesada de Olga. Más que todo, lo atenazó la angustia por el riesgo en que podría encontrarse Vidal. ¿En qué lío había metido a su hijo? La insistencia de Amelia para dejar al joven fuera de la investigación era lo que más le preocupaba, su amiga no solía dramatizar de manera gratuita. ¿Sabía ella algo que él ignoraba?

Abrió la puerta de su casa con mano temblorosa y llamó a Vidal.

—Salió hace rato, acuérdate de que los miércoles se reúne con Nicolás y esos que están inventando un juego. Dice que nos va a sacar de pobres —le contestó Olga desde la cocina, donde leía un diario, café en mano.

—¿Dijo a qué hora regresaba?

—El ejercicio creativo no tiene horario, como dice él. Lo más probable es que regrese hasta la noche. ¿Por qué, pasa algo?

—Nada, quería alcanzarlo antes de que saliera. Se me ocurrió que podíamos pasarnos un par de días en Tepoztlán, yo no tengo clases ni jueves ni viernes. ¿Recuerdas que me retó a subir el cerro? ¿Qué tal si nos vamos los tres y no regresamos hasta el sábado? —el antiguo pueblo mágico, coronado por el Tepozteco, una ruina prehispánica en la punta de una colina, se había convertido en lugar favorito de fin de semana de los intelectuales capitalinos gracias a sus paisajes pintorescos y a la proliferación de *spas* alternativos, restaurantes de nueva cocina mexicana y hoteles *boutique* rústicos de buen gusto.

Olga miró intrigada a su esposo. En condiciones normales no le habría sorprendido la intempestiva invitación, Mario era un romántico empedernido y probablemente habría fantaseado sobre un par de idílicos días en familia. Pero la manera en que se sobaba la cadera izquierda le inquietaba: era el signo inequívoco de que los nervios lo devoraban.

—¿Qué está pasando, Mario?

—Creo que necesitamos acercarnos a él, no sabemos lo que hace todo el día metido en la computadora. Irnos sin aparatos nos permitirá conversar, los diálogos con él aquí duran dos minutos entre el Twitter y sus alarmas de correo —contestó, tallando su cadera como si sacara lustre a una pistola enfundada al cinto.

—¿Qué está pasando, Mario? —inquirió ella de nuevo, aumentando el volumen de su voz.

El tono severo de Olga provocó en él un suspiro de claudicación.

—¿Te acuerdas de que googleó algo sobre Pamela Dosantos hace unos días? Bueno, Amelia me sugirió que no lo haga ahora que se está politizando el asunto porque la gente de Salazar podría detectarlo, pero ya ves que no hace caso. Se me ocurrió que sería más fácil convencerlo pasando juntos estos días.

Mario dejó de mover la mano, se acercó a la barra de la cocina y se sirvió una taza de café. Olga permaneció callada unos momentos.

—Si es así, tampoco es que corra prisa, en la noche se lo dices. Total, están tan fascinados con el jueguito para celulares que no se acordará de Pamela por un buen rato. Mejor llévame a San Ángel a comer en El Cardenal, mencionaste Tepoztlán y se me antojaron los escamoles. —Olga organizaba la vida como una sucesión de matrioskas: un platillo tradicional como las larvas de hormiga, el llamado caviar mexicano, solo podía encontrarse en El Cardenal, el afamado restaurante de cocina auténtica mexicana. Y para Olga la comida mexicana auténtica había que degustarla, necesariamente, en San Ángel, el viejo barrio colonial.

Mario iba a protestar, pero luego lo pensó dos veces. Probablemente Olga tenía razón: Vidal estaría demasiado ocupado con sus amigos para pensar en el asesinato de la actriz, al menos por unas horas.

Se equivocaba.

—Tiene que ser más rápida la respuesta de las pirañas —decía Vidal mientras su padre daba el primer sorbo de café a tres mil cuatrocientos metros de distancia.

—Imposible —respondió Nicolás—, si lo hago más veloz ocupará demasiada memoria.

—Puedo meterle un color más llamativo a las pirañas, eso compensará su lentitud —terció Manuel.

—Bueno —concedió Vidal—, quizá la velocidad no sea tan importante. Los zombis son lentísimos y ya ves el furor que causaron.

Los tres amigos se complementaban y no solo por sus distintas especialidades: Nicolás era el programador, Manuel el diseñador gráfico y Vidal el editor y quien aportara la idea original, pero más que una división del trabajo productivo los unía la camaradería y el placer de estar juntos. Tenían cuatro meses reuniéndose los miércoles y los fines de semana para intercambiar avances en las tareas que se asignaban. Se habían conocido en un concurso de robótica del Tec un año antes, y aunque compitieron en equipos diferentes congeniaron de inmediato. Ahora estaban convencidos de que su juego era tan bueno o mejor que otros que triunfaran en la Web: *Piarañas* era una intrincada combinación de arañas y pirañas que desafiaba la travesía de misioneros, soldados y comerciantes por el Amazonas.

Nicolás Alcántara vivía en una elegante mansión en las Lomas de Chapultepec. Se reunían en su casa porque era el que tenía la mejor banda ancha de internet, cuarenta megabytes, gracias a la red de fibra óptica a la que estaba abonado. En sus sesiones solían bajar pesados archivos de otros juegos, programas y cómics digitales que servían de apoyo a su creatividad.

Manuel les presentó los bocetos que había preparado de distintas porciones de cuerpos de misioneros y soldados desmembrados que quedaban varados a la orilla del río luego de sucumbir al ataque de los peces asesinos.

—¡Están espectrísimos! —dijo Nicolás—, ¿pero estás seguro de que las pirañas dejan algo, güey?

—No, ¿verdad? Quizá tendría que dibujar puros huesos con algún retazo de carne —respondió el diseñador—. ¿Tú qué piensas, Vidal?

El joven no respondió; su mirada seguía fija en los bocetos sangrientos que exhibía la pantalla. Nicolás lo sacó de su silencio moviendo la mano frente a sus ojos con los cinco dedos abiertos.

—Perdón, es que las imágenes me recordaron unas fotos muy cabronas que estuve viendo en internet. No me las puedo sacar de la cabeza —dijo Vidal.

—¿De quién? ¿Por qué? —preguntó Nicolás.

Vidal sopesó por un momento la situación y acto seguido relató a sus amigos las indagaciones realizadas acerca de

Pamela Dosantos y los avances de Luis desde Guadalajara. Los tres comentaron las habilidades de su colega, aunque se dijeron que ellos no estaban tan lejos de ese nivel pese a que ninguno se había especializado en el hackeo de bases de información; se reconfortaron pensando que su trabajo en equipo podía ser tan bueno como el del tapatío.

Cinco minutos más tarde los tres se afanaban en sus respectivas computadoras, tratando de retomar la investigación donde Luis la dejó. No pudieron entrar en el C4, el sistema que controla las trece mil cámaras que barren las calles de la Ciudad de México, por lo cual decidieron concentrarse en el árbol genealógico de los Serrano y los Plascencia. Dividieron en tres lotes una lista inicial de sitios y bases de datos y se dedicaron el resto de la mañana a hackear portales y confrontar la larga lista de presuntos parientes de la actriz.

Hacia las tres de la tarde solicitaron el menú acostumbrado, pizzas y canelones, aunque esta vez Vidal decidió añadir una ensalada: el recuerdo de Luis y sus hábitos sanos comenzaba a modificar su propia dieta. Además tenía que compensar las enfrijoladas que Micaela, la extraordinaria cocinera de la casa de los Alcántara, les ofrecería al caer la noche.

Los tres estaban fascinados con la búsqueda; intercambiaban felicitaciones cada que alguno de ellos quebraba un nuevo sitio y se abalanzaban sobre la data expuesta con la impaciencia de quien abre un regalo de cumpleaños. Hacia las cinco de la tarde su lista se había reducido a ocho nombres: edades, actividades y redundancias en las búsquedas colocaron en menor relevancia al resto del árbol genealógico. De las 6.00 a las 6.45 Nicolás se concentró en la larga lista de empresas y negocios de Joaquín Plascencia Figueroa, un importante hotelero y restaurantero.

A las 10.20 los tres amigos dieron por terminada la sesión. Hicieron un balance de lo encontrado y decidieron que al menos cinco de los parientes de Pamela estaban vinculados al crimen organizado, tres porque no tenían oficio aparente, pero gozaban de patrimonios considerables y dos porque sus negocios tenían visos de ser fachadas para el blanqueo de dinero. En los tres casos restantes carecían de suficientes datos para emitir un juicio.

Poco antes, a las 10.50, hora de Miami, sin ellos saberlo, un filtro de seguridad envió una alerta a un servidor situado en República Dominicana. El mensaje describía los repetidos intentos de búsqueda y la IP desde donde se habían originado.

Vidal entró a su casa a las 11.05. Su padre se había dormido veintisiete minutos antes.

Miércoles 27 de noviembre, 6 p. m.

Tomás

La comida con el coordinador de los diputados del PRI, Jorge Aguilar, había sido amena aunque totalmente prescindible, pensó Tomás. Sin duda los priistas con su cinismo a flor de piel eran mucho más divertidos que los panistas, angustiados siempre por su moralismo hipócrita, lo cual no les impedía ser tan corruptos como sus colegas. El problema con los priistas de oficio es que podían ser tan amenos y anecdóticos y construían tal ambiente de camaradería que salías convertido en su nuevo mejor amigo. Para un periodista tales relaciones podían ser tan corruptoras del oficio como el peor de los sobornos. La cooptación de los mejores reporteros y columnistas no procedía de las prebendas o el metálico, sino del halago permanente y la amistad a la que terminaban sometidos por parte de funcionarios de alto nivel; Tomás conocía periodistas que habían perdido todo ángulo crítico por el simple expediente de recibir una invitación mensual a la mesa del presidente.

Con todo, la comida le sirvió a Tomás para darse cuenta de su ascenso en la escala política: por su mesa desfilaron celebridades de la vida pública que lo abrazaban y felicitaban como si hubiesen sido compañeros de escuela.

El diputado Aguilar tuvo la delicadeza de solo rozar de paso el tema de Pamela. Tomás entendió que estaba recibiendo tratamiento de «primera cita»: intentos de seducción sin mostrar intenciones ulteriores. Sabía que Aguilar no pertenecía a la fracción política de Salazar a pesar de ser del mismo partido; de hecho habían sido rivales en el pasado, por lo mismo le interesaba establecer lazos precavidos con alguien que, a su juicio, estaba desafiando al poderoso ministro de Gobernación.

Para su propia sorpresa, Tomás estuvo distraído en varios momentos de la conversación. Aún lo estaba ahora, sentado en el asiento trasero del taxi ejecutivo que Jaime le sugirió contratar por horas. Sin darse cuenta, tarareaba a Carole King camino a su casa. Y aunque trataba de enfocarse en los pendientes que surgían de la agenda derivada de la muerte de Dosantos, sus hormonas y neuronas seguían atrapadas en el recuerdo de los lunares y la piel de Amelia. El encuentro con el amor platónico de su juventud había sido tan intenso como inesperado: luego de no frecuentarse en los últimos años, aquella intempestiva entrada en su vida provocaba en él sensaciones de exaltación aunque también de nerviosismo. Tomás se dijo que debía sosegarse y no dar por sentado algo que podía constituir un evento aislado, provocado por una noche singular.

Se bajó del taxi, cerró la puerta y fue entonces cuando se percató del hombre que recargaba la espalda en el portón de entrada a su edificio. El periodista buscó instintivamente regresar al taxi que acababa de despedir por el resto del día, pero la voz del hombre detuvo su movimiento.

—Don Tomás, me envía Jaime Lemus. Traigo algo para usted.

Tomás se acercó al mensajero, todavía con suspicacia, y aceptó de él un sobre con un objeto sólido en su interior. Era un radioteléfono y una nota de Jaime: *Esta es una vía segura, úsalo solo para comunicaciones entre los Azules. Mario y*

Amelia recibirán uno similar: en tu pantalla están pregrabados los números de los cuatro. Saludos. La nota cerraba con la firma de su amigo.

Agradeció al mensajero, se introdujo en el edificio y una vez dentro del apartamento marcó a Jaime. Este contestó de inmediato.

—Solo para asegurarme. Muy buena idea —dijo Tomás al escuchar la voz de Lemus.

—Imprescindible; para la noche ya lo tendrán los demás. No usemos ninguna otra vía. Y aprovecho: ¿cómo vas con el tema de Veracruz? —dijo Jaime; se refería a los materiales de la siguiente columna de Tomás.

—Mañana lo leerás en *El Mundo,* estoy entrando a la casa para escribirlo.

—Dale duro a ese cabrón.

—Ni se necesita, la información que me enviaste es implacable. Oye, ¿estás absolutamente seguro del hermetismo de estos teléfonos?

—Nos servirán por algunos días, luego se los cambio. Y de tu parte, ¿alguna novedad?

—Nada aún. Comí con Jorge Aguilar; parece que soy una celebridad otra vez.

—Y mañana vas a ser todavía más famoso, por lo menos en el puerto jarocho.

—Desgraciado, a ver en qué líos me voy a meter ahora. ¿Y tú, cómo vas con lo de la otra noche en Reforma?

—Trabajando, luego te platico. Mañana te leo, hermano —dijo Jaime a manera de despedida.

Tomás había revisado brevemente esa misma mañana el material que Jaime le entregó en el hotel Reina Victoria la noche anterior: incluía fotocopias de los estados de cuenta de distintas personas y datos acerca de sus vínculos con Enrique Hidalgo, gobernador de Veracruz, además de documentos sobre licitaciones ficticias y fotos de algunas nuevas propiedades del mandatario. Examinó el resto de los papeles y se convenció de que tenía otra columna explosiva en las manos. Se frotó la cara con prisa nerviosa: sabía que luego del artículo del lunes pasado, su texto de mañana sería leído con más expectación de la usual. Disfrutó con la satisfacción anticipada de saber que al menos este jueves no defraudaría a nadie.

Trabajó intensamente durante dos horas hasta lograr un borrador que lo dejó satisfecho, lo imprimió y lo puso a reposar sobre su escritorio mientras bebía una copa de vino y repasaba sus pendientes. Había logrado concertar una cita para el día siguiente con Plutarco Gómez, el viejo periodista de nota roja; en cambio no tuvo suerte en localizar al licenciado Raúl Coronel, quien lo metió en todo ese lío al pasarle el domicilio cercano al lugar donde se encontró el cuerpo de Dosantos. La secretaria tenía dos días negándolo en su oficina. Cayó en cuenta de que olvidó preguntarle a Jaime si tenía algo nuevo sobre el auto y el individuo que aparecían en el último video de Pamela; se dijo que debía recordarlo para el día siguiente.

Regresó a su escritorio y releyó el texto que enviaría al periódico. Hacía tiempo que no editaba cuidadosamente sus propios artículos; en los primeros años los enviaba solo cuando mediaban varias horas entre el borrador y la escritura definitiva, ese lapso le permitía tomar la distancia necesaria para pulir frases confusas, mejorar metáforas o eliminar palabras repetidas. Hoy no fue la excepción: corrigió algunas líneas, modificó el remate y lo envió a la redacción del diario.

Pasó el resto de la velada a media luz y en silencio, dando cuenta del resto de la botella mientras recorría mentalmente la biografía de los Azules desde la infancia hasta los últimos años de encuentros y desencuentros. La vida adulta los había convertido en extraños unos de otros, muy ajenos al universo compartido en el que crecieron, donde sucedían muy pocas cosas importantes que no estuvieran relacionadas con la identidad del grupo. Una cohesión imposible de recuperar ahora debido a los secretos de Jaime, la vida familiar de Mario y las altas responsabilidades de Amelia. Y mis altas irresponsabilidades, completó Tomás, riéndose en silencio de su propio chiste.

Y pese a todo, en las últimas cuarenta y ocho horas habían actuado como si nunca se hubieran separado; volvían a relacionarse con los viejos hábitos de una complicidad que dejaba al margen incluso a los más cercanos de cada cual, justo como sucedía en el pasado. El radioteléfono que Tomás tenía a un lado ofrecía ahora una constancia física de ese vínculo particular y aislante que hacía de los Azules, otra vez, una unidad.

La presencia del teléfono le recordó a Amelia; podía llamarla con el pretexto de ponerlo a prueba. Comenzó a marcar, pero se contuvo: la había visto en la mañana, la visitaría al día siguiente en la noche y la conocía lo suficiente para saber que no reaccionaría de manera favorable ante algo que interpretase como una presión suya o de cualquier otro. Finalmente el vino y la larga jornada hicieron su efecto; se durmió con un libro del Premio Nobel chino Mo Yan, *Grandes pechos, amplias caderas*, sobre el regazo. La lectura no lo enganchó, aunque el título sí. Soñó con Claudia.

2009

Quizá los compositores se sintieran así cuando cumplían los sesenta y los rockeros los cincuenta, se dijo ella: la sensación de que la magia comenzaba a terminarse y que la sustancia que los hizo profesionalmente exitosos entraba en proceso de extinción. Apenas hacía tres meses que tenía cuarenta años, pero Pamela percibía que algo sustantivo había cambiado y no tenía forma de remediarlo; no era en el cuerpo sino en el ánimo donde acusaba el golpe de edad. Durante las últimas semanas había estado proyectando sus películas de la década anterior, examinaba la firmeza de los músculos faciales contra la versión juvenil de sí misma que exhibía la pantalla de televisión; contrastaba la silueta esbelta y de cadera sólida que ofrecían las tomas abiertas, y la figura que le devolvía el espejo. Revisaba su abdomen plano y su cutis impecable e imaginaba los atisbos de decadencia que terminarían por convertir su cuerpo en una imagen pálida de lo que llegó a ser. Cada dos horas creía constatar el avance del grosor de una peca que había advertido en el dorso de su mano, señal inequívoca de envejecimiento.

Se preguntaba si seguiría los pasos de otras artistas que recurrieron a la cirugía hasta terminar convertidas en caricaturas de sí mismas, versiones macabras de lo que fueron, o si se permitiría envejecer amable y elegantemente; si sería capaz de hacer una graciosa transición entre el objeto universal de deseo que era ahora, y convertirse en icono legendario y digna reina del cine mexicano.

La visita de su primo Joaquín del día anterior aumentó su desasosiego: eran de la misma edad, pero lo encontró mucho más ajado de lo que temía. La actriz quedó convencida de que no había mucho que esperar de sus genes maternos, compartidos con el primo; siendo así, pensó que todas sus esperanzas estaban cifradas en la herencia genética por vía paterna. Solo confiaba en que el ADN de los Serrano no fuese a tomarse a mal que se hubiera quitado el apellido familiar años antes.

Mientras aceleraba el ritmo en la elíptica, Pamela se dijo que debería pensar menos en los genes de Joaquín y bastante más en el mensaje que le trajera. Su primo había desarrollado una importante red de hoteles y restaurantes en más de diez estados, aunque ella sabía que sus negocios constituían una de las muchas pantallas para el blanqueo de dinero de la familia.

Joaquín, igual que ella, salió de Culiacán cuando era joven para intentar crecer al margen de la rentable pero peligrosa ocupación de los Plascencia. Los dos lo lograron a medias: él estableció en Aguascalientes su primer hotel veinte años antes, no obstante, al inaugurar la tercera sucursal, Ricardo Fonseca, primo de su madre, lo visitó para pedirle que introdujera dos millones de dólares en el flujo de sus negocios. Joaquín rogó que le permitieran seguir aparte, pero la parentela no entendió razones y dar la espalda a una petición de la familia habría sido considerado una traición. Entendiendo que la propuesta era inexcusable, aceptó y solo pidió que le permitieran prepararse. Fundó poco a poco una cadena de restaurantes y los convenció de convertirse en un blanqueador regular pero cuidadoso de cantidades moderadas; el arreglo alcanzado lo hizo prosperar de modo consistente sin asumir riesgos. Logró una sana distancia que le permitía escapar del radar del fisco y de las reyertas y *vendettas* entre las distintas facciones del clan familiar.

Algo similar le sucedió a Pamela. Su carrera comenzó a despuntar por derecho propio o gracias a sus amantes, aunque luego de la exitosa intervención en una telenovela recibió la primera visita de Joaquín, quien le compartió su propia experiencia y le mostró la inutilidad que significaba negarse a lo inevitable. A partir de ese momento ella comenzó a reclutar amantes entre la clase política y a compartir con él información que pudiera resultar de provecho. Al principio le pareció una tarea reprobable que desempeñaba en contra de su voluntad, pero con el tiempo la actriz empezó a tomarle gusto a su doble personalidad: luego de un gobernador que le prodigó maltratos, llegó a la conclusión de que para sus amantes ella no era más que un trofeo que tarde o temprano terminaba por ser abandonado.

Pamela desarrolló habilidades para extraer datos del clóset de sus parejas, para percibir corrupciones y constatar debilidades sexuales, para fingir distracciones mientras escuchaba atenta las conversaciones. Sus reportes comenzaron a llenarse de las fobias y filias de funcionarios clave del gobierno, vulnerabilidades de senadores y pecados inconfesables de generales. Normalmente ella escogía a sus víctimas, no le gustaban los alcohólicos y prefería a hombres divertidos. Tomaba un amante por seis meses o un año, tras lo cual se desplazaba a otro.

En los siguientes años le creció un apetito de coleccionista. Cuando cayó en cuenta de que desconocía todo sobre el servicio exterior, sedujo a un embajador emérito, y su ignorancia en materia de cotilleo en el ambiente de las finanzas públicas la palió con el apasionado romance con un subsecretario de Hacienda. Nunca supo el destino último de sus informes, aunque sabía que en Culiacán estaban satisfechos con su desempeño. Un general perdió la vida al caer su helicóptero un año después de frecuentarlo y un expresidente municipal de Toluca se suicidó, aunque ella carecía de elementos para saber si tales tragedias estaban relacionadas con sus reportes; suponía que la mayoría de las veces la información suministrada servía para presionar, convencer o amenazar a los funcionarios en beneficio de las actividades del cártel.

Era un buen arreglo, Joaquín le suministraba más dinero en efectivo del que pudiera necesitar para sus caprichos y un par de veces le habían eliminado obstáculos en su carrera. Pero la visita del primo el día anterior era para modificar las reglas, por vez primera el cártel le hacía una asignación específica: convertirse en amante de Augusto Salazar, a la sazón el hombre de confianza de Prida, gobernador del Estado de México y serio precandidato a la presidencia. En esta ocasión no sería algo temporal, le pidieron quedarse al lado del funcionario hasta que se decidiera la sucesión presidencial de 2012 y, si fuese necesario, prolongar la relación. La primera reacción de Pamela fue resistirse al encargo porque violentaba su derecho a elegir con quién acostarse, a quién amar o fingir amar; en su muy personal código le pareció una invitación a prostituirse. No obstante, pasado un tiempo terminó por aceptar el reto, conocía a Salazar y no era un hombre que le disgustara. Pero más importante aún, entendió que se trataba de una misión de mayor alcance, de un nuevo desafío en lo que había acabado por concebir como su verdadera profesión.

Miércoles 27 de noviembre, 12 a. m.

Luis

Tony Soprano subía las escaleras con el mismo desgano que un sacerdote la pirámide de Teotihuacán luego del vigésimo sacrificio del día. Al llegar a la terraza del restaurante desde la cual podrían divisar la calle, la mole resoplaba ruidosamente; Efraín Restrepo evitó mirarlo o hacer cualquier gesto que revelase lo que pensaba de él. El hombre podía ser una ballena, pero no lo imaginaba desvalido y boqueando, varado en alguna playa: solo Dios sabía la cantidad de personas cuyas vidas habían terminado con la imagen de su mofletudo rostro en la pupila. Prefería llamarlo «Tony Soprano», aunque fuese para sí mismo, y asegurarse así de que nunca le diría Gordo, mote que le irritaba.

Por lo demás, a Efraín le recordaba al gánster de la serie de televisión: la misma corpulencia engañosa y la misma facilidad para pasar del reposo absoluto a una violencia salvaje. Las diferencias acentuaban la peligrosidad de esta versión de Soprano. No sudaba, sus ojos no revelaban más que un profundo aburrimiento y bajo ninguna circunstancia podía imaginárselo padeciendo ataques de pánico que lo llevasen a un diván psicoanalítico.

Se acomodaron en la terraza y pidieron café. La incomodidad de Restrepo se acentuó a medida que los monosílabos de Soprano a sus intentos de conversación se convirtieron en silencios. Sabía que hacían una pareja extraña y eso aumentaba su nerviosismo: Restrepo podía pasar por intelectual, y en cierta manera lo era, con su cabello largo y cuidadosamente peinado, sus lentes transparentes, los *jeans* de marca y su americana de piel de camello; el «bulto» que lo acompañaba vestía de negro de pies a cabeza, aunque creyó advertir que los calcetines oscuros no hacían pareja.

Prefirió clavar la vista en la esquina por donde doblaría el muchacho, con el deseo de terminar la tarea cuanto antes. Luis los hizo esperar otros quince minutos.

Cuando apareció venía solo. Conocían su rutina porque desde ese café con internet gratuito solía enviar algunos archivos digitales casi todos los mediodías. Los registros indicaban que solía permanecer en el lugar entre veinte y treinta minutos; asumían que lo usaba para enviar desde esa ubicación geográfica archivos preparados de antemano. Sabían que utilizaba varios establecimientos con Wi-Fi a lo largo de su recorrido, pero ese café les pareció el mejor lugar para sus propósitos.

—Es él. Me adelanto al auto, los esperamos a la vuelta. Si repite su rutina, en la esquina girará a la izquierda para ir a la cafetería de la librería Gandhi, que está a dos cuadras. Lo interceptamos en el trayecto.

—Yo me quedo con él —dijo el gordo.

Restrepo bajó, hizo un gesto al conductor del auto y caminó hasta la esquina con el fin de escoger el mejor sitio para levantar al chico. Aunque no había espacio libre para estacionar el vehículo, podían quedarse en doble fila y con el motor en marcha.

Doce minutos más tarde vio la atlética figura de Luis aproximarse; dos metros atrás, el gordo pisaba sus huellas y proyectaba la imagen de una enorme marialuisa que enmarcara un retrato de cuerpo entero del joven. Cuando estuvieron a la altura del auto, el sicario se movió con rapidez y absoluta economía de movimientos: abrazó a su víctima desde atrás inmovilizando sus brazos, lo hizo girar hacia la puerta abierta del carro, le testereó la nuca con su frente para obligarlo a inclinarse y con un brusco empujón de cadera lo instaló en el asiento trasero. Restrepo quedó impresionado, la operación no había tomado más de cinco segundos y nadie parecía haberse dado cuenta pese a que tuvo lugar a plena luz del día.

Condujeron durante cuarenta minutos hasta llegar a un hotel a las afueras de Guadalajara; durante el trayecto el gordo oprimió con su pie la cabeza encapuchada del joven en el piso del asiento trasero. Al descender del auto, se aseguraron de que no hubiera testigos e introdujeron a Luis en una amplia habitación; un búngalo aislado que habían tomado esa misma mañana.

Nunca le quitaron la capucha negra, aunque se la cubrieron con plástico para ahogarlo de manera intermitente durante casi veinte minutos. No preguntaron ni dijeron algo. Pasado un rato, Restrepo comenzó a decir en tono categórico: «Aquí te vas a morir, güero. Ya están hartos de tus intrusiones, sabelotodo», y frases similares.

Luis se cansó de preguntar qué querían. Perdió la noción del tiempo; sin embargo, tenía la impresión de que los accesos de asfixia cada vez eran más prolongados o quizá simplemente sus pulmones estaban colapsando. La sensación de que lo matarían comenzó a convertirse en certeza.

Finalmente, Restrepo cambió el tono.

—Tienes de dos sopas, Luis: o nos quedamos aquí para ver cómo fracasas en un intento de romper el récord Guinness de retención de aire, o aceptas la proposición que vamos a hacerte. Tú dices.

—¿Qué quieren? —gritó Luis.

—Teníamos tiempo monitoreándote y hemos llegado a apreciar tu talento. Sería una lástima que terminara en una zanja de Zapopan.

—¿Qué quieren que haga? —repitió, ahora más controlado.

—Queremos que trabajes para nosotros. No tienes que hacer nada especial, basta con que sigas con tu vida normal, salvo que tendrás que enviarnos archivos espejo de todo lo que encuentres. Ocasionalmente recibirás instrucciones para realizar alguna tarea en especial.

—¿Pero quiénes son ustedes?

—Nadie, simplemente los que te pondrán un tiro en la nuca si quieres pasarte de listo.

—¿Y adónde les enviaría los archivos?

—En la tarjeta que te dejaré en la bolsa trasera del pantalón están dos direcciones electrónicas. Todo intento de rastrearlas, cualquier esfuerzo para indagar quiénes somos, un truco para engañarnos con información falsa, y no habrá aviso ni reclamo, solo una ejecución inmediata.

—Está bien. Lo haré, ya suéltenme —dijo Luis con voz apagada.

—Lo haremos, no te preocupes. Antes, tu primera instrucción: sigue investigando todo lo relacionado con Pamela Dosantos; nosotros mismos podríamos pedirte alguna búsqueda. Pero le enviarás a Vidal Crespo solo lo que nosotros te digamos.

Luis levantó la cabeza, extrañado por la mención del nombre de su amigo.

—No te sorprendas: hemos seguido tus paseos por el pasado de Pamela. Por cierto, muy ingeniosos tus árboles genealógicos. Sabemos de los videos que guardas del tráfico de la capital; puedes quedártelos, pero no los debes pasar a nadie.

—¿Cómo saben tanto de mí?

—Y lo pregunta un *hacker* con tu talento. ¿Tú crees que eres el primer geniecillo que hemos reclutado? Hasta ahora nadie ha rechazado nuestra propuesta, aunque en una ocasión tuvimos que terminar la relación de manera expedita con un joven demasiado curioso. El resto trabaja para nosotros, entre otras cosas detectando casos como el tuyo. Te sorprendería el *dream team* que hemos conseguido.

—¿Y pagan por el trabajo?

Restrepo admiró el aplomo del joven. Nunca le habían hecho esa pregunta, por lo general los interrogados con una capucha en la cabeza solo deseaban ser liberados.

—En alguna ocasión podríamos enviarte un sobre con dinero, cuando hagas algo verdaderamente importante. Salvo eso, confórmate con respirar todos los días.

Lo dejaron una hora más tarde en una calle solitaria en las afueras de Tlaquepaque, con la capucha puesta aunque con su *laptop* y su mochila indemnes. Luis esperó lo que supuso serían cinco minutos para asegurarse de que el auto no regresaría; liberó la cabeza y se dio cuenta de que una mujer lo veía con curiosidad desde la ventana de su cocina. Quiso acercarse a ella para preguntarle sobre el coche que lo había dejado, pero se contuvo gracias a un súbito reflejo de precaución. ¿Y si ella tenía la instrucción de supervisar su discreción? ¿Trabajaría para ellos?

Luis se alejó preguntándose en qué lío estaría metido Vidal. Había aceptado su encargo por curiosidad, sin indagar los motivos que tendría su amigo para interesarse en la muerte de Pamela Dosantos. Ahora no parecía tener otra opción que obedecer a los esbirros que lo secuestraron.

Recordó la muerte del Fideos, un excelente *hacker* de Mérida, balaceado durante un aparente asalto, y se preguntó si habría sido la ejecución a la que el interrogador había hecho referencia.

Dos cuadras más tarde recordó la tarjeta. Se revisó los bolsillos traseros, encontró la anotación con dos direcciones electrónicas y soltó una carcajada. Uno era de Hotmail y otro de Yahoo!, facilísimos de rastrear. No obstante ahogó la risa de inmediato: fáciles de rastrear pero igual de fáciles para mostrar si estaban siendo rastreados.

Treinta metros más adelante pensó en el *chip*. Se agachó, se descalzó el tenis izquierdo y contempló debajo de la plantilla interna el minúsculo GPS que instaló tres días antes para documentar recorridos y calcular su gasto e ingesta de calorías; formaba parte de su propia metodología de acondicionamiento en preparación para el maratón de Puerto Vallarta. Una sonrisa cruzó su rostro. Un plan comenzó a hacer sinapsis en la mente del joven.

A cuatro kilómetros de distancia, Restrepo también esbozó una sonrisa. Sentía un enorme alivio al alejarse de Tony Soprano. Se despediría del conductor del auto, un colaborador local, y cada uno tomaría por su lado un taxi al aeropuerto para trasladarse en vuelos distintos a la Ciudad de México.

Su jefe estaría contento, pensó Restrepo: Luis era un recluta de lujo en el de por sí impresionante equipo que habían logrado juntar. No existía en el país una unidad tan potente para develar misterios cibernéticos. Desde luego, rio para sí, nadie más contaba con un método de reclutamiento tan efectivo.

Sin embargo, una leve arruga se insinuó en su frente. Restrepo encendió un cigarrillo, aspiró una bocanada y se acomodó los lentes; percibía la inquietud creciendo en su entrecejo. Había hecho un arte de la tarea de interrogar individuos y se consideraba un experto en manipulación gracias a su largo paso por las mejores escuelas en inteligencia militar de Estados Unidos, Polonia e Israel: durante la sesión pudo sentir la fuerza de voluntad de Luis. Era un joven acostumbrado al éxito que no aceptaría fácilmente ser reducido o controlado, al menos no por mucho tiempo. Si lograba dominarlo llegaría a ser el mejor de toda su escuadra; en caso contrario podía convertirse en la peor amenaza que hubiese enfrentado la seguridad interna de su inexpugnable red. Tendría que observarlo con cuidado.

Jueves 28 de noviembre, 11 a. m.

Tomás

Tenía una hora buscando el maldito domicilio. El conductor del taxi se extravió cerca del canal de Xochimilco en la maraña nerviosa de pequeñas y tumultuosas calles repletas de comerciantes ambulantes y estruendosos microbuses que caracterizaban la periferia al sureste de la Ciudad de México, una zona que resultaba tan ajena al universo en que se movía que bien podía tratarse de un barrio populoso de Calcuta. Se encontraba en el otro México; un código postal donde la densidad de población por metro cuadrado se disparaba y las personas eran mucho más morenas y bajitas que las del mundo del que procedía. Años atrás Tomás solía disfrutar de las incursiones a los mercados populares y las visitas a las colonias bravas de la capital pero, por la misma razón que dejó el turismo de mochila, la medianía de edad y la clase social en que se había instalado convirtieron en desazón e incomodidad lo que antes era aventura y excitación.

Sin embargo, habría ido a Calcuta si fuera necesario. Contra todo pronóstico, Plutarco Gómez, el decano de los periodistas de nota roja del país, respondió a su llamado y lo citó en su recóndito caserón. El viejo cronista era una leyenda en las salas de redacción de los periódicos: su fama surgió en la década de los setenta, antes de que los reporteros tuvieran acceso a los escáneres de radio que les permiten llegar a la escena del crimen al mismo tiempo que la policía. Don Plutarco había ideado un sistema más primitivo aunque igualmente efectivo: prácticamente vivía con los camilleros de la central de la Cruz Roja. Partía con la primera ambulancia que respondía a una posible escena de crimen o a un accidente fatal y llegaba antes de que los detectives tuvieran oportunidad de cubrir los cuerpos; su archivo fotográfico personal rivalizaba con el de la propia policía. Era respetado por igual en los ambientes periodísticos que en los policiacos y sabía tanto de medicina forense y técnicas criminalísticas como de prensa y galeras.

El conductor por fin dio con el número 146 de la calle Amapola. Le abrió la hija, María Cristina, ella misma parte de la leyenda porque desde los trece años acompañaba los fines de semana a su padre y le ayudaba con las fotografías de cuerpos desmembrados y autos volcados.

—Mi papá lo está esperando. Lo acompaño a su despacho.

María Cristina era una mujer de rostro afable y juvenil de cincuenta y dos años. Tomás se preguntó qué combinación del destino había hecho posible que una niña obligada a tomar fotos de cadáveres y a brincar charcos de sangre hubiese derivado en una persona aparentemente sana y normal.

Tomás se distrajo con la primera imagen de Pamela: sobre la pared del pasillo que remataba en el despacho del veterano reportero colgaba un calendario con una foto de cuerpo entero de la actriz, algo más propio de un taller mecánico que de un hogar mexicano, sobre todo porque el calendario databa de 1998.

Al entrar al enorme despacho, a Tomás le quedó claro que don Plutarco tenía alguna fijación con Pamela Dosantos; por lo menos otras tres imágenes de la actriz sobresalían en los escasos huecos que dejaban libres las enormes estanterías con cajas que abarrotaban el lugar.

—Don Plutarco, un honor venir a su casa, gracias por recibirme.

—Pues dudé mucho en llamarle porque el asunto está demasiado caliente, joven, pero lo que le hicieron a Pamelita no tiene perdón de Dios.

—Tiene usted razón, es imperdonable y no puede quedar así. Al parecer la policía está haciendo todo lo posible para congelar las investigaciones.

—Si lo sabré yo. Tengo días hablando con los colegas de varios periódicos que cubrieron el asunto y me dicen que muchos detalles del caso no están llegando a los expedientes.

—¿Como qué detalles, don Plutarco?

—¿Y usted para qué quiere saberlo, joven? Leí la columna suya que destapó el avispero político; eso nomás complicó la investigación policiaca. Cuando la política entra por la puerta, la justicia sale por la ventana.

—Justamente por eso quiero llegar al fondo del asunto; lo importante aquí es saber quién la mató, por orden de quién y por qué razón, ¿no cree usted? Solo así se hará justicia a Pamela Dosantos.

Tomás agradeció que María Cristina los hubiese dejado solos: se daba cuenta de la manipulación que hacía de los sentimientos del viejo reportero, quien por alguna razón idolatraba a la actriz. Plutarco Gómez había permanecido soltero desde que enviudara treinta y cinco años antes y probablemente la imagen de la sinaloense lo había acompañado las últimas dos décadas.

—Pamelita murió por lo que sabía —dijo con tristeza el anciano—. Y sabía mucho.

El viejo extrajo una libreta del cajón de su escritorio y comenzó a leer el nombre de un largo elenco de políticos, algunos más conocidos que otros, un par de ellos sin rastro en la memoria de Tomás.

—Es la lista de sus amantes. Creen que solo me interesaban las notas de sangre, pero tengo años reporteando para mi archivo todo lo que hacía Pamela. De algunos es muy notorio que anduvieron con ella; de otros, solo lo sabemos yo y los involucrados —dijo, ufano.

—¿Me permite tomar algunas notas, don Plutarco? Esto me será muy útil.

—No sé. Esas seis cajas tienen información confidencial sobre Pamela. La verdad yo quería hacer un libro homenaje con el relato de su vida, nunca pensé que iba a terminar así. Ahora no tengo ganas, solo rabia y tristeza.

Tomás colocó la mano en el hombro abatido de su colega. El libro sobre Pamela probablemente era un sueño imposible del cronista policiaco, quien era conocido por su prosa ilegible: en todas las salas de redacción por las que pasó, sus notas debían ser reescritas y se le toleraba porque la información que aportaba siempre era exacta e imprescindible. Resultaba paradójico que el hombre que pasara sesenta años reporteando cadáveres se rehusara a escribir sobre Pamela ahora que la artista se había convertido en uno de ellos. La expresión del rostro de Plutarco era la de alguien que hubiese perdido la última razón para salir de la cama todos los días.

—Déjeme zambullirme en el material, don Plutarco. Le prometo que le haré justicia a Pamela, sea en los tribunales o ante la opinión pública. No lo defraudaré.

—Primero dígame algo: ¿qué opina usted de Pamela Dosantos?

Tomás sabía que de su respuesta dependería el acceso al acervo acumulado por aquel decano del periodismo. Con todo, decidió decirle lo que pensaba.

—Creo que Pamela era una mujer valiente y de temple, pero demasiado orgullosa para darse cuenta de que estaba metida en cosas que no podía manejar. Confiaba demasiado en su belleza; por desgracia los poderosos siempre consideran que una vez que la compran es de su propiedad. Pienso que nunca se dio cuenta de eso. Me habría gustado conocerla personalmente, debe haber sido fascinante.

—Yo la conocí —dijo el anciano con el rostro iluminado—. Déjeme decirle cómo; fue una travesura. Yo sabía que Carmelita Muñoz, además de ser su costurera de toda la vida, era también su confidente; incluso si compraba vestidos de marca, era ella quien los ajustaba a su gusto y sus medidas. Se veían varias veces al mes y cuando filmaba alguna película o telenovela se convertía en su compañera inseparable para ajustar y modificar el guardarropa que le asignaban.

—¿Y cómo hizo para acercarse a Carmelita?

—Le choqué el auto —respondió Plutarco con mirada pícara—. Esperé a que lo estacionara y cuando entró al edificio donde vive, le pegué en la defensa y abollé un guardafaros. Me quedé esperando dos horas hasta que salió de su casa y me presenté: le expliqué que la había chocado accidentalmente, le entregué un cheque generoso como compensación provisional y le aseguré que era un caballero. Yo vestía corbata y mi mejor traje. Al día siguiente llevé un mecánico y la obligué a aceptar mi auto en préstamo hasta que le entregaran el suyo. Lo demás fue pan comido.

—¿Y Carmelita le presentó a Pamela?

—Sí, aunque eso tomó otros seis meses, lo bueno es que la costurera resultó adicta a las historias de crímenes célebres que me conozco al dedillo; muchos de ellos me tocó reportearlos. Así es que una o dos veces a la semana me pasaba por su casa a tomarme un café a media mañana y le platicaba alguna anécdota policiaca. Nunca le confesé mi interés por Pamela; sin embargo, poco a poco me dio mucha información personal de ella, de los problemas que tenía con algún amante, de sus éxitos y fracasos.

Tomás soltó una carcajada y palmeó la espalda de su interlocutor.

—Sabía que usted era un buen reportero, pero eso es de Pulitzer.

—En ocasiones Pamela iba a la casa de Carmelita porque esta no podía dejar al niño solo —prosiguió el anciano—, es madre soltera y su hijo tiene síndrome de Down; así que coincidí varias veces con ella. Al principio se destanteó de encontrarme allí; luego, con el tiempo, también terminó encantada con mis relatos. Sabía mucho más que Carmelita sobre esos temas y era curiosa. Supongo que por venir de Sinaloa y de sus propias historias familiares, mis narraciones le provocaban morbo.

—¿Y usted qué opinión tenía de ella, don Plutarco?

Al viejo lo tomó por sorpresa la pregunta. Recorrió con la mirada las seis gavetas como si sopesara la vida de la actriz y terminó sonriendo.

—Era un rayo de luz. Alegre y abierta, sin miedo a decir lo que pensaba. Sin maquillaje era aún más hermosa. Las mañanas que pasé con ella en la mesa de la costura de Carmela han sido los momentos más felices de mi vida.

Los ojos húmedos y el largo silencio del reportero conmovieron a Tomás. Volvió a tocar el hombro del viejo, aunque ahora este se echó hacia atrás. Su mirada se había apagado.

—Ahora tengo que ir a hablar con el dueño del periódico, don Plutarco. Pero mañana jueves, si no tiene inconveniente, vengo con alguien de confianza y nos ponemos a trabajar en el archivo. ¿Le parece? Le aseguro que algo bueno saldrá de esto.

—Está bien, aquí lo espero.

Tomás sintió que había quebrado un momento especial, sin embargo, tenía prisa.

Regresó tarareando casi todo el camino mientras especulaba sobre el tesoro que podían contener los archivos de don Plutarco y disfrutaba del gozoso anticipo de la cita que tendría con Amelia por la noche. La canción seguía siendo la de Carole King.

Jueves 28 de noviembre, 11 a. m.

Luis

Aporreaba el saco de boxeo con toda la fuerza de que era capaz, una hora de gimnasio no había atenuado el profundo malestar que le provocaban el secuestro y la extorsión de la que era víctima. Una fragilidad a la que no estaba acostumbrado se instaló en su ánimo las últimas horas: la sensación de que unos absolutos desconocidos podían tomar el control de su vida. Durante toda la noche se vio acosado una y otra vez por una sensación de asfixia, como si sus pulmones hubieran olvidado el acto mecánico de llenarse de aire por sí solos. Desde el día anterior el joven se sorprendió en medio de una respiración suspendida, reviviendo, sin desearlo, la tortura y los golpes recibidos.

Luis no comentó a persona alguna el ataque en su contra, ni siquiera quiso advertir a Vidal de los hampones cibernéticos que los acechaban. No por falta de ganas: sabía que ambos estarían en peligro de muerte si sus verdugos interceptaban algún aviso de su parte. Tenía que ir a la Ciudad de México para hablarlo en persona, pero primero debía quitarse de encima el miedo y los ataques de pánico, y estaba convencido que la única manera de conseguirlo era diseñando un plan de contraataque.

Comenzó ese mismo día, jueves por la mañana. Extrajo el *chip* del escondite donde lo había depositado entre los innumerables planos de la oficina de su padre, el célebre y millonario arquitecto Germán Corcuera, y se trasladó al campus del ITESO para utilizar alguna de las redes institucionales de la universidad de jesuitas. Lo conectó a una computadora que adquirió en el mercado negro semanas antes y contempló sus recorridos del sábado anterior. Tardó muy poco en descubrir la ubicación del sitio donde fue torturado: Google Maps le mostró la etiqueta del motel La Colina, un establecimiento con cabañas en las afueras de Guadalajara, camino al aeropuerto.

Lo visitó a las cuatro de la tarde de ese mismo día. Estacionó su auto a cincuenta metros del hotel y recorrió a pie todo el perímetro externo de la barda que separaba la finca de los baldíos que la circundaban. Luis pensó que era una suerte que la recepción se encontrara en el extremo del predio, junto a la barda limítrofe: se recargó contra ella por el lado externo, abrió su *laptop* y hackeó la precaria red de baja velocidad del establecimiento. Revisó los correos enviados y recibidos y rastreó las palabras *croquis, planos, medidas de seguridad.* Encontró lo que buscaba en un correo enviado por el hotel a las autoridades municipales con un dibujo en pdf de la distribución de las habitaciones. Interpretó que la indicación de su GPS solo podía coincidir con la cabaña 42, la más grande y alejada del edificio principal.

No se sorprendió al notar que el archivo de ocupación de cuartos del hotel no registraba algún huésped durante el día anterior en esa cabaña. No esperaba que sus extorsionadores hubiesen dejado nombre y apellido en la recepción; peor aún, pensó, el dueño o el administrador del lugar podrían estar vinculados a sus victimarios.

Decepcionado, regresó a su auto y estuvo cavilando algunos momentos. Abrió de nuevo el plano del hotel en la pantalla de su computadora y confirmó que no había más que un acceso: una caseta con una pluma que ascendía y descendía al paso de cada vehículo. Luis acercó el suyo a veinte metros de la caseta y se dedicó a observar los movimientos de acceso. Pasaron quince minutos antes de que llegase un auto, al parecer un huésped de reciente ingreso porque un hombre salió de la caseta para interrogar al conductor. Intercambiaron algunas palabras y el guardia levantó la pluma, permitió el paso del coche, volvió a bajarla y regresó a la caseta para registrar algo en una libreta negra de pastas duras que se apoyaba en la ventana.

Luis consultó de nuevo los archivos del hotel y vio el registro de empleados. Arturo Medrano, de sesenta y ocho años, cubría la caseta las doce horas diurnas de lunes a domingo excepto los miércoles, su único día libre; seguramente era el hombre que acababa de ver. José Medrano, de treinta y nueve años, cuidaba las doce horas restantes. Jorge Quijano, de diecinueve años y empleado de medio tiempo los fines de semana, cubría dieciséis horas el miércoles y cuatro horas el sábado por la tarde.

Por más que buscó alguna versión digital de la libreta negra de acceso de vehículos no pudo encontrarla. Al parecer nadie transcribía la información a la computadora; tendría que encontrar alguna forma de acceder a la libreta física. Solo esperaba que Jorge Quijano, quien según el rol de horarios habría estado de guardia el día anterior, fuese un empleado tan acucioso como parecía serlo el viejo que cubría el puesto en ese momento.

Por la tarde regresó al campus del ITESO. Rastreó a Quijano en distintas bases de datos y no tuvo que profundizar mucho: el joven empleado era un usuario compulsivo de Facebook. Estudiaba el primer año de ingeniería en la Universidad Lamar y tenía inclinación por el rock pesado, aunque su verdadera pasión era el amor por el Atlas, el segundo equipo de futbol de la ciudad por detrás del popular club Chivas del Guadalajara.

Más de la mitad de las notas que Quijano subía a Facebook, una decena al día, estaban relacionadas con el Atlas. Durante los veinte minutos que Luis leyó el historial de la página de Facebook de Quijano, pudo enterarse de que era un miembro activo de la peña o porra Las Márgaras, uno de los clubes más aguerridos de aficionados del Atlas. También se informó de que ese mismo día, como cada jueves, la banda se reuniría en el lugar acostumbrado: una cantina de mala muerte en el barrio popular de Analco, cerca del centro histórico de la ciudad.

Pensó que por fin corría con suerte. No era particularmente aficionado al futbol a pesar de que su familia pertenecía al Atlas Colomos, las instalaciones deportivas más prestigiadas y caras de Guadalajara. Su padre había sido miembro del patronato en varias ocasiones, y Luis mismo creció en las albercas y luego en el gimnasio del lugar. Le quedaban cuatro horas para conseguir los argumentos que le permitieran abrir la libreta negra.

Llegó a las nueve de la noche a la cantina La Milagrosa, un buen nombre para la sede del club de *fans* del Atlas, un equipo para el cual la victoria se había convertido en anomalía. Le había tomado apenas media hora convencer al gerente del Atlas Colomos de que le regalara una camiseta oficial con las firmas de los jugadores y una media docena de boletos para el partido del próximo sábado. Luis se había acercado a él casi un año atrás para convencerlo de mejorar la red Wi-Fi de las instalaciones del club, y terminó asesorándolo informalmente sobre programas y filtros para evitar riesgos y piratería. Hoy por fin había cosechado algo a cambio de sus consejos.

Prácticamente todos los clientes del bar estaban enfundados en el uniforme rojinegro del Atlas y el ambiente parecía el de una reunión de anarquistas dándose valor antes de salir a la calle a construir barricadas. El club había sido fundado cien años antes por un sindicato de obreros liderado por inmigrantes españoles que decidieron que la bandera de huelga sería la mejor insignia deportiva. Luis recordó haber escuchado la anécdota contada orgullosamente por un empresario en el elegante comedor del Atlas Colomos, un zapatero conocido por su enorme fortuna basada en la explotación de pequeños talleres de calzado.

El joven se dio cuenta de que la camiseta que portaba y su edad lo hacían completamente empático con el grupo, no así su apariencia: sacaba una cabeza de altura a todos los presentes y el tono lechoso de su piel contrastaba con el color cobrizo del resto de los clientes. Se acercó a la barra y pidió una cerveza. No tardó en descubrir a Jorge Quijano entre otros seis amigos al otro extremo del local; tenía las orejas más grandes y los ojos más pequeños que en su versión digital. Luis recordó el ingenioso tuit que leyera semanas atrás: *Nadie es tan guapo como en su foto de Facebook ni tan feo como en su credencial de elector.*

Se acercó al grupo de Quijano cerveza en mano e hizo un gesto de brindis. Solo uno de ellos contestó el saludo; el resto parecía verlo con desconfianza hasta que un joven reconoció el nombre de Amarildo, la nueva contratación brasileña del Atlas y la última esperanza para evitar el descenso del equipo a la división inferior, estampado a la altura de su pecho en el centro de la camiseta.

—Órale, compa, ¿cómo conseguiste la firma de Amarildo? Acaba de llegar.

Luis repasó las camisetas de todo el grupo y observó que solo tres poseían algunas firmas aisladas, seguramente resultado de largas esperas durante los entrenamientos. La suya con catorce rúbricas seguramente era un récord en la historia de la peña de la cantina La Milagrosa.

—Pues con un chingo de suerte, mi papá es amigo de uno de los utileros del equipo y me coló a los vestidores la semana pasada. Parece que los agarré de buenas, pues casi todos me firmaron.

El grupo se acercó a Luis y comenzó a leer y festejar los nombres que reconocían. Algunas firmas eran recibidas con chiflidos y exclamaciones; al parecer un par de ellas eran verdaderos tesoros entre ávidos coleccionistas, seguramente las pertenecientes a los jugadores más soberbios o impacientes, los que nunca se detenían a devolver el saludo de los aficionados.

Las siguientes horas las pasó plenamente integrado al grupo. Ser atlista supone pertenecer a una religión minoritaria y en eterno proceso de extinción, sus aficionados son pocos aunque de hueso colorado. «Con el Atlas, aunque gane», era uno de los lemas populares entre sus seguidores. Luis pensó que nunca le había resultado tan fácil socializar con un grupo de desconocidos. Nadie le preguntó a qué se dedicaba, dónde vivía o cuáles eran sus apellidos; lo aceptaban como uno de ellos simplemente por compartir la misma pasión, pertenecer al mismo culto.

El grupo de amigos se expandía y se reducía a ratos, a medida que la noche avanzaba y la bebida aumentaba, pero Luis nunca se separó de Quijano. La conversación siempre fue futbolera: era increíble la cantidad de detalles que podían tener lugar en un partido o los infinitos matices que ofrecía la alineación del juego del próximo sábado. Parecían no darse cuenta de que él apenas había hablado, temeroso de exhibir su ignorancia, aunque luego comprobó que no necesitaba hacerlo; cada que alguien nuevo se integraba a la ronda de amigos, estos presumían la camiseta de Luis como si fuese patrimonio del pequeño grupo al que se integrara.

Cerca de las once de la noche un hombre trepó a la barra del bar e impartió algunas instrucciones para el siguiente encuentro; se reunirían tres horas antes en La Milagrosa para recibir boletos y más tarde se instalarían todos juntos en una sección del estadio que el propio club acordara años antes con la peña Las Márgaras. Tras varias porras estentóreas, el hombre descendió y los primeros aficionados comenzaron a abandonar el lugar.

Poco antes de medianoche el grupo de Quijano ya se había reducido a tres, Luis incluido. Cuando el empleado del hotel hizo un gesto para pedir su cuenta, Luis les invitó un último trago; Quijano había bebido primero un par de cervezas y luego tres cubas. El ron ya hacía su efecto: abrazaba a Luis y a su otro amigo, a quien llamaban *el Pato*, como si fuesen compañeros de toda la vida.

—¿Y ustedes a qué se dedican? —preguntó Luis en el tono más casual que pudo.

—Yo trabajo en la carpintería de mi papá, hacemos clósets, pero este va a ser ingeniero —dijo el Pato, señalando a Quijano.

—Chido, güey. ¿Ingeniero en qué?

—Mecánico eléctrico. Aunque a lo mejor la dejo, no tengo lana para pagar tanta chingadera que nos piden cada trimestre.

—¿Y te ayudan en tu casa o tienes que trabajar?

—En mi casa me apoyan, pero tengo que chambear miércoles y sábados.

—¿Y cómo le haces para ir a los partidos, alcanzas?

—Negocié desde que me contrataron que los días que juega el Atlas me dejen salir más temprano. Lo único bueno es que en la caseta donde estoy tengo televisión para ver los demás partidos del fin de semana.

—¿Caseta?

—Es un motel, La Colina. Estoy en la caseta de entrada.

—¿Qué? No mames. Traigo ese hotel atravesado.

—¿Por?

—Casi estoy seguro de que mi novia me puso el cuerno allí. La anda rondando el exnovio y alguna vez ella me confesó que había ido allí con él, antes de conocerme.

—¿Y cuál es la bronca? «Lo pasado, pasado», como dice José José.

—Ni madres de pasado. Ayer me dijo que no podía verme porque venían unas primas, pero hoy en la tarde que fui a visitarla entró un mensaje en su teléfono que alcancé a ver antes de que ella regresara del baño, algo así como «tú, yo y la colina, felicidad pura».

—Pues yo estuve casi todo el miércoles en la caseta porque pedí el sábado para ver el partido. ¿Cómo es tu morra? ¿Qué carro trae el cuate ese?

—No sé qué carro, porque es de familia rica y en su casa tienen varios. Los conozco de lejos.

—Y ella, ¿cómo es?

—Es una morena guapa, aunque apuesto a que se habrá escondido o tapado dentro del coche antes de entrar al hotel.

—Chale, qué mala onda. Pinches viejas.

—Sí, no mames. Y la neta es que la quiero a madres.

—No se agüite, compa. Aunque primero deberías estar seguro, ¿qué tal que te estás imaginando cosas?

Luis asintió y apuró el último asiento de la cerveza, bajó la mirada con cara apesadumbrada, hizo una pausa y soltó la pregunta que había rumiado durante horas.

—Oye, solo hay una manera de confirmarlo y tú me puedes ayudar —anunció con una sonrisa súbita, producto de lo que parecía una ocurrencia del momento—. Si tú pudieras ver el video de ayer y decirme qué autos entraron, yo checo con los que tienen en su casa.

Luis sabía que no existían cámaras de video en el hotel, aunque no podía confesarle que estaba enterado de que el registro se hacía en la libreta negra.

—Lo haría con gusto, carnal, de veras, pero en ese pinche hotel no tienen para reponer el foco de la caseta, mucho menos para cámaras de video.

—No puede ser. Tanta casualidad haberte conocido y que no sirva de nada.

—Pérate, no te me apachurres. ¿Te serviría una lista de los carros que entraron? Tengo el número de las placas.

—¿Qué? Me salvarías la vida. Si ella es inocente me haces el más feliz porque hasta creo que es con la que quiero casarme, y si no, la mando a la chingada de una vez. Es un partido de seis puntos —Luis había escuchado la expresión en el club: para todo atleta un partido de seis puntos es aquel donde gana su equipo y pierde el odiado rival, las Chivas.

—Por un rojinegro, lo que sea —dijo Quijano—. El dueño del hotel es muy exigente y nos obliga a llevar la lista para que no lo engañe el de la recepción: el cabrón a veces no reporta huéspedes para quedarse con el dinero. Estás de suerte, güerito.

—Mira, hermano, ayúdame con esto y te regalo mi camiseta. Es lo menos que puedo hacer.

Quijano estuvo a punto de protestar, pero bajó la vista a las firmas estampadas y contuvo el impulso. Abrazó a su amigo.

—Listo, mañana mismo voy al hotel; el viejo que cuida siempre agradece un relevo aunque sea un ratito. Para la tarde tienes tu lista.

Ahora fue Luis quien abrazó a Quijano. Estaba seriamente conmovido.

Quince horas más tarde se reunieron de nuevo, esta vez en una cafetería del centro de la ciudad; Quijano parecía más disminuido a la luz del día, y quizá un poco arrepentido porque su mirada divagaba y al parecer quería abreviar el encuentro. Seguramente le había tomado un buen rato transcribir la bitácora, que tenía medio centenar de entradas. Luis agradeció el gesto, le entregó la camiseta y le aseguró que se encontrarían en las gradas del estadio Jalisco el siguiente sábado. Nunca más lo vio.

Identificar el vehículo fue muy sencillo, solo un auto había ingresado a las 12.38, cuando su GPS registraba la llegada al hotel: un Chrysler azul oscuro con placas de Jalisco. Se imaginó el carro y un estremecimiento le recorrió el cuerpo al recordar el pie del hombre, pesado sobre su cuello.

Aprovechando que estaba en el centro se fue a la cantina La Fuente, a media cuadra de las instalaciones del diario *El Informador*, y utilizó la red del medio de comunicación para hacer la búsqueda de las placas del auto. Caía la tarde y el lugar estaba lleno de reporteros del periódico; en caso de que alguien detectase la búsqueda de los archivos oficiales, bien podría atribuirse a un trabajo periodístico. Solo tardó unos minutos; pertenecía a la policía judicial del estado. Le tomó otro rato encontrar que el Chrysler estaba asignado a un tal Armando Soto: otra búsqueda le devolvió la imagen de un hombre joven de cara ancha y abundante bigote, un rostro que le pareció más propio de un aprendiz de chef que de un esbirro. Luis pensó que conocer la identidad del conductor no había sido tan difícil, descubrir la de los otros dos pasajeros iba a ser más complicado y peligroso. Se frotó las manos con nerviosismo y pidió otra cerveza.

Jueves 28 de noviembre, 1 p. m.

Tomás

Solicitó ir al baño solo para confirmar el rumor que circulaba en la redacción: entre reporteros y editores se decía, con una mezcla de orgullo y reprobación, que las llaves del lavabo de las oficinas del dueño del diario eran de oro.

Solo había estado en tres ocasiones en la antesala de Rosendo Franco, propietario de *El Mundo*, y en todas ellas tuvo que esperar un largo rato. Tomás se sentó y examinó con detenimiento las flamantes instalaciones. Los viejos sillones de piel y los cuadros de pintores mexicanos clásicos fueron sustituidos por una decoración minimalista de colores neutros y materiales de importación lisos y pulidos. Tres cuadros de pintura abstracta colgaban de los muros, uno de ellos un Basquiat que debía costar el equivalente a una rotativa. El escenario parecía más propio de un ejecutivo de una próspera oficina de fondos de inversión en Wall Street que de un medio de comunicación de casi cien años de antigüedad. Tomás pensó en el contraste de este ambiente aséptico y frío con la decoración recargada del baño, sus llaves, en efecto de oro, y supuso que este último era el terreno inexpugnable de doña Edith, la esposa de Rosendo y madre de Claudia.

En todo el mundo los diarios daban bocanadas agónicas por la asfixia económica derivada del desplome de la circulación, aunque las nuevas oficinas parecían decirle a los demás que la crisis no había pasado por este periódico. Señal inequívoca de que las estaban pasando negras, pensó Tomás. Los jóvenes simplemente no consultaban los diarios ni para ir al cine; la muerte de cada suscriptor equivalía a la extinción de un recurso no renovable. La irrupción de Cristóbal Murillo interrumpió los negros pensamientos sobre el futuro de su profesión.

—Hola, Tomás, qué gusto verte. Oye, el patrón está con unas personas, en unos minutos termina y te recibe.

—No te preocupes, Cristóbal, no hay prisa, estoy apreciando tu nueva decoración.

El hombre pasó una mirada por los muebles y los cuadros e hizo un gesto de desprecio. La camisa con sus iniciales, las enormes mancuernillas y el pañuelo rojo en el bolsillo de su traje a rayas revelaban que era militante ferviente del estilo de decoración que imperaba en el baño.

Como todo hombre de poder que se preciara, Rosendo Franco tenía un secretario particular; Cristóbal Murillo era el suyo. Tomás ya había conocido a varios. Por lo general eran personajes singulares, inmensamente poderosos y a la vez serviles, responsables de las mayores ignominias, aunque capaces también de remover obstáculos insalvables para el resto de los mortales. Podían despertar a un gobernador en la madrugada, conseguir un pasaporte en domingo o firmar al grupo Maná para una fiesta particular. Eran responsables de la agenda visible y también de la que estaba en sombras. Franco y otros cincuenta como él tomaban las decisiones que definían el rumbo del país, aunque eran los Cristóbales quienes las hacían realidad en el día a día, o mejor dicho durante las noches, porque operaban el lado oscuro del poder; el lado donde transcurría buena parte de la vida real en materia política y económica.

Tomás percibió algo nuevo en Cristóbal, pero le tomó un rato descubrir en qué consistía. Se había estirado la piel de la cara, esta vez de manera radical, y un color zanahoria coronaba su escasa altura. Tenía más de treinta años trabajando con el dueño del periódico y parecía empeñado en mimetizarse con él hasta convertirse en una especie de *mini me* del patrón: imitaba su vestido, emulaba el recorte de su bigote y había terminado por adoptar la misma gesticulación. Para su desgracia carecía de los buenos genes de don Rosendo, lo cual compensaba con cirugías cada vez más temerarias. Su rostro lucía tumefacto aunque en efecto, pensó Tomás, había adquirido un vago aire que hacía recordar a los Franco, como un pariente lejano aunque de estirpe impura. Solo entonces recordó el certero apodo que le endilgó Amelia: el *Déjà Vu*.

Involuntariamente, Tomás pasó revista a su propio atuendo; se dijo que Cristóbal ya lo habría tasado en una bicoca. El secretario particular tenía la manía de calcular el valor de las prendas de sus interlocutores y con el tiempo se había convertido en un experto. Solía enviar notas a sus amigos firmadas como «El Ten Grand», porque aseguraba que nunca vestía menos del equivalente a diez mil dólares. Solía aplicar motes a los conocidos a partir de la cotización de su vestido. El columnista dio por un hecho que se encontraba en el decil inferior de la escala de valores de Cristóbal.

Conversaron frivolidades durante diez minutos, tras los cuales Cristóbal se retiró asegurando a Tomás que sería recibido de inmediato. El secretario gustaba de semblantear a las visitas importantes de su jefe para informarle del ánimo del visitante o cualquier detalle útil en la inminente cita.

Pocos minutos más tarde Franco se puso de pie para saludarlo con muestras de afecto. Era apenas la una de la tarde y el aliento de su anfitrión despedía ya un aroma a whisky;

Tomás pensó en los personajes de la serie *Mad Men* y el alcoholismo en las oficinas de antaño; sin embargo, nunca había visto ebrio al dueño del diario, aunque habían coincidido en varias reuniones sociales y de trabajo. Su hígado era legendario. Luego de una ligera vacilación, él mismo aceptó tomarse un trago. Tomás ignoraba el motivo que lo había traído al diario, aunque intuyó que cuando lo supiera preferiría tener un whisky en la mano.

—Querido Tomás, cómo has removido el gallinero —dijo cuando se sentaron en una amplia sala interior—. Tenía rato sin leerte, pero tus últimas dos columnas deben haber vendido muchos periódicos.

—Menos mal, don Rosendo —contestó Tomás con cautela.

—Salazar me habló para felicitarme por la columna de hoy; la información que traes sobre el gobernador de Veracruz es impecable. Hasta él mismo, que es del PRI, tuvo que reconocerlo.

—Sí, la data es muy sólida, por eso no dudé en publicarla con pelos y señales. Tenía buena fuente.

—¿Y la fuente de la columna del lunes pasado también es buena? ¿Es la misma?

Tomás entendió el motivo de su presencia. Salazar quería saber de dónde había salido la columna en su contra y recurrió al dueño del periódico para conseguirlo. Le sorprendió la obviedad de Franco; por lo general no solía ser tan obsequioso con el poder político.

El Mundo no era un periódico de oposición ni mucho menos, aunque tampoco ejercía un oficialismo ramplón. En los años noventa el dueño oteó muy a tiempo los aires de apertura que vivía la sociedad mexicana y orientó la línea editorial en consecuencia; los lectores exigían ahora una prensa más plural y profesional, con mayor distancia crítica frente al poder. El empresario se dio cuenta de que la rentabilidad dependería cada vez más de la circulación real y por ende de la imagen de credibilidad, y cada vez menos de los presupuestos de comunicación gubernamental, como en el pasado. Cuando el PAN ganó la presidencia en 2000 y desbancó al viejo partido, *El Mundo* tenía varios años ejerciendo una línea con relativa independencia del poder político al que había servido durante décadas.

En los siguientes años *El Mundo* se convirtió en un diario relativamente plural. Franco solía decir que el periódico perfecto debía ser de izquierda en materia social, de centro en asuntos políticos y de derecha en temas de economía. La frase no era suya; sin embargo, la aplicaba a rajatabla. En las páginas de opinión participaban intelectuales y analistas de todas las tendencias y la línea informativa era «crítica pero responsable con las instituciones», lo que le había permitido al dueño mantenerse como un miembro de facto de la clase política aunque con relativa autonomía; era querido, temido y respetado. Cualquier funcionario podía ser cuestionado, aunque siempre podía contar con una rectificación amplia y oportuna de parte del periódico.

—Son dos temas diferentes, don Rosendo, cada columna tiene su propia fuente. Los datos que publiqué sobre Dosantos no han sido desmentidos.

—Mmm. Tampoco confirmados, querido Tomás. No hay nada que sitúe el asesinato en el domicilio de Salazar. Pobre Pamela —añadió, con la vista momentáneamente perdida en algún punto en la pared.

Tomás notó la distracción de su interlocutor y se preguntó si también el padre de Claudia habría sido amante de la artista. No estaba incluido en la lista de Plutarco Gómez, pero era probable que el viejo reportero lo hubiese protegido. Los periodistas veteranos solían venerar a los grandes barones de la prensa; para ellos eran el eslabón más alto de una cadena alimentaria que se perdía en lo alto del cielo.

—¿Quién crees que la haya matado, Tomás?

—Ojalá pudiera saberlo. Al principio estaba convencido de que se trataba de un crimen pasional, luego he comenzado a creer que podría ser un asunto político. Todavía es confuso.

—Pues qué raro, porque Salazar cree lo mismo. Y según su lógica tu columna justamente fue la vía para convertirlo en un tema político.

—¿Lo están presionando por mi texto, don Rosendo?

—Pues claro que me están presionando —respondió con una carcajada corta—. El hijo de puta de Salazar ni siquiera cubrió las formas. Estos creen que regresaron al país de antes.

—¿Lo amenazaron?

—Tampoco soy un títere, a mí nadie me amenaza. No, Tomás. Salazar es un viejo zorro y lo hace con cuidado, pero hacía muchos años que nadie me hablaba así: que si la responsabilidad de la prensa, que si el respeto a la autoridad y la gobernabilidad, que si los intereses impuros que se me están colando en las páginas del periódico.

—¿Le pidieron mi cabeza?

Tomás no sabía por qué Franco había decidido sincerarse con él. No obstante, decidió que tampoco tenía algo que perder abriendo sus cartas. Prefirió de una vez por todas llegar al fondo del asunto.

—Tranquilo, Tomás. El día que siga órdenes de estos cabrones será el día en que venda el periódico.

El columnista agradeció el gesto, aunque sabía que en los años ochenta *El Mundo* había hecho varias purgas en la redacción a petición de la presidencia del país.

—Tampoco es que vaya a desafiarlos —continuó—. Quedé de hablar contigo e indagar qué estaba pasando. Le aseguré que en este periódico no hay intención de ir contra él ni en contra del gobierno. Las cosas ya están suficientemente mal en este negocio como para encima padecer una veda de publicidad oficial.

Era típico de Rosendo Franco transitar sin inconvenientes por las dos puntas de un discurso bipolar. Unos minutos desempeñaba el rol de paladín irreductible de la prensa libre e instantes más tarde mostraba un pragmatismo cínico y acomodaticio.

—Te voy a ser franco, Tomás, pero primero voy a decirte por qué. Sé que te metiste con Claudia en aquel viaje a Nueva York; también sé que ella querría haber prolongado la relación aunque tú lo impediste. Al principio me molestó que mi hija anduviera con un periodista; sin embargo, con el tiempo y conociendo al pendejo con el que se casó, me he preguntado si eso no habría sido lo mejor para todos. ¿A quién le voy a dejar esto? A ella cada vez le interesa menos, quizá con un marido periodista habría sido diferente. A veces me he preguntado si habrías sido capaz de dirigir *El Mundo.*

Tomás se quedó sin habla. Esperaba una conversación entre jefe y empleado, no una reflexión sobre dinastías y generaciones con él como protagonista central. Pero podía advertir el desánimo que se colaba en las palabras de Rosendo: pese a sus dos metros de estatura e imponente presencia, el viejo ya no tenía fuerzas para oponerse al presidencialismo que se le venía encima. Seguro habría preferido que fuese la siguiente generación la que lidiara con ellos; gozó del enorme poder que alcanzaron los diarios durante la alternancia de diversos partidos en el poder y no le hacía gracia regresar al pasado con una prensa subordinada a Los Pinos.

—Con la misma honestidad, le puedo decir que no creo que hubiera servido para ninguna de las dos cosas: ni para marido de Claudia ni para directivo de *El Mundo*. Y no me malinterprete, considero un honor el hecho de que lo haya usted pensado.

Franco inclinó la cabeza, caviloso. Rellenó los vasos con abundantes porciones de whisky y prosiguió como si no lo hubiese escuchado.

—Esto se está acabando, Tomás, me siento como el dueño de la Wells Fargo con la llegada del ferrocarril: hacer mejores periódicos es como creer que mejores diligencias nos van a salvar de la competencia del tren. Supongo que lo que viene es internet y los celulares, aunque yo no tengo ninguna gana de reinventarme. En los otros diarios eso es los que están haciendo los hijos; pinche Claudia, se lavó las manos y el imbécil del marido no tiene idea de esto.

—A lo mejor es el momento de apoyarse en profesionales, don Rosendo. No me da la impresión de que la siguiente generación, los hijos, lo estén haciendo mejor en los otros periódicos.

—Y para acabarla de joder se nos está echando encima el nuevo gobierno. Están redactando nuevas leyes para controlar a la prensa, a los noticieros; van a meter miedo a la gente con el asunto de la inseguridad para imponer límites a las libertades públicas. Quieren endurecer las penas por difamación, para que los medios de comunicación terminemos autocensurándonos. Acuérdate de mí, no tardan en buscar un chivo expiatorio para escarmentar y asustar al resto de los periodistas.

—Pero no podemos quedarnos cruzados de brazos: en conjunto los medios de comunicación tienen fuerza. ¿No han comentado esto los grandes propietarios? ¿No van a hacer algo al respecto?

—Un bola de culeros es lo que son. Me reuní con otros tres hace algunas semanas y prometimos preparar una estrategia para defendernos. Al día siguiente uno de ellos fue con el chisme a Gobernación: días más tarde llamaron a mi colega de la televisión y le dijeron que su concesión vencía en dos años, lo pusieron a temblar y ya no contesta mis llamadas. A otro le doblaron el monto de la publicidad oficial y ahora es íntimo del nuevo gobierno. A mí me habían ignorado hasta ayer que recibí la llamada de Salazar sobre tu columna; creo que me están probando.

—¿Qué quiere hacer? Con gusto le ofrezco mi renuncia, si eso sirve.

—Ni madres, no les voy a dar el gusto. Además tampoco me la han pedido. Salazar quiere información, no dar un golpe. Al menos no todavía.

El columnista respiró aliviado; no quería perder el espacio con el que había revivido.

—Vamos haciendo esto, Tomás: yo le digo simplemente que te pasó el dato una fuente en la que creíste, y que no estás dispuesto a revelar; también le garantizaré que no hay una cruzada personal en su contra, ni el periódico se va a prestar a ello. Con eso creo que estaremos bien. ¿Traes algo más respecto a Salazar en las próximas semanas?

—Nada. No tengo algo en contra del ministro, salvo que está muy feo —dijo Tomás, tratando de aligerar el tono de la conversación.

—Si eso fuera delito, no alcanzarían las cárceles —respondió Franco con una carcajada y se puso de pie para concluir la reunión—. Oye, y ya por curiosidad personal, ¿me avisas si te enteras de algo más sobre el asesinato de Pamela? Te lo voy a agradecer —concluyó el empresario.

Diez minutos después, en el camino de regreso a su apartamento, Tomás seguía tratando de descifrar el encuentro que sostuvo con Franco. ¿Lo había engatusado para que dejara de cuestionar a Salazar?

Ya sin la magnética presencia del empresario, su charla sobre la pareja que pudo haber hecho con Claudia y su papel como director del diario comenzaba a sonarle como una invención para manipularlo; apenas podía creer que él mismo hubiera ofrecido su renuncia al final de la conversación. Se suponía que debían exhibir el autoritarismo del nuevo gobierno, elevar la factura política de cualquier acto represivo, y no retirarse de manera voluntaria, gratuita y absurda. Volvió a pensar en Rosendo Franco y eso lo llevó al recuerdo de Claudia: más allá de los comentarios del empresario, que ahora le parecían demagógicos, Tomás se preguntó si en verdad habría tenido alguna oportunidad de hacer pareja con su hija. Su piel joven y el sonido de su risa vital dominaron el resto del trayecto.

Jueves 28 de noviembre, 5.30 p. m.

Jaime

—Si crees que una campaña acerca de los éxitos de tu gobierno va a salvarte, estás equivocado; ya pasaste ese punto. Desde hoy en la mañana la prensa y la radio te están masacrando por el escándalo de tu riqueza y no van a parar —dijo Jaime.

—He hecho lo mismo que cualquier otro gobernador del país: asegurar el futuro de mis hijos. Tú sabes que lo tenemos que hacer para protegernos de las *vendettas* y del retiro político al que te puede condenar el siguiente gobernador. La única defensa es enriquecerse.

—Sí, cabrón, pero tú quisiste entrar a la lista de *Forbes* en menos de un año. Incluso para robar se necesita decoro.

—Más respeto, Jaime. Soy gobernador constitucional de Veracruz.

—No jodas, Enrique, no estás hablando con la prensa: eres el mayor ladrón en la historia del estado desde Santa Anna. Has invertido más de diez millones de dólares de dinero sucio en la casa que construyes en las Lomas, y sé que tienes cuatro cuentas en paraísos fiscales: solo la de Islas Vírgenes es de ciento treinta y ocho millones de dólares. Así que no me vengas con la Constitución, gobernador.

Enrique Hidalgo palideció. ¿Cómo sabría Jaime lo de sus cuentas? Solo el tesorero del estado, su compadre que fungía de prestanombres, y el gestor financiero internacional sabían de la operación. Seguramente fue el último, pensó, un tipo en Londres especializado en blanqueo de dinero que le recomendaron por su discreción.

—¿No le habrás pasado tú la información a Tomás Arizmendi? ¿De dónde más la habría sacado? Dicen que es tu amigo.

—No te confundas, eso viene directamente de Salazar. ¿No ves que Tomás está tratando de congraciarse con él luego del lío en que lo metió con Dosantos? Seguramente es el precio que Gobernación le puso para dejarlo en paz: preparar el golpe en contra tuya.

Jaime seguía los gestos de angustia del gobernador y su frente sudorosa con la displicencia de quien mira a una hormiga fracasar en sus intentos de cargar el cadáver de un escarabajo. Estaba indeciso entre la alternativa de pisar de una vez por todas a la hormiga en problemas o de plano ayudarla, transportando el escarabajo en la ruta de su hormiguero. Se decidió por esto último.

—Tu problema es político, no judicial; eres el chivo expiatorio perfecto. Quien te está moviendo las aguas es la presidencia, o mejor dicho, Salazar desde Gobernación. Entre más pronto lo entiendas más posibilidades tendrás de defenderte.

—¿Pero por qué, si todos somos priistas? Yo me alineé con Alonso Prida cuando fue destapado y lo ayudé en su campaña, aunque no era mi gallo original.

—Justamente, no era tu gallo original. A ver, te lo explico: que el PRI iba a ganar la presidencia en 2012 estaba cantado luego de doce años de malos gobiernos del PAN, el asunto era quién del PRI iba a quedarse con la silla. Prida logró imponerse gracias al apoyo de una docena de gobernadores que derrotaron a los candidatos de la elite nacional del PRI, encabezados por Beltrones, líder del Senado. Las regiones se impusieron al centro.

—Todo eso ya lo sé. Por desgracia yo no estuve entre esos gobernadores porque Merino, mi antecesor, no quería a Prida. Y si Merino me nombró gobernador, ¿cómo querías que me aliara con su enemigo?

Jaime miró con impaciencia a su interlocutor: una hormiga que ni siquiera entendía que él estaba moviendo el escarabajo para ayudarle.

—Lo que no pareces saber es que ahora Prida está atrapado en una contradicción y tú eres su puerta de salida. Para poder reinstalar el presidencialismo fuerte que él quiere, tiene que reducir el enorme peso que han adquirido los gobernadores; o sea, traicionar al club que lo llevó a la presidencia. No tiene otra opción si quiere recuperar el control del territorio. Los gobernadores son verdaderos señores feudales en este momento.

—¿Y por qué yo? ¿Por qué no se va en contra de un panista?

Jaime lo ignoró y recordó a Diego Merino con rencor. Algunos gobernadores se enriquecían para proteger su futuro; otros aseguraban el porvenir dejando en el poder a un sucesor imberbe y limitado. Merino había hecho las dos cosas: se enriqueció y dejó en su lugar al imbécil de Enrique Hidalgo.

—A ver, te lo explico. Para que el presidente sea el verdadero dueño del partido, necesita subordinar a los gobernadores y evitar que estos se crean dueños del PRI en su región. En los ochenta Carlos Salinas depuso a diecisiete gobernadores durante su sexenio, la mayoría de ellos pertenecientes a su propio partido; su control político sobre los poderes regionales era absoluto. Si Prida y Salazar quieren restaurar el centralismo de antaño o algo que se le parezca, deben meter en cintura a los mandatarios estatales.

—No hace falta que me des lecciones de historia. Todo eso lo sabía, lo que sigo sin saber es por qué contra mí.

—No pueden ir contra un panista porque parecería simple rivalidad partidista. Quieren tumbar a un priista para pasar el mensaje correcto: van en contra de los excesos de los gobernadores, punto. Y tú eres perfecto porque nunca lo apoyaste; nadie podrá acusarlo de ser desleal. Una vez que te tumben puedo asegurarte que los otros gobernadores del PRI estarán más blanditos para aceptar la hegemonía de la presidencia.

—Pues que se busquen otro chivo expiatorio. ¿Tú cómo ves, Jaime? ¿Cómo podría salir de esto? ¿Me puedes ayudar?

—¿Contra Salazar? No va a ser fácil. Aunque tienes que intentar algo, podrías terminar en la cárcel, ¿estás consciente?

Jaime lo vio revolverse en su asiento. Como muchos otros obesos, Hidalgo tenía la manía de estirarse la camisa para evitar el doblez sobre la prominente panza; ahora lo hacía cada minuto. Pensó que lo tenía justo donde quería: la hormiga ya se había olvidado del escarabajo y simplemente trataba de huir desaforada para conservar la vida.

—¿Quieres dinero? ¿Algún negocio en Veracruz? Te puedo dar obra pública, concesiones, hay unas tierras en la costa que vamos a desarrollar...

—Tres cosas —lo interrumpió Jaime—: cambia al procurador del estado, coloca en su lugar al notario Pepe Robles, es un tipo decente; y en lugar del esbirro que tienes en la Secretaría de Seguridad Pública pon a Jorge Gutiérrez, es veracruzano y estuvo conmigo hace algunos años, te funcionará.

—No sales nada barato, quieres controlar el aparato de justicia y los cuerpos policiacos estatales. ¿Y la tercera?

—Nombra al diputado Godínez coordinador de la diputación veracruzana en el Congreso federal.

—Tengo diecisiete diputados federales, ¿quieres que te

los ceda? ¿Estás loco? ¿Y no quieres que te mande también a mi mujer? —protestó Hidalgo.

—Los nombramientos son para facilitarme tu rescate político, hay algunos favores que hacer. ¿Tu esposa...? No, gracias, no me gustan las gordas.

Hidalgo salió disparado de su asiento; tardó varios segundos en articular palabra. Algo parecía obstruir su garganta, sus abundantes mejillas adquirieron una tonalidad escarlata. Se estiró la camisa, profirió un gutural «hijo de puta» y se encaminó a la puerta.

Jaime miró con desdén a la hormiga que ahora hacia el ridículo patas arriba. Quizá se había excedido en el comentario personal, pero Hidalgo le resultaba particularmente despreciable y no porque fuera corrupto sino porque era un pendejo. La degradación política que padecía el país se debía en mucho al ascenso de ineptos como el gordo ambicioso que tenía enfrente, pensó Jaime. Un ciego en el reino de los tuertos, sin oficio ni cultura política, sin más merecimiento que ser lo bastante estúpido para no representar una amenaza para el gobernador anterior.

Hidalgo no llegó a la puerta. Estuvo algunos segundos frente a ella, de espaldas a Jaime, tratando de serenarse.

—¿Si hago los cambios puedes salvarme? ¿Buscar otro chivo expiatorio?

—Muy probablemente.

—Los hago esta semana —dijo sin darse la vuelta. Se estiró la camisa, irguió el pecho y salió de la oficina.

Jaime hizo algunas anotaciones en su libreta azul; debía llamar esa misma tarde a los tres designados, para establecer estrategia e instrucciones. Luego la cerró satisfecho, con la mirada puesta en sus pastas y el sencillo lazo que la envolvía. Pensó en Amelia y los amigos de su infancia y en las circunstancias que los habían reunido de nuevo.

La sensación de bienestar que remplazó la desagradable figura de Hidalgo se desvaneció con el recuerdo de su padre. Sabía de la entrevista de Tomás con Carlos Lemus y temía que la interferencia de este pudiera alterar sus planes. Era el único hombre al que Jaime aún temía: luego de tratar de ganar su admiración y afecto durante años, lo había convertido en su rival, aunque el propio Carlos actuara como si lo ignorase. Sin embargo, en la mayoría de esas batallas, reales o imaginarias, Jaime resultó derrotado. Se juró que esta vez sería diferente.

Jueves 28 de noviembre, 10 p. m.
Amelia

La clase política podía ser corrupta hasta el hueso, pero nadie podía acusarla de holgazana. ¿De dónde sacarán energía estos carcamanes?, se preguntaba Amelia a las diez de la noche durante la interminable ceremonia de inauguración del nuevo Centro para las Artes de la ciudad. Artistas, intelectuales, empresarios y sobre todo políticos abarrotaban los salones del espectacular palacio colonial espléndidamente remodelado gracias a las donaciones de un empresario de la construcción.

La líder del PRD estaba agotada luego de tres eventos, una larga comida de relaciones públicas y varias sesiones de trabajo. Sin embargo, tratándose de un acontecimiento de la ciudad, gobernada por su partido, no podía ser la primera en retirarse. Miraba a senadores y líderes sindicales septuagenarios, a secretarios de Estado y ministros de la Corte veinte años mayores que ella y ninguno parecía tener algún deseo de terminar la fiesta: por el contrario, pasaban de un grupo a otro profiriendo sonoras carcajadas y asestándose unos a otros fuertes palmadas en las espaldas; nada disfrutan más los políticos que juntarse entre sí e intercambiar pullas y frases supuestamente mordaces. Todos terminaban las conversaciones con un «Tenemos que juntarnos a comer, nos hablamos».

El goce del poder es una batería de litio, algo que a mí me falta, se dijo Amelia. Sabía que varios de los presentes habían tenido una jornada tanto o más pesada que la de ella: todo político que se precie arranca temprano con un desayuno de trabajo y termina a medianoche luego de un acto público como en el que se encontraban. Algunos llevaban más de cuarenta años con ese tren de vida y amenazaban con durar otros tantos; supuso que más de uno recibía ayuda de estimulantes, de los legales y de los otros.

Amelia pretextó una visita al baño para escapar del tesorero de la ciudad, Jorge Armando Arenas, un joven egresado de la London School of Economics y de orígenes aristocráticos, decidido a incorporar a la guapa líder de la izquierda a su colección de conquistas personales. Media hora de charla seudointelectual sobre la importancia política de las redes sociales y el mundo digital casi la hicieron sentir nostalgia de las conversaciones cínicas y burlonas de los funcionarios que tenía a su espalda.

En el lavabo, frente al espejo, miró su cara y volvió a preguntarse qué hacía allí, entre una clase política a la que siempre había despreciado. ¿Terminaría convertida en una más de esa especie? Peor aún, estaba consciente de que todos los presentes la consideraban ya una de ellos. Apenas transcurrían ocho meses de un periodo de tres años en la presidencia del partido; ¿al terminar regresaría a su ONG, a su activismo de antaño, o aceptaría otro puesto político? ¿Volvería a convencerse a sí misma esgrimiendo argumentos sobre la responsabilidad y el sentido del deber? ¿Era eso lo que se decían a sí mismos los demás, los que estaban afuera, al otro lado de la puerta del baño? ¿El pantano te ensucia un día, o te va percudiendo poco a poco hasta que la costumbre del poder anestesia las convicciones?

Amelia se dio cuenta de que no quería salir del baño e incorporarse a la fiesta porque era lo mismo que integrarse al mundo que despreciaba. Quizá Tomás tenía razón: ella siempre pensó que al mantenerse aparte y distante, su amigo había desperdiciado su talento; sin embargo, era Amelia quien terminó haciendo algo que comenzaba a odiar. ¿Era el peligro de ser seducida lo que le angustiaba, o solo la repulsa a una vida que desdeñaba?

—Qué guapas somos, no nos merecen esos cabrones —comentó una mujer parada a su lado mientras se miraba al espejo.

Amelia reconoció a Delia Parnasus, senadora por Coahuila y secretaria general del PRI, quien la miraba con sonrisa cómplice mientras extraía un lápiz labial carmesí.

—Algo así estaba pensando —dijo Amelia sin entrar en matices.

Parnasus pertenecía a la clase política por estirpe y por vocación propia: su padre había sido un sempiterno líder sindical minero y convirtió a la hija en diputada federal a los veintisiete años de edad. La priista era inteligente y no carecía de sensibilidad, pero hacía tiempo que se había convertido en una mujer de poder, no muy distinta a sus colegas masculinos. La estatura, los grandes pechos y la mirada altiva en un rostro anguloso favorecían al personaje entre Margaret Thatcher y María Félix que Parnasus se había construido.

—Ni siquiera el tecnócrata guapito ese que te estaba tirando el calzón, mi reina. Me dijeron que su pistolita es de balas de salva.

Amelia se preguntó por qué casi todas las mujeres que incursionaban en la política se sentían obligadas a imitar a los otros gorilas alfa para ser respetadas y temidas; en el proceso sacrificaban su feminidad y terminaban siendo tan autoritarias y misóginas como sus colegas.

—¿Cómo estás, Delia? ¿Qué te pareció la remodelación del palacio?

—Impresionante, debe de haber costado una fortuna. No sabía que tu alcalde tenía tan buena relación con los empresarios.

—No me digas que tú también te vas a comprar el sambenito de que la izquierda y los empresarios están de pleito. Esos son lemas para las campañas, Delia, hemos gobernado casi veinte años la Ciudad de México y la mayor parte de las obras se han hecho con participación de la iniciativa privada.

—No te me esponjes, corazón. Además, hay empresarios que apoyan proyectos sin importar de qué partido se trate, siempre y cuando sean buenos y no les traigan problemas.

—Oye, ¿es cierto que va a venir Salazar? No lo he visto por aquí. Ya se me hacía raro que viniera a un evento de la oposición —dijo Amelia.

—Pues espabílate, que me avisan que está llegando. ¿Por qué crees que entré a darme una mano de gato? Seguramente con él vienen cámaras y reporteros de todos los medios. Ya traía cobertura pesada desde antes, aunque con lo de Dosantos se ha convertido en la nota más socorrida del momento.

—¿Y tú qué sabes? ¿Será cierto que andaba con ella? —preguntó Amelia en tono informal.

—Se la estaba comiendo desde hace años. Salazar tiene muy buenos gustos —respondió la priista con un guiño coqueto.

Amelia no supo si el comentario de Parnasus se refería a la belleza de Dosantos o a la de la propia coahuilense, infiriendo que ella también había sido amante del secretario.

—La va a extrañar, ¿quién lo habrá hecho? —arriesgó a preguntar Amelia.

—Ve tú a saber; esa tenía una historia más larga que la cuaresma. Lo que me queda claro es que Salazar no fue quien la mandó al otro mundo, como se anda diciendo por allí. Yo lo vi a los tres días de la muerte y el cadáver parecía él, creo que estaba más enamorado de lo que todos creíamos. A mí también me extrañó que hubiera querido venir hoy; en los últimos días canceló casi toda la agenda.

—Pues vamos a ver si llegó, el Purito lo espera desde hace rato —dijo Amelia.

—¿El Purito?

—Mancera, el jefe de gobierno de la ciudad —contestó Amelia, como si dijese algo obvio—. Es igual que un purito: bajo, delgadito y con el pelo cano que parece ceniza.

Parnasus festejó el apodo y salieron juntas del baño. Salazar estaba cerca de la entrada, rodeado de políticos; Mancera mismo se había acercado para recibirlo. En su calidad de anfitrión, el Purito estaba obligado a recibir al representante oficial del presidente para el acto de esa noche. Si la tesis de que el poder es afrodisiaco fuese cierta, Salazar era el mejor argumento: nadie podría decir que era un hombre atractivo, y no obstante se podía sentir un cambio en la atmósfera del salón. En torno a él se arremolinaba una docena de celebridades.

Siguiendo el mismo código que funcionaba en las bodas, en las que el primer círculo, el de más confianza, era el que podía felicitar primero a los novios, el resto de la clase política esperaba su turno mientras Salazar era saludado por los más poderosos entre los presentes: el alcalde, un par de senadores, un gobernador y el presidente del PRI.

Amparada en su estatura y en sus pechos de quilla de barco, Delia Parnasus quebró el círculo para imponerse a la conversación y abrazar de manera ostentosa al funcionario; prolongó el abrazo para acentuar su cercanía con el secretario de Gobernación al tiempo que este daba suaves palmadas en el hombro de la mujer en un inútil esfuerzo para terminar el saludo.

—Augusto, qué bueno que viniste; como siempre, salvaste el evento. Justamente le estaba diciendo a Amelia que todos estos no nos merecen.

—Nadie te merece todavía —dijo el político en un tono con el que Parnasus no supo interpretar si aquello era un elogio o todo lo contrario—. ¿Está Amelia por aquí?

—Sí, acabo de dejarla, también preguntó por ti.

—Pídele que no se vaya, quiero hablar con ella. Que me dé unos minutos para saludar a los presentes.

Salazar se desplazó de grupo en grupo, festejando una broma en un sitio, recibiendo un consejo al oído en otro y cosechando algún discreto papel en más de una ocasión.

Amelia lo esperó junto a una de las columnas coloniales que sostenían el techo del gran patio central. El tesorero seductor se había instalado de nuevo a su lado en el instante en que la vio sola: ella fingía escucharlo mientras tomaba nota de la aproximación de Salazar.

—Hola, Amelia; hola, Jorge Armando. Buenas noches, ¿cómo están? —saludó el ministro de Gobernación al llegar a ellos.

El joven economista se atragantó con el saludo. Nunca creyó que Salazar recordaría su nombre pues solo lo había visto en una ocasión, en un evento social similar. No era del todo consciente de que una de las muchas cualidades de un buen político era la memoria certera para recordar caras, nombres y trayectorias; pocos lo dominaban como Salazar, aunque el gusto no le duró mucho tiempo al tesorero de la ciudad.

—Présteme tantito a doña Amelia —le dijo al joven mientras la tomaba del brazo y la apartaba de los asistentes.

—No se aleje mucho, don Augusto, parece que usted es el centro de la fiesta —le sugirió ella.

—No estoy para fiestas, querida Amelia, vine porque es necesario pasar el mensaje a la comunidad de que el gobierno no es faccioso y está abierto a la convivencia con poderes de otros partidos. Justamente por eso quería verla desde hace semanas: necesitamos darnos una buena sentada, me gustaría intercambiar algunos puntos de vista sobre el futuro político del país.

—Yo también quisiera hacerle algunas observaciones sobre lo que está pasando, hay muchas señales preocupantes en lo que ustedes están tratando de hacer.

—Encantado, dígame cualquier tarde de esta semana y yo muevo la agenda.

—¿Le parece el fin de semana?

—El domingo me queda mejor, deje que mi oficina se comunique con la suya para proponerle la hora. Mientras, no se fíe mucho del joven: no le auguro mucho tiempo en el puesto, demasiado soberbio. Todavía no se da cuenta de que los tesoreros no son más que cobradores con título rimbombante.

Amelia se retiró diez minutos más tarde, luego de rechazar la insistente invitación de Arenas para tomarse una copa en otro sitio. Tuvo que coincidir con el pronóstico de Salazar sobre el economista.

Se preguntó si sería demasiado tarde para buscar a Tomás. Tenía que comentarle lo de la cita con Salazar y preparar alguna estrategia; podría poner a prueba el nuevo teléfono que le había entregado Jaime para llamarle sin correr el riesgo de ser interceptados. En una decisión repentina le dijo al chofer que la llevara al domicilio del periodista; se dijo que no perdía nada pues apenas se desviaba del camino a su casa. Unos minutos más tarde se arrepintió, Tomás podría interpretar de manera errónea una visita sorpresiva tan cerca de la medianoche, se dijo a sí misma. Respiró profundo y pidió al conductor que la llevara a casa.

Viernes 29 de noviembre, 10 a. m.

Mario

No debería estar allí, pero no podía evitarlo: era mucho más atractivo indagar el pasado de Pamela Dosantos que dar clases de historia a estudiantes obsesionados con las pantallas de sus iPhone. Tomás lo dejó en casa de Plutarco Gómez cuando apenas comenzaban a revisar el contenido de las seis cajas del archivo: el periodista participaría en varios programas de radio a los que había sido invitado luego de dar a conocer las cuentas privadas del gobernador de Veracruz.

Mario despachó rápidamente las tres primeras, contenían recortes de periódicos y revistas con todo lo publicado sobre la artista a lo largo de casi veinte años. La cuarta caja le pareció fascinante: incluía una docena de libretas con anotaciones del viejo acerca de sus conversaciones con una tal Carmelita Muñoz, costurera de la sinaloense. Comenzó a leer las más recientes, de adelante hacia atrás.

12 de octubre, 2013. Carmelita me mostró el vestido que Pamela va a estrenar en la recepción que ofrecen los gringos para presentar en sociedad al nuevo embajador. Lo estaba trabajando sobre un maniquí especial que mandó a hacer con las medidas de Pamela. Las caderas son más grandes que las de cualquier maniquí comercial; un día voy a pedirle que me lo regale.

Era la última entrada en la más nueva de las libretas, unas semanas antes de la muerte de la artista. A Mario le asaltó la imagen del veterano reportero abrazando la figura portentosa de madera enfundada en un vestido ajustado, como el que acababa de ver en una de las viejas fotografías de la artista. Siguió leyendo.

6 de octubre, 2013. Carmelita dice que Pamela está preocupada porque el viejo se pone cada vez más celoso, que se cree dueño de ella. No entiende por qué no lo deja. Dice que su amiga nunca había tenido problemas para abandonar a sus amantes.

Mario se percató de que había encontrado algo importante. Si por «el viejo» se referían a Salazar, los celos y la molestia de la artista podrían haber precipitado su muerte; quizás ella se decidió a dejarlo finalmente, y el político la asesinó por despecho. Con sesenta y un años de edad Salazar no era un hombre tan viejo, aunque en algunos círculos se le conocía con ese apodo desde que era joven, por su gesto fruncido y su talante reposado y reflexivo. Mario se sumergió en la difícil lectura de la letra menuda de don Plutarco.

Tres horas más tarde había terminado con las doce libretas, sabía mucho más de confección de vestidos que antes de comenzar y ahora tenía una muy clara idea del amplio guardarropa de Dosantos; el propio Plutarco parecía haber ido encontrándole el gusto a la descripción de telas, cortes y estampados. Sin embargo, le defraudó encontrar muy pocos nombres en la larga relación de amoríos de la artista. Los amantes en turno solían ser mencionados como «el general», «el gobernador», «el subse», «el banquero». Advirtió que la relación con «el viejo» databa de tres o cuatro años antes, con mucho el amante que más había durado según los registros.

El resto de los archivos ofrecía poca cosa: descripción de eventos sociales, anotaciones personales y muy subjetivas de don Plutarco sobre la belleza y el talento de la actriz. Mario percibió que el verdadero archivo era la propia Carmelita Muñoz, confidente y amiga de Pamela Dosantos. En las primeras entradas de la carpeta más antigua aparecía el domicilio de la costurera: Dickens 706-1, Polanco. Siguiendo un hábito periodístico, en los primeros años Plutarco Gómez solía iniciar cada anotación con el registro del lugar y la fecha, aunque las últimas libretas solo registraban fecha.

Le sorprendió que una humilde costurera viviera en Polanco, un barrio de clase alta, el mismo en que residía la artista. Decidió que debía conocer a Carmelita Muñoz.

Hubiera querido regresar a casa, pero no podría. No había tenido tiempo de hablar con Vidal para asegurarse de que abandonara toda búsqueda en internet sobre el caso; su hijo se pasó el miércoles con sus amigos desarrolladores de *software* y el jueves no coincidieron. Se dijo que no podía dejar pasar un día más sin prevenirlo. Mario se consoló pensando que mientras estuviera obsesionado con el tema de sus pirañas, dejaría en paz el asesinato de Dosantos. Se prometió hablar con él esa misma noche.

Llamó a Olga para decirle que se quedaría en la universidad durante la tarde y que no lo esperara a comer. Se despidió de Plutarco Gómez y de su hija y se trasladó a Polanco en un taxi llamado desde el teléfono fijo de los Gómez. Comió un sándwich de jamón de pavo en el Starbucks de Masaryk, pidió otro café para llevar y caminó hasta el Parque Lincoln, a dos cuadras del domicilio de Carmela Muñoz. Se sentó en una banca y esperó a que su reloj marcara las cinco de la tarde.

Unos minutos después estaba enfrente del edificio 706 de la calle Dickens. Se trataba de un viejo inmueble de siete pisos, probablemente el menos atractivo de la zona; con todo, una propiedad muy por encima de las posibilidades de una costurera típica. Plutarco le dijo que ella rara vez salía porque tenía un hijo discapacitado, y le prometió que la llamaría para convencerla de que lo recibiera. Al parecer había cumplido su promesa, porque el mecanismo automático abrió la puerta principal tan pronto dijo su nombre al interfono de la entrada.

Ella misma le abrió la puerta del apartamento 1, y entendió por qué a Carmela Muñoz le decían Carmelita. Todo en ella hacía pensar en un canario: pequeña y delgada, pálida y con pelo de color paja, nariz respingada y boca diminuta. Solo sus manos contrastaban con la sensación de fragilidad que emanaba de la mujer: lo saludó con un apretón vigoroso de sus nudosos dedos largos.

Conversaron durante horas. Carmelita estaba a punto de derrumbarse, más que a una clienta o una amiga, parecía haber perdido a una hermana o a una madre; ojeras profundas en el rostro de porcelana y una camisa arrugada sugerían descuido. Mario pasó la mirada por la habitación y advirtió las mismas muestras de abandono, al menos reciente. Se preguntó de qué materia estaba hecha la personalidad de Pamela Dosantos para que su desaparición sumiera en tal tristeza a Plutarco Gómez y a Carmelita Muñoz.

Primero hablaron de la tragedia, luego del padecimiento de su hijo y al final del trabajo de confección de vestidos, un tema para el cual Mario se sentía repentinamente capacitado.

—Eso sí —decía Carmelita—, nunca dejó que alguien le pagara sus vestidos, y eso que entre los que yo le hacía y los muchos que se compraba, invertía una fortuna.

—Bueno, ese de cuello abierto está precioso. ¿Era para ella?

—Todo lo que yo hago es para ella. Es mi único cliente. Es un vestido de verano para ir a Buenos Aires el próximo mes.

No se le escapó la conjugación en presente que utilizó la costurera. No era de extrañar la inmensidad de su duelo y el *shock* en el cual todavía se encontraba: no solo parecía haber perdido a su mejor amiga, también su *modus vivendi*. Mario contempló el famoso maniquí. Nunca vio a Dosantos en persona, pero en efecto era portentosa la figura que les acompañaba en la sala-comedor convertida en gran estudio: parecía un afiche del cine italiano de los cincuenta en tercera dimensión.

—Carmelita, no se ofenda, permítame una pregunta personal; lo hago con la confianza que me inspira la sensación de que podemos ser amigos cercanos y la preocupación que me deja su futuro inmediato. Si ella era su único cliente, ¿cómo hará usted para mantenerse a flote? ¿Pasará algún tipo de apremio económico?

—No —respondió cortante la costurera.

—No se ofenda ni se avergüence. Si llega a encontrarse en dificultades, habría varios que podríamos buscarle nuevos clientes, algún empleo en las cosas que usted sabe hacer. Lo digo de corazón —Mario se conmovió por sus propias palabras; aunque acababa de conocerla, por alguna razón que se le escapaba se sentía cercano a Carmela.

La mujer observó a Mario con atención, como alguien que pone en duda las intenciones del otro. Al parecer su valoración de las palabras del hombre que tenía enfrente fue positiva, porque terminó afirmando con la cabeza y explicó:

—Pamela me dejó rica; siempre me mantuvo en buena situación económica, me regaló este apartamento hace años. Apenas ayer me animé a abrir esa gaveta que ella mantenía con llave: me hizo jurar que solo si le pasaba algo vería el contenido.

Mario observó el archivero de tres cajones al fondo del gran salón, al lado de una mesa de madera larga y pesada sobre la cual se apiñaban varios rollos de tela.

—En el cajón de arriba encontré fajos de dólares, muchos, ni los he contado. Y también documentos en los que aparece mi nombre junto al de ella como titular de una cuenta de banco en Nueva York. Alguna vez le firmé papeles, nunca supe para qué.

—Gracias a Dios —dijo Mario—, es un alivio saberlo, de veras. ¿Y en los otros dos cajones qué encontró?

—Algo de lo que tengo que deshacerme y no sé ni cómo.

El tono angustiado de Carmela fue acompañado de una mirada cargada de expectativas, como si esperara que Mario ofreciera una solución a su problema; con todo, su semblante se relajó. Él pensó que seguramente era la primera persona con quien compartía su secreto. La costurera no era alguien acostumbrada a enfrentar por sí sola los desafíos de la vida; no era la pobreza lo que tenía angustiada a Carmelita sino la pérdida de la figura dominante y protectora que Pamela había sido en su vida. Se preguntó si eso explicaría la repentina intimidad surgida entre ellos. Ambos tenían alma de escuderos, existencias modestas que se espabilaban al contacto de la vida de los otros: los Azules en su caso, Dosantos en el de la costurera. La reflexión le resultó dolorosa, prefirió cambiar de tema.

—Cualquier cosa que eso sea le encontraremos solución, no te preocupes —dijo él, tuteándola por vez primera.

—Gracias. Ahora cuéntame de ti: ¿por qué haces esto? ¿Quién es ese Tomás que escribió sobre Pamela?

Mario pasó las dos siguientes horas hablando sobre los Azules, su vida familiar felizmente estancada en la rutina, la frustración de su empleo como profesor de una universidad pública, los sueños enterrados, los proyectos nunca iniciados.

Se retiró casi a medianoche del apartamento de Carmelita con la sensación de que por primera vez le había sido infiel a Olga, a pesar de nunca haber tocado al tierno canario que lo despidió en la puerta.

Viernes 29 de noviembre, 9.30 p. m.

Tomás y Amelia

Tomás iba a la casa de Amelia, la amiga de su infancia; sin embargo, al llegar se dio cuenta de que en realidad arribaba a la residencia de la presidenta del PRD: una patrulla y otros tres autos con agentes se dispersaban a lo largo de la calle. El periodista tomó súbita conciencia de la responsabilidad que pesaba sobre los hombros de ella. Para él, la crisis personal desatada por la muerte de Pamela y el impacto provocado por su columna constituyó un *tsunami* que trastocó su vida; ahora era consciente de que para Amelia cada semana había una nueva crisis, de igual o peor tamaño. El gobierno puso contra la pared a la oposición y seguramente ella no lo estaba pasando bien, crucificada ente los embates de la presidencia y la irresponsabilidad infantil que caracterizaba a las tribus de la izquierda. La suya debía ser una de las posiciones menos envidiadas por la clase política.

Tomás franqueó dos revisiones antes de poder instalarse en la sala de Amelia, en espera de que ella terminara una llamada en su oficina. Conocía bien la casa pues era la misma desde quince años atrás, aunque podía advertir los signos del ascenso político de su amiga: los numerosos cuadros que colgaban de las paredes eran de autores reconocidos y docenas de botellas de buenos vinos atestiguaban que era receptora de las innumerables canastas navideñas que políticos e instituciones solían enviarse entre sí.

Por lo demás, la decoración era absolutamente Amelia. Si hubiese nieve detrás de las ventanas, el lugar podría haber sido un amplio apartamento de Estocolmo. Muebles de madera blanca de corte sencillo y elegante, sala de cojines grandes en colores neutros, cortinas de lino en gris claro; una puesta en escena vagamente impersonal. Sin embargo, también era Amelia por el extraño contrapunto de una chillante alfombra africana, una colección de budas regados por la amplia estancia-sala-comedor y un enorme bongó pintado de colores eléctricos encima de la chimenea. Podría tomarse por el apartamento de una sueca dedicada a la antropología, o simplemente el de una persona elegante y contenida, de ocasionales arrebatos.

Tomás se preguntó si la Amelia que saldría del estudio sería la de los tonos neutros e impersonales o la de los arrebatos. Pero cuando por fin apareció no era ninguna de las dos.

En realidad Amelia no llamaba por teléfono. Decidió recibirlo con un atuendo entallado diseñado para hacer deporte, aunque en el último momento optó por cambiar de ropa: aunque la licra negra que se había puesto era elegante, consideró que podía parecer demasiado sugerente. Se enfundó en unos *jeans* y una sudadera morada con botones y se colocó un par de aretes cortos, única concesión al hombre con el que hizo el amor dos noches antes. Ahora estaba arrepentida de haber invitado a Tomás tan pronto a casa: fue un arranque precipitado. No quería lastimarlo y si bien ella disfrutó del encuentro tanto como él, sabía que su amigo era enamoradizo y podía ser bastante irresponsable cuando se entregaba a sus emociones.

—Hola, Tomás —dijo ella en tono cálido; sin darle tiempo a incorporarse, le dio un breve beso en la mejilla izquierda mientras su mano le sostenía la contraria.

Un saludo perfectamente calculado, pensó Tomás. Suficientemente cariñoso, y a la vez sin asomo pasional alguno. El periodista optó por seguir la misma estrategia.

—Hola, Amelia, ¿cómo vas? ¿Ya te recuperaste de la agresión en la escalera?

—Todo lo contrario, desde entonces me he descubierto otros dos moretones en la espalda.

—Con esos amigos no necesitas enemigos.

Tomás se preguntó si ella estaría esperando que se acercara para disculparse con algún gesto de cariño.

—¿Quieres un tequila?

—Gracias, prefiero una cerveza —respondió él. Tomás sabía que el hígado de Amelia era capaz de tumbar a un irlandés; en su juventud se divertían en las cantinas poniendo a prueba mesas vecinas de machos bigotones que sucumbían ante la capacidad etílica de ella, pero hoy más que nunca el periodista quería evitar hacer el ridículo o ablandarse y terminar pronunciando una mala declaración de amor.

Un ramalazo de deseo lo golpeó mientras veía a Amelia alejarse para servir los tragos en la barra que hacía las veces de bar y cava; el periodista desvió la mirada al caprichoso diseño de la alfombra de Mozambique. Decidió entrar en materia, sin más preámbulo.

—Tuve una larga entrevista con Plutarco Gómez, el reportero de nota roja, ¿lo recuerdas? Pues resulta que está obsesionado con Pamela y tiene un extenso archivo sobre su vida y milagros. Hoy se quedó Mario revisándolo a conciencia, a ver qué nos dice mañana en la reunión de los Azules. Va a ser otra vez en el Alameda Express, ¿cierto?

—Sí —dijo ella—. En un saloncito que reservó Jaime. Y lo del archivo, ¿no serán simples recortes de prensa y chismes de revistas del corazón, típicos de un fan?

—¿Sabías que dos gobernadores de Nuevo León y un presidente del PAN fueron amantes de Pamela? Eso no está en las revistas del corazón.

—¿Qué? ¿Te lo dijo don Plutarco? Podría haber una mina en esos archivos. ¿Quién más pasó por su cama?

—Oye, vengo sin cenar y mal comido: pon una botana al centro y seguimos hablando. Una cerveza no compra tanto.

—Le pedí a doña Chole que se quedara por si se te antojaba cenar, creo que te hizo chiles rellenos. Te traigo un poco de queso mientras tanto y en un rato pasamos a la mesa, ¿te va?

Tomás quedó encantado. ¿Habría sido ella quien recordó su platillo favorito o la propia doña Chole, quien ya era una joven cocinera en casa de los padres de Amelia cuando ellos eran adolescentes?

—¿Tú qué has hecho? —preguntó Tomás mientras la anfitriona dejaba una bandeja de quesos y carnes frías en la mesa de centro y se sentaba en un sillón individual.

—Consulté con el Purito sobre el ataque del viernes por la noche, ya sabes que siempre he tenido buena relación con Mancera. Hace rato me devolvió la llamada y me dice que según los reportes de la policía del Distrito Federal, se trató de un comando del Cártel de Sinaloa. Tuve que decirle quiénes estábamos en la reunión y ellos deducen que el objetivo del ataque era Jaime.

—No jodas, ¿el Cártel de Sinaloa? —dijo Tomás sorprendido—. Jaime me dijo que se trataba de narcos, pero nunca mencionó cuáles.

—Sí, tenemos que hablar de Kevin.

—¿Kevin? Bautizaste a medio mundo, pero nunca a alguno de los Azules, Amelia.

—Es solo una expresión, lo cierto es que tenemos que hablar de Kevin —insistió ella.

—Intenté decírtelo luego del ataque: hay algo sospechoso en Jaime, siempre lo hay, aunque tú lo defendiste. Hasta me hiciste sentir un poco ingrato o traidor.

—Bueno, eso fue antes de enterarme de que el Chapo estaba dispuesto a cargarnos a todos nosotros en su afán por asesinarlo.

Guardaba la novela *Tenemos que hablar de Kevin* en algún lugar de su casa, recordó Tomás. Sabía vagamente que se trataba de un asesino en serie y no terminaba de entender la insistencia de Amelia en relacionarla con Jaime. Por lo menos rentaré la película, se dijo antes de regresar a la conversación.

—¿Qué crees que le deba Jaime a los sinaloenses? —inquirió él.

—No sé, quizá le tratan de pasar un mensaje a los gringos para que los dejen en paz. El Chapo fue tolerado por los dos gobiernos anteriores bajo el pretexto de que era «el capo civilizado», el que no cortaba cabezas ni mataba inmigrantes. Pero esa perspectiva podría estar cambiando en Estados Unidos, la segunda administración de Obama hizo una limpia en las dependencias de seguridad —explicó Amelia.

—¿Y crees que matando a Jaime los van a disuadir? En todo caso sería la contrario, ya sabes que tu Kevin es la niña de los ojos de la DEA.

—Pues si no es eso, será en venganza por algún operativo donde Jaime intervino directamente. Solo se meten contra un funcionario de alto nivel cuando es imprescindible —dijo ella.

—Mmm… pues sigamos hablando del asunto, pero ¿por qué no lo hacemos mientras cenamos?

Amelia se sirvió espárragos asados y una ensalada mientras Tomás dio cuenta de los prometidos chiles rellenos.

Aceptó un poco de vino y brindaron un par de veces alzando sus copas y mirándose fijamente a los ojos. Ninguno hizo alguna alusión personal, aunque ella observó las manos de él y las imaginó recorriendo su cuerpo, y él se desconcentró con el cambio de color que el vino imprimió en el extraño lunar que Amelia tenía en el labio inferior. Pasaron la siguiente hora especulando sobre los motivos del ataque y las posibles estrategias de Jaime: ausentarse del país durante un tiempo, contraatacar con mayor fuerza o negociar una tregua con el propio cártel.

—Jaime ha perdido influencia con la nueva administración priista. Lo siguen necesitando aunque ya no es la sombra todopoderosa que asesoraba al presidente en materia de seguridad pública; quizá el cártel le esté cobrando facturas pasadas ahora que su fuerza ha disminuido —dijo Amelia.

—Podría ser, ¿pero por qué la prisa? Parece una operación torpe y excesiva. O buscaban un impacto mediático, lo que explicaría el lugar y el escándalo que supone cargarse a la presidenta del PRD, o lo están mandando matar por un berrinche sin ahorrar riesgos ni alboroto.

—Tienes razón. La única manera de saber es preguntándoselo al mismo Jaime, a ver qué nos dice mañana en la reunión.

—¿Y qué hacemos con lo de Salazar y Pamela? No podemos dejar que el tema se extinga —dijo el periodista.

—No te preocupes, eso ya tomó vida propia en las redes y no se apagará antes de dos o tres días; entonces liberamos el video de Pamela en su último recorrido, el que nos pasó Mario. Eso nos dará otros tres o cuatro días. Después sí que necesitaremos algo contra Salazar, si es que queremos precipitar su caída.

—¿Es eso lo que queremos? ¿De veras crees que pueda caer por este escándalo? —preguntó Tomás.

—No lo sabremos si no lo intentamos. El presidente es muy precavido y estaría dispuesto a sacrificar lo que fuese con tal de no perder los índices de aprobación de que disfruta; Salazar es el artífice de toda la contrarreforma, aunque no es imprescindible —respondió ella.

—Por lo pronto ayer se publicó mi texto con las cuentas bancarias del gobernador de Veracruz. No es del grupo de Salazar, aunque es un golpe al PRI y por extensión al nuevo gobierno.

—Lo vi; es estupendo. Ahora te paso el expediente que te prometí sobre la ordeña en los ductos de Pemex, para alguna de tus columnas de la próxima semana: está metido otro gobernador del PRI y líderes del sindicato. Con esos dos golpes tan seguidos los gobernadores van a comenzar a temblar cada que abran el periódico. ¡Lo que hace una buena pluma bien colocada!

Tomás sonrió inquieto; hacía años que no recibía un elogio directo de parte de su amiga.

—Quiero preguntarte algo personal, Amelia, ¿me acompañas con un purito a la sala?

—Mientras no sea Mancera —dijo ella, con risa algo nerviosa.

Amelia pensó que había llegado el momento que temía. Durante las últimas dos horas, en varias ocasiones quiso interrumpir a Tomás, besarlo y arrastrarlo a su cama para continuar lo que comenzaron en el Alameda Express, pero mientras lo escuchaba repasó una y otra vez el discurso preparado sobre una relación de amigos con eventuales y espóradicos encuentros amorosos, sin involucramientos emocionales o intensidades que no venían al caso. ¿Cómo explicar el concepto de *fuck buddy* a alguien tan emocional como Tomás?

Se instalaron en el sofá y ella se dispuso a escuchar una angustiosa declaración de amor.

—No he tenido oportunidad de preguntarte realmente cómo estás; debe ser complicadísimo dirigir a un partido tan dividido y con una tradición fratricida como el PRD. ¿Cómo lo resistes? ¿Cómo lo estás llevando? Tú ni perredista eras antes de ser diputada. ¿Hasta cuándo te ves en él?

Quizá porque no esperaba la pregunta, o quizá porque el tono de Tomás era íntimo y personal, como si en realidad le importara, sus palabras la conmovieron. No había curiosidad política, era simple solidaridad.

—Lo mismo me pregunto yo varias veces a la semana, las corrientes del partido son un asco. A veces me siento en uno de esos toros mecánicos de los bares texanos: preguntándome qué estoy haciendo aquí arriba y cuán fuerte va a ser el costalazo cuando me caiga.

—¿Y qué te respondes?

—Que estoy aquí porque podía ser útil a la democracia y esta es la única opción que tenemos. Estoy convencida de que si impedimos que este gobierno se convierta en un régimen autoritario, podremos vencerlos en las próximas elecciones presidenciales.

—¿No estás siendo un poco ingenua? Yo hace tiempo dejé de creer en la clase política; no creo que los cambios vayan a llegar desde arriba. La derecha ganó el poder en 2000 y puso fin a setenta y cinco años de gobiernos priistas. El PAN llegó para cambiar el sistema, pero fue el sistema el que cambió al PAN; al final fue igual o peor que el anterior. Incluso si el PRD conquista el poder me temo que sucederá lo mismo.

Amelia miró a Tomás con sorpresa. En lugar de una declaración de amor lo que estaba recibiendo era un cuestionamiento frontal, casi un regaño, por su actual proyecto de vida.

—Las cosas no son tan simples, Tomás. Estoy de acuerdo en que la clase política solo vive para perpetuarse en el poder de una u otra manera; los cambios únicamente se darán por la presión de la propia sociedad. No obstante, para que la sociedad se mueva necesita contextos favorables, instituciones capaces de ponerse del lado del ciudadano, leyes que protejan esa participación. Las autoridades ceden y conceden por la presión de abajo, aunque es distinto si la autoridad es Obama o Putin, ¿no te parece?

Tomás ya se había arrepentido de su pregunta. Quería hacer contacto con el alma de su amiga, o lo que se le pareciera, y en su lugar se embrolló en una discusión de estrategias políticas.

—Puede ser —concedió el periodista—, pero tú nunca has sido capaz de tragar mierda, ¿cómo haces para aguantar el fango de la actividad política?

—¿Me lo dices tú? ¿Desde la comodidad del que no tiene que poner a prueba sus convicciones porque nunca lucha por ellas, porque siempre abandona el campo de batalla?

—Entiéndeme, no te estoy juzgando; le estoy preguntando a la Amelia que conocí durante todos estos años cuál es el sacrificio personal que está pagando. Vamos, ¿cómo te sientes?

Amelia contempló el rostro de Tomás. El semblante de su amigo parecía angustiado, sus ojos húmedos le devolvían una mirada interrogante. Entendió que, en efecto, realmente quería saber cómo se sentía.

—Se siente del carajo, Tomás —dijo ella y apuró su copa de vino para ahogar el quejido de llanto que asomó a su garganta.

No dijo más. De nuevo, él respetó su silencio: dejó correr algunos segundos, se puso de pie, caminó hacia ella y estirando la mano la ayudó a levantarse; la abrazó largo mientras enredaba la mano en su pelo y lo acariciaba suavemente. Cuando sintió que ella por fin se removía, se separó, le dio un beso en la mejilla y comenzó a despedirse.

—Cuando estés lista me platicas todo, ¿quieres?

Amelia asintió con la cabeza y lo vio caminar hacia la puerta de salida. Lo alcanzó cuando Tomás cruzaba el umbral: lo tomó del brazo y lo hizo volverse.

—Por lo menos dame un beso, cabrón.

Se concentraron en un largo intercambio de labios hasta que él sintió la pelvis de ella presionar su bajo vientre. Rodeó su cintura y bajó su mano hasta el arranque de su cadera; allí se detuvo. Alargó otro beso, se separó ligeramente, le dijo algo al oído y salió por la puerta.

Ella regresó al sillón que había ocupado antes. Se sirvió otra copa de vino y luego otra mientras repasaba los últimos treinta años de vida.

Sábado 30 de noviembre, 8.30 a. m.

Los Azules

Hacía tiempo que no madrugaba para acudir a un desayuno a las ocho de la mañana, aunque era el menos importante de los cambios que había tenido su vida en la última semana. Tomás se preguntaba qué sucedería en esta reunión de los Azules y recordó la balacera en la que concluyó la anterior. No pudo evitar una sonrisa al recordar el descenso precipitado de los cuatro amigos por la escalera; en su niñez, exudando adrenalina habían escapado de más de una persecución angustiante, aunque nunca bajo el apremio de las balas.

Reflexionó sobre sus tres compañeros y notó que sus vidas también sufrían un vuelco: no podía olvidar la voz quebrada de Amelia la noche anterior al hablar sobre su carrera política ni ignorar el aburrimiento a punto de estallar en que transcurría la vida de Mario, mucho menos desconocer el peligro de muerte en el que se encontraba Jaime.

Justamente era Jaime quien esperaba en el saloncito que había reservado en el hotel donde se refugiaron la noche de su huida; siempre fue el más madrugador. El olor del hotel le recordó a Tomás la noche pasada en brazos de Amelia: por vez primera no le desagradaron los colores chillones ni los rombos anodinos de las alfombras de aquel hospedaje para ejecutivos de nivel medio.

—Oye, muy buena tu columna del jueves. ¿No te buscó el gobernador? —dijo Jaime a manera de saludo.

—Me entrevistaron en varios programas de televisión y de radio, y rechacé otra media docena.

—Pues tu fuente era de primera —dijo Jaime con ironía.

—Sí; lo de la cuenta en Filipinas tuvo que ser corroborado públicamente por la Auditoría de la Federación gracias al acoso de los periodistas. Lo único malo es que la confirmación de mis datos sobre Veracruz llevó a varios comentaristas de radio a decir que si eso era cierto, también lo sería mi revelación sobre Salazar y el asesinato de Pamela.

—¿Y dónde está lo malo? ¿No queríamos que se siguiera hablando del asunto?

—Pero sin que el reflector se concentrara en mí otra vez. No quiero que Tomás-Salazar-Dosantos se impriman en el mismo párrafo; este cabrón terminará agarrándola en mi contra.

—No te preocupes, es mucho menos peligroso que el Cártel de Sinaloa.

Detrás del tono despreocupado de Jaime, Tomás notó el reclamo escondido; en efecto, hablaban de una columna política cuando la vida de su amigo estaba en riesgo. Nadie era invulnerable al crimen organizado en México: Felipe Calderón había perdido durante el sexenio anterior a dos secretarios de Gobernación en accidentes aéreos, y por lo menos se presumía que uno de ellos se debió a la intervención de los cárteles.

—¿Y cómo estás? ¿Qué has podido averiguar sobre eso? ¿Sigues absolutamente convencido de que iban tras de ti?

—Estoy bien, todavía sé poco al respecto y sí, venían contra mí —recitó Jaime en impecable orden—. Aquí llegan Mario y Amelia.

Cinco minutos más tarde se arrebataban la palabra para hacer balances y estrategias. Solo Mario callaba mientras mojaba en su café las galletas que los demás ignoraban; dudaba sobre la conveniencia de informar a sus amigos de la visita a la costurera, le parecía que compartir los secretos de su nueva confidente era un acto de deslealtad. Concluyó que tomaría una decisión luego de la visita que le haría esa misma tarde a Carmelita; sin embargo, no pudo evitar sentirse incómodo por el hecho de ocultar información a los Azules. Abrumado, se dio cuenta de que en pocas horas había engañado por vez primera a Olga y ahora a sus entrañables amigos.

Jaime tampoco era muy explícito sobre los motivos del Cártel de Sinaloa para intentar matarlo, pese a las preguntas reiteradas de los otros; le molestaba sentirse vulnerable a los ojos de sus amigos y prefería evadir el tema. Detectó un par de miradas cruzadas entre Amelia y Tomás, y adivinaba una nueva corriente de intimidad entre ambos que le recordaba los peores momentos de su adolescencia. Le entró prisa por retirarse; comenzó a convencerse de que había sido una mala idea reunir de nuevo a los Azules. Debía hacer algo con respecto al cártel y cada hora perdida podía ser decisiva.

Tomás, en cambio, estaba exultante.

—Olvídate de Salazar, lo más importante ahora es tu seguridad personal; si es necesario podemos llegar a un arreglo con el secretario de Gobernación. Si el cártel te busca porque cree que puedes estorbar su negociación con el nuevo régimen, pues hagamos que Salazar incluya tu nombre en el paquete a pactar.

Jaime esbozó una sonrisa.

—Pareces disfrutarlo. Hace dos días querías salir del país y ahora ya negocias con el cártel.

—Tranquilo, Jaime, nosotros no somos el enemigo —dijo Amelia.

Jaime interpretó su intervención como una defensa de Tomás; eso solo consiguió incrementar su irritación.

—De acuerdo, pero tampoco pueden resolver un carajo. Ustedes quédense, yo me retiro, debo volver a la oficina. Luego nos vemos —tomó su celular de la mesa, se puso de pie y salió de la sala de juntas.

Los tres callaron: Tomás confundido, Amelia molesta y Mario sintiéndose culpable; pensó que la información sobre Carmela podría haber retenido a Jaime.

—Ya se le pasará, trae mucha presión —comentó el periodista.

—Aunque el berrinche no ayuda. Parece adolescente —se quejó ella.

—¿Y ahora qué hacemos? —preguntó Mario.

—Quizá ya va siendo hora de hablar con Salazar. El jueves me lo encontré en un evento y quedamos de vernos mañana —dijo Amelia—. Tengo curiosidad de ver qué quiere y en qué anda.

—¿En domingo? Pensé que la relación con el PRD era muy tirante —opinó Tomás.

—Nos pegan todo lo que pueden por debajo de la mesa, pero en la superficie son de lo más civilizados. Toma en cuenta que todavía nos necesitan: no alcanzan los dos tercios que requiere la cámara para las reformas constitucionales.

—Creí que el PAN les daba esa mayoría.

—Se supone, aunque los panistas venden caro su amor, así es que somos su plan B.

—No está mal. Eso te da una carta para negociar.

—Oye, tengo responsabilidades políticas: no voy a entregar una reforma constitucional para salvar a Jaime. No lo haría por nadie, ni mi partido me lo permitiría. Son los diputados los que votan, no yo.

—No obstante, el león cree que todos son de su condición: para Salazar todo es negociable. Lo importante es que él lo crea; no tienes que entregar nada, simplemente hacerle ver que te interesa la seguridad de Jaime.

—Preferiría llevar algo más sobre Pamela y él, algo que pueda meter en la conversación y lo ponga incómodo.

—Entonces regresemos al plan original, hay que acelerar la investigación y encontrar más información. Repasemos lo que tenemos —concluyó el periodista.

Mario se revolvió incómodo en su silla, Amelia asintió con la cabeza y Tomás vació los bolsillos de su saco antes de encontrar pluma y libreta. En el proceso había dejado sobre la mesa unos lentes de sol, una cajetilla de puros, el celular y las llaves de su casa; advirtió la mirada burlona de Amelia.

—¿Qué quieres qué haga? Ustedes tienen una bolsa, nosotros vestimos sacos para transportar toda la parafernalia —se defendió.

En la siguiente media hora hicieron un balance de lo conocido. Salazar y Pamela habían sido amantes durante más de tres años, un récord para la sinaloense. Distintos testimonios coincidían en el profundo enamoramiento del político. Ella era adicta a la cocaína y gozaba de una cómoda fortuna. Su asesinato fue obra de un profesional y el cadáver se depositó cerca de la oficina de Salazar para provocar un escándalo político: la información filtrada a la columna de Tomás se aseguraba de ello.

—Aquí hay dos temas: ¿quién la asesinó y por qué? —resumió Amelia—. La segunda pregunta se responde fácil: dar un golpe político en contra de Salazar. Eso debería conducirnos a los autores. Habría que hacer una lista de los enemigos del secretario de Gobernación.

—O del presidente —añadió Mario, dubitativo.

Los otros dos voltearon con sorpresa, aunque terminaron coincidiendo.

—El problema es que eso hace interminable la lista —se lamentó Tomás—: prácticamente todos los poderes fácticos, empezando por los líderes sindicales, los gobernadores, algunos empresarios y los cárteles de la droga. Ninguno de ellos es enemigo frontal, pero todos resentirían el regreso del presidencialismo imperial.

—Se supone que eso querían, ¿no? De nuevo un presidente fuerte —dijo Mario.

—Sí y no; todos esos poderes crecieron con el vacío que generó la debilidad presidencial durante los doce años de panismo. Nuestros millonarios entraron en la lista de *Forbes* y los sindicatos nunca fueron tan poderosos, por no hablar de los narcos, pero al final todos estaban un poco fatigados por la falta de un árbitro que hiciera más eficientes las negociaciones —dijo Tomás.

—Eso es cierto —coincidió Amelia—, los cárteles necesitan un acuerdo que permita el reparto de regiones y deje atrás la lucha encarnizada por el control de cada plaza; se han desangrado por la falta de un poder neutral, capaz de garantizar ese acuerdo. Y los grandes empresarios están hartos de enfrentarse entre sí en tribunales y quedar paralizados durante años por las gestiones jurídicas de sus rivales; anteriormente los presidentes resolvían en una charla con las partes los ámbitos de competencia de cada monopolio. El entusiasmo por el regreso del PRI está alimentado por esas expectativas de los poderes factuales, es parte del éxito que ha tenido Prida.

—Aunque también ha pisado callos. Todos saben que necesitan al árbitro, pero claman en su contra cuando creen que una decisión les resultó adversa —añadió Tomás.

—Pues entonces el autor intelectual puede ser medio país —se lamentó Mario.

Los tres guardaron silencio unos minutos. Tomás se puso de pie para servirse otro café, Amelia revisó su celular y Mario examinó el estampado de su falda preguntándose qué opinaría Carmelita de los gustos de su amiga.

—Hay muy poca información para concluir cualquier cosa. Regresemos a las líneas de investigación originales, necesitamos más datos —dijo por fin Tomás.

—Ya suenas más a detective que a periodista, solo te falta el impermeable blanco para ser Columbo —rio Amelia de buena gana.

—Me vendrían bien los bolsillos anchos de esa gabardina, hace mucho rato que mi saco desbordó la capacidad instalada.

Amelia lo miró con ternura, como si percibiera por vez primera el atuendo descuidado de Tomás, su camisa blanca de cuello anticuado, el saco azul marino con los primeros brotes de brillo en los codos. Él registró la mirada y aceptó con una media sonrisa el inventario de que era objeto. Mario captó el intercambio y se preguntó qué diablos estaba sucediendo allí.

—Repasemos nuestras líneas de investigación —intervino, recordando alguna frase escuchada en el cine.

La lista que construyeron no fue larga: los archivos de don Plutarco, que Mario aseguró que terminaría al día siguiente; la investigación del conductor y del auto en que Pamela fue vista por última vez; la información que podría proporcionar Ordorica, el esbirro de Carlos Lemus. Los tres coincidieron en que el abogado Raúl Coronel, quien había pasado el dato para la columna de Tomás, era el eslabón que podía conducirlos a identificar a los asesinos. Se repartieron tareas y convinieron en la necesidad de integrar a Jaime, solo él tenía acceso a los servicios de inteligencia mexicanos.

—Yo lo busco —dijo Amelia.

Sábado 30 de noviembre, 10.30 a. m.

Jaime

La inquietud de Jaime crecía minuto a minuto, sabía que podía ser objeto de una agresión en cualquier momento. Había sobrevivido al ataque anterior gracias a la buena fortuna, pero no era alguien a quien le gustara dejar al azar asuntos de vida o muerte, y apostar a la suerte en contra del Cártel de Sinaloa era ir contra los momios en absoluta desventaja. Los doce guardias armados que lo rodeaban mientras se dirigía a la embajada estadounidense, luego de su frustrada reunión con los Azules, no le infundían seguridad alguna.

La agresión del viernes anterior en el hotel Reina Victoria muy probablemente había contado con la complicidad de alguien dentro de su equipo y eso lo ponía de pésimo humor. «Contra la traición no hay defensa», acostumbraba decir Santiago Vasconcelos, el llamado «zar antidrogas» durante los sexenios panistas, quien solía rodearse de veinte guardias que cambiaba cada cuatro o cinco días; era tal su desconfianza que prefería hacerse acompañar de desconocidos que no tenían tiempo de anticipar sus rutinas ni permanecían lo suficiente para formar parte de algún complot en su contra. Sin embargo, Vasconcelos fue víctima de su propio adagio: murió en noviembre de 2008 en el extraño accidente aéreo que quitó la vida a Camilo Mouriño, el brazo derecho de Calderón. Ese día sus veinte escoltas lo esperaron inútilmente en el aeropuerto de la Ciudad de México, donde nunca aterrizó.

Jaime se dijo que tenía que quitarse de encima la amenaza del cártel de una u otra forma, descubrir quién había puesto precio a su cabeza y eliminar al responsable o negociar algún tipo de perdón. El hecho de que el ejecutor de la orden fuese Benigno Avendaño indicaba que el mismísimo Chapo Guzmán estaba detrás de su sentencia de muerte.

Joaquín Guzmán era lo más parecido a la versión mexicana de Pablo Escobar, el legendario narco colombiano. Se hizo del control del cártel más antiguo y poderoso del país a principios de la década de los noventa: su hegemonía durante veinte años constituía un récord en un oficio que solía ser efímero y accidentado. El resto de sus rivales fueron asesinados o se encontraban tras las rejas en alguna prisión estadounidense o mexicana. La revista *Forbes* lo ubicaba como uno de los sesenta hombres más poderosos del planeta y uno de los más ricos.

Jaime sabía que la longevidad del Chapo Guzmán no solo era resultado de su extraordinaria suerte aunque el último operativo en su contra, en marzo de 2012, fracasó gracias a la menstruación anticipada de una mujer, o eso es lo que creía la opinión pública. Sus asistentes arreglaron un fin de semana para él en una casa de Los Cabos, Baja California Sur, en compañía de una amante ocasional y la DEA consiguió el dato con tres días de anticipación; Jaime fue el responsable del operativo por parte del lado mexicano, para lo cual movilizó a cuarenta agentes de elite. Nadie más en México fue informado. El operativo tenía como fin asesinar al Chapo; los estadounidenses no querían correr el riesgo de que se esfumara una vez más de una prisión mexicana, como sucedió en 2001.

Pero el Chapo no se salvó en Baja California Sur gracias al ritmo irregular en la menstruación de una amante, sino a la intervención del propio Jaime: un día antes del operativo lo puso sobre aviso de manera anónima en uno de los sitios de internet que el cártel monitoreaba. Jaime acudió a Los Cabos con su gente, acompañados de dos asesores de la DEA que atestiguarían la muerte del capo aunque los dos extranjeros estaban impedidos de participar en la primera línea de fuego. No tenía garantías de que el pitazo fuese a funcionar, simplemente preparó el operativo a conciencia. Cuando llegaron a la sede del pretendido romance solo encontraron a una mujer, quien les dijo que la cita había sido suspendida hasta nuevo aviso. Pese al sigilo de la operación, la base militar local, probablemente alertada por el propio cártel, registró el movimiento de agentes federales en la zona y se quejó por la injerencia en su territorio. Se había convertido en una práctica común que los operativos importantes no fuesen compartidos con los militares: para nadie era un secreto que el narco tenía infiltrados a los cuadros castrenses de buena parte del territorio.

Sabiendo que el secreto podría divulgarse en cualquier momento, el mismo Jaime informó al gobierno federal de la operación fracasada. Los agentes de la DEA incluyeron el dato de los cólicos menstruales de una amante para evitar un daño irreparable a sus carreras; Jaime utilizó el mismo pretexto cuando los militares filtraron en las redes sociales el fracaso de los agentes federales. El gobierno decidió a regañadientes dar esta versión a la opinión pública y a los medios, que reaccionaron con mofas y chistes. Presidencia exigió despidos fulminantes en el Cisen, el Centro de Investigación y Seguridad Nacional.

Alertar al cártel no fue un acto de corrupción por parte de Jaime sino de patriotismo, o por lo menos así lo consideró él mismo. Como muchas otras autoridades en México y Estados

Unidos, concebía al Cártel de Sinaloa como «el cártel bueno»: eran los profesionales que desde los años setenta se dedicaban al trasiego de drogas, poseían códigos de honor importados de la mafia italoestadounidense y gozaban de alta reputación social en las zonas en que operaban. Por el contrario, otros cárteles surgidos en la costa del golfo de México, particularmente los terribles Zetas, se caracterizaban por su barbarie, por extender sus operaciones a delitos como el secuestro y la extorsión, y por la crueldad en contra de la población civil.

Eliminar al Chapo habría provocado una enorme desestabilización del Cártel de Sinaloa que solo podía beneficiar a sus grandes rivales, los Zetas. Jaime mismo había sido ocho años antes uno de los negociadores por parte del gobierno mexicano, con plena anuencia de las agencias estadounidenses, de un pacto de paz con los de Sinaloa. Las autoridades querían concentrar la guerra en contra de los narcos de Ciudad Juárez y los Zetas de Tamaulipas, «los malos de la película», para lo cual pactaron la tregua con el Chapo.

Para Jaime las premisas no habían cambiado, aunque algunos nuevos mandos en la DEA estaban urgidos de avanzar en sus carreras con una detención espectacular y nadie era más famoso que el Chapo. Jaime consideró que era más importante mantener la tranquilidad en amplias partes del territorio que impulsar la trayectoria de funcionarios mediocres; no se arrepentía de haber impedido la eliminación del narco sinaloense.

El problema para él era que el Chapo nunca pudo enterarse de la identidad de su benefactor. Así lo prefirió el propio Jaime: tarde o temprano la DEA interceptaría alguna conversación de los narcos y su infidencia sería revelada, un riesgo que no podía darse el lujo de correr por más que algunos directivos en Washington pudieron haber estado de acuerdo con su desempeño.

Ocho meses más tarde era víctima de la trágica ironía de que el Chapo quisiera asesinarlo. Jaime sabía que la única manera de impedir que se llevara a cabo su ejecución pasaba por entablar una negociación estratégica con el Cártel de Sinaloa: podían ser pasionales pero los sinaloenses eran ante todo empresarios que veían por sus negocios y Jaime tenía algo irresistible para ofrecerles, salvo que no podía hacerlo a escondidas de los estadounidenses.

Mientras esperaba ser recibido por Robert Cansino en las oficinas de la embajada, repasaba la argumentación que habría de exponer. Aunque su colega lo estimaba, detectaría cualquier contradicción y Jaime aún no encontraba suficientemente verosímil la historia que iba a contarle.

—Hola, Jaime, pasa a la oficina —saludó Cansino.

El agente despachaba en una amplia mesa de juntas con pilas de fólderes cuidadosamente dispuestas; Jaime advirtió nombres de pájaros en algunos de ellos: *Crow*, *Duck*, *Raven*, *Sparrow*. Había algo de infantil en la manera en que los funcionarios de las agencias de seguridad estadounidenses solían bautizar a misiones y operativos, pensaba Jaime, pero hoy no estaba allí para hacer burla a Cansino sobre las idiosincrasias de la DEA.

—¿Por qué te persigue Sinaloa? —soltó este tan pronto el mexicano se sentó frente a su escritorio.

—¿Ya se te olvidó lo de Los Cabos? Supongo que estuvimos demasiado cerca en esa ocasión; el Chapo debe haber quedado resentido de que sus fuentes habituales no le hubiesen alertado. El hecho de que yo haya dirigido ese operativo me ha convertido en una amenaza para su seguridad.

—¿Y por qué ahora que cambió el gobierno? Ya no tienes bajo tu mando al Cisen. *No offense mean, but you are not a threat anymore.*

—Pues debe ser de resentimiento.

—¿Hasta ahora? ¿Con el propio Avendaño y en pleno hotel Reina Victoria? —respondió Cansino abriendo las manos y enarcando las cejas.

—¿Y a ti qué se te ocurre? ¿Por qué me querría matar?

Jaime sabía de la inclinación de Cansino a contar siempre con una hipótesis propia. Como todos los que pasan mucho tiempo en los servicios de inteligencia, se había acostumbrado a tener más información y respuestas que sus interlocutores; si a Jaime no se le ocurría una buena explicación, dejaría que Cansino produjera una.

—O le hiciste algo de lo que aún no estoy informado o teme que seas un impedimento para llegar a un pacto de paz con el nuevo gobierno.

—Por allí va —dijo Jaime—. A pesar de que hace años yo ayudé a negociar la tregua con los panistas, ahora me ve como amenaza, quizá por el operativo de Los Cabos. Debe estar convencido de que yo soy el que empuja a Salazar y a Prida a perseguir al Cártel de Sinaloa.

—Eso podría ser, aunque ya no tienes esa influencia con el nuevo gobierno.

—Más de la que tú crees. No volveré al primer círculo porque me tienen desconfianza luego de dirigir los sistemas de inteligencia de los panistas; sin embargo, carecen de un cuadro con mi experiencia y contactos, sobre todo en materia internacional e inteligencia cibernética. Me consultan mucho más de lo que ellos desearían; supongo que eso es lo que teme el Chapo.

—Quizás —Cansino todavía dudaba.

—Por angas o por mangas, el hecho es que debo neutralizar la amenaza antes de que Avendaño le cumpla el encarguito a su patrón.

—¿Quieres salir del país un rato? Le estamos tratando de montar una red de infiltración al gobierno de Rajoy ahora que ha dado entrada a la DEA en España. ¿Te animas?

—Ni madres. Todavía hay Gaff para rato, Sebastian —aseguró Jaime, haciendo alusión a sus sobrenombres extraídos de *Blade Runner*.

—Entonces cuéntame lo que se te ha ocurrido, porque seguro ya traes algo entre manos.

—Puedo darle Veracruz al Chapo —dijo Jaime y explicó su plan.

El estado de Veracruz se había convertido en una de las regiones más sangrientas del país por la guerra campal que disputaban los Zetas y el Cártel Nueva Generación, un desprendimiento desde Guadalajara del Cártel de Sinaloa. El reciente control que Jaime había adquirido de los aparatos de seguridad del gobierno veracruzano le permitirían inclinar la balanza a favor de los aliados del Chapo.

Cansino y Jaime sabían que la conquista de un territorio por parte de un cártel dependía de quién controlase a los cuadros policiacos locales. Eran ellos los que brindaban protección al narcomenudeo, los que abortaban las investigaciones federales y los que revelaban a los miembros de un cártel los movimientos de sus rivales, en ocasiones ayudaban incluso a ejecutarlos.

Jaime argumentó a favor de su plan. El predominio del Chapo en Veracruz partiría por la mitad el territorio de los Zetas que se había extendido por todo el Golfo hasta llegar a la península de Yucatán, y más importante aún, pacificaría el puerto de Veracruz, donde las matanzas provocaron atención internacional. Todos se beneficiarían, incluida la DEA, de una disminución en el estruendo de la nota roja mexicana en la prensa mundial.

—¿Y qué pedirías a cambio de Veracruz? —preguntó Cansino.

—Al Chapo, solo la cancelación de mi condena, pero al gobierno de Prida podríamos plantearle algunos puntos; ellos serían los más beneficiados del acuerdo con el narco. Entiendo que ya están en ello, aunque esto les daría su mejor carta de negociación.

—Las conversaciones están atoradas —dijo Cansino—. El cártel todavía desconfía de la capacidad del gobierno para obligar a algunos gobernadores a cumplir lo pactado; varios de ellos están en la nómina de los Zetas, ¿sabes? Además, el Chapo quiere garantías de parte de la DEA de que lo de Los Cabos no se va a repetir.

La última frase confirmó a Jaime lo que se había imaginado: los estadounidenses formaban parte activa de la mesa de negociaciones que el gobierno había iniciado con el Chapo. Eso facilitaría las cosas.

—Es Salazar el que lleva el tema, ¿no? —preguntó Jaime.

—Claro, por conducto de Zendejas, el exgobernador de Sinaloa.

—¿Puedes presentarme con él para plantear mi asunto? Con el apoyo de ustedes será más fácil.

—Sí, pero dame algo para negociar con mis jefes. ¿Compartirías la inteligencia que salga de Veracruz con nosotros y la Marina? —pidió Cansino.

Jaime sonrió y aceptó. La Marina se había convertido en el brazo ejecutor de los estadounidenses, quienes dejaron de confiar en los mandos del Ejército desde varios años antes. Los cuerpos de elite de los navales mexicanos todavía no habían sido totalmente infiltrados por el narco.

Unas horas más tarde Cansino le informó que la cita con «Gorrión» (Zendejas) estaba pactada para la noche del domingo en casa de un tal Roberto Hurías, un político conocido por ambos. Jaime volvió a sonreír.

Sábado 30 de noviembre, 5 p. m.

Mario y Carmelita

La mejoría en la apariencia de Carmelita era notable desde el día anterior: su rostro acusaba el efecto de una noche dormida en plenitud por vez primera desde el asesinato de Pamela Dosantos. Aunque discreto, el maquillaje y los labios pintados contrastaban con la cara deslavada de la víspera. Un elegante vestido negro sustituía los *jeans* y la camisa arrugada y acentuaba el color amarillo del pelo, recogido en una coleta juvenil. Mario se sintió halagado por el arreglo, pese a la señal de alarma que experimentó cuando su anfitriona lo recibió con un beso en la mejilla.

La sala de costura también lucía recién ordenada: los rollos de tela habían sido colocados en una esquina y las cortinas abiertas mostraban la amplitud de la habitación. Se sentaron en torno a la enorme mesa que servía de superficie de trabajo para las creaciones de Carmelita.

—¿Quieres el té? —ofreció ella en tono casual, como si acostumbraran tomarlo juntos todas las tardes. A él le pareció tan cálido el ofrecimiento que lo aceptó con una sonrisa, aunque hubiera preferido un café cargado.

—He pensado en todo lo que conversamos ayer, Carmelita —dijo Mario luego de un sorbo a su taza—. Estoy seguro de que nadie conoció a Pamela como tú.

—Había otras personas —respondió ella—, su cocine-

230

ra, la sirvienta y el chofer. Es cierto que los cambiaba con alguna frecuencia; era temperamental, ¿sabes?

—Quizá solo tú puedas tener las claves para saber por qué… ya no está con nosotros —aventuró Mario luego de una vacilación.

—¿Y de qué serviría averiguarlo? Eso no va a regresarla y en cambio sí podría ponernos en peligro —dijo ella con un asomo de alarma en el rostro.

Mario estuvo a punto de explicarle la importancia de encontrar al asesino y exponerlo públicamente, pero se dio cuenta de que esos argumentos tenían sentido para los Azules, no para Carmelita. ¿Qué podía decirle?, se preguntó a sí mismo. ¿Que al principio lo hicieron para proteger a Tomás de las represalias de Salazar y que ahora lo hacían para dar un golpe político al régimen? Esas razones tampoco le sonaban ahora muy firmes al propio Mario.

—Puede ser que tengas razón, por lo mismo habría que evaluar el riesgo que corremos con los materiales de la gaveta —comentó al fin, contento de encontrar una salida que conciliara las preocupaciones de ella y el encargo de los Azules. Por su parte, Carmelita se conmovió por el uso del «nosotros» al referirse al peligro que podían representar los documentos.

Lo miró de nuevo, se puso de pie y se dirigió a la cortina de tela que enmarcaba el ventanal; se agachó y con la tijera abrió el dobladillo de la parte inferior y extrajo una llave. Escondite de costurera, pensó Mario. Unos minutos más tarde tenían desplegado sobre la mesa el contenido de dos cajones.

Había treinta y siete sobres con fuelle y liga escrupulosamente rotulados a mano. Mario comenzó a leer las etiquetas en voz alta: «El caballo blanco», «El Siete Mares», «Cuatro Caminos», «El perro negro», «El último trago»…

Lanzó una mirada de confusión a Carmelita, quien sonreía abiertamente.

—Canciones de José Alfredo Jiménez —dijo.

—Supongo que están en clave —respondió él.

—Le encantaba José Alfredo.

Algunos bultos eran gruesos, otros delgados. Mario abrió uno al azar, «Un mundo raro»: contenía dos devedés y una media docena de casetes de audio.

—¿Tienes grabadora? —preguntó.

Sin responder ella caminó a su recámara y regresó poco después con una vieja Sony que colocó sobre la mesa; él conectó el cable e introdujo uno de los casetes. Carmelita se estremeció cuando la voz grave de Pamela, distorsionada por la baja calidad del aparato, se escuchó luego de un breve carraspeo.

«Noviembre de 2007. El Raro está a cargo de la compra de tres helicópteros para la Policía Federal. Primero andaba medio misterioso, pero pronto comenzó a presumirme: dice que repartió doscientos veinte mil dólares al subprocurador y al senador Gustavo Ramírez para asegurar la operación, que con lo que a él le toque por lo menos se comprará el *penthouse* en Miami que andaba buscando; que nos vamos a ir los fines de semana en cuanto amarre la comisión. Yo le pregunté si los helicópteros eran buenos, si no se iban a caer, y me dijo que eran de lo mejor, que de cualquier manera es lo que se tendría que conseguir y que no había razón para dejar ir una comisión millonaria de parte de los gringos. "En este país toda compra grande reparte ganancias, la cosa es saber hacerlo con oficio", dice él.

»Se reúne mucho con el abogado Pepe Gómez, el que lleva el caso de Corcuera, el expresidente municipal de Monterrey que detuvieron por lo que se embolsó, creo que son compadres. Se fue de putas con el gobernador de San

Luis Potosí, el panista ese que presume de ser muy mocho; luego de eso fue dos veces a la capital de ese estado.

»Es muy raro en asuntos de cama. Es impotente cuando está despierto; solo puede cuando la mujer lo acaricia mientras está dormido y logra terminar fingiendo que sigue dormido. O sea, la mujer tiene que hacer todo; hasta disimula los ruidos del orgasmo con ronquidos para hacer creer que no está despierto.»

Mario detuvo el casete en ese momento al ver la incomodidad creciente de Carmelita aunque la pregunta ya estaba en sus labios:

—¿Quién será el Raro?

—Ya lo había olvidado —respondió ella—. Hace algunos años anduvo con ese y así lo llamaba: «Que voy a ir a Valle de Bravo con el Raro», «Que la esposa del Raro es una bruja».

—¿Es un funcionario o qué?

—Creo que era oficial mayor de la Secretaría de Seguridad Pública. Ella lo dejó porque cada vez se hizo más grosero y prepotente.

—¿Y anduvo mucho tiempo con él?

—No recuerdo, fue hace mucho. Creo que algunos meses, pocos.

—¿Habrá una lista con las claves de los seudónimos?

—¿Cómo?

—Las equivalencias de la lista de canciones.

—No tengo idea, quizá esté en alguna de las carpetas —dijo ella, y agregó luego de un momento de vacilación—: Pero ya no quiero que abras otra. Me da miedo enterarme de las cochinadas de estos señores.

Mario estaba a punto de preguntarle si tenía reproductor de devedés para ver las imágenes, pero luego de mirarla coincidió con ella. La cara juvenil con que apenas media hora antes lo recibiera se había esfumado; los pómulos parecían haberse pronunciado e imprimían a su rostro una imagen desgarrada, dramática. Y no era para menos, pensó Mario, Dios sabe qué encontrarían en esos videos.

Pero tampoco estaba dispuesto a perderlos. Luego del fragmento de grabación escuchado le resultaba evidente que en ese archivo encontrarían claves para conocer las razones del asesinato de Pamela Dosantos, o más aún, los materiales que Amelia y Tomás buscaban para poner contra la pared al gobierno de Prida.

—Creo que tienes razón, son demasiado peligrosos para que estén en tu casa.

—Destruyámoslos, que nadie se entere de que Pamela grabó eso.

—Tranquila, no nos precipitemos: por alguna razón dejó ese material en las gavetas, te entregó una llave y te pidió que la usaras cuando ella faltara. En el primer cajón estaba lo suficiente para asegurar tu futuro; sin embargo, también quiso que le sobreviviera lo que tenemos enfrente. Se tomó muchas molestias para grabar esto a escondidas y almacenarlo aquí a lo largo de los años: es lo menos que se merece, ¿no crees?

Carmela miró a Mario compungida, arrepentida quizá, aunque aún asustada.

—Es cierto, le debo eso por lo menos. Pero no puedo tenerlo en esta casa, es peligroso, es sucio.

Mario pensó que en realidad apenas conocía a la costurera; ahora sonaba pueril, moralista, quizá era fanática en materia religiosa. Ella pareció adivinar sus temores.

—No me malinterpretes, Mario: yo amaba a Pamela, era mi mejor amiga, mi verdadera hermana. Sé a qué se dedicaba, conocí sus costumbres amorosas. Nunca la juzgué, ella era feliz a su modo, con esa frivolidad alegre pero con un corazón enorme, y siempre le estaré agradecida. No sé ni por qué hizo estas grabaciones y tienes razón, no tengo ningún derecho a destruirlas. Supongo que mi misión era guardarlas, ahora le toca a otro ver qué se hace con esto.

—No te preocupes, de eso me encargo yo —aseguró él, y no resistió la tentación de agregar—: Fue providencial que nos conociéramos justo ahora.

—Sí —dijo ella y llevó su mano a la de él.

Pasaron media hora especulando sobre las razones por las que Pamela se había tomado la molestia y los riesgos para hacer un archivo de confidencias sobre sus amantes. No avanzaron gran cosa, los comentarios de Carmelita eran tan hipotéticos como los del propio Mario.

Intentaron meter los fólderes en bolsas negras de las utilizadas para la basura, pero se rompían con el peso de los expedientes. Finalmente ella sacó dos maletas grandes de un clóset y, aunque con dificultad, pudieron cerrarlas con todos adentro. Carmela pidió un taxi de un sitio cercano y él se subió al auto como quien se embarca con los fardos para un largo exilio.

Poco más tarde el taxi rodaba por Paseo de la Reforma en dirección a la Condesa. Mario indicó al conductor su domicilio, aunque en el camino se percató del error. Solo una maleta había entrado en el baúl del auto, la otra yacía apretada contra él en el asiento trasero. Sabía que no pasarían inadvertidas a Olga y, peor aún, podía suponer la amenaza que representaría a la seguridad de su familia. Había liberado a Carmela de su pesada carga, y ahora era él quien se ataba a ella con consecuencias impredecibles.

Comenzó a dimensionar la magnitud de los delitos y las infamias que podrían albergar esos expedientes: el pensamiento alimentó su natural desasosiego. Los giros del taxi aumentaron la presión de la maleta sobre su brazo izquierdo y el mero contacto le generaba una opresión asfixiante; se dijo que debía encontrar rápido un destino seguro para su carga.

Justo el día anterior pasó media hora con Vidal explicándole la necesidad de que se mantuviese al margen del asunto. El joven estuvo reticente y repitió una y otra vez que no había riesgos en el tipo de consultas que él hacía, y que podía ser muy útil en la investigación del caso; argumentó, con razón, que hasta el momento su hallazgo de las imágenes del traslado de Pamela en auto era lo mejor que tenían los Azules, aunque no mencionó la intervención de Luis en el asunto. Pero finalmente la insistencia del padre venció las objeciones del hijo, o así le pareció a Mario: a regañadientes Vidal le aseguró que abandonaría el tema. Mario respiró aliviado.

Sin embargo, unas horas más tarde era él quien ponía en riesgo a su familia con el cargamento explosivo que llevaba consigo. Estaba a diez minutos de casa y sabía que no podía deambular con ese material por la ciudad; se sentía expuesto y vulnerable. Mario pensó en la posibilidad de recurrir a los Azules y terminó descartándola: Jaime era objeto de una amenaza mortal, Tomás ya estaba siendo vigilado y Amelia era un personaje público. Sin dudarlo más, mencionó al conductor otro destino y comenzó a tranquilizarse.

Cinco minutos más tarde se encontraba en estado eufórico. Pensó en la sorpresa que habrían de llevarse Tomás y Amelia; súbitamente se había hecho de un botín político de valor incalculable. No le quedaba claro cómo podrían explotarlo, pero sabía que sus amigos tendrían más experiencia y contactos para sopesar la información y sacarle provecho. Por vez primera el peón se había convertido en la pieza más destacada del ajedrez al que venían jugando en los últimos días.

En medio de su regocijo pensó en Jaime y algo comenzó a encogerse en su interior. Por alguna razón las imágenes de su amigo y la costurera le recordaron al gato y el canario, Silvestre y Piolín. No podía exponer a Carmela a los juegos inescrutables de Jaime. Lo quería y respetaba, pero también era un funcionario de Estado, un hombre demasiado confiado en sí mismo y en su capacidad para controlar los destinos de los demás. Con sus juegos podía hacerle daño a la costurera aun sin desearlo.

Cuando llegó a casa de Raúl, el primo de Olga, lo decidió: consultaría con Amelia y Tomás antes de mencionar cualquier cosa sobre el archivo al cuarto miembro de los Azules.

Sábado 30 de noviembre, 12 a. m.

Luis

La afición de Armando Soto a la pornografía facilitó todo. A Luis le tomó dos horas encontrarlo en una base de datos, pero al fin apareció como miembro platinum de un negocio denominado Princesa's Club, que no era más que un establecimiento elegante de *striptease*. Su membresía otorgaba al policía descuentos en la matriz ubicada en Miami y en veintidós sucursales, incluida una en Guadalajara, además de acceso gratis a la sección premium del sitio de internet. Luis examinó durante un rato los servicios que ofrecía el portal de la empresa y tuvo que reconocer la calidad de su mercadotecnia: bombardeaban a sus usuarios con boletines y promociones para visitar sus locales y ofrecían videos «inéditos» en la Web. Luis decidió hacerle a Soto una oferta irresistible.

Tomó el correo electrónico del negocio, prinsexxa@club.com, y abrió uno similar añadiendo una *x*. Copió la carátula del sitio de internet de la empresa y agregó un botón para descargar un cupón válido por una noche de ensueño con la bailarina de su preferencia en el Princesa's Club de Guadalajara. Redactó un mensaje que envió desde prinsexxxa@club.com dirigido personalmente a Soto, diciéndole que era el ganador de la promoción del mes: el afortunado cliente solo tenía que abrir la liga para entrar al sitio y hacer la descarga del cupón con la oferta prometida. Lo que descargaría en realidad sería un programa parásito que le permitiría a Luis peinar todo el contenido de la computadora del policía.

El joven salió de su estudio, un chalet ubicado en el profundo jardín de su casa, y fue a la cocina a prepararse unos sándwiches para lo que sería una larga y solitaria jornada. Su padre había partido desde el viernes al apartamento de Puerto Vallarta para pasar el fin de semana. Luis regresó a su estudio y se puso ver el partido Barcelona-Sevilla jugado unas horas antes; decidió grabar la transmisión luego de los encendidos elogios que la peña atlista dedicara al «mejor futbol del mundo». Observó con curiosidad las coreografías que las triangulaciones rápidas e incesantes dibujaban sobre la cancha y comenzó a encontrarle el gusto. Messi acababa de anotar su segundo gol cuando sonó la alerta programada: Soto había abierto su mensaje.

A las 6.06 p. m. el policía descargó el programa sembrado por Luis. El joven había colocado la leyenda «La descarga de fotos puede tomar algunos minutos», para que el policía dejara correr el programa. Para fortuna del *hacker*, la afición de Soto por las películas pornográficas lo llevó a contratar un paquete de banda ancha de alta velocidad; nunca aparecieron las fotos de las bailarinas en la pantalla, pero cuarenta y cinco minutos más tarde Luis tenía en su disco duro un espejo de la computadora del otro.

El joven revisó los correos electrónicos de Soto de los últimos tres meses; no encontró algo que revelase la identidad de aquellos que lo habían contratado. Resultaba obvio que sus trabajos marginales no eran ventilados por *e-mail*. El policía parecía tener una vida solitaria, evidenciada por los innumerables intercambios de mensajes eróticos con mujeres aparentemente encontradas en la Web. Era originario de Torreón, donde vivían su mujer y sus dos hijos, a los cuales al parecer tenía años sin ver. La esposa enviaba periódicos mensajes para solicitar ayuda económica que por lo general quedaban sin respuesta. La Navidad anterior Soto escribió a su familia un largo y emotivo correo en el cual pedía perdón y hacía planes para un futuro compartido; la esposa respondió con actitud cauta aunque interesada. El policía se olvidó del asunto.

Luis comenzaba a aburrirse de la vida de Soto cuando detectó la notificación bancaria, enviada por correo electrónico, de que su cuenta había recibido un depósito en efectivo por cincuenta mil pesos: la fecha correspondía al día posterior a su secuestro. La operación estaba registrada en una sucursal de banco en la Ciudad de México. Eso tuvo sentido para Luis: el acento del hombre que lo interrogó le pareció chilango, o en todo caso ajeno a la cadencia tapatía o norteña. El historial de la vida profesional y personal de Soto revelaba que había laborado durante cuatro años en la Siedo, en la capital del país. Luis asumía que los trabajos colaterales que el policía ofrecía a colegas de la Ciudad de México estaban basados en la confianza y esta generalmente nacía de una convivencia larga o intensa.

El joven se concentró en la premisa de que Soto debió haber conocido a los agentes capitalinos durante su permanencia en la Siedo. No le tomó mucho tiempo acceder a la base de datos de los miembros de la policía federal. En 2009, luego del secuestro y asesinato del hijo de Alejandro Martí, uno de los empresarios más carismáticos del país, en el que participaron agentes judiciales, la presión pública obligó al gobierno a realizar un padrón de todo el personal de las corporaciones de seguridad pública. Eso facilitó las cosas.

Redujo la lista a solo aquellos que trabajaron en la Siedo de 2005 a 2009, los años en los que estuvo Soto, y volvió a cernirla para concentrarse únicamente en los que tenían rango superior al agente de Torreón. Quedaron cuarenta y ocho nombres. Luis descartó a cinco mujeres y a todos aquellos que actualmente tuviesen más de sesenta años, porque ni la voz de su interrogador ni la fuerza de quien lo golpeó hacían pensar en un hombre mayor. La lista se redujo a treinta y dos sujetos.

El joven revisó la relación de nombres una y otra vez, como si pudiese empatar con algún apellido las sensaciones de angustia, miedo y coraje que aún sentía. Entendió que a fuerza de mirar apellidos no se iba a producir un subrayado automático; caviló un rato más y se puso a revisar bases de datos de pasajeros aéreos.

Casi todas las líneas nacionales volaban entre Guadalajara y la Ciudad de México, más de ochenta vuelos diarios en un día promedio. Luis decidió enfocarse exclusivamente en los regresos registrados el miércoles 27 de noviembre a partir de las tres de la tarde: suponía que los agentes del Distrito Federal habrían abandonado Jalisco esa misma tarde o noche. Un total de veintitrés vuelos cumplían esta condición. Trabajó dos horas más hasta lograr el acceso a las listas de pasajeros de cada una de las líneas. Se quedó con una relación de setecientas veintidós personas, de las cuales quinientas diez eran varones.

Introdujo la lista de treinta y dos nombres que obtuvo de la Siedo y dos minutos más tarde el programa de contraste iluminó una coincidencia: Efraín Restrepo. Luis festejó el hallazgo con el entusiasmo con que Quijano habría gozado un gol del Atlas.

Le requirió una enorme fuerza de voluntad resistir la tentación de comenzar a desnudar a Efraín Restrepo en el ciberespacio. Hasta ahora era improbable que hubiese hecho saltar alguna de las alarmas en los muros digitales que seguramente había construido Restrepo para detectar cualquier intento de búsqueda sobre su persona, pero se dijo que a partir de este punto tendría que ir con más cuidado: un paso en falso al explorar el nombre de su verdugo y podría terminar en la zanja zapopana que le prometieron.

Luis decidió que la búsqueda solo podía hacerse por medio de Anonymous. El joven no pertenecía propiamente a la organización, pero en un viaje a España a una reunión informal de *hackers* conoció a dos estadounidenses que eran parte activa de la misma. Alertados de los talentos de Luis, se empeñaron en reclutarlo aunque con resultados infructuosos; el mexicano prefería seguir siendo un navegador solitario. Con todo, un par de veces ofreció su apoyo para abrir alguna base de datos particularmente hermética.

El joven se convenció de que Anonymous era perfecta para su propósito: una organización sin directorio ni domicilio conocido, formada por *hackers* de todo el mundo y dedicada a develar usos criminales y autoritarios de la red. Operaba bajo el lema *Somos Anonymous, somos legión. No perdonamos. No olvidamos. Espéranos.* En octubre de 2010 publicó una lista de 1589 usuarios de pornografía infantil que logró detectar en la «red oscura» de la Web; en los siguientes meses consiguió golpes importantes de este tipo particularmente en España y Estados Unidos.

Luis sabía que para llegar a Restrepo sin ser detectado, sus colegas de Anonymous tendrían que recurrir a esta red oscura. La llamada Darknet consiste en un universo paralelo que usa portales de acceso a la Web casi imposibles de rastrear cuando se comparten datos. Con herramientas propias como la red Tor y programas como Freenet, entre otros, existen comunidades completas dedicadas a toda suerte de actividades, unas del todo inocentes y otras criminales. Entre las últimas se encuentra buena parte de la información que se intercambia sobre tráfico de drogas, armas o pornografía dura; existen incluso sitios clandestinos tipo ebay donde contratar a un sicario o un *hacker* para alguna operación ilegal. Luis pensó que no dejaba de ser irónico que la herramienta Tor hubiese sido desarrollada por la Marina de Estados Unidos.

Solo un puñado de miembros de Anonymous conocía las claves encriptadas dentro de la red oscura que permitían la comunicación entre ellos. Luis había recibido el acceso a una pequeña ventana, una especie de buzón en el que podía dejar algún mensaje o depositar la información solicitada. Acudió a una red pública y desde allí lanzó un mensaje donde explicaba el reclutamiento forzado de *hackers* que Restrepo estaba haciendo y la violencia de sus métodos. Su envío pasaría por docenas de redes en África, el Sudeste Asiático y Europa Oriental antes de llegar a su destino: su identidad nunca sería revelada. Solicitaba que no se tomara, por el momento, ninguna acción en contra de Restrepo (Anonymous era capaz de bloquear cuentas bancarias, cancelar tarjetas de crédito, convertirlo en criminal en las bases de datos del FBI, entre otras cosas); simplemente pedía toda la información que se pudiese obtener sobre el policía.

Luis sabía que asumía un alto riesgo: tarde o temprano Restrepo detectaría que estaba siendo objeto de una investigación, aunque nunca sabría de dónde había partido la búsqueda. Para evitar convertirse en el primer sospechoso, decidió soltar una pesquisa que les llevara a creer que el interés se originaba en Mérida, Yucatán, justo el lugar donde había muerto el Fideos, presumiblemente ejecutado por los esbirros del policía; el joven confiaba en que Restrepo atribuyese la indagación a una venganza de parte de algún *hacker* paisano y amigo del Fideos. Preparó la búsqueda y borró sus pasos aunque dejó tenues rastros que permitirían a un experto recorrer el camino de regreso hasta un café cibernético en el Paseo Montejo de Mérida.

Cuando al final retiró la mano del ratón, era casi medianoche. Quedó satisfecho, pero también inquieto: confiaba en estar haciendo lo correcto. Incapaz de conciliar el sueño, decidió sumergirse en una intensa sesión de PlayStation.

Domingo 1 de diciembre, 10 a. m.

Tomás y Jimena

Revisó por tercera vez el contenido del sobre depositado en la mesa. El periodista sabía que el material era bueno, pero no se decidía a teclear el texto de su columna. Jaime había puesto en sus manos cifras hasta ahora desconocidas del alcance de los delitos y el *modus operandi* de los dos principales cárteles de la droga en México: el de Sinaloa en el Pacífico y el de los Zetas en el Golfo. El sobre entregado esa misma mañana por conducto del enviado personal de su amigo incluía cuadros, mapas y descripciones detalladas de operaciones clandestinas. Cumpliría todas las expectativas que habían generado sus recientes artículos: sería un texto que otros medios y columnistas citarían durante los próximos días.

Sin embargo, algo le molestaba del material, demasiado maniqueo para el gusto de Tomás; los Zetas eran muy malos y los de Sinaloa poco menos que héroes sociales. Según las notas, los primeros ya extorsionaban a algunos comercios de Masaryk, la calle más glamorosa del consumo en México, en el elegante barrio de Polanco. Comenzaron por pedir a los antros de la zona una iguala semanal por protección, como antes hicieron en Playa del Carmen o Acapulco; siguieron con algunos restaurantes y recientemente se habían extendido a otros negocios de ropa y *bouti-*

ques exclusivas. El hecho era alarmante porque durante años las elites de la Ciudad de México se habían sentido a salvo de la ola de violencia que sacudía al país. Se suponía que la capital, al ser asiento de los poderes federales, inspiraba temor o demasiado respeto a los cárteles de la droga, pero el material sobre la mesa convertía en leyenda urbana esa tranquilizadora creencia.

Según Jaime, los Zetas incluso ya habían colocado en las calles de la Condesa y de Polanco al llamado «contador», un hombre que se desplazaba de restaurante en restaurante para enumerar los comensales de cada local todos los días de la semana. El contador calcula *grosso modo* los ingresos estimados de cada uno de los negocios para evitar que los empresarios pretexten al cobrador de los Zetas haber tenido una mala semana.

Los documentos en su escritorio incluían dos casos que en su momento fueron cubiertos ampliamente por la prensa, un incendio y una balacera que obligaron a cerrar dos restaurantes; lo que nunca se supo, hasta ahora, es que ambos habían sido venganzas de los narcos contra propietarios que no aceptaron el chantaje de los Zetas.

Por el contrario, los sinaloenses se habían mantenido ajenos a la extorsión de comercios y al secuestro de empresarios: el material que aportaba Jaime documentaba las nuevas maneras en que el lavado de dinero en negocios medianos y pequeños mantenía a buena parte de la cuenca del Pacífico por encima de la crisis. El Chapo y sus lugartenientes eran importantes donadores para obras públicas en multitud de rancherías y poblados; el Día del Niño o de la Madre organizaban enormes fiestas y entregaban cuantiosos regalos a cientos de familias en Sinaloa y Sonora.

Tomás albergaba dudas sobre el tratamiento tan benigno para con los sinaloenses, pero carecía de opciones. No había tenido oportunidad de investigar la extracción clandestina de petróleo en los ductos de Pemex, ni Amelia le hacía llegar aún los documentos de los que le hablara al respecto. El recuerdo de su amiga lo distrajo unos instantes: los breves caracteres japoneses que ella se había tatuado en la columna hicieron cosquillear las yemas de los dedos que los habían recorrido. Quizá la vería más tarde, aunque fuese con el pretexto de los datos para su artículo; pensó enviarle algún mensaje de doble sentido sobre la entrega prometida, pero consideró que la broma resultaría demasiado grosera.

El periodista se obligó a regresar la atención a la mesa de trabajo y con un suspiro se concentró en el material que, como decía Jaime, era demasiado bueno para ignorarlo. El recuerdo de la frase lo hizo removerse inquieto, aunque la desechó de inmediato.

Hora y media más tarde había conseguido un texto fuerte y documentado que revelaba los contrastantes intríngulis del modo en que operaban los dos cárteles. Casi a su pesar, Tomás se vio obligado a rematar con un párrafo que defendía la estrategia de dejar a un lado el combate en contra del Chapo para concentrar las baterías en los abominables Zetas. Cuando finalmente cliqueó para enviar su texto a la redacción de *El Mundo,* se sintió una pieza de ajedrez en manos de Jaime. Se consoló pensando que el texto sería un éxito no tanto por sus conclusiones, compartidas por una gran porción de la opinión pública, sino por los datos alarmantes de la penetración de los Zetas en la capital.

Liberado de la principal tarea del día, se concentró en una mucho más incierta: encontrar al abogado Raúl Coronel. Tomás lo buscaba desde el lunes anterior, pero su celular seguía apagado o fuera de servicio. Todos los días de la semana había hablado a su despacho y en cada ocasión una secretaria le informó que el abogado estaba fuera de la ciudad, aunque lo esperaban en cualquier momento. Llamó de nuevo aunque era domingo, y solo consiguió escuchar otra vez la respuesta de una grabadora. Dejó un mensaje en calidad de urgente, solicitando que Coronel se comunicara con él en cuanto llegase a su oficina.

Se bañó mientras pensaba en la cita para comer que tenía con Jimena, su única hija; le pediría al terminar que lo acompañase a comprar algunas prendas para renovar su menguado guardarropa. A sus dieciséis años Jimena tenía más nociones estéticas que él a sus cuarenta y dos; en todo caso, se dijo, seguramente estaría más al día en materia de modas que él. Sabía que ella gozaba con la idea de enderezar la vida de su padre, así fuera tan solo mejorando su apariencia física.

Terminaba de rasurarse cuando escuchó el timbre del teléfono. Fantaseó con la idea de que fuese la secretaria de Coronel, quien pondría por fin al abogado al habla: urgía conocer el origen de la información que situara el cadáver de Dosantos en las inmediaciones de la oficina de Salazar. Pero era Mario quien le hablaba por el radioteléfono.

—Tomás, necesito verte a solas. Es urgente, ¿estarás en casa otro rato?

—Estoy a punto de salir a comer con Jimena y luego haremos algunas compras.

—¿Te acuerdas de con quién me dejaste el lunes por la mañana? Salió algo interesante. Tienes que verlo.

Tomás supuso que los archivos de don Plutarco al fin habían arrojado algo de utilidad. Probablemente Mario exageraba su importancia en su afán de hacerse útil; sin embargo, las pesquisas de los cuatro estaban en tal punto muerto que ningún dato era despreciable.

—Nos vemos en la heladería preferida de Jimena como a las cinco, ¿puedes? Así la saludas y ves lo guapa que se ha puesto.

Mario hizo una pausa tratando de recordar los tiempos en que paseaban juntos a Vidal y a Jimena los sábados por la mañana, en los primeros años tras el divorcio de Tomás; de inmediato le vino a la mente la nevería Roxy en Alfonso Reyes, donde solían rematar la jornada luego de ir al cine o al Parque México. Mario asintió y colgó.

Tomás se puso su mejor camisa blanca, unos *jeans* que comenzaban a apretarle la cintura y unos mocasines que le facilitarían probarse nuevas prendas en un vestidor. Un saco negro sería en esta ocasión el responsable de llevar todas sus pertenencias. En el último minuto decidió que no llevaría el iPad al que se había hecho tan aficionado recientemente; de cualquier manera no tendría tiempo de consultar los libros y revistas que tenía acumulados en la pequeña pantalla. Desde que Pamela Dosantos se cruzó en su camino, los hábitos de apenas una semana antes parecían recuerdos de otra vida. Llamó al taxi ejecutivo que le sirviera durante los últimos días y media hora más tarde estaba instalado en el Contramar, el restaurante favorito de Jimena, en la calle de Durango, junto a la Cibeles mexicana, réplica de la madrileña.

El lugar estaba abarrotado como siempre, y aunque apenas eran las dos treinta Tomás temió que no hubiera mesas disponibles, pero Jimena ya se había instalado en una de ellas y bebía una limonada.

—No quisieron servirme una cerveza —dijo a manera de saludo.

—Ahorita pido una y te la paso —respondió él soltando una carcajada. Siempre había sido un padre permisivo; por lo demás, Jimena era una adulta pequeña desde los diez años, provista de la autodisciplina que les había faltado a sus padres.

Tenían dos semanas sin verse, aunque a Tomás le pareció que en ese lapso su hija había quemado etapas camino de la adultez, o quizá era el rímel que advertía en sus pestañas y una pequeña sombra oscura por encima de los párpados. Le venía bien a sus grandes ojos pardos, juzgó Tomás; eso y su pelo negro y rizado causarían estragos entre sus compañeros de escuela, reflexionó con orgullo de padre.

Se pusieron al día sobre la vida doméstica y escolar de Jimena, las clases de alemán y la marcha de sus series de televisión preferidas, *The Big Bang Theory* y *American Horror Story*. Ninguno de los dos mencionó la reciente celebridad adquirida por Tomás. Ignoraba si su hija se había enterado del impacto de sus columnas y su aparición en numerosas entrevistas telefónicas: por lo general era bastante escéptica de los logros periodísticos de Tomás y una crítica acerba de su modo de vida. Lo quería, pero con frecuencia mencionaba sus cuestionables hábitos alimentarios y el desarreglo de su apartamento de soltero como si se tratase de un veinteañero irresponsable. Él la dejaba hacer, divertido por la persona asertiva y decidida en que se estaba convirtiendo Jimena.

Como anticipara, quedó encantada con la perspectiva de acompañarlo a elegir un nuevo guardarropa. Pasaron dos horas en el Palacio de Hierro de la misma calle, a una cuadra del restaurante, y salieron cargados con varias bolsas grandes aunque ligeras que depositaron en la cajuela del taxi ejecutivo que se había mantenido a la espera. Cuando llegaron a la heladería, Mario les esperaba sobándose la cadera en la puerta del local.

Ella y Mario intercambiaron novedades sobre Vidal y luego el taxi la llevó a su casa; como siempre, Tomás la vio partir con un extraña mezcla de orgullo y tristeza por la vida que habría de llevar al margen de la suya.

Los dos amigos caminaron tres cortas cuadras para instalarse en una mesa del restaurante Los Primos. Le tomó a Mario más de media hora explicar a Tomás el hallazgo de los diarios de don Plutarco, la existencia de Carmelita y sus dos visitas a la casa de la costurera; el periodista lo escuchó con más interés por el entusiasmo inagotable que mostraba al hablar de sus investigaciones, que por el resultado de las mismas. Incluso perdió el hilo de la conversación hasta que Mario describió el maniquí de caderas ampulosas que reproducía el cuerpo de la artista; por primera vez desde su muerte, Tomás tuvo una imagen erótica de Dosantos.

Toda distracción se evaporó cuando Mario mencionó el archivo secreto que mantenía la sinaloense en casa de la costurera. Tomás dejó de contemplar a los paseantes y concentró la mirada en el rostro de su amigo a partir del instante en que este comenzó a describir el contenido de la grabación escuchada; no reaccionó hasta que Mario explicó cómo había transportado y dónde dejó las dos grandes maletas.

Tomás lanzó un largo resoplido enmarcado en una sonrisa a medias. Mario no supo interpretar si el gesto expresaba nerviosismo o una sensación de agobio. El brillo en los ojos de su amigo disipó cualquier duda: el animal periodístico que había en él comenzó a salivar con la idea de echar mano a los secretos que le aguardaban en el archivo de Pamela.

—No sé si los casetes están llenos, aunque deben ser cien o más —añadió Mario para deleite de su escucha.

El columnista iba a decir algo, pero se contuvo. Entendió que era el momento de Mario; lo miró con cariño, se puso de pie y le indicó hacer lo mismo. Le dio un largo abrazo, un beso en la mejilla y musitó un breve «Gracias, hermano»; al sentarse, los dos tenían los ojos húmedos.

—Bueno, ahora dejémonos de mariconadas, que estamos en la Condesa; no vaya a ser que los esbirros de Salazar nos tomen fotografías besuqueándonos —dijo Tomás, apresurado por romper un momento de intimidad que se había tornado incómodo. La Condesa, barrio bohemio, se había convertido en refugio de los homosexuales de vanguardia, al grado de que se decía con ironía que era una zona *hetero-friendly*—. Habrá que sacar las maletas de casa de Raúl —añadió—. Si queremos oír el resto del material tendríamos que estar yendo a consultarlo y tarde o temprano alguien nos seguiría. No podemos poner en riesgo a su familia.

—Lo sé, simplemente lo puse allí mientras consultaba con ustedes.

—Yo no tengo un lugar seguro, quizás Amelia o Jaime.

—De eso quería hablarte —dijo Mario—. ¿Crees que sea buena idea mencionar todo esto a Jaime? Todavía no sabemos qué hay en esas grabaciones; además, quiero dejar a Carmelita al margen de todo esto.

Tomás volvió a ver a Mario con aprecio. De pronto cayó en cuenta de que a lo largo de todos esos años también ellos dos eran un subgrupo dentro de los Azules: estaban unidos por una alianza incondicional, probablemente originada en el accidente de Mario veinticinco años atrás.

—Tienes razón. Habrá que ver si Amelia tiene un mejor escondite para el archivo, un lugar seguro del que podamos entrar y salir sin despertar sospechas. Supongo que nos va a tomar muchas horas escuchar los casetes.

—También hay videos —añadió Mario, todavía ufano.

—Trataré de verla hoy por la noche, mañana te aviso. De cualquier manera, no vayas más a casa de Raúl ni menciones por teléfono el asunto de los expedientes: quitar esas maletas del radar es la mejor protección que pueden tener en este momento. Déjame la dirección de tu cuñado en un papel.

Tomás pidió la cuenta mientras Mario escribía el domicilio de su cuñado. En ese instante se acercó a su mesa un hombre procedente de la calle; al percibirlo de reojo, Tomás asumió que se trataba de uno más de los vendedores ambulantes que los habían abordado desde que llegaron. Sin embargo, al ver su rostro el periodista se echó hacia atrás atemorizado. Antes de poder reaccionar, el visitante habló:

—Don Tomás, perdone haberlo sorprendido, no era mi intención. El patrón me pidió que le entregara esta nota y esperara su respuesta.

Las palabras no lograron tranquilizarlo del todo: la primera y única vez que había visto esa cara, él se encontraba dentro de la botarga del Doctor Simi, experimentando el susto de su vida.

El «comandante» alargó el brazo y puso sobre la mesa un sobre blanco. De su interior, el periodista leyó en una tarjeta:

Don Tomás, le agradecería infinitamente que aceptara usted tomarse conmigo un café. ¿Le acomoda este martes a las 18 horas en el Palm? Aprovecho para enviarle un cordial saludo.

A. Salazar

Tomás sopesó por unos instantes la conveniencia de conversar con el poderoso secretario. Recordó que Amelia también lo vería, y se dijo que las dos citas podían ser complementarias: tendrían dos ángulos distintos sobre el ministro, y quizá eso les permitiera detectar alguna vulnerabilidad en él. Inclinó la cabeza a manera de afirmación, el «comandante» les deseó buenas tardes y se retiró.

—Méndigo Jaime —dijo en cuanto estuvieron solos—, sucedió exactamente como él había dicho.

Un instante más tarde envió un mensaje por radioteléfono a Amelia: *Me urge verte hoy, novedades importantes. 9 p. m. chez toi?* Un minuto más tarde recibió respuesta: *Allí te espero si sobrevivo a Bucareli.*

Domingo 1 de diciembre, 12 a. m.

Amelia y Salazar

Amelia contempló en el escritorio de Augusto Salazar el famoso teléfono rojo, la línea directa con el presidente. No era el único ministro de Estado que lo poseía, aunque sin duda se trataba del único aparato legendario en la historia política del país. Por alguna razón ninguno de los secretarios de la era moderna había cambiado el vetusto teléfono, todavía de disco. Hay símbolos de Estado que están por encima de cualquier alternancia, se dijo Amelia. A ese receptor llegó la orden del presidente Díaz Ordaz a su ministro, Luis Echeverría, para sofocar la manifestación en Tlatelolco el 2 de octubre de aquel 1968, lo que dejaría tendidos cientos de muertos al pie de las ruinas prehispánicas. La presidenta del PRD se preguntó qué otras infamias habrían pasado por ese trasto, instalado en lo más profundo del búnker de la calle Bucareli.

Salazar irrumpió en la habitación y se acercó al sofá que ocupaba Amelia; la saludó de mano y por la humedad fresca que emanaba de la palma derecha del ministro, ella asumió que venía directamente del baño. No pudo decidir si esa era una buena o una mala noticia en materia de higiene. Al percatarse de sus propios pensamientos se obligó a concentrarse en la charla que tenía por delante: sabía que en momentos de nerviosismo tendía a distraerse en pequeños detalles. Era una costumbre que a veces rendía dividendos, siempre y cuando no se tuviera enfrente a un experto en esgrima verbal.

—Doña Amelia, si la gente supiera lo que hacemos los políticos en domingo dejaría de criticarnos —dijo el ministro, haciendo una señal para que ocupara uno de los sillones de piel de la salita aledaña.

—Bueno, no es de holgazanería de lo que nos critican, licenciado.

—Tiene razón; no de eso, pero casi de todos los demás pecados. Hemos postergado demasiado esta conversación —dijo el ministro entrando en materia—, debió haber tenido lugar hace meses, doña Amelia.

—No hemos postergado nada —negó ella—. Yo he esperado varios meses en vano a que el gobierno quisiera platicar con la oposición.

Prefirió optar por el diálogo directo: no se le daba demasiado bien la cháchara aparentemente insustancial y cargada de significados a la que son tan afines los políticos profesionales. Pero, sobre todo, no quería confraternizar con alguien a quien temía por sus métodos y despreciaba por sus ideas.

—Por eso me cae usted bien, doña Amelia, no se anda por las ramas.

Amelia ignoró el comentario, no obstante, de inmediato hizo honor al mismo:

—Estoy preocupada por la letra chica de las reformas que preparan, licenciado Salazar. En apariencia son democráticas y a favor de la sociedad, aunque en la práctica muchas de ellas constituyen un paso atrás. Consejos ciudadanos para esto y para aquello, pero siempre asegurándose de que las cabezas sean designadas por ustedes. Quieren reproducir lo que hicieron los panistas con la Comisión Nacional de Derechos Humanos: en el papel, una de las más avanzadas del mundo; en la práctica, una institución a modo para el gobierno. Me recuerda a los réferis de la lucha libre, muchos aspavientos y nada de efectividad.

—No sé a qué se refiere. Desde el arranque de este gobierno y contra los que creían que regresaba un PRI autoritario, hemos dado muestras de apertura y sensibilidad. Allí están las reformas para erradicar la corrupción, por ejemplo, o el nuevo énfasis en los derechos humanos en todo el tema de la impartición de justicia. ¿No le parece que está siendo demasiado severa?

—¿Combate a la corrupción? ¡Por favor! ¿Dónde están los procesos judiciales en contra de los peces gordos? Han convertido en senadores y diputados a líderes sindicales que son símbolo de la podredumbre del país. Quitaron a Elba Esther Gordillo, del sindicato de maestros, no porque fuera más corrupta que los otros, sino porque había traicionado al PRI. Y podrá llenarse la boca este gobierno con comisiones anticorrupción, no obstante, mientras no tengan dientes legales ni presupuesto para operar, resultan más inútiles que una corbata en la playa.

—A ver, doña Amelia, lo que usted ve como pasos hacia el autoritarismo son justamente lo contrario: permiten al Poder Ejecutivo mayor margen de maniobra para impulsar los cambios de fondo que hagan de este un país más moderno y democrático.

—¿Por qué no limpian el sindicato que hace de Pemex la empresa petrolera más ineficiente del mundo?

—Gordillo fue la primera pero no la última, ya verá, aunque tampoco vamos a desestabilizar el barco: el país no podría hacer frente a una movilización simultánea de maestros y trabajadores petroleros. La operación política es más compleja que una agenda romántica de reivindicaciones.

Primero, sanear el tema del magisterio, y una vez que pisemos terreno firme, pasamos al siguiente gremio. La corrupción de décadas no se limpia de la noche a la mañana.

—¿Sanear? Dejaron en el sindicato de maestros a un dirigente tan corrupto como la anterior, solo que más dócil a la presidencia. Quieren hacer pasar por medidas democráticas lo que son más bien maniobras de control.

—«Más dócil», dice usted. Quizá, pero es la única manera de hacer la reforma educativa de fondo.

—Ajá, ahora me va a decir que hay que dar dos pasos atrás para tomar impulso.

—La política real es por aproximaciones, doña Amelia. Nosotros proponemos como Poder Ejecutivo que somos; sin embargo, lo que resulte será producto de la acción de todas las fuerzas políticas, incluida la que usted preside. El PRD forma parte del Estado como fracción importante del Congreso, no lo olvide.

—Porque no se me olvida es que estoy aquí. Tampoco ignoro que durante meses han intentado negociar directamente con otros miembros del PRD tanto en el Congreso como en el gobierno de la ciudad, tratando de brincarme; supongo que estoy aquí porque algo se les atoró con los interlocutores que ustedes han buscado dentro de mi partido.

Salazar lanzó un suspiro; el diálogo no iba por donde imaginaba. Es lo malo de negociar con activistas metidas a la operación política, se dijo el ministro, les falta oficio y mano izquierda. Y el hecho de que fuera mujer ayudaba muy poco: ni aceptaba galanterías ni permitía construir camaraderías y complicidades masculinas, que tan útiles resultaban para romper el hielo cuando había diferencias en las posiciones.

—Yo sugeriría que nos conociéramos mejor antes de descartar un diálogo fructífero ente nosotros, doña Amelia. Para bien o para mal estaremos en esto al menos hasta que termine su periodo; más vale, por el bien del país, que existan canales francos entre el gobierno y la oposición, ¿no le parece?

—En eso estoy de acuerdo, pero habría que dejarnos de juegos y comenzar a respetar a los contrarios. Convendrá usted que entablar la primera conversación un año después de haber tomado posesión no habla mucho a favor del diálogo por parte del gobierno, ¿no?

—Tiene mucha razón. Y déjeme subsanarlo: reunámonos una vez al mes en estas oficinas. Yo le comento los planes del gobierno y usted me plantea objeciones y contrapropuestas de su partido, ¿qué le parece?

—Correcto —aceptó ella, sintiéndose acorralada.

—Gracias —respondió él—. Será un placer trabajar con usted. Le agradezco mucho haber venido.

Salazar se puso de pie para dar por terminada la entrevista, pero ella permaneció sentada.

—Otra cosa, licenciado: el martes pasado sufrimos un atentado del cual usted seguramente estará enterado, aunque en los medios de comunicación solo corrió la versión de una balacera entre borrachos en una habitación de hotel.

—Estoy enterado —dijo él con cautela.

—Estuvimos a punto de ser asesinados un asesor de seguridad, un columnista incómodo al poder y la líder de la principal fuerza de oposición. ¿No cree usted que se trata de un tema de seguridad del Estado? Yo creí que de eso íbamos a hablar.

—El asunto está siendo investigado, se lo aseguro. Aunque como muy probablemente sabe, todo indica que se trata de un ataque de parte de narcotraficantes. No sé sus amigos, pero supongo que usted no estará metida en esos asuntos, ¿no?

Maldito viejo, se dijo Amelia, estaba aprovechando su

pregunta para desquitarse de las acusaciones que ella le endilgó sobre autoritarismo.

—Viniera de donde viniera, de haber tenido éxito el asunto habría sido un escándalo nacional e internacional: la primera gran mácula del sexenio. ¿No cree usted que se requiere una investigación más decidida de su parte? Ni siquiera nos han preguntado nada a los que estuvimos presentes.

—Ustedes no lo denunciaron a las autoridades ni lo divulgaron a los medios de comunicación; asumí que preferían no ser involucrados formalmente en ningún tipo de investigación. Supongo que sus razones personales tendrán para no dar a conocer que un cártel intentó agredirlos, yo solo he sido respetuoso de su deseo de mantenerlo oculto, aunque eso no quiere decir que no estemos investigando.

Otra vez el viejo político se había escabullido y con su respuesta dejaba mal parada a Amelia. Decidió hacer un último intento.

—El problema es que los escándalos por la inseguridad se están acumulando. Allí está lo del asesinato de Pamela Dosantos, todavía no se resuelve uno y ya se les venía otro encima.

Salazar acusó el golpe: la miró con dureza y en la intensidad de esa mirada leyó Amelia la profundidad del dolor, pero también el rencor que había provocado en el ministro la muerte de su amante. Realmente la quería, se dijo. Este hombre es peligroso, tiene poder y está herido.

Él mantuvo la pesada mirada silenciosa y ella se removió inquieta en el asiento. Reprimió un súbito ataque de pánico al recordar las muchas historias del pasado negro de aquellas oficinas de Bucareli, adonde tantos miembros de la oposición entraron para no salir jamás. Amelia se dijo que eso había sucedido al menos treinta años antes y se obligó a sostener la mirada de Salazar. Al final lo que leyó en el rostro del ministro fue una profunda pesadumbre; ahora fue ella quien se levantó y extendió la mano. El temblor visible en la de él le llevó pronunciar palabras que no traía preparadas:

—Siento su pérdida, don Augusto —dijo con sinceridad en voz baja, usando por primera ocasión el nombre de pila del ministro.

Él examinó sus ojos de nuevo, esta vez para detectar si había alguna doble intención en su comentario.

—Gracias —respondió; tomó con las suyas las manos de Amelia y cerró los ojos por un instante, luego se dio vuelta y salió de la habitación. A ella le quedó en la nariz un olor a barrica de roble avinagrada. Inhaló otra vez y corrigió: era corcho de vino viejo.

Nueve horas más tarde Amelia trataba de explicar a Tomás las sensaciones contradictorias que había experimentado en el despacho del ministro.

—Honestamente, Salazar parecía abrumado —argumentó ante el escepticismo de Tomás.

—«Honestamente» y «Salazar» no combinan en la misma frase, Amelia. Seguro que extraña a su amante, ¿pero no crees que orquestó una puesta en escena para ablandarte?

Ella reflexionó un instante y recordó las ojeras pronunciadas del secretario de Gobernación, el cenicero colmado, la mirada desenfocada al final de la entrevista.

—No sé, no lo creo. En todo caso, lo enamoradizo no quita lo cabrón.

—Son hábiles hasta en piloto automático. Recuerdo el funeral de la esposa de un gobernador de Jalisco: el viudo lloraba desconsolado, hundido en un sillón de la sala funeraria, pero cada que llegaba una corona de flores de alguien importante se aseguraba de reojo que fuese colocada en estricto orden de jerarquía política.

—Quizá —dijo Amelia—. A ver qué impresión te da a ti el Corcho. ¿Cuándo lo ves?

—¿El Corcho? —rio Tomás, meneando la cabeza—. El martes a las seis, ya te contaré. Ahora tengo algo más importante que decirte, si me das un tequila antes.

—Sírvetelo y a mí dame un whisky, un Chivas; voy a quitarme el uniforme de presidenta del PRD.

—Chivas, va. Si vas a dejar de tomar tequila de Jalisco, es lo menos que puedes beber —expresó él, aunque ella ya no lo escuchó.

Tomás sirvió las bebidas con la mente puesta en la escena que se estaría desarrollando en la recámara de Amelia. Lo inundó el impulso de ir tras ella, sorprenderla a medio vestir y terminar tirados en el tapete al pie de la cama; sin embargo, conocía a su amiga lo suficiente para saber que no gustaba de situaciones que se le impusieran. Se contuvo pensando en las novedades que quería transmitirle.

Ella escuchó el tintineo de los hielos al caer sobre un vaso y luego una larga pausa. Por un momento, se regodeó con la idea de que Tomás irrumpiera en la habitación y terminaran haciendo el amor de pie contra la pared. Finalmente eligió unos *pants* cómodos y holgados y una camiseta de tirantes, sin sostén; no era un atuendo para seducir, pero tampoco un pijama pudoroso. Al regresar prefirió un sillón individual para sentarse, pese a que él se había instalado en el largo sofá de tres plazas. Tomás trató de decidir si la elección de las prendas prometía una invitación a quedarse o una velada asexuada, pero le resultó imposible: el periodista concluyó, a su pesar, que tenía que hacer a un lado la libido y enfocarse en los secretos develados por Pamela Dosantos.

Le tomó quince minutos reproducir el relato que a Mario le había requerido cuarenta, pasó rápido por el tema de la costurera y se concentró en la descripción de los archivos y en el extracto del casete escuchado por su amigo; cuando terminó, los dos habían agotado sus respectivos tragos. Ahora fue ella quien se paró a servir la segunda ronda.

—Es brutal lo que me estás diciendo. No sé si admirar o despreciar lo que hacía Dosantos, pero no puedo negar que es extraordinario. Podríamos tener una bomba, Tomás.

—Eso fue lo que le dije a Mario. Sin embargo, primero tenemos que decantar el contenido: no vaya a ser que nos llevemos un chasco y en el resto de las cintas nos encontremos sus versiones karaoke de José Alfredo Jiménez. En uno de sus obituarios leí que pretendió cantar en alguna de sus películas; nunca la dejaron.

—De acuerdo. El problema es dónde metemos eso para poder examinarlo sin despertar sospechas. Todo indica que nadie conoce la existencia del archivo; de ser así, ya habrían ido por él. Pero podríamos perder esa ventaja si nosotros mismos llamamos la atención yendo a consultarlo.

—En ninguna de nuestras casas estaría seguro, y tampoco puede ser un lugar distinto a los que solemos acudir. Nuestras idas y venidas nos delatarían.

—Mi oficina —propuso Amelia—. En el partido tengo una caja fuerte cuya combinación cambié en cuanto puse el primer pie en ella. Ustedes pueden pasar sin despertar mayores sospechas pues son amigos personales y durante el día alguien de confianza puede trabajar en la transcripción del audio.

—Son dos maletas, ¿crees que quepa todo el material?

—Por eso no te preocupes, la caja fuerte es enorme. Hasta donde sé fue adquirida para guardar el efectivo de las donaciones para las campañas en momentos electorales —añadió ella, entrecomillando con los dedos al pronunciar la palabra *donaciones.*

—¿Y tienes a alguien de confianza? El material puede ser explosivo o de muy mal gusto, incluso peligroso para quien lo escuche.

—Alicia está conmigo desde hace quince años; es leal e incorruptible, despreocúpate. Puede hacerlo en mi oficina, con audífonos: quien la vea asumirá que transcribe notas mías o prepara algún proyecto.

—Me gusta. Podemos caer en tu oficina alguna de las noches para evaluar lo encontrado; total, quien nos esté vigilando ya sabrá que hemos comenzado a vernos de nuevo.

—Dame el domicilio de Raúl y una nota de tu parte diciendo que recogen las maletas por instrucciones de Mario. Alejandro, mi chofer, puede ir por ellas mañana temprano.

—¿Y no se verá absurdo que entres con dos maletas de viaje tamaño transatlántico a tu oficina?

—Alejandro puede meter una parte de los fólderes en la caja de una impresora grande que acabo de comprar para la casa; el resto podemos meterlo entre Alicia, él y yo, haciendo viajes a la cajuela del auto con cualquier pretexto. Salimos con fólderes vacíos y entramos con fólderes llenos. No tendremos problemas.

El procedimiento descrito por Amelia dejó satisfechos a ambos, lo cual les permitió enfocarse en el tema mucho más atractivo de especular sobre el origen del archivo y el posible manejo político de su contenido. Concluyeron que con lo que sabían era imposible discernir si Pamela hacía esos reportes para alguien o los grababa para sí misma, fuese con propósitos de autoprotección o por mero espíritu amanuense. Jugaron con la posibilidad de que hubiese espiado por indicaciones de Salazar, pero los acontecimientos descritos en el primer archivo examinado, las compras fraudulentas de helicópteros, correspondían a un periodo previo a su amorío con el ahora secretario. Por lo demás, resultaba inverosímil que Salazar hubiese consentido que Pamela fuera amante de otros, así fuera para extraer secretos de rivales y colegas.

Tampoco avanzaron mucho en el tema de la explotación política de los escándalos que pudiesen albergar los archivos de Dosantos: fantasearon con la posibilidad de que varios miembros del gabinete fuesen evidenciados en esos casetes y el *tsunami* que eso podría representar para el futuro administrativo del país. Ya iban por la tercera ronda de bebidas y los dos se habían excitado con la conversación: hacía años que Tomás había perdido todo entusiasmo por la política; sin embargo, ahora se visualizaba como un protagonista, capaz de sacudir al sistema con una oleada de revelaciones que purgaran las cloacas del poder de las elites. Pensó que algunos de los casos incluso podrían ser ventilados en su propia columna.

Amelia también transpiraba con la plática. Bien manejadas, algunas de las infidencias podían convertirse en factores de presión para impulsar una agenda más favorable a las causas que ella defendía y que la habían llevado a participar en la vida pública.

Tomás notó su propia erección y asumió que la libido nunca había abandonado su conversación, después de todo. Tampoco la de ella, a juzgar por los pezones en punta que se advertían a través de la camiseta blanca de tirantes; aunque sus senos no eran grandes, estaban bien formados y los coronaban areolas particularmente oscuras. Él se puso de pie, caminó al sillón donde ella se encontraba y se inclinó para besarla. No llegaron a la recámara; terminaron intercambiando posiciones en la alfombra de la sala.

Dos horas más tarde, Tomás yacía en su propia cama, preguntándose adónde conducirían esos encuentros azarosos con Amelia que parecían tomarlos por asalto y con una especie de sorpresa fingida por parte de ambos. ¿Obedecería esto a la complicidad momentánea y la adrenalina compartida por los riesgos que estaban corriendo? ¿Tenía algo de fondo o solo era una coyuntura propicia para apoyarse uno al otro de manera temporal? ¿O de plano eran los prolegómenos de la relación de pareja que anticipaban en la niñez y finalmente confirmaban? Sumido en sus cavilaciones, Tomás tardó largo rato en encontrar el sueño; mientras tanto, Amelia dormía con una profundidad que no había experimentado en meses. Pero el trance hipnótico en que se encontraba ella y la duermevela que por fin consiguió él, fueron interrumpidos poco después de las dos de la mañana por una llamada desesperada de Mario.

Domingo 1 de diciembre, 9 p. m.

Vidal

Las enfrijoladas de Micaela, la cocinera de la residencia de los Alcántara, eran legendarias. Sin importar cuántas veces las hubiera comido en los últimos meses, no podía olvidarlas; tampoco a Marina, la hermana de su amigo, una joven mucho más madura y desenvuelta de lo que sus veintiún años podrían suponer. Olga no estaba muy complacida con que su hijo se quedara toda la noche en casa ajena, pero Vidal insistió en que necesitaban una última sesión maratónica para terminar la primera versión de *Piarañas*.

A las nueve de la noche los tres amigos intercambiaban el resultado de sus pesquisas sobre Pamela Dosantos. Un cedé de Led Zeppelin atronaba en las poderosas bocinas que Nicolás tenía en el ático que hacía las veces de estudio de trabajo; Vidal los había introducido al gusto por el rock clásico, veinte años anterior al nacimiento de cualquiera de ellos.

En los últimos días habían agotado todos los archivos y sitios de internet que podrían contener información sobre las familias Serrano-Plascencia y sus ramificaciones. La lista de cinco parientes vinculados al narco se había reducido a dos, no porque los otros fueran descartados sino por la poca monta de sus operaciones. Nicolás estaba obsesionado con el caso de Joaquín Plascencia Figueroa, primo hermano de

Pamela y exitoso restaurantero y hotelero. Durante los últimos dos días el joven pasó largas horas dedicado a recuperar todo rastro digital de la existencia del empresario, lo fascinaban su discreción y su crecimiento vertiginoso. Sus negocios no eran llamativos o elegantes: cadenas de franquicias de comida rápida, tintorerías, cafeterías, neverías, tiendas de pinturas, ferreterías, hoteles de medio pelo y más recientemente pequeños centros comerciales para suburbios en distintas ciudades. Ninguna era famosa, pero de cada una tenía docenas de establecimientos en todo el país.

Nicolás notó la creciente presencia de Joaquín Plascencia en las mesas directivas de diversas asociaciones de crédito en los últimos años. El joven consultó con su hermana, quien estudiaba Administración en el ITAM, sobre el papel de estas financieras populares, y concluyó que el hombre no solo había logrado blanquear cantidades ingentes de dinero sino que estaba reproduciendo aquello con mucho éxito en el mercado crediticio. Marina le explicó que la penetración de la banca comercial en la sociedad mexicana era una de las más bajas del mundo occidental, con apenas veintidós por ciento. Esto significaba que la población y la pequeña empresa carecían de acceso al crédito para el consumo y la inversión; para llenar ese vacío, en los últimos años proliferaron todo tipo de instituciones dedicadas al microcrédito, por lo general establecimientos que exigían menos garantías y operaban con altas tasas de interés. Joaquín Plascencia había logrado convertir el dinero sucio de las drogas en crédito popular para cientos de miles de mexicanos.

Nicolás intentaba transmitir a sus amigos lo que sus escasos conocimientos de economía y las explicaciones de su hermana le permitían comprender; intuía que el primo de Pamela era un hombre más importante de lo que parecía.

Vidal, con dos años más de edad, comenzó a entender que el empresario era una pieza importante, quizá vital, en el engranaje financiero del Cártel de Sinaloa. Los tres festejaron la calidad de la información encontrada: a la excitación del hallazgo se mezclaba el cosquilleo en el vientre que les provocaba saberse poseedores de una información prohibida y peligrosa.

—Creo que nos hemos ganado esas enfrijoladas, ¿no creen? —preguntó Vidal.

—Tas cabrón, apenas estoy digiriendo las pizzas —respondió Nicolás—. Déjame ver si ya vamos a cenar. A mi papá le gusta hacerlo temprano pero creo que Marina no ha llegado, voy a decirle a Micaela que nos sirva a nosotros.

—No te preocupes, güey, esperamos —dijo Vidal, quien prefería postergar su platillo favorito a cambio de compartirlo con la hermana de su amigo.

Nicolás disminuyó el volumen del aparato de música cuando abrió la puerta para salir. Vidal y Manuel aprovecharon su ausencia para compartir la información que había sobre Marina, que no era mucha; Manuel tenía la misma edad que Vidal, veinte años, y tampoco era ajeno a la belleza de la chica. A espaldas de su amigo se referían a él como «el cuñado».

Cuando Nicolás los vio, uno de ellos ya lo estaba encañonando; había descendido la escalera ensimismado, pero se paró en seco al ver a un pistolero que le marcó el alto. La escena que se desarrollaba en la sala de su casa era dramática: su padre estaba de pie frente a otros dos gatilleros y sangraba profusamente de una ceja, y su madre se hacía un ovillo en la alfombra, recargada contra un sillón. Alcanzó a ver el voluminoso cuerpo de Micaela desmadejado en el pasillo que conducía a la cocina; no había sangre a su alrededor, pero no se movía.

—Qué bueno que bajas, hijo, apenas iba por ti —dijo el hombre que lo encañonaba—. Ven a la sala.

Nicolás se acercó al grupo, y siguiendo una indicación del hombre alto que apuntaba el arma contra su padre tomó asiento en el sillón sobre el que se apoyaba la espalda de su madre, acuclillada en el piso.

—¿Hay alguien más en la casa? —preguntó el hombre alto a Nicolás.

Negó con la cabeza, incapaz de pronunciar palabra; la palidez de su rostro acentuaba sus rasgos infantiles y lo hacían parecer mucho más joven que sus dieciocho años. El hombre atendió al gesto aunque con un movimiento de la testa indicó al primer pistolero que revisara las habitaciones superiores. Luego regresó su atención al padre de Nicolás.

—Te lo pregunto una vez más, ¿por qué investigas a Joaquín Plascencia? —dijo en tono impaciente y perentorio. El acento norteño y su ropa *sport* de marcas llamativas dejaban pocas dudas sobre su origen al menos a Nicolás, quien súbitamente entendió el motivo de la visita.

—No sé de quién me habla. Nunca había oído ese nombre, señor; todo debe ser una confusión —respondió Eliseo Alcántara. El padre de Nicolás, un hombre de alrededor de cincuenta años, era la imagen típica de su oficio de contador: calvo, de complexión enjuta y mirada huidiza detrás de gruesos lentes de carey. Se había enriquecido gracias al prestigiado despacho de auditores que fundó veinticinco años antes, al que convirtió en una de las principales firmas del país.

—No te hagas pendejo, ya vimos a qué te dedicas. ¿Para quién lo estás investigando? ¿Por qué solo lo haces desde esta casa y no en tu oficina? ¿Para quién trabajas?

—¿Desde esta casa? —respondió Alcántara verdaderamente confundido.

El hombre que lo interrogaba lanzó un suspiro de frustración. Volteó a ver a la mujer sentada en el piso y luego a Nicolás; este evaluaba las consecuencias de intervenir en el interrogatorio y aclarar las cosas. Se animó pensando que en realidad lo que habían descubierto se encontraba en bases de datos disponibles, o casi disponibles; les diría que simplemente era un fan de Pamela Dosantos.

Nicolás recibió el primer tiro en el pómulo derecho, el segundo apenas debajo del ojo izquierdo. Su cabeza se catapultó hacia atrás por el impacto de los disparos y su cuerpo se convulsionó durante unos instantes: falleció antes de que se apagara el grito de la madre.

—Solo para que veas que no estamos jugando. A tu mujer la desollaremos viva hasta que nos digas lo que buscamos: tú dices, contadorcito.

Al oír el estruendo, el hombre que revisaba las habitaciones de arriba acudió al corredor para ver si se le necesitaba; avisó a su jefe de la existencia de una habitación de mujer y se dio la vuelta para proseguir su investigación.

Vidal y Manuel escucharon los dos disparos desde el tercer piso, a pesar de la música que salía de los altoparlantes. Vidal se acercó a la puerta de la habitación que Nicolás había dejado abierta y observó en el piso intermedio que un hombre pistola en mano gritaba algo a quienes se encontraban abajo; alcanzó a ocultarse antes de que el sujeto girara la cabeza en su dirección.

Vidal cruzó el índice sobre sus labios para pedir silencio a Manuel y amortiguando el ruido de sus pasos se dirigió a él; el requinto expansivo de Led Zeppelin disimulaba cualquier ruido que produjeran sus pisadas, pero de igual forma impedía detectar si el hombre de la pistola subía por las escaleras al tercer piso.

Explicó a Manuel brevemente al oído lo que había visto

y lo jaló hacia la única ventana de la habitación. La construcción de tipo inglés, con techo de dos aguas, les permitió trepar al techo; la superficie inclinada dificultaba el desplazamiento de los dos chicos que intentaban alejarse de la ventana. Con un gesto de confusión Manuel siguió a su amigo mientras este movía la mano como si botase un balón imaginario para indicarle que redujera el sonido que provocaban sus pasos sobre el tejado. Vidal tenía puesta la mirada en el robusto tiro de chimenea que sobresalía en las alturas, único objeto capaz de ocultarlos de su perseguidor o de la vista desde la calle; observó una camioneta gris afuera de la mansión y la tenue brasa de un cigarro encendido.

Mientras tanto, el hombre había terminado de revisar el segundo piso y subía la escalera hacia el tercero, entró en el estudio y apagó el aparato de música. Vidal congeló sus movimientos y los de su acompañante: sabía que cualquier deslizamiento sobre el techo sería escuchado por el tipo que se encontraba dos metros abajo. Se habían paralizado a pocos pasos de distancia de la chimenea y Vidal temía que quien aguardaba en la camioneta alzara la vista y los descubriera.

Trascurrieron treinta segundos que a Vidal le parecieron eternos hasta que escuchó una voz lejana y tajante. No pudo discernir el significado aunque inmediatamente volvió a escuchar la música: supuso que los de abajo habían ordenado la reanudación de Led Zeppelin, y no quiso imaginar qué ruidos necesitaban acallar en la primera planta de la casa. No obstante, eso les permitió alcanzar la chimenea antes de que, en efecto, Vidal advirtiera la sombra de una cabeza que se perfiló contra las estrellas en una torsión exagerada. El joven agradeció a los astros que se tratase de una noche de luna menguante porque el promontorio de la chimenea resultaba insuficiente para ocultar los dos cuerpos, aunque la luz del farol de la calle bañaba apenas el techo de dos aguas y la complicidad de los grandes árboles de la calle hacía a los jóvenes invisibles a la mirada del hombre que los buscaba.

Mientras tanto, los dos que se encontraban en el primer piso casi habían terminado su trabajo. La madre de Nicolás yacía inerte y semidesnuda en medio de un charco de sangre alimentado por las múltiples heridas que como muescas cruzaban su cuerpo; la mordaza que cubría su boca no parecía ya cumplir función alguna. Eliseo Alcántara estaba de rodillas y miraba con ojos desorbitados los cuerpos de su familia: hacía rato que había dejado de entender o escuchar las preguntas de su victimario.

—Este no tiene puta idea de nada —dijo el jefe de ellos y al terminar la frase le descerrajó un tiro en la sien. El cuerpo de Alcántara se deslizó al suelo sin un quejido.

—¿Y si no fueron estos, quién anduvo navegando desde aquí? —preguntó el acompañante del asesino—. ¿Algún vecino que se haya robado la señal?

—Deja ver —dijo el otro y tecleó en su celular para probar la red Wi-Fi de la casa—. No lo creo, me está pidiendo un *password* para conectarme.

—¿Y la hija? ¿No será ella?

—Dile a Alfredo que revise su cuarto y encienda la computadora. Él es el que sabe de eso.

El hombre se dirigió a la escalera para cumplir la orden, pero el tercero ya venía bajando.

—Te escuché —afirmó mientras contemplaba los tres cadáveres regados en la sala—. Creo que te equivocaste de ejecutado. El buki al que le disparaste en la cara tiene instaladas arriba tres pantallas de última tecnología; en una de ellas hay una larga lista con las propiedades de Plascencia. En la recámara de la hermana solo hallé esta *laptop*, no creo que vayamos encontrar mucho en ella.

—Puta madre. Ya la cagamos —dijo el jefe.

Alfredo lo miró con la ceja levantada. No parecía coincidir con su apreciación; en todo caso, no quería incluirse en la conjugación en plural que el otro utilizó. Pese a todo, vino en su auxilio.

—Lo único que queda es llevarse los equipos de arriba y ver correos electrónicos y archivos que nos indiquen para quién o con quién trabajaba el mocoso.

—Oigan, ¿y no quieren que esperemos a la hija? —propuso el tercero mientras miraba con codicia una foto enmarcada de Marina.

—Vámonos, ya fue suficiente desmadre —ordenó el jefe—. Vayan por los equipos.

Desde donde se encontraban, Vidal y Manuel vieron partir la camioneta, aunque decidieron esperar otros cuarenta minutos antes de animarse a descender y asomar la cabeza por la ventana. Hubieran deseado alertar de inmediato a la policía, pero ambos habían dejado sus teléfonos celulares en el estudio de Nicolás: Manuel al lado de un teclado, Vidal en el sofá cama donde iban a dormir.

Notaron de inmediato que faltaban las tres grandes computadoras y el teléfono de Manuel; Vidal encontró el suyo disimulado entre los dos pesados cojines del sofá. Los dos saltaron de sorpresa cuando la larga lista de reproducción de rock clásico en el iPod llegó a su fin y provocó un extraño silencio: Vidal volvió a alarmarse y manoteó a Manuel para que dejara de moverse. Aguardaron varios minutos atentos y callados, tratando de percibir cualquier ruido procedente de los dos pisos inferiores. Finalmente, se convencieron de que estaban solos.

Vidal llamó a su padre desde el celular y le sorprendió encontrarlo aún despierto; le dijo que habían asaltado la casa de su amigo y que escucharon balazos en la planta inferior. Mario le hizo preguntas rápidas y nerviosas sobre la identidad de los atacantes y los alcances de su agresión; sin embargo, Vidal dejó de ponerle atención: un grito agudo y desgarrado estremeció a los dos jóvenes. Sin pensarlo, Vidal corrió por las escaleras hasta llegar a la planta baja: Marina contemplaba desde la puerta de entrada, abierta de par en par, la sala de su casa.

Lunes 2 de diciembre, 7.14 a. m.

Vidal y Jaime

Olga preguntó por segunda ocasión a Tomás y a Amelia si ellos sabían algo más de la tragedia que tuvo lugar unas horas antes en casa de los Alcántara. De nuevo respondieron negativamente, pero algo en la manera en que ambos sumergían la vista en la taza de café que sostenían en las manos despertó las suspicacias de la mujer.

Eran las 7.14 de la mañana y los tres estaban sentados en la mesa de la cocina de los Crespo en espera de que Mario y Jaime regresaran con Vidal de la Procuraduría. Los judiciales que llegaron al lugar de la matanza se habían llevado al chico para tomarle las primeras declaraciones; media hora antes Mario llamó a su casa para informar que estaban a punto de terminar las primeras averiguaciones y que en breve regresarían. Al parecer Jaime había logrado agilizar los trámites gracias a sus contactos con funcionarios de la institución.

—Los primeros indicios hacen suponer que se trata de algún tipo de venganza en contra del padre de Nicolás —dijo Amelia—. Si es así, la presencia de Vidal simplemente es accidental y no correría ningún riesgo, Olga.

Amelia había hablado a las 6.20 de la mañana con el procurador del Distrito Federal, miembro de su partido, y le pidió mantenerla informada. Minutos más tarde se comunicó con ella el director de la policía metropolitana

275

para darle el primer reporte. Mario había hablado con Tomás otras dos veces, además de la llamada para despertarlo, y le transmitió algunos datos de la escena que presenció en casa de los Alcántara.

Mario había recibido la llamada de auxilio de Vidal a las 11.55 de la noche anterior. En ese instante pidió a su hijo que saliera de la casa de Nicolás, pero el chico se negó a abandonar a Marina, quien se encontraba en estado de *shock*, por lo que decidió usar su propio auto para trasladarse al domicilio que le indicara Vidal. Desde la Condesa, a esa hora, hizo doce minutos, los cuales consumió llamando a la policía y luego a Jaime.

Encontró a Vidal sorprendentemente calmado; lo atribuyó al hecho de que abrazaba a Marina y le susurraba palabras de consuelo al oído. Los dos jóvenes estaban acuclillados en el piso, al lado de la puerta de entrada, apoyados contra la pared. La chica tenía la pintura de los ojos corrida y la mirada clavada en la foto familiar que proyectaba la pantalla del celular que sostenía con ambas manos.

Mario ayudó a los dos a ponerse de pie y los condujo a lo que supuso que era la puerta que comunicaba con la cocina; apenas se estaban sentando alrededor de la mesa que fungía como desayunador cuando escuchó la sirena de una patrulla que arribaba a la casa. Siguiendo las instrucciones que le transmitiera Jaime por teléfono, indicó brevemente a Vidal que atestiguara que no había visto ni oído nada. Lo más conveniente habría sido decir a la policía que ambos, la joven y su hijo, acababan de llegar a la casa; no obstante, el estado emocional de ella hacía poco confiable que recordara alguna instrucción. Vidal asintió, con la mirada todavía prendida en Marina.

Al abrirse la puerta de la cocina, Mario se incorporó de la mesa esperando ver a un policía uniformado, pero fue

Jaime quien irrumpió seguido de dos hombres que parecían ser sus acompañantes; recordó que Jaime vivía en las Lomas, a pocas cuadras de distancia. Su amigo repitió a Vidal las instrucciones, se aseguró de que el joven lo escuchara y luego se dio vuelta para encarar a los policías que entraban en la residencia.

En realidad eran tres las patrullas que acudieron al lugar. Las Lomas es la colonia tradicional de la clase alta capitalina, asiento de embajadas y de grandes residencias de fachadas aristocráticas. La policía del Distrito Federal tenía un mecanismo de respuesta rápida en esa zona, lo cual explicaba la presencia de los uniformados apenas ocho minutos después de haber validado la llamada de auxilio por parte de Mario.

Jaime conferenció brevemente con el patrullero de mayor rango, aunque unos minutos más tarde se apersonó un oficial de la zona, con quien dialogó un buen rato. Quería asegurarse de que los patrulleros no alertasen a los reporteros de nota roja o transmitieran por sus radios la información sobre el asesinato, por lo menos hasta determinar si el asunto tenía que ver con el crimen organizado y para evitar que el nombre de Vidal apareciera en el expediente judicial. Jaime era conocido ampliamente entre los cuadros policiacos pues durante el sexenio anterior había sido durante dos años director del Cisen, el organismo responsable de la inteligencia del gobierno mexicano, y otros dos años encabezó la Siedo, la oficina especializada en el combate al crimen organizado. Los oficiales no sabían bien a bien qué autoridad tenía en este momento, aunque entendían lo suficiente para ubicarlo en las alturas de la jerarquía policiaca.

El detective a cargo del operativo resultó un hueso duro de roer. Aceptó la solicitud de Jaime de mantener el incidente al margen de los medios, aunque ambos sabían que tan pronto llegasen los forenses a estudiar la escena del crimen, por no hablar de las ambulancias que recogerían los cadáveres, el cerco informativo se habría roto. El personal de estas áreas solía complementar sus ingresos con comisiones recibidas a cambio de filtrar información a los reporteros de la fuente. La mera instrucción por radio para que acudieran al lugar sería detectada por los periodistas, quienes manejaban las claves con más fluidez que muchos miembros del personal policiaco, y un domicilio de las Lomas era demasiado llamativo para que pasara inadvertido.

No obstante, el detective accedió a esperar media hora antes de convocar a sus colegas. Sin embargo, no quería demorar mucho más el interrogatorio a las personas que se encontraban en la cocina: sabía que los primeros instantes eran vitales para recabar testimonios. Reconocía la importancia de Jaime, pero sabía que se jugaría su carrera si el muerto resultaba ser alguien con amigos poderosos, ¿y quién no los tenía en las Lomas?

—¿Quiénes están en esa habitación? —preguntó el detective, señalando la puerta de la cocina—. Si no juega derecho conmigo, no puedo colaborar con usted —el hombre miraba con recelo a los dos guardias que Jaime había apostado en la puerta.

—La hija de la familia, un joven amigo de ella y el padre de él, quien acaba de llegar.

—Necesito hablar con los jóvenes. ¿Sabe si estuvieron presentes durante los hechos?

Jaime habría deseado informarle que también Vidal y Marina acababan de llegar, pero no conocía los detalles y era imposible confiar en el testimonio de la joven.

Finalmente lo convenció de que iniciaran los interrogatorios en la camioneta negra en la que Jaime había llegado. La enorme mansión estaba circundada por un camino de grava que permitía el paso de los vehículos; su chofer aproximó el auto a la parte trasera de la casa y sacaron a los dos chicos por la puerta de servicio de la cocina. El detective y Jaime ocuparon los asientos delanteros y los dos jóvenes el trasero. Jaime se aseguró de que nadie más detectara la presencia de Vidal.

Para entonces ella había comenzado a hablar; de hecho, no paraba de hacerlo. Estaba saliendo del *shock* inicial y entraba en una fase de estrés postraumático.

—Tengo que tomar agua con azúcar porque siento que se me bajó la presión; qué bueno que llegaste, porque no sé qué habría hecho si hubiera estado sola. ¿Crees que Micaela me pueda preparar un té caliente? Siento mucho frío —Marina se dirigía a Vidal y al parecer ignoraba que Micaela yacía en el pasillo, muerta por asfixia.

Para fortuna de Vidal, la verborrea de la joven llevó al detective a interrogarla primero a ella.

—Ahora te pido una cobija. ¿Cuál es tu nombre, hija?

—Marina, señor; Marina Alcántara. Sí está haciendo frío, ¿verdad? ¿O solo soy yo?

—Yo también tengo frío, Marina; ya estoy poniendo la calefacción. A media tarde estaba sudando, no me imaginé que iba a refrescar tanto por la noche. ¿No sentiste calor en la tarde, Marina?

—Sí, es cierto, estaba muy soleado —dijo ella de manera distraída.

—En mi oficina pega durísimo después de comer. ¿Y tú que hacías en la tarde?

—Estaba en casa de una amiga preparando un examen y luego nos pusimos a bajar música, pero en su cuarto no hacía calor.

—¿Y no te dio frío cuando saliste de su casa? ¿Era tarde?

Jaime apreció el oficio del detective. La joven se había refugiado en la charla insustancial y a ella recurrió el policía para captar su atención; poco a poco la conducía al momento de los acontecimientos.

—No, apenas iban a dar las once cuando salí de casa de Susana, aunque sí sentí frío porque me fui desabrigada. También en mi carro traigo calefacción.

—Es una bendición, ¿cierto? Ya se siente el calorcito. ¿Ya te llegó?

—Sí —dijo ella frotándose los brazos.

—¿Y cuando llegaste a tu casa te topaste con alguien?

—No, todo estaba muy callado. Entré corriendo para alcanzar a cenar con ellos, y… —Marina hizo una pausa, un rictus de dolor cruzó su rostro. Tragó saliva e intentó sobreponerse—. Luego me senté y el amigo de Nicolás entró y me abrazó.

La mención de Nicolás al parecer invocó la imagen del hermano muerto. Marina se llevó las manos a la cara, soltó el llanto y se dobló hasta apoyar la cabeza en las rodillas. Lloró durante varios minutos mientras Vidal pasaba la mano sobre su espalda; el detective miró a Jaime y este negó con la cabeza para indicarle que no tenía sentido proseguir el interrogatorio por el momento. El detective aún no se había rendido.

—¿Y tú cómo te llamas? —el tono con el que inquirió a Vidal contrastó notoriamente con la actitud relajada y cariñosa que utilizó con la joven. Jaime percibió que la intención del policía era provocar miedo en el chico.

—Me llamo Vidal Crespo.

—¿Y qué hacías allí? ¿Cómo te salvaste de los balazos? —espetó el detective, quien parecía reclamarle el hecho de que no estuviera muerto.

—Soy amigo de Nicolás. Yo estaba en mi casa hablando con él por teléfono cuando me dijo que escuchó ruidos raros abajo, me aseguró que me llamaría más tarde y colgó.

Como no lo hizo, le llamé dos veces a su celular y luego a su casa.

—¿Por qué dices que estaba arriba? ¿Cómo lo sabes?

—Porque me pidió que oyera por el teléfono una rola de Led Zeppelin, tiene unas bocinas increíbles en su estudio.

—¿Vienes mucho a esta casa?

—Los sábados casi siempre, a ver juegos en la compu y eso.

—¿Y cómo apareciste esta noche aquí? ¿En domingo?

—Pues como no respondía comencé a preocuparme, así que decidí darme una vuelta. Cuando llegué, la puerta estaba abierta y escuché a Marina llorar, la abracé y creí que le había pasado algo, pero al levantar la cabeza vi lo que había en la sala.

—¿Cómo, viniste desde tu casa nada más porque estabas preocupado? ¿Dónde vives?

—En la colonia Condesa; se me antojó pasear en mi bicicleta y aproveché para ver qué había pasado con Nicolás. Allí la tengo estacionada, en la cochera.

—¿Hasta acá?

—Bueno, las enfrijoladas de Micaela son buenísimas.

Jaime no pudo evitar una sonrisa. No tenía idea de si Vidal decía la verdad, aunque admiró el aplomo del muchacho.

—Déjame ver tu celular.

—No lo traigo, con la preocupación lo dejé al salir de mi casa.

El detective dudó mucho de esto último: sus hijos adolescentes eran la constatación universal de que los jóvenes olvidarían sus zapatos antes que su celular cuando salían de casa. Trató de adivinar en la oscuridad si se apreciaba algún bulto en los bolsillos del pantalón de Vidal, pero la luz que proyectaba el farol del jardín apenas permitía adivinar las piernas del joven.

—Sal del vehículo —dijo, perentorio.

Jaime decidió que era el momento de intervenir.

—Ya estuvo bueno. Los dos chicos han colaborado y son menores de edad —Jaime sabía que no lo eran, aunque le pareció un buen argumento—, dejémoslos un rato; ella necesita un poco de tranquilidad. Habría que ver qué arroja la primera inspección de la escena, revisar si las habitaciones de arriba fueron desvalijadas.

El detective seguía dudando; no obstante, al final hizo un gesto afirmativo. Jaime pidió a Vidal que no se moviera del auto. Mario esperaba afuera del mismo sobándose la cadera; su amigo le hizo un guiño tranquilizante al pasar.

Jaime detuvo el paso del detective antes de que este reingresara a la casa por la puerta de servicio.

—No involucremos a Vidal en el expediente. Los que hicieron esto son profesionales: los cortes sobre la madre son de los que maximizan el dolor sin ser mortales, para alargar la tortura. Si los sicarios temen alguna infidencia pueden venir en contra del chico solo para asegurarse de su silencio, aunque el pobre no sepa nada. Citar a Marina es inevitable porque ella vive aquí, pero quedará asentado que llegó cuando todo había concluido. Para qué arriesgamos a alguien más.

—No sé, algo no me checa de su versión.

—Su versión me pareció absolutamente lógica. Al contrario, cualquier joven de su edad habría estado cagado de miedo y te hubiera dado una declaración plagada de incongruencias.

—El problema es que en la declaración de ella habrá constancia de que Vidal apareció en su casa.

—Ella no tiene idea de las horas, ni siquiera tiene claro si Vidal llegó con su papá o si llegaron antes que la policía. Déjamelo a mí.

—Hagamos algo: vamos a la Procuraduría, llevamos al chico y al padre simplemente como acompañantes de ella, y tú yo convencemos a mi jefe. Yo te apoyo.

—¿Quién es tu jefe?

—Ricardo Trejo.

—¿Y el jefe de tu jefe?

—Samuel Morfín.

—¿Sammy? —preguntó Jaime con una sonrisa—. Yo me encargo. Nos vamos cuando estés listo.

Lunes 2 de diciembre, 8.30 a. m.

Los Azules

Ni Jaime ni Mario lograron sacar a Vidal de su embotamiento durante el trayecto a casa: la falta de sueño y el sol de la mañana sumieron al joven en un estado semicatatónico. Mientras contemplaba sin ver las calles por las que pasaban, a su mente acudían retazos sin sentido de los gráficos sanguinolentos del programa *Piarañas*, del cuerpo de Nicolás tendido en el sofá, de la silueta del hombre que los buscó en el techo. Luego de responder con monosílabos a las preguntas de su padre y de Jaime, estos decidieron concederle un descanso.

Al llegar a casa Olga lo abrazó sin pronunciar palabra. Unos segundos más tarde el joven comenzó a sollozar, hundido el rostro en el pecho de su madre; los Azules contemplaron la escena en silencio. Los estremecimientos de Vidal cesaron luego de un rato, alzó la vista para ver a los amigos de su padre y se sentó a la mesa de la cocina. Comenzó a hablar.

Deshilvanado al principio y luego más fluido, explicó el alcance de sus investigaciones sobre Pamela Dosantos, la sesión de la noche anterior, el descubrimiento de Joaquín Plascencia, los ruidos que escucharon, la visión del hombre armado y su fuga al tejado. Al terminar, un largo silencio se instaló en la cocina de los Crespo. Olga se acercó de nuevo para acariciar los cabellos de su hijo, el resto de los presentes lo miró con atención.

—Te pedí que dejaras el tema —comenzó a decir Mario; Jaime lo atajó con un gesto.

—Hiciste lo correcto, Vidal. Esconderte y no haber mencionado a Manuel simplifica las cosas —dijo Jaime.

—Pero esos cabrones se llevaron las computadoras, podrán rastrearlo hasta esta casa, ¿no? —preguntó Mario, a medio camino entre el enojo y el temor.

—Se llevarían las de él —respondió Vidal—. Como me fui en la bici, preferí dejar mi *laptop*. De cualquier manera las máquinas de Nicolás son más rápidas.

—Pero de los correos electrónicos de Nicolás podrán deducir con quiénes estaba trabajando estos temas, ¿no? —insistió Mario.

—Eso aún no lo sabemos. Sin embargo, hay que actuar rápido: ¿intercambiaron entre ustedes correos o archivos sobre Pamela? —preguntó Jaime, dirigiéndose a Vidal.

El joven trató de concentrarse en la pregunta y se demoró en responder.

—Creo que no —dudó—. Me parece que todo fue por USB o por Torrent, tendría que revisar mi computadora.

—Déjalo. Mejor que lo haga un experto, ahora lo llamo —dijo Jaime.

—Necesitas descansar, Vidal —interrumpió Olga—. Ve a echarte un rato a la cama de mi cuarto, es el más tranquilo.

El joven asintió en silencio y con paso fatigado se dirigió a la escalera. La voz de la madre lo alcanzó.

—Ahora subo y te doy una pastilla para descansar —y añadió, volteando hacia el resto—: Y a ver cómo resuelven este desmadre en que lo metieron —dijo con irritación y abandonó la cocina.

Jaime tecleó algún mensaje en su celular y comentó que una mancuerna de técnicos venía en camino para revisar la computadora de Vidal. Mario intervino para señalar que se trataba de dos equipos, una *laptop* y una computadora fija de escritorio.

—Por la descripción que hace Vidal todo indica que se trata de sicarios, no de asaltantes. No se llevaron más que las computadoras, ¿cierto? —dijo Amelia dirigiéndose a Jaime; este afirmó con la cabeza.

—¿Habrá alguna relación con lo tuyo? Son dos ataques presumiblemente del Cártel de Sinaloa en menos de una semana. Parece demasiada coincidencia —afirmó Tomás.

—Es imposible que estén relacionados. Lo mío son viejas historias; lo de ellos fue una reacción en automático a la investigación que hacían sobre Joaquín Plascencia, quien al parecer resultó un pez gordo del blanqueo de la organización. Ellos tienen alarmas para detectar cuando algún curioso merodea en asuntos y personas que les son sensibles.

—¿Tú crees que Nicolás haya comentado algo sobre Vidal antes de que lo asesinaran? —preguntó Mario.

—No lo creo; los matones no se habrían retirado de la casa hasta encontrarlos. Todo indica que nunca se percataron de su presencia. Vidal afirma que los dos primeros disparos que escuchó se efectuaron inmediatamente después de que Nicolás bajó al primer piso: eso significa que no alcanzaron a interrogarlo.

—Tiene sentido —añadió Tomás—. Dices que el padre de Nicolás dirigía un despacho contable; probablemente creyeron que estaba investigando las finanzas de Plascencia por encargo de alguien.

—¿Creen que Joaquín Plascencia y Pamela Dosantos estuvieran relacionados en algo? Digo, además de ser primos hermanos —preguntó Mario, recordando súbitamente el archivo escondido en las dos maletas.

Tan pronto lo dijo, captó la mirada de censura que le

dirigió Tomás y recordó la decisión de no comunicar a Jaime la existencia de los expedientes.

—No veo cómo —intervino Amelia—; parece que se movían en dos esferas totalmente ajenas.

La llegada de los técnicos interrumpió la conversación: un hombre de mediana edad y elegante traje y un joven de *jeans* y camiseta del grupo Oasis se reportaron con Jaime. Ambos usaban lentes, caros y trasparentes el primero y gafas de gruesos aros el segundo; este último portaba en la espalda una voluminosa mochila. En conjunto ofrecían una imagen de eficacia y competencia. Jaime los instruyó unos minutos y Mario los llevó a la recámara de Vidal.

Sin la presencia de los miembros de la familia Crespo, Tomás, Jaime y Amelia se relajaron un poco. Se miraban entre sí, preguntándose qué otra cosa podría empeorar. Una semana antes los había reunido la preocupación por las reacciones a la columna de Tomás; hoy tal inquietud parecía una minucia. Desde entonces, los cuatro habían escapado por instantes a un intento de asesinato y Vidal estaba vivo de milagro.

—Menos mal que lograste quitar a Vidal del expediente, con todas las orejas que los narcos tienen en la Procuraduría, a estas horas ya sabrían que se les escapó uno —dijo Tomás mirando a Jaime.

—No olvidemos que eran dos —recordó Amelia—. Alguien tiene que hablar con el otro chico, no se vaya a ir de boca por allí y se jode todo.

—Tienes razón —respondió Jaime —, yo me encargo de localizarlo.

—¿Y qué hacemos con la familia? ¿Estarán a salvo? —dijo Amelia, alzando la vista hacia las habitaciones superiores.

—Ahora baja mi gente. Si Nicolás y Vidal no intercambiaron archivos sobre Joaquín Plascencia, seguramente no corren peligro; pero si lo hacían, vendrán por él. Tendríamos que sacarlos a todos hoy mismo.

—Carajo, a ver quién se lo dice a Olga —dijo Tomás.

Los tres se miraron entre sí y soltaron una carcajada involuntaria.

—Yo no —dijo Tomás—. Prefiero correr escaleras abajo en el Reina Victoria perseguido por pistoleros.

Los técnicos llamaron la atención de Jaime y los tres cuchichearon algunos minutos; Tomás y Amelia seguían desde lejos la conversación tratando de captar palabras sueltas y anticipar el veredicto. Finalmente, Jaime regresó con sus amigos.

—Todo bien —aseguró—. Hay muchos intercambios sobre un proyecto de juego digital, *Piarañas*, con bocetos y corridas de programación, pero nada sobre Pamela o Joaquín Plascencia. Vidal tiene razón, lo que compartieron sobre el tema lo hicieron por USB.

—Ellos tienen las computadoras de Nicolás: allí verán la intensidad con que se relacionaba con Vidal y el otro chico. ¿No vendrán contra ellos para investigar lo que sabían? —preguntó Amelia.

—Al parecer, Nicolás era compulsivo en las redes sociales, se comunicaba todo el día con una docena de amigos sobre otros temas. Los reflectores no estarán sobre Vidal, despreocúpense. Lo peor que puede suceder es que sus expertos vigilen durante algunos días las IP de todos ellos, por si acaso —dijo Jaime.

—Habría que asegurarnos de que Vidal y su amigo sigan tecleando como si nada; un silencio repentino podría generar sospechas, ¿no creen? —propuso Tomás.

—Es posible —respondió Amelia—, aunque lo normal sería que reaccionaran de alguna forma por el asesinato de su amigo.

—Dejemos que Vidal se reponga durante el día y que

en la noche se comunique por *e-mail* con Nicolás y el otro chico de manera casual, como si no supiese nada —propuso Jaime.

—¿Y qué sigue? ¿Tú cómo vas con el tema de las amenazas, sigues en peligro? —dijo Tomás dirigiéndose a Jaime.

—Estoy en eso, espero resolverlo en horas —respondió, y con intención de cambiar el tema agregó—: Te tengo malas noticias, Tomás.

—¿Más?

—Apareció el cadáver del abogado Coronel tirado a las afueras de Pachuca. El cuerpo mostraba un avanzado grado de descomposición, quizá de una semana, y le pintaron en el pecho la leyenda «Por bocón». Nunca sabremos quién le dio el tip sobre el baldío donde encontraron a Pamela ni por qué te escogió a ti para transmitirlo.

Tomás se estremeció con la noticia. Recordó la comida que compartieron días antes, la actitud triunfalista del abogado, sus camisas hechas a la medida y los zapatos italianos, el tono apremiante para amonestar a los meseros. Le costó trabajo imaginárselo semidesnudo en un maizal, convertido en alimento de hormigas y gusanos.

—Ya son demasiados muertos en este asunto, la madeja se está complicando mucho —dijo Mario, quien se había incorporado a la conversación.

—Demasiado —confirmó Amelia—. La muerte de Coronel pudo ser obra de la gente de Salazar. El ministro necesitaba averiguar quién estaba detrás del intento de relacionarlo con el asesinato de Pamela; no hay que perder de vista que alguien le pidió a Coronel que hablara con Tomás para destapar el escándalo. Seguramente Salazar era el más interesado en interrogar al abogado.

—O pudo ser asesinado por los que lo mandaron a hablar conmigo, para asegurarse de su silencio —aventuró Tomás.

El periodista se imaginó el rostro del «comandante» visto desde su disfraz del Doctor Simi, haciendo gestos mientras torturaba con saña a Coronel. Se preguntó si habrían llegado a hacer lo mismo con él, el día en que intentaron secuestrarlo.

—Cualquiera de las dos hipótesis es válida. Lo cierto es que nuestras líneas de investigación están llegando a callejones sin salida —dijo Jaime.

—Eso es un eufemismo. Yo diría que las están asesinando —respondió Amelia.

Tomás y Mario intercambiaron miradas de nuevo, pensando ambos en el potencial que ofrecía el archivo secreto de Pamela. Tomás, convencido de que tenían todavía un as bajo la manga; Mario, preocupado por Carmelita y preguntándose si no asesinarían también esa línea de investigación. Luego recordó, a su pesar, que ahora él y Amelia tenían el expediente y eran ellos quienes enfrentaban el riesgo de ser suprimidos igual que los otros cabos sueltos.

Como si intuyese algo, Jaime preguntó si había algún avance en los archivos de Plutarco. Mario aseguró que no había terminado y que hasta el momento no había surgido algo que tuviese valor para sus pesquisas. Amelia propuso que dejaran descansar a los Crespo y que en la noche intercambiaran novedades por los radioteléfonos. Jaime se retiró de inmediato y los tres amigos aprovecharon para comentar el tema de los expedientes.

—Hoy comenzará Alicia a transcribir los audios. Si quieren podemos vernos en la noche en mi oficina, a ver qué encontramos —dijo Amelia.

—Yo caigo por allá, aunque me parece que tú deberías quedarte hoy con tu familia. Instruye a Vidal para que envíe correos como si no hubiese pasado nada —dijo Tomás dirigiéndose a Mario.

—De acuerdo —respondió este, apesadumbrado por el recuerdo de Vidal y la escena en casa de los Alcántara; también sabía que le esperaba una tensa escena con Olga. Abrazó a sus amigos y los despidió en la puerta; Tomás y Amelia lo hicieron al pie de la camioneta de ella, él muy consciente de que su beso de despedida fue en la comisura de los labios, con la mano apoyada en su cintura.

Lunes 2 de diciembre, 9 p. m.

Jaime

El exgobernador de Sinaloa no se parecía en nada al de Veracruz, se lamentó Jaime. Una versión de Pedro Armendáriz de mirada severa y bigotes rotundos lo contemplaba desde una estatura extraña para un mexicano; la voz recia y grave de Agustín Zendejas tampoco inspiraba tranquilidad alguna.

Se encontraban en la casa de Roberto Hurías, un abogado famoso por llevar casos polémicos e importantes, quien se ofreció para facilitar el encuentro en un terreno imparcial y discreto, pero Jaime tenía motivos para estar nervioso. Cansino le había llamado en la mañana para avisarle que la entrevista había sido aceptada por Zendejas, aunque más tarde fue cancelada luego de que el exgobernador consultó a sus contactos del cártel; el estadounidense le comentó a Jaime que los de Culiacán no querían saber nada de él. Al final pudo convencerlos aunque para ello debió usar toda su autoridad como responsable de la DEA en México. A regañadientes, Zendejas aceptó al menos escuchar lo que Jaime tuviera que decir.

El mexicano asumió que accedieron por deferencia a Cansino y por el interés que tenían en que la DEA cejara en sus intentos de capturar o asesinar al Chapo; Jaime se daba por bien servido con que no aprovecharan la cita para ejecutarlo.

Zendejas no se anduvo con rodeos: rechazó el ofrecimiento de alguna bebida por parte de Hurías, y tan pronto como este se retiró para dejarlos solos, espetó a Jaime:

—¿Y qué es lo que tenía que decirme que era tan urgente?

—Antes que nada gracias por recibirme, gobernador.

—Tengo otro compromiso, ¿podríamos abreviar?

El vozarrón del sinaloense era intimidante; la mirada, fiera. Zendejas ni siquiera se había sentado, lo cual los obligaba a conversar de pie; la diferencia de estaturas acentuaba la fragilidad que Jaime experimentaba.

—Los señores de Culiacán intentan matarme, las razones no las conozco. Debe haber algún error.

—No sé qué quieran hacer con usted, lo que sí sé es que no lo quieren. Las razones las desconozco y no son de mi incumbencia.

—Tengo algo importante que ofrecerles para que dejen de odiarme. Tampoco pretendo que me quieran, me bastaría con que suspendan la orden de ejecución.

—Diga.

—Tengo el control de Veracruz. Mis hombres ocupan los puestos clave en la seguridad pública del estado, incluida la dirección de la policía estatal. Con mi ayuda el cártel puede desalojar a los Zetas de la zona. Sé que lo han estado intentando desde hace tiempo porque quieren romper la espina dorsal de sus rivales en el Golfo; también sé que no han podido.

Jaime notó el impacto que provocó su ofrecimiento. Los sinaloenses habían perdido algunos cuadros importantes en su lucha infructuosa por hacerse del control de Veracruz. El puerto fue escenario de varias balaceras con decenas de muertos en ambos lados, pero los Zetas mantenían el control de la plaza. El Chapo buscaba tener una salida al Golfo desde hacía varios años para acceder a la cocaína que se movía desde Colombia por el Caribe: al no conseguirlo tuvo que bajar hasta Guatemala, haciendo más largo y accidentado el trasiego de la droga. Veracruz le permitiría un acceso directo y una posición estratégica para extenderse a Puebla y al centro del país.

Zendejas lo sabía y entendía el valor que tendría para él convertirse en el mensajero y negociador de tan valioso trofeo. Por primera vez desde el inicio de la conversación, relajó el entrecejo y por fin decidió sentarse en la amplia sala del abogado Hurías.

—A ver, barájemela más despacio. Hasta ahora las autoridades locales han protegido a los del Golfo; ¿por qué habrían de cambiar de bando, cuánto costaría eso?

—El gobernador estará haciendo los cambios entre hoy y mañana; los puestos de procurador, seguridad pública del estado y jefe de la policía quedarán en manos de mi gente. Por supuesto que se llevarán las comisiones de rigor, pero ellos ayudarán a los sinaloenses a deshacerse de los cabecillas rivales y protegerán sus operaciones.

—¿Cuánto tiempo te llevaría comenzar el asunto? ¿Cómo lo arrancas?

—Toda la negociación se haría con Jorge Gutiérrez, el nuevo secretario de Seguridad Pública: con él arreglan las comisiones y la mecánica para comunicarse. La primera cita se haría aquí en México, supongo que esta casa puede ser el lugar para el siguiente encuentro.

—¿Cuándo?

—Cuatro o cinco días; sin embargo, lo de la ejecución lo suspenden hoy mismo.

—No te aseguro nada, aunque sé que de entrada podría sonarles interesante —dijo Zendejas en tono conciliador—. Ah qué Jaimito, ¿pues qué carajos les hiciste para que se te encabritaran tanto? —añadió el exgobernador.

—Ve tú a saber —respondió Jaime, por primera vez tuteando a Zendejas—. Todavía no me queda claro, pero en lo que averiguaba me iban a dejar frío.

—Oye, pues ahora sí hay que aceptarle un tequila al bueno de Hurías, ¿no crees? —Zendejas empezaba a mostrarse expansivo y hasta optimista. Jaime especuló sobre el regalo o las prebendas que podría obtener de parte del cártel, simplemente por haber sido el conducto de la negociación.

Una botella de tequila más tarde, los tres reían de buena gana y comentaban con nostalgia los tiempos en que los asuntos de la droga se ventilaban entre caballeros, las plazas se respetaban y la población ni se enteraba de los trasiegos; ocasionalmente un exabrupto policiaco o algún malentendido terminaba en las páginas de nota roja de los periódicos. Antes los vecinos aceptaban vivir al lado de un narco y los empresarios y comerciantes recibían de mil amores su dinero. Hoy todo el mundo les temía.

Jaime rara vez bebía más de una copa; no obstante, sentía que esta ocasión lo ameritaba. Apenas ahora se daba cuenta de la tensión que había arrastrado en los últimos días sabiéndose, literalmente, un condenado a muerte.

Se despidieron a medianoche. Hurías soportaba mal el alcohol y terminó neceando; por ningún motivo quería dejarlos ir. Había enviado a la familia a casa de su cuñado por el resto de la velada y sentía que cualquier cosa que se hubiese negociado en su mansión era un asunto que debía celebrarse.

—Ahorita encargo unas viejas —dijo como argumento categórico para retener a sus amigos.

—Ya nos vamos, compadre, aunque necesitaremos de tu hospitalidad dentro de unos días; entonces sí celebramos con unas güeras, ¿va? —dijo Zendejas—. Ahora dame un minuto para despedirme del amigo.

Hurías se alejó algunos metros y los otros dos se acercaron para hablar con discreción.

—Si aprueban el trato te mando un mensaje para que pases por las botellas de tequila que te gustaron y te indico la hora —acordó Zendejas e hizo una pausa—. Y si no lo aprueban, pues qué pinche desperdicio porque es muy sabroso beber contigo, Jaimito.

Zendejas le dio un abrazo y Jaime se lo devolvió agradecido.

—Ya habrá muchos encuentros de estos —respondió Jaime, tocando la puerta de madera a manera de conjuro.

—Oye, Jaime, a mí no me haces pendejo: no me pediste que preguntara a Sinaloa por qué te la traen jurada, así que no me vengas con que no lo sabes —dijo Zendejas en tono divertido, y con eso se marchó.

Lunes 2 de diciembre, 9.30 p. m.

Amelia y Tomás

Amelia tenía urgencia de que se marchara el hombre que ocupaba la silla frente a su escritorio en la oficina del partido: en cualquier momento llegaría Tomás para revisar juntos el material que Alicia había transcrito de los expedientes secretos de Pamela Dosantos.

Pero Juan José Mujica, secretario general del PRD, no parecía tener prisa. La manera desenfadada en que desparramaba en el asiento sus ciento diez kilos, treinta de ellos superfluos, indicaba que no pensaba irse en un buen rato. Su petición de una segunda taza de café acentuó la irritación de Amelia, y no obstante no podía precipitar el final de la conversación. Mujica pertenecía a la fracción moderada que dominara al PRD en los últimos años. Si él y sus correligionarios fracasaron en su intento de mantener el control en la dirección del partido se debía a un bloqueo de último momento por parte de Andrés Manuel López Obrador, el líder radical de la izquierda mexicana.

Amelia no pertenecía a ninguna corriente del PRD. Se había afiliado al partido tres años antes, cuando aceptó convertirse en diputada federal con el objeto de impulsar las causas que defendiera durante décadas en sus libros y luego con su activismo social: derechos humanos, feminismo, participación ciudadana. Sin embargo, sus encendidas intervenciones en la tribuna y su atractiva imagen pública la convirtieron en muy poco tiempo en una figura importante dentro del instituto político; en las elecciones internas, ocho meses antes, frente al empate de fuerzas entre las distintas tribus, recurrieron a ella por ser la única persona carismática que no generaba vetos de alguna de las partes.

Pero ahora que López Obrador había dejado al partido para fundar uno nuevo en torno a Morena, su organización social, llevándose con él a los radicales, los moderados creían que tenían la fuerza para recuperar la presidencia del PRD. Solo esperaban la coyuntura para hacer a un lado a Amelia: conocían la buena reputación de la activista y no querían cargar con la factura política de una separación traumática.

Amelia sabía todo esto y habría entregado la presidencia con gusto para regresar a sus actividades del pasado, aunque tampoco quería hacerlo en circunstancias desventajosas para ella o el partido. Mientras tanto, mantenía en su relación con Mujica un ambiente de calma chicha, en espera de que se desencadenara la predecible tormenta.

—¿Y qué hacemos con Morena? —preguntó él, sacándola de su ensimismamiento.

—Yo más bien me pregunto qué va a hacer Morena con nosotros. En este momento muchos creen que terminará siendo un partido más importante que el PRD —contestó ella.

—Quizá en el resto del territorio nacional, pero tenemos mucha fuerza en la Ciudad de México y esa es la posición más importante de la izquierda en el país.

—Ojalá. La presidencia se ha obsesionado con recuperar a toda costa la capital para el PRI en las elecciones de 2018, y está volcando recursos económicos y políticos para construir clientelas. Eso nos agarrará entre dos fuegos cruzados: el PRI desde el centro y Morena desde la izquierda radical. Nos van adelgazar por las dos puntas —dijo Amelia, a quien no se le escapó la ironía de hablar de adelgazamiento frente a la mole que contemplaban sus ojos.

—Yo espero que comience pronto el desencanto de la población con el regreso del PRI: prometieron más cosas de las que pueden cumplir, la gente no se chupa el dedo. Por lo demás, no deben tardar en surgir los nuevos escándalos de corrupción y abuso que siempre llegan con ellos.

Amelia pensó que quizá ya tenían documentados esos escándalos en los archivos guardados a su espalda, aunque para verlos necesitaba que Mujica parara de hablar y la dejara sola.

El hombre comenzó a decir algo, pero lo interrumpió una llamada de la recepción que anunciaba la llegada de Tomás; Amelia mencionó el nombre de su amigo y pidió que la esperara unos minutos. Para su sorpresa, Mujica se puso de pie con sorprendente agilidad y le dijo que los dejaba solos, aunque antes le agradaría ser presentado al columnista, un signo de lo mucho que había ascendido la estrella de Tomás en los últimos días.

Hechas las presentaciones, pasaron otros diez minutos antes de que Amelia y Tomás pudieran quedarse solos.

—Se ve que el PRD tiene de su lado a la masa —dijo Tomás viendo la enorme figura de Mujica alejarse por el pasillo.

—No seas malo —respondió Amelia luego de una breve carcajada—, creo que tiene un problema de tiroides.

—La ventaja de esta mancuerna con Mujica es que pareces supermodelo en todas las fotos oficiales en que aparecen juntos.

—No me queda claro si eso es un elogio o un insulto disfrazado.

—Pasemos a tu oficina y te muestro qué es —dijo él tomándola del brazo.

Amelia rio con ganas de nuevo; le gustaba más esta faceta ligera y coqueta de Tomás que los estados densos y taciturnos que en ocasiones exhibía frente a ella. Pero una vez acomodados en el sofá instalado justo a un costado del escritorio, el archivo de Pamela ocupó los pensamientos de ambos.

Sobre la mesa de centro se encontraba un fólder con una docena de páginas impresas a renglón seguido que Alicia había transcrito directamente de los casetes. Amelia comenzó a leer en voz alta.

—«Del archivo "No me amenaces": Los primeros tres meses con el senador Godínez de Michoacán fueron una pérdida de tiempo, por eso no había enviado un reporte. Pero hace quince días nos pasamos una semana en su rancho de Coahuyana entre Colima y Michoacán, en la sierra cerca de la playa, y salieron cosas interesantes; volamos directamente en su avioneta, pues tiene su propia pista de aterrizaje. Resulta que este hombre es cacique en serio. Antes había sido secretario de Gobierno en Michoacán. Como no viene tan seguido, citó aquí a gente y funcionarios, y toda la semana se la pasó haciendo negocios. Vinieron unos franceses que van a construir un *resort* enorme en la playa en una zona virgen y Godínez les va a conseguir ochenta hectáreas de terreno; le van a pagar cinco millones de dólares solo de comisión, a cambio debe ponerles la carretera. Su capataz tiene seis meses aterrorizando a unos y comprando a otros para arreglar el traspaso de las tierras ejidales. Al día siguiente llegaron unos burócratas de Morelia y les pagó ciento veinticinco mil dólares para asegurar que el gobierno estatal pavimente los ocho kilómetros de terracería que conectan a la playa con la carretera federal.

»También vino el presidente municipal de Coahuyana, que está como a media hora del rancho. Son socios en el monopolio del rastro en varios de los municipios de la costa y la sierra, y el abasto se hace solamente de la ganadería de Godínez; tiene miles de cabezas. Uno de los caporales me dijo que antes él tenía su ranchito ganadero, pero como no había modo de colocar en el mercado la carne de los animales, mejor acabó vendiéndole al patrón. Godínez dice que son más felices trabajando para él que haciendo la lucha por su lado.

»El senador es borrachísimo y muy fiestero. A los franceses les puso una buena; hasta yo terminé cantando con un mariachi que trajeron de Tecomán. Se iban al día siguiente y tuvieron que quedarse otro para quitarse la cruda. Dos de los extranjeros resultaron mariguanos y luego luego preguntaron si había algo de yerba para celebrar: Godínez nomás hizo un gesto y nos trajeron un saco repleto, dijo que venía de aquí arriba de la sierra. Yo le pregunté preocupada si no andaba metido en eso. Me dijo que la gente de Aquila, del cártel de La Familia Michoacana, ya les había caído a todos los rancheros. Aseguró que hasta le había convenido, porque muchos prefirieron vender la tierra y él compró muy barato. Le pregunté si a él no lo amenazaban y me dijo que entre socios no hay amenazas. Luego presumió que la yerba fumada por los franceses era de su cosecha, que iba a pedir denominación de origen pues le salía muy buena. Ya de regreso en México he decidido dejarlo porque se pone un poco brusco cuando se emborracha; ya me ha puesto un par de empujones. Pero creo que esto es lo más importante de sus negocios negros. Ah, es rival del presidente municipal de Morelia porque los dos compiten por la gubernatura dentro de dos años. Fin de casete.»

Amelia interrumpió la lectura, sonrió y meneó la cabeza.

—No lo puedo creer, esto es un tesoro. Me encanta su capacidad de observación y el tono con el que relata, se ve que el asunto le divertía. Es una lástima que no hayamos tratado a Pamela.

—Si la hubiéramos conocido podríamos haber acabado en un reporte de estos —dijo Tomás.

—Quizá tú, yo no. Hasta donde entiendo solo se metió con hombres, ¿no?

—Ya no me sorprendería nada de Pamela. En todo caso lo sabremos al final de todos los casetes.

—Oye, esto de Godínez debe ser de hace tiempo, porque nunca llegó a la gubernatura: creo que fue subsecretario de Turismo un par de años. Seguro que se dedicó a negociar con hoteleros por toda la costa del Pacífico —dijo Amelia.

—Lo que sí recuerdo es que a su rival a la gubernatura lo mataron en un restaurante de Uruapan, un tal Martínez. ¿Tú crees que se lo echaron para limpiarle la ruta a Godínez?

—Es muy probable si trabajaba con el cártel de La Familia. Menos mal que no llegó a Palacio de Gobierno en Morelia; quién sabe qué se le atravesó en el camino.

—Algo dice de un reporte al principio de la transcripción, ¿puedes revisar? —pidió Tomás.

—«Por eso no había enviado el reporte» —leyó Amelia, y miró a su amigo sorprendida—. ¡Cómo se nos había pasado por alto! Estábamos tan concentrados en el chisme que no escuché lo principal: ¡hacía las grabaciones para un tercero!

—Desde luego no estaban destinadas a convertirse en filtraciones a la prensa o al público, porque esos negocios turbios de Godínez nunca se supieron. ¿Tú crees que lo haría para algún político? ¿El mismo Salazar, antes de que se hicieran amantes o se supiera que lo eran? —aventuró Tomás.

—Pues hay el antecedente por allá en los sesenta de la vedette Irma Serrano, la Tigresa, quien años después confesó que había sido amante del presidente Díaz Ordaz y hasta presumía que le ofrecía más confidencias que su policía secreta. ¿Recuerdas?

—Cómo olvidarla: todos los adolescentes teníamos fantasías *non sanctas* con sus imágenes. Había una estatua de cuerpo entero y desnuda en el vestíbulo del Teatro de la Ciudad, no sé si aún exista; recuerdo que la primera vez que la vi esperé la tercera llamada para quedarme solo y poder tocarla.

—Prefiero no enterarme de los detalles —dijo Amelia un tanto distraída y agregó—: ¿Y qué tal si lo hacía para sus parientes?

—¿El Cártel de Sinaloa? No jodas, aparecen hasta en la sopa. ¿No nos estaremos obsesionando con el tema?

—Pues ve las molestias que se tomaron para cortar la investigación que los muchachos hacían sobre este Joaquín Plascencia. En una de esas decidieron ejecutar a su informante por alguna diferencia, no sé. Quizá eso explicaría el asesinato de la actriz.

—No lo veo tan claro, Pamela era su pariente. Aunque es cierto que en los últimos años sus códigos han cambiado; antes no tocaban a las mujeres o a miembros de la familia. Le voy a pedir a Mario que pregunte a Carmelita si detectó algún contacto de Pamela con sus paisanos de Sinaloa —dijo Tomás—. ¿Qué más hay?

—Por los saltos de página parece que aquí solo vienen otros tres casos además de Godínez. Obviamente los casetes no estaban llenos —dijo Amelia después de ojear el material. Luego retomó la lectura—: «Del archivo "Cuatro copas": Tardé mucho en encontrar un buen informante entre los banqueros, o son muy ancianos o se creen bordados en oro, pero ya he salido durante tres meses con Raúl Richter, un vicepresidente de Banco Credex. Estos no son como los políticos, que con tantito que les rasques sueltan la sopa, y para colmo Raúl no toma ni pierde el control. Bueno, hasta que salió del clóset; ya me sospechaba algo porque aunque le encanta salir conmigo casi no le interesa el sexo. Yo creí que era para presumirme en público, pero poco a poco me di cuenta de que le gustaba tenerme cerca: quiere ser como yo. Le encantan mis cosas, la ropa, el maquillaje, la corsetería.

»Al principio pensé que sería como algo fetichista: estaba más interesado en los objetos que en las cosas carnales. Sin embargo, en un fin de semana que nos fuimos a Nueva York, una tarde salí de compras y regresé al hotel antes de lo esperado: me lo encontré limpiándose el rímel y todavía con rastros de lápiz labial en la mejilla, como que se lo quitó apresurado; más tarde encontré mi ropa interior manchada de semen. Así que al día siguiente me quité la duda; como siempre traigo el aparatito, la hice yo de hombre en la cama y el pobre tipo por fin se destapó. Eso fue hace tres semanas, ahora ya le tengo su corsetería y le digo que nuestros encuentros son de cuatro copas: 34C las mías y 32A las de él.

»Desde que siente que soy su cómplice del alma ya me habla de todo. Dice que el verdadero negocio de su banco está en limpiar dinero y hacer a los socios préstamos disfrazados, algunos de los cuales el banco nunca va a recuperar. Aunque esta empresa es regional, mueve mucha lana. Él dice que hay dos tipos de lavado, el de los delincuentes y el de la gente de bien. De los primeros, ya saben a qué me refiero; el de los segundos es de empresarios y políticos que no quieren declarar al fisco ganancias y transferencias. El trabajo de Richter es convertir los billetes en depósitos legales. Para estas cosas se asocia con varias casas de empeño y con dos agencias de cambio de moneda. No entiendo muy bien la mecánica.

»Ya entrados en confianza, me dijo que su sueño es acostarse con un negro guapo, así que iremos a Miami y yo saldré a buscarle uno para traerlo al hotel. Si se arma el plan espero grabar un video sin que se dé cuenta; después de eso creo que habré de cortarme, porque este ya no me va a necesitar. Fin de casete. Nota: el fólder "Cuatro copas" incluye un devedé».

—Es un devedé que no pienso ver —concluyó Amelia.

—Ese no, pero ya me dio curiosidad ver los otros, me dijo Mario que hay tres o cuatro expedientes que incluyen disco. ¿Tienes reproductor? —preguntó Tomás señalando la pantalla de televisión empotrada en la pared.

Amelia suspiró con un gesto, indicando que no estaba muy convencida de querer ver imágenes comprometedoras de políticos en pelotas, aunque también a ella terminó por ganarle la curiosidad.

—Leamos el reporte completo —dijo—, y al final vemos alguno de los discos.

Quince minutos más tarde se veían perplejos uno al otro, no tanto por la gravedad de los delitos descritos en las páginas restantes como por la identidad de los involucrados. Uno de ellos, el archivo «Cuéntame tus penas» era uno de los referentes morales de la izquierda; el otro, «Te solté la rienda», una de las glorias de la literatura mexicana.

—Está claro que las hormonas no respetan inclinaciones ideológicas o coeficiente intelectual. Por lo visto Pamela resultaba irresistible en todos los códigos postales —dijo Tomás riendo.

—Ora sí me dieron ganas de ver esos devedés —respondió ella—. Ve tú a saber a quién nos vamos a encontrar y quizá lo vayamos a lamentar, pero qué méndiga curiosidad.

Amelia abrió la caja fuerte y hurgó en los fólderes hasta encontrar aquellos que contenían algún disco; extrajo tres y los depositó sobre su escritorio. Tomó uno al azar, retiró el devedé y se lo pasó a Tomás.

—Pon el volumen muy bajo, no vayan a creer los de limpieza que estamos en plena orgía en mi oficina —añadió ella.

Tomás insertó el disco, operó los controles de la televisión y del reproductor, y al terminar recostó el cuerpo contra una esquina del escritorio; Amelia se colocó a su lado. Ambos estaban a metro y medio del televisor, una pantalla pequeña orientada hacia ellos. La imagen de unas flores dominó toda la escena; segundos más tarde se alejaron de la cámara hasta convertirse en el vestido de Pamela, quien miraba a la lente. Tenía en las manos un control de distancia desde el cual hacía pruebas de enfoque: a su espalda había una cama grande con enormes cojines. Al parecer la artista quedó satisfecha, porque súbitamente se oscureció la pantalla. Dos segundos más tarde la imagen de dos cuerpos desnudos que caían sobre la cama inundó la pantalla; unas enormes nalgas velludas ocuparon el primer plano. Amelia miró a Tomás con gesto de impaciencia y un poco arrepentida de su decisión. Él seguía absorto las imágenes.

Luego de algunos minutos de forcejeo en lo que parecía un intento infructuoso de penetración, la mujer invirtió las posiciones, logró colocarse encima e inmediatamente giró para adoptar la postura del 69: el rostro de ella y el pene de él llenaron la pantalla. Sin ninguna duda se trataba de Pamela, aunque una cinta superpuesta le emborronaba los ojos. Los ruidos que se escuchaban hacían suponer que el hombre se afanaba con la boca en el sexo de la actriz. Amelia y Tomás captaron la intención de Pamela cuando esta dirigió el rostro a la cámara y con la mano hizo un gesto de escuadra para medir el pene de su amante: era menor que el índice de su mano. Sus grandes senos, apoyados en los tobillos del hombre, empequeñecían aún más los genitales del varón. Con mano y boca trabajó un rato sobre el miembro masculino y pasados unos minutos volvió a hacer la medición, con el mismo resultado. Su argumento era obvio. Después de eso la pareja cambió de posición en diversas ocasiones, pero no fue hasta el final del video cuando una toma favorable permitió reconocer al individuo: rostro y pene pertenecían al general de división Fulgencio Varela, subsecretario de la Defensa y uno de los miembros más poderosos del Ejército Mexicano.

—Pues otro material explosivo, aunque por razones distintas —dijo Tomás, removiéndose inquieto sobre el escritorio; las imágenes de Pamela le habían dejado la respiración entrecortada y una erección involuntaria.

Amelia no respondió: hizo con la mano una señal de escuadra, con índice y pulgar muy separados, y la llevó al bajo vientre de Tomás por encima de sus pantalones; los dos soltaron una carcajada y se besaron, se despojaron entre tirones de parte de la ropa y dieron tumbos hasta el sofá. Diez minutos más tarde Amelia se dio cuenta de que estaban reproduciendo algunas secuencias de lo que acababan de ver en el video; eso la hizo titubear unos instantes y estuvo a punto de suspender el abrazo. No obstante, buscó de nuevo el rostro de Tomás y su mirada líquida, y una oleada de ternura la invadió. Siguió haciendo el amor pero ahora con más énfasis en los besos que en los genitales y con largos intercambios de miradas.

Al terminar ella se preguntó si lo que había sentido significaba que estaba enamorada, él se dijo que ese orgasmo cambiaba su *top ten* histórico, y el intendente de la limpieza, que oyó unos ruidos primero y otros distintos después, se convenció de que en esa oficina había tenido lugar una orgía.

Lunes 2 de diciembre, 6.45 p. m.

Luis

El fin de semana le había parecido eterno, ni los juegos de computadora ni las horas de gimnasio lograron apaciguar a la rata que le bullía en el cerebro. Era una impaciencia desconocida en él, alimentada por las expectativas que le generaba la búsqueda sobre Restrepo y los evidentes riesgos en que incurría, pero no podía evitarlo. Cualquier cosa antes de doblegarse ante unos policías, así fueran de elite.

Entró siete veces en el buzón de Anonymous a lo largo del día, sin ningún resultado. En la octava incursión tuvo más suerte: eran las 6.45 p. m. del lunes y por fin pudo descargar un grueso archivo.

Al texto le precedía un código de alarma que indicaba que se trataba de una descarga de contenido delicado. Una nota aclaratoria afirmaba que las IP investigadas y los individuos mencionados eran enemigos de Anonymous por sus delitos en contra de miembros de la organización. El texto describía, sin mencionar el nombre de Luis, la estrategia de reclutamiento violento de *hackers* que dichos sujetos llevaban a cabo. Situaba a los culpables en organismos paraestatales de inteligencia en México, aunque precisaba que no formaban parte de alguna organización formal del gobierno.

La redacción del reporte era descuidada y estaba formada por párrafos y datos tomados de distintas fuentes; copias de credenciales universitarias y de primeros empleos salpicaban el documento. Mucha de la información era redundante y algunas fotografías estaban demasiado borrosas; sin embargo, al final de la lectura Luis tenía una idea bastante detallada de quién era el hombre que lo había interrogado.

Efraín Restrepo estudió Ciencias de la Comunicación en la Universidad Iberoamericana, una institución de jesuitas para clases medias y altas, posteriormente una maestría en Psicología Social en la Universidad de Miami y al final un diplomado en Ciencias Políticas en la Sorbona de París. Al regreso de su estancia en Francia, a los veintinueve años, fue reclutado por la Secretaría de Gobernación como analista político; tres años más tarde, en 2000, ingresó a las filas del Cisen. En 2005 fue designado subdirector de Contrainteligencia de esa institución. A principios de la administración de Felipe Calderón, en 2007, pasó a ocupar la dirección de la Unidad Especializada en Investigación de Secuestros de la Siedo. A mediados de 2012, poco antes de las elecciones en las que el PAN perdería el poder, había renunciado al gobierno federal.

Allí desaparecía todo rastro de él. Sin embargo, la información revelaba que había estado casado de 2003 a 2006 con una tal Leonora Sifuentes. En 2005 tuvieron un hijo llamado Leonardo, seguramente en honor a su madre. Actualmente el niño tendría ocho años y estaría inscrito en alguna escuela, pensó Luis. Restrepo podría haber desaparecido, pero no su familia.

La masa de datos listaba casi una docena de cursos en inteligencia que el funcionario había tomado en diversos países; sobresalían cuatro de ellos en temas cibernéticos, cursados en Estados Unidos. La foto más reciente y la única de los últimos años databa de mayo de 2012. Era una imagen publicada en la prensa de la visita a Los Pinos del empresario Juan Elías Nahum, quien fue rescatado con éxito luego de un largo y penoso secuestro. Lo que iba a ser una visita confidencial al presidente, Calderón la convirtió sorpresivamente en rueda de prensa para difundir el rescate policiaco, una de las pocas buenas noticias que su gobierno pudo difundir en vísperas de las elecciones. La inesperada convocatoria a los medios seguramente impidió que Restrepo pudiera sustraerse a la fotografía como era su costumbre.

La imagen que a sus cuarenta y cuatro años proyectaba Restrepo era la de un próspero italiano neoyorkino: pelo engominado y traje de marca hecho a la medida. Era el único que no portaba corbata entre los cinco hombres de la foto aunque su porte erguido, los lentes modernos y la sonrisa con dentadura perfecta lo destacaban en el grupo: a Luis le costó trabajo imaginarse a ese funcionario en un cuarto de hotel tapatío interrogándolo despiadadamente. No obstante, el currículo de Restrepo no dejaba lugar a dudas. El tono profesional y controlado que había desplegado en aquella ocasión cuadraba perfectamente con el entrenamiento sofisticado que el policía recibiera.

Imprimió la foto, los datos del hijo y la exesposa y pasó toda la información a una memoria USB. Luis decidió dar aviso a Vidal del pez gordo que los estaba vigilando; entendía que su secuestro había sido parte de un proceso de reclutamiento, pero en el caso de su amigo podía ser diferente. Ignoraba los motivos por los cuales Vidal comenzó a investigar a Pamela Dosantos, y estaba claro que eso llamó la atención de Restrepo; una atención que en el menor de los casos podría provocar la tortura, como sucedió con él para incorporarlo a su equipo de trabajo, o en el peor de ellos la desaparición de su amigo. Decidió viajar ese misma noche a México. Estaba a punto de abrir un portal de compra de boletos de avión por internet, pero lo pensó dos veces. Resolvió que se trasladaría por autobús; mucho más cansado y largo, pero precavidamente anónimo.

A las 8.15 del siguiente día desayunaba en el café librería El Péndulo en la Condesa, a unas cuadras de la casa de Vidal; pese a haber viajado buena parte de la noche, se sentía repuesto luego de algunas horas de sueño y unos abundantes huevos rancheros. Desde su mesa veía por la ventana el ir y venir de los capitalinos y pronto captó que el más afanoso de todos ellos era un joven moreno que con su franela roja corría de un lado a otro ofreciendo a los automovilistas un lugar disponible para estacionar sus vehículos. Los llamados «franeleros» monopolizaban la vía pública con el simple expediente de colocar botes en los lugares vacíos y ocupar rampas de cocheras de vecinos a los que ofrecían alguna comisión. El franelero silbaba a los conductores de los autos, les señalaba el lugar disponible, les auxiliaba con el «viene, viene» cuando aquellos retrocedían, y cobraba. Luis advirtió que el joven de la franela dominaba dos cuadras completas. La observación le vino de perlas.

Pagó la cuenta, caminó en dirección de la casa de su amigo y se detuvo a una cuadra de distancia. Encontró lo que buscaba unos segundos después: el franelero de la calle asignado al domicilio de Vidal.

Cinco minutos más tarde Olga abrió la puerta y se encontró al acomodador de autos con un papel doblado en la mano.

—Es para esta casa. Aquí dice para quién —dijo el joven en tono desconfiado. No le había gustado la encomienda; sin embargo, los cincuenta pesos de propina por parte de Luis vencieron sus reservas. El tapatío le dijo que tenía que ver a su amigo pese a que los papás de él no querían que lo visitara; se suponía que debía entregar el mensaje a Vidal en persona, pero el muchacho se intimidó frente al gesto y el tono adusto de la señora de la puerta. El franelero se retiró antes de que Olga pudiera reaccionar.

La madre vio el nombre de su hijo escrito en el papel y decidió leer su contenido; temía que fuese algo relacionado con los incidentes del domingo en la noche. *Ven donde nos vimos la primera vez. Aquí estoy. Urge. Vegas2232.*

Olga no supo qué hacer; temió que fuera una trampa el mensaje lacónico y perentorio, entregado de manera tan singular. Llamó a Mario, quien todavía no salía de casa, y le mostró el papel: su primera reacción coincidió con la de su esposa.

Durante las últimas horas había vivido entre la angustia y la depresión; estaba consciente de que su vínculo con los Azules y el afán por hacerse útil casi había costado la vida de su hijo. Todavía no sabía si Vidal o ellos mismos estaban fuera de peligro. La imagen de los cadáveres de Nicolás y su madre sobre el sofá de la sala, varias veces revivida a lo largo de su último insomnio, seguía recriminándolo. Tenía claro que si el sitio donde trabajaban los chicos hubiese sido su propia casa, en lugar de los Alcántara serían los Crespo quienes habrían sido asesinados. No obstante, no tenía idea de quién podría ser Vegas2232: solo su hijo lo sabría.

—Debemos esconder el papel —dijo Olga—. Vidal ya tiene demasiadas preocupaciones. Esto no me gusta nada.

—No sabemos de quién se trata, podría ser el propio Manuel: el chico debe estar igual de espantado, o peor porque no tiene ninguna información que le ayude a explicarse qué fue lo que pasó. Salió corriendo de casa de los Alcántara en cuanto bajaron del estudio de Nicolás; Vidal asegura que le suplicó varias veces que se fueran juntos aunque él no quiso —respondió Mario.

—No, Crespo: hasta aquí llega esto. A Vidal hay que enviarlo con sus primos a Querétaro y sacarlo de todo este asunto.

—No podemos tratarlo como menor de edad, nunca nos perdonará si le ocultamos esta nota y resulta que es algo importante. Déjame hablar con él e identificar al tal Vegas2232, luego de eso decidimos todos juntos qué hacer. Vidal debe entender que luego de lo que pasó con los Alcántara las decisiones tienen que ser en familia —dijo Mario y antes de esperar respuesta tomó el papel de manos de Olga y se encaminó a las escaleras.

Vidal escribía en la computadora, haciendo un esfuerzo por cumplir con las instrucciones que le diera Jaime. Trataba de recordar qué tipo de correos o tuits estaría enviando en un día normal al inicio de la mañana, pero toda normalidad parecía pertenecer a un pasado lejano.

Mario le mostró el mensaje, le explicó la manera en que había llegado y los temores fundados que tenían él y Olga al respecto. Vidal supo de inmediato de quién se trataba. Habló a Mario de la existencia de Luis, la manera en que lo conoció y el desarrollo de un programa para un cliente de Las Vegas que habían hecho juntos; le argumentó lo urgente que resultaba alertarlo del peligro en que se encontraba al haber hackeado asuntos relacionados con los familiares de Pamela. Olga escuchaba desde el dintel de la puerta, Mario a un lado del escritorio.

—Estará en El Péndulo de Tamaulipas y Michoacán —dijo Vidal—. Allí nos citamos la primera vez que vino a México luego de intercambiar correos y colaboraciones, eso fue hace un año. Tengo que ir.

—Hagamos esto —dijo Mario—: descríbeme a Luis y yo me doy una vuelta a la librería. Si lo detecto, regreso y te aviso. ¿Estás seguro de que es de fiar?

—Incluso si el tal Luis es de fiar, no me gusta que tengas que salir de casa, así sea a tres cuadras. Eso te expone demasiado —intervino Olga.

—Es lo menos que puedo hacer. Yo lo metí en esto, ahora no puedo dejarlo colgado —respondió Vidal—. Además, nadie espera que esté encerrado. Despertaría más sospechas, ¿no?

A manera de respuesta, Mario fue a su cuarto, tomó una chamarra del ropero y salió de la casa; al llegar a la puerta de la librería volteó a diestra y siniestra con el propósito de captar si alguien de apariencia sospechosa lo seguía. Encontró a Luis en el segundo piso, ojeando algunos libros en las estanterías que abarrotaban las paredes del local, tomó asiento en una de las mesas y se dedicó a observar a la clientela del sitio. Diez minutos después se convenció de que nadie prestaba atención al joven, aunque para entonces había pasado a la sección de películas. Mario se levantó y revisó algunos devedés en un estante cercano y se acercó a Luis: sin levantar la vista de la película que tenía en las manos, se dirigió a él.

—Luis, no digas nada; soy Mario, el padre de Vidal. En unos minutos vendrá él —dijo en voz baja. El otro asintió con un murmullo.

De regreso a casa Mario insistió en acompañar a Vidal a su entrevista con Luis, pero a su hijo le pareció que su presencia incomodaría al otro joven. Argumentó que solo le informaría de lo sucedido y de la necesidad de borrar todo rastro de su involucramiento en el tema Dosantos; le aseguró que estaría de regreso en menos de media hora. Mario y Olga finalmente aceptaron, aunque el padre prefirió llevar en auto al hijo hasta la librería. Allí se separarían y cada quien se iría por su lado.

Contra todas sus aprensiones, Mario aceptó la encomienda que Tomás le hizo por el radioteléfono: quería que visitara a Carmelita una vez más para indagar si Dosantos había recibido visitas alguna vez de parte de su parentela sinaloense. A pesar de que estaba decidido a cortar toda relación con el caso, accedió a esa última misión porque sentía que era su deber alertar a la costurera de los riesgos a los que ella también estaba expuesta: si el cártel estaba decidido a borrar todo rastro de Pamela Dosantos era probable que tarde o temprano pusieran la atención en su mejor amiga. Tenía que verla, aunque fuese por última vez, para pedirle que saliera de la ciudad durante algún tiempo. Se dirigió a Polanco en cuanto se separó de su hijo; este le pidió quinientos pesos para comprar películas con el pretexto de hacer verosímil su visita a la tienda.

Vidal eligió un sofá relativamente escondido entre varios estantes, era el lugar más privado que la librería podía ofrecer. Pasó al lado de Luis, tosió para llamar su atención y se instaló luego de pedir un café al camarero con el que se cruzó en el camino.

—Qué bueno que te hayas vuelto tan precavido, güey —dijo Luis tan pronto tomó asiento—. Vine desde Guadalajara para hablarte justamente de lo cabrona que está tu investigación.

—Olvídate de eso, deja que te diga lo que pasó este fin de semana.

Durante la siguiente hora los dos intercambiaron relatos de las agresiones que habían sufrido: Vidal de manera compulsiva y emocional, todavía bajo el efecto de la tragedia de la que fue testigo, y Luis de forma meticulosa. El primero se desahogó tratando de conjurar los demonios y temores que lo acosaban; el segundo ahondó en busca de explicaciones a lo que les sucedía.

Al final llegaron a la conclusión de que el origen de los ataques era distinto. A Luis no le pidieron que suspendiera su investigación sobre Pamela Dosantos, simplemente que la compartiera, mientras que en el caso de Vidal los agresores habían hecho todo lo posible por suprimirla. El acento norteño que Vidal escuchó de parte de los sicarios y la ropa que vestía el hombre al que atisbó desde la escalera no coincidían con los modos profesionales del técnico que interrogó a Luis.

Este mostró a su amigo el expediente que había reunido sobre Efraín Restrepo, le pidió que observara la imagen del exdirectivo de la Siedo y que huyera si lo veía.

—Aunque no sean los mismos hijos de puta que mataron a tu amigo y a su familia, Restrepo y su gorila también pueden buscarte para que los ayudes. Además ya te tienen en su radar, güey, porque me dijo que no te podía enviar nada de lo que yo investigara sobre Dosantos —remató Luis.

—¿Y tú qué vas a hacer?

—Voy investigar a la esposa y al hijo de este cabrón: de una manera u otra su familia me llevará a localizarlo. Quiero saber para quién trabaja y en qué chingados nos ha metido. Y también está lo de las cámaras que captaron al asesino y a Pamela poco antes de su muerte.

—Esa pista está muerta —dijo Vidal—. Si mi tío no pudo encontrar algo por allí, es que no conduce a nada.

—¿Y quién es tu tío?

—Jaime Lemus —dijo con orgullo—. Ha sido director del Cisen y es experto en toda esta mierda. Oye, ¿estás seguro de que quieres seguir con esto? Por lo que oí decir a mis papás, nosotros estamos a punto de tomar unas vacaciones forzadas en el rancho de un pariente. ¿No sería mejor que tú también desaparecieras?

—Quizás lo haga, aunque antes quiero revisar una última pista. Me quedaré en México dos o tres días más, te propongo que nos veamos aquí mañana al caer la tarde; entonces valoramos, güey. Mi papá tiene tiempo invitándome a echarnos juntos un viaje a Europa, igual le tomo la palabra después de esto. ¿Cómo ves?

—Mejor en el Starbucks de la calle Tamaulipas, está aquí a la vuelta y su Wi-Fi es más rápido —respondió Vidal. Lo que para sus padres habían sido los restaurantes Sanborns, para él y su generación era la cadena estadounidense; punto de encuentro y referencia, al menos durante el día.

Los dos amigos se despidieron con un abrazo, traicionando todo el sigilo con que se habían encontrado. Vidal regresó a casa con el fólder bajo el brazo, aunque media cuadra después se lo introdujo abajo de la camisa; no quería compartir con su madre todo lo que Luis le comentara. Decidió esperar a su padre para informarles a ambos de la existencia de Restrepo y su matón.

Martes 3 de diciembre, 10.30 a. m.

Mario y Carmela

No sabía si tratarlo como adulto o como niño, sus diecinueve años no eran fáciles de apreciar por el corpachón informe y la cara ancha que el síndrome de Down le producían. Era la primera vez que veía a Agustín, el hijo de Carmela; ella le explicó que en las tardes él tomaba una clase especial de fisioterapia y en ocasiones se quedaba en casa de su tía, la hermana de Carmela, por tal razón Mario no lo había conocido en las dos visitas anteriores. La costurera le hablaba a su hijo con cariño desprovisto de condescendencias y él respondía de manera articulada, aunque tartamudeaba al hacerlo. Mario comenzó a imitar el tono de ella y al poco rato sostenía una animada charla con el joven sobre futbol. Agustín confundía a ratos al Barcelona con el Real Madrid, y cuando Mario insistió en que Iniesta pertenecía al equipo catalán y no al merengue, el muchacho le respondió que le daba lo mismo: ver jugar a esos dos equipos lo hacía feliz.

Se quedó pensando en la pureza del comentario. El chico podía desconocer a los jugadores, pero su afición por el futbol parecía más auténtica que las militancias absurdas y hostiles que profesaban los fanáticos del deporte. Había una dulzura aún no contaminada en el hijo de Carmela que desarmaba a Mario; cuando repentinamente Agustín decidió marcharse a su cuarto, se despidió con un abrazo cálido, colocando su cabeza en el pecho de él durante lo que pareció un largo rato.

—Es un amor, ¿no es cierto? —dijo Carmela mientras veía a su hijo alejarse por el pasillo.

—Me encantó —dijo Mario—. Debes sentirte muy orgullosa.

—Gracias —respondió ella sonriendo—. ¿Han avanzado algo en los archivos? Espera, mejor no me digas nada. Platícame de otras cosas.

—La verdad, aunque quisiera no podría decirte algo; estamos todavía en la transcripción, aún no los he visto. Y sí, te quería decir algo importante.

Mario comenzó a explicarle el riesgo en que se encontraban. No entró en detalles de lo sucedido en casa de los Alcántara, pero aseguró que tres personas habían sido asesinadas, aparentemente por sicarios del norte del país. Le dijo que él y sus amigos tenían la certeza de que alguien trataba de borrar todo lo que se supiese o se pudiera investigar sobre Pamela Dosantos. Le explicó los motivos por los cuales tenía que salir del país de manera inmediata: la pista que él había seguido para encontrarla probablemente sería detectada también por los agresores y podrían venir por ella en cualquier momento.

A medida que hablaba, la piel de Carmela palidecía. Trató de decir algo, pero ninguna palabra salió de su boca; su rostro se contrajo como si fuese a estornudar, aunque Mario entendió que era un gesto de sorpresa y dolor. Recorrió los dos metros que la separaban de él y se refugió en sus brazos. Mario la acogió en silencio y reposó los labios en su frente: fue como besar un lavabo, la lividez de su piel acentuaba la sensación de frío que emanaba de su cuerpo. Una vez más, le pareció que Carmela era una batería con la carga a punto de extinguirse.

—Yo no tengo adónde ir, mi vida está aquí —dijo ella en voz baja, pegando la boca a la camisa de Mario.

—Tu vida está en peligro si te quedas, tienes que pensar en tu hijo. No tendrás problemas gracias al dinero que te dejó Pamela. Puedes viajar a Estados Unidos, o a España si no hablas inglés; seguramente hay clínicas mejores para Agustín en esos países. Aprovecha y date un largo descanso. Quizá dentro de un tiempo todo haya pasado y puedas regresar.

—Pero tú te quedas aquí —dijo ella, y ahora fue Mario el que se quedó sin palabras.

Mantuvo el abrazo y comenzó a mecerla suavemente, la fragilidad física y emocional de Carmela le provocaba oleadas de ternura y despertaba en él instintos protectores. Volvió a besarla en la frente; su piel irradiaba ahora un calor que no tenía momentos antes. Con un movimiento rápido ella alzó la cabeza y capturó los labios de Mario con los suyos: de manera mecánica y sin pensarlo, él respondió a la intensidad del contacto. Su lengua tenía un sabor dulce. Bajó la mano y con los dedos extendidos rodeó el glúteo izquierdo de ella, para su sorpresa era mayor de lo que esperaba y sorprendentemente firme. Carmela jadeaba en su oído. Desplazó la mano para tocar el glúteo derecho; su breve talle permitía abarcarla con un solo brazo. Algo que no podría hacer con Olga, pensó Mario, y con ese pensamiento terminó todo.

Tomó a Carmela por los hombros, negó con la cabeza y aunque la retiró apenas unos centímetros, le pareció que un abismo se abría en su relación. La cara de desconcierto de ella casi le hizo arrepentirse: quería protegerla, no lastimarla. Pero se contuvo.

—Si hacemos algo más será mucho peor al separarnos, pequeña —dijo.

—No tenemos que separarnos, ven con nosotros y huyamos juntos.

—No puedo. Sería muy fácil quererte, solo que ya tengo una vida.

Mario entendió la dureza de sus palabras. Intentó explicarlas:

—A veces creo que mi única virtud es la lealtad. Cuando veía los talentos de mis amigos florecer en la adolescencia, me preguntaba cuáles serían los míos, cuándo llegarían; dejé de hacerlo cuando entendí que desde siempre tuve algo de lo que ellos carecían: fidelidad a mis querencias. Si pierdo eso, me quedo sin nada. ¿Lo entiendes? —hablaba haciendo pausas, casi tanto para ella como para sí.

Carmela afirmó con la cabeza mientras las lágrimas bordaban húmedos signos de admiración en sus mejillas; Mario también comenzó a llorar en silencio mientras volvía a atraerla a su pecho.

Luego de un rato ella rompió el abrazo y le ofreció una taza de café. Minutos más tarde él la apremió de nuevo a salir ese mismo día a un hotel, tomar el dinero que pudiera y dejar el resto en casa de su hermana. Carmela le aseguró que tenían sus pasaportes en regla porque en más de una ocasión había acudido a *sets* de filmación en Puerto Rico y Miami para asistir a Pamela; la mención de Puerto Rico y las amistades dejadas allá la convencieron de irse una temporada a la isla y prometió que saldría al siguiente día.

Mario estaba a punto de retirarse cuando recordó el encargo de Tomás.

—Una pregunta que puede ser importante, y discúlpame, será la última: ¿mencionó Pamela alguna vez la visita de alguien de Sinaloa?

—Nunca, que yo recuerde.

—¿Y no tenía alguna relación con gente de su pasado, con su parentela?

—Sus papás ya habían muerto y era hija única, así que salvo Joaquín, nunca conocí a algún otro familiar.

—¿Joaquín? ¿Joaquín Plascencia? —se sorprendió Mario.

—Sí, claro; venía dos o tres veces al año a la Ciudad de México y se veían aquí en mi apartamento. La verdad no entendí muy bien por qué; si no recuerdo mal, ella me dijo que el novio del momento nunca creería que se trataba de su primo, así es que prefería recibirlo en mi casa.

—Antes me habías dicho que no había venido nadie de Sinaloa.

—Bueno, es que Joaquín vive en el Bajío o algo así. Hace mucho que salió de Sinaloa, ya ni acento tiene.

—¿Y qué hacían cuando se veían?

—¿Pues cómo que qué hacían? Conversaban, se ponían al día en sus cosas. La verdad, yo los dejaba solos luego de un rato. Es la única familia que ella tenía, ¿sabes?

Mario quedó pensativo: la presencia de Joaquín en esa casa vinculaba todos los incidentes. No sabía cómo, pero intuía que el atentado contra Jaime en el hotel Reina Victoria, la muerte de Pamela y el asesinato de los Alcántara estaban relacionados entre sí. La reflexión no hizo sino acentuar sus preocupaciones.

—Debo irme —dijo él a su pesar. Le dio el número de su radioteléfono y pidió que lo llamara en cuanto estuviese fuera del país; le aseguró que intentaría visitarla lo más pronto posible. A ella se le iluminó la mirada y volvió a abrazarlo. Mario pensó que quizá nunca más la vería y sintió una opresión en el pecho; ambos volvieron a llorar.

—Somos dos canarios —dijo él; le dio un beso en la boca y con el sabor de sus lágrimas en los labios se despidió.

Había dejado el auto estacionado frente al edificio de Carmela. Abrió la puerta del vehículo y antes de deslizarse al interior elevó la mirada para ver el balcón del primer piso. Ella lo observaba con el brazo izquierdo cruzado sobre el pecho y el otro sosteniendo un pañuelo desechable contra el rostro. Todavía con los ojos húmedos accionó el encendido mientras pensaba que la imagen que ofrecían ambos era lo más cercano que estaría de vivir una escena de película.

El auto no arrancó. Siguió intentándolo unos minutos hasta que vio por el espejo retrovisor a Carmela: le hacía señas para indicarle que debían empujar el vehículo. Sin mediar palabra, él se bajó y ambos impulsaron el auto cuesta abajo, él desde la puerta delantera, ella desde la parte trasera; los dos mantuvieron el silencio mientras jadeaban por el esfuerzo. Él pensó que esa escena no pertenecía a Hollywood. A media cuadra saltó al volante y encendió el motor. Alcanzó a ver el rostro de ella anegado en llanto, empequeñeciéndose en el espejo.

Martes 3 de diciembre, 6 p. m.

Tomás y Salazar

Hay comederos políticos y comederos empresariales. El Palm en la colonia Polanco era uno de los pocos restaurantes que podía ufanarse de ser ambas cosas: por sus pasillos desfilaban los directores ejecutivos de las empresas líderes del país y los ministros del gabinete. Tomás se dijo que probablemente en esas mesas se habían negociado más leyes y reformas, más alianzas políticas e inversiones que en las curules del Poder Legislativo.

El periodista se encontraba en un reservado del restaurante, un pequeño saloncito con mesa para seis personas, en espera del secretario de Gobernación. Pidió un tequila, aunque luego recordó que Salazar era abstemio; terminó pidiendo uno doble. Se prometió investigar si la sobriedad del funcionario era un hábito de toda la vida o el resultado de algún alcoholismo superado. Al pensar en el pasado del ministro consideró que era una lástima haber aceptado el encuentro antes de agotar los archivos de Pamela: una ficha de la artista sobre los pecados de su comensal habría sido oro molido para la conversación que le esperaba.

Un hombre entró al reservado y lo saludó respetuosamente. Se presentó como el licenciado Gamudio, secretario particular de Salazar; le dijo que lo acompañaría unos instantes en tanto «el patrón» llegaba a su mesa, lo cual sería en breve. Los códigos no escritos de la cultura política mexicana eran complejos y los encuentros públicos formaban parte fundamental de esa cultura. Los grandes personajes solían enviar una avanzada con el doble propósito de indicar a su invitado que su presencia era importante y, al mismo tiempo, hacerle saber que el suyo no era un encuentro entre pares: el ministro llegaría más tarde. Por lo general la jerarquía del enviado y los minutos de retraso establecían la importancia del que esperaba y tales criterios eran fiel reflejo de su cotización en el mercado político.

Por lo pronto, pensó Tomás con ironía, no podía quejarse: Gamudio era el brazo derecho en la oficina de Salazar, célebre por su vertiginoso ascenso gracias a una capacidad de trabajo que rayaba en la neurosis. Se trataba de un joven que no aparentaba más de treinta y cinco años, impecablemente vestido y de cara avispada; le habría resultado simpático si no fuera por la actitud tan obsequiosa que destilaban sus palabras y su lenguaje corporal. Se preguntó si su peinado, que imitaba a la perfección el del nuevo presidente, era una adquisición reciente o una afortunada coincidencia. El hecho le hizo recordar a Cristóbal Murillo, el secretario particular de Rosendo Franco, propietario de *El Mundo*, quien buscaba mimetizarse con su patrón. Concluyó que Salazar debería estar preocupado: su secretario particular no imitaba a su jefe, sino al jefe de su jefe.

El arribo del ministro suspendió sus reflexiones. Mientras Tomás saludaba al recién llegado, Gamudio se puso de pie y se despidió. Antes de que el cuerpo de Salazar se instalara en la silla, un camarero depositó en la mesa un vaso y una botella de agua Perrier.

—Gracias por aceptar mi invitación, don Tomás. Era importante que nos viésemos.

—Habría venido desde el primer instante sin necesidad de ser traído por la fuerza, como fue su intención hace unos días —el periodista decidió que tenía que sacarse del cuerpo la pesadilla por la que había pasado en la botarga de una farmacia en un barrio desconocido; eso al menos pondría a Salazar en su sitio.

—Tiene usted toda la razón y le ofrezco una disculpa. Eso fue un malentendido del personal operativo: siguen creyendo que este es el mismo país de hace veinte años. Déjeme relatarle una anécdota que me contó personalmente un antecesor de aquellas épocas, la disfrutará. Siendo subsecretario Javier García Paniagua allá por 1978, recibió la encomienda de traer a un gobernador a una cita con el secretario de Gobernación. Resulta que el mandatario, de San Luis Potosí si no recuerdo mal, había dado largas a una convocatoria para presentarse en el despacho del ministro; contestó algo así como «Cuando vaya a la Ciudad de México me paso por allí con mucho gusto». Eso enfureció a García Paniagua: subió a un avión con veinticinco agentes de la policía federal, se fue derecho a la oficina del gobernador en San Luis, entró a su despacho y lo encaró. Este se levantó del asiento para protestar por la irrupción: García Paniagua se acercó, le dio una cachetada y le dijo: «Cállese, pendejo, cuando se le diga que venga, usted viene». Y acto seguido lo sacó de la oficina y lo trepó al avión. Recordará, Tomás, los ciento veinte kilos de Paniagua y su vozarrón. Dos horas más tarde el gobernador estaba en la antesala del ministro, en espera de ser recibido. Es verídico.

—Si me lo contó para tranquilizarme, consiguió lo contrario. Según la anécdota debería sentirme agradecido por no haber recibido cachetadas.

—No, claro que no, se lo platico para hacerle ver que estos comandantes todavía creen que vivimos en esas épocas. Desde luego no habían sido esas mis instrucciones. Lo importante es que ahora estamos aquí y podemos hablar al tú por tú, como personas adultas y razonables.

—Hagámoslo entonces.

Los dos hombres se midieron con la mirada: Tomás achicando los ojos en un gesto de desafío, aunque pensó que estaba haciendo una pobre caricatura del tipo duro que nunca había sido; Salazar con la actitud de quien especula sobre la madurez de un aguacate que sopesa en la mano. Finalmente habló.

—Yo la quería, Tomás, la insinuación sobre alguna responsabilidad de mi parte en la muerte de Pamela es una bajeza por partida doble. Alguien me la quitó, y no contento con eso, intenta hundirme políticamente con un asesinato que no cometí.

Tomás no reaccionó al tono sincero y cómplice que Salazar utilizaba. Solo asintió ligeramente con la cabeza, para animarlo a seguir hablando.

—La vinieron a tirar a un lado de mi oficina para incriminarme; por fortuna mi gente consiguió eliminar en los expedientes y medios de comunicación cualquier mención al lugar en que se encontró el cuerpo. Y digo «mi gente» porque en ese momento yo estaba deshecho y era incapaz de pensar en cualquier implicación política. Fue su columna de *El Mundo* la que rompió ese cerco —Salazar dijo esto último sin recriminación, simplemente con la certeza de quien describe un dato inobjetable. Continuó—: A partir de su texto investigamos su perfil, sus colaboraciones anteriores, su trayectoria y entendimos que el dato había sido sembrado y que usted era un conducto involuntario. A media tarde del día en que se publicó su columna yo ya sabía que fue el abogado Coronel quien le pasó el apunte. El problema es que para entonces él ya estaba muerto, aunque eso lo supe hasta el día siguiente.

—¿Y cómo pudo saber usted que fue Coronel? Tuvimos una conversación privada durante la comida y a nadie comenté quién había sido la fuente que me reveló ese dato —dijo Tomás sorprendido, pensando que salvo Jaime nadie más lo sabía en aquel momento.

—Como muestra de confianza le platicaré de un recurso con el que contamos, aunque le pido que nunca salga de esta mesa. Los jefes de meseros de los veinte principales restaurantes de la ciudad ofrecen información a Gobernación sobre las comidas entre políticos que tienen lugar todos los días: quién se sentó con quién y, cuando es posible, el tema de conversación. En los casos en que una mesa es particularmente interesante, envían a su mesero de confianza con más frecuencia de la necesaria para captar fragmentos de la conversación. Claro que reciben una buena paga por sus informes. Los más atrevidos instalan algún micrófono oculto con nuestra supervisión; no obstante la mayoría no se arriesga, porque todo esto lo hacen a espaldas de los dueños de los restaurantes. Le sorprendería lo valioso de esta información cuando la cruzamos con otras fuentes.

En efecto, Tomás se sorprendió; de manera involuntaria su mirada recorrió el salón aunque en ese momento no había algún mesero cerca. Sin embargo, entendió la eficacia del procedimiento. En ningún momento habían dejado de hablar mientras los camareros surtían bebidas y colocaban algunos platillos de entrada en el centro de la mesa.

—No se inquiete, este salón no tiene micrófonos; se lo puedo asegurar —dijo Salazar, siguiendo la línea de su pensamiento.

—¿Fue así como se enteró de lo que hablamos Coronel y yo aquel día?

—Cuando se publicó su columna y supusimos que usted no era más que un instrumento, revisamos origen y destino de sus llamadas telefónicas y hasta donde fue posible reconstruimos sus pasos los días anteriores. Debo decir que no se caracteriza por una agenda social apretada; por lo menos hasta hace algunos días, la única cita memorable era la que usted hizo con Coronel en el Marva, uno de los restaurantes bajo nuestro radar. Y en efecto, el reporte de meseros registraba una conversación en la que se mencionaba a Pamela con insistencia. A diferencia suya, la trayectoria de Coronel sí lo hace sospechoso de ser el vehículo de intereses poderosos para sembrar una insidia de ese tamaño.

—Pero Coronel está muerto —dijo Tomás, casi para sí mismo.

—Coronel está muerto, y quien lo asesinó es el mismo que mató a Pamela. Déjeme decirle que no descansaré hasta conocer el nombre de quien está detrás de todo esto.

Tomás supuso que Salazar desconocía los archivos secretos que Pamela había construido a sus espaldas; de cualquier manera quiso asegurarse.

—Y dígame, ¿no ve usted alguna posibilidad de que la muerte de la señora Dosantos haya sido ocasionada por otro motivo, algo de su pasado?

—En absoluto, era un espíritu alegre y nada belicoso. Ni siquiera era alguien que gustara de criticar a otras mujeres, lo cual ya es decir mucho. Seguramente habría más de un exnovio que aún suspirara por ella, pero no pasaba de eso. Nuestra relación tenía ya varios años y era muy estable. Lo que quiero decir es que no había un amante despechado en el panorama.

Salazar dijo esto con tal certeza que Tomás se preguntó si el ministro del interior también mantenía bajo vigilancia a su amante, lo cual era más que probable; eso le llevó a hacer un reconocimiento *post mortem* a la habilidad de Pamela para conducir sus tareas de espionaje sin ser detectada por el policía profesional que Salazar era en el fondo.

—¿Para qué quería usted verme, don Augusto? Por lo visto todo lo que podría decirle ya lo conoce; algunas cosas mejor que yo, incluso.

—Dos razones, estimado Tomás. Primero, para ofrecerle disculpas por la conducta de mis subordinados el día de la persecución en el taxi, una falla intolerable sobre la cual ya he tomado medidas. Y la segunda, para preguntarle si conoce algo más de Coronel que pudiera llevarnos a identificar el origen de la insidia. Nuestras investigaciones revelan que era un abogado metido en muchos asuntos y con muchas personas, es difícil saber a quién servía en el momento de transmitirle a usted ese dato. ¿Algo en la conversación que pueda sernos útil?

—Nada que yo recuerde, hablamos de mil cosas y el tema de Pamela salió de manera natural porque era el escándalo del momento. Al final me dijo lo del terreno donde realmente fue encontrado el cuerpo, un dato que se sabía muy poco. Si no recuerdo mal, yo comenté que podía ser de utilidad, pensando en mi columna, y él me dijo que era solo un dato, pero demasiado bueno para desperdiciarlo.

Una vez más, al escucharse a sí mismo Tomás quedó inquieto con la frase: despertaba un eco irritante en la memoria del periodista. Decidió que luego exploraría su significado; por el momento su conversación con Salazar era más importante.

—Usted dijo al principio que alguien está tratando de hundirlo políticamente. ¿De veras cree que el escándalo ponga en riesgo su posición? —preguntó Tomás.

—El presidente Prida desea aumentar sus márgenes de gobernabilidad para sacar al país de la parálisis en la que ha estado metido, y para lograrlo necesita altos niveles de consenso entre la población. No puede arriesgarse a que su administración resulte raspada por un escándalo tan enojoso, así sea falso. Yo sería el primero en hacerme a un lado si sintiera que mi presencia le está dañando.

—Lo que usted llama «márgenes de gobernabilidad» muchos lo consideramos un retorno del presidencialismo vertical. A mí me parece que Prida desea la popularidad para poder imponerse a los mecanismos democráticos que existen, aunque sea en forma embrionaria —respondió Tomás.

—Lo que pasa es que usted ve los toros desde la barrera y lo digo con todo respeto. Para gobernar en democracia se necesitan demócratas, y créame que no hay muchos en este país. Si el presidente quiere imponerse a un líder sindical poderoso y sempiterno, a un gobernador déspota y violento o a un empresario que opera como dueño de los demás, necesita enseñar los dientes y mostrar que puede darles una tarascada en cualquier momento. Y para eso requiere libertad de movimiento y apoyo popular.

—«Libertad de movimiento y apoyo popular» —repitió Tomás, sobando la frase—. Eso se parece mucho a operar sin leyes ni contrapesos. ¿No es ese el camino de Putin en Rusia, y si me apura, la fórmula de todo régimen popular fascista?

—La realidad es más compleja que las etiquetas, Tomás, no simplifique. Los contrapesos solo han servido para paralizar al país y para que los poderes factuales dieran manotazos sobre el interés público. Si no hay un centro capaz de imponerse a todos los actores, esto se convierte en el Viejo Oeste, donde se imponen los más fuertes. Hay muchos poderes fuera de control, incluido el narcotráfico. No se puede pilotar una nave de manera democrática cuando todos quieren ir a distintos destinos y nadie está dispuesto a ceder.

—Usted está argumentando a favor de un déspota ilustrado: es un camino que México ya intentó con el poder presidencial absoluto y no funcionó.

—Otra vez está usted exagerando. Lo único que buscamos es dotar al tablero de la nave de algunos botones y palancas para poder conducir al país. En este momento carecemos de instrumentos para evitar excesos y abusos de los poderosos; todo México es víctima de una rebatinga desenfrenada. A mí tampoco me gusta Putin, aunque un poco de eso no nos vendría mal: no me negará que la economía rusa crece ahora y están mejor que en el caos que provocó el libertinaje de los multimillonarios fuera de control que vivieron en la seudodemocracia rusa de hace algunos años.

—Ahora es usted el que está ignorando la realidad, licenciado: Prida llegó al poder gracias al apoyo de esos poderes de facto. Desmontar los contrapesos, neutralizar a la prensa crítica, asfixiar a la oposición es a lo que se refiere con dotar al tablero de palancas y botones. ¿Y qué nos garantiza que esas palancas no terminen sirviendo a los intereses de esos que llevaron al poder a su presidente?

—Usted no conoce a Prida. No es Putin ni Berlusconi: quiere dejar un país encauzado y moderno. Es todo lo que puedo decirle.

—Yo no sé si Prida es buena o mala persona, lo que sí sé es que si logra una sociedad participante será mejor presidente.

—Buena frase, Tomás, pero déjeme decirle algo: una sociedad más participativa no hace al país más eficiente. La democracia está sobrevalorada. Durante años se pensó que era el sistema político que correspondía al capitalismo maduro. Pues ha resultado falso: las tasas de crecimiento de Singapur, China, Corea del Sur o Rusia demuestran que los capitales internacionales premian a los países capaces de tomar decisiones rápidas: una presa o un ajuste a la legislación, por ejemplo. La democracia, en cambio, paraliza y ralentiza la toma de decisiones porque el poder está muy fragmentado. Un poder vertical benigno reacciona de inmediato a las necesidades de inversión.

—Puede ser, pero la democracia es lo único que impide que en lugar de fábricas y contaminación, como sucede en Pekín, el sistema dé prioridad a los pulmones de la gente. ¿Para qué queremos producir más si nadie se preocupa por el aire irrespirable que intoxica a la población?

Tomás se quedó en espera de la respuesta del ministro, pero este había perdido todo interés en la polémica. Estaba demasiado cansado y deprimido para mantener una conversación sobre el país, cuando lo único que le interesaba era combatir al rival político que le quitara a Pamela y le amenazara personalmente. Para lograrlo primero tenía que saber quién era ese adversario y estaba claro que Tomás carecía de pistas.

Se despidieron minutos más tarde, Salazar con la frustración de constatar que una vía de investigación más llegaba a punto muerto. Tomás pensó que conocerlo le dificultaba seguir viéndolo como la eminencia gris, maquiavélica y perversa detrás del trono. Concluyó que, como en el caso de las buenas novelas, no conviene conocer al autor; nunca están a la altura de su fama.

Martes 3 de diciembre, 5.30 p. m.

Mario y Vidal

Tan pronto entró a la casa, Mario llamó a Olga, quien desempolvaba maletas en el cuarto trasero que fungía como bodega; cruzó el pequeño traspatio y la vio con un pañuelo atado sobre el pelo y otro en la mano, propinando con el ceño fruncido severos golpes al equipaje. Siempre lo conmovía la absoluta concentración que ponía su mujer en toda tarea emprendida, parecía no existir nada ni nadie más importante en el mundo: la estampa perfecta del aquí y el ahora. En esas ocasiones Mario envidiaba la actitud zen de Olga, aun cuando a ella esos conceptos le parecieran mamarrachadas. Por más que había intentado imitarla, nunca pudo evadir las dudas que entrañaba tomar cada decisión en los pequeños y grandes actos de la vida; invariablemente terminaba boicoteando las certezas a golpe de planes alternativos y segundas opiniones.

La abrazó por un largo rato como para conjurar el recuerdo de Carmela y confirmar que esta vez había hecho lo correcto. Contra su costumbre, Olga aceptó la caricia prolongada, atribuyéndola a la necesidad de afecto que Mario tendría por los acontecimientos de las últimas horas; ella misma sentía que su pequeño mundo había sido sacudido.

—No nos alcanzarán las maletas —dijo ella, separándose del abrazo.

—Pero si no nos vamos a mudar —dijo él—. Nos ausentaremos solo unos días. Además, Querétaro está a menos de dos horas: si falta algo puedo regresar en cualquier momento.

—A mi hermana y a su esposo les diremos que Vidal andaba en malas compañías y que la única manera de evitarlas era saliendo de la ciudad, ellos ya saben que a esta edad los hijos no obedecen. ¿Te parece?

—Perfecto. En el fondo, es una verdad a medias —respondió él.

—Hacemos maletas hoy en la noche y salimos mañana temprano.

—Mejor en la tarde, tengo que ir a cobrar un cheque a la universidad en la mañana, y necesitaremos dinero en efectivo los próximos días —mintió Mario; en realidad quería ganar tiempo para explicar a los Azules la decisión de eclipsarse por algún tiempo. Sabía que lo entenderían luego de lo sucedido a los Alcántara, aunque no podía dejar de sentirse un desertor de la causa. En la noche vería a Amelia y a Tomás, en la oficina de ella, y tendría que buscar a Jaime por la mañana para hablar personalmente con él. Estaba obligado con su amigo luego de todo lo que hizo por Vidal el día de la tragedia.

—¿Dónde está Vidal? —preguntó Mario—. ¿No sabes cómo le fue con su amigo Luis?

—Él dice que bien, aunque no me quiso dar detalles. Yo lo veo preocupado y confundido, no me gusta nada. Una razón de más para irnos cuanto antes.

Vidal estaba preocupado y confundido, en efecto, lo que no sabían es que además estaba enamorado. Marina, la hija sobreviviente de los Alcántara, le había llamado tres veces en el transcurso de la mañana; por alguna razón la chica seguía encontrando consuelo en el compañero que la abrazara durante aquellas primeras horas de la tragedia en

335

que perdió a su familia. Quizá le recordara al hermano desaparecido para siempre o simplemente era el compañero de los últimos momentos que la chica pasó en la casa que había habitado toda su vida. Sin importar la razón, el hecho es que Marina se aferraba a Vidal en esos primeros días y le llamaba insistentemente desde la casa de sus tíos, donde por el momento residía.

Aunque Vidal era un poco menor, al conversar con ella asumió el papel de adulto protector y cariñoso. La consolaba hablándole de lo que Nicolás habría querido para ella y hacían planes para llevarla a conocer las pirámides de Teotihuacán, un lugar donde nunca había estado. Marina se obsesionó con el tema; su hermano le comentó alguna vez que encontró unos archivos sobre la Pirámide del Sol y quería ir a conocerla. Le pidió a Vidal que la acompañara.

Mario tocó en la puerta cerrada del cuarto de Vidal y esperó hasta que el joven finalmente le dio acceso. Esperaba ver un cuarto semioscuro, maciento y desordenado, pero observó con alivio que la luz y el aire entraban a raudales por las ventanas abiertas e iluminaban el orden inmaculado de la habitación.

Se acomodó en la orilla de la cama y desde su escritorio Vidal comenzó a relatar con mayor detalle los problemas por los que pasara Luis en Guadalajara, el secuestro del que había sido objeto y el grupo, al parecer policiaco, que lo reclutó contra su voluntad. El relato de Vidal confirmó lo que Mario tenía rato sospechando: se habían metido con algo enorme, podrido y malévolo, fuerzas siniestras que se encontraban muy por encima de las posibilidades de él y sus amigos.

Hasta ahora Mario había actuado como si los Azules fuesen los Cuatro Fantásticos o su equivalente, un círculo de poder capaz de imponerse a cualquier circunstancia siempre y cuando se mantuviesen unidos. Así había sido en el pasado, cuando de chicos lograron sortear todo tipo de riesgos y apremios gracias al ingenio y la solidez del grupo. Creyó que esta vez sería igual y que lograrían neutralizar todo intento de agresión a Tomás luego de su temeraria columna, pero en el proceso parecían haber rasgado la piel de un monstruo de crueldad inagotable.

Las palabras de Vidal acentuaron el enorme alivio que le proporcionaba la decisión de ausentarse de la Ciudad de México por algunos días, semanas quizá. Tendría que hablar con su colega, Toño del Potro, con quien cubría suplencias mutuas en las clases de Historia y Sociología que impartían en la universidad.

Luego pensó en el amigo de su hijo. Ellos se pondrían a salvo, pero Luis no parecía haberse dado cuenta del terreno minado sobre el que caminaba.

—Tenemos que alertar a Luis, no tiene idea de dónde está parado. Ponerse a investigar a la familia de un policía cibernético y psicópata puede ser mortal —dijo Mario.

—Se lo advertí, pero no hace caso; ahora no sé dónde localizarlo. Nunca he tenido su número de teléfono, todo lo hacemos por internet. Además él respondió que no debíamos comunicarnos porque le prohibieron alertarme de que me estaban vigilando. Vino a México a escondidas de los que le secuestraron, mañana lo veré en el Starbucks de la calle Tamaulipas.

—Si el tipo ese trabajó en la Siedo, es probable que Jaime sepa quién es. Con un poco de suerte hasta podría influir o convencerlo para que los deje en paz —dijo el padre y se aproximó al escritorio—. A ver, pásame el fólder, déjame ver su ficha.

Mario leyó el currículo de Restrepo que Luis le entregara a su hijo. Vidal lo veía en silencio: cuando su padre llegó a la foto del sujeto, su cara se contrajo en una expresión confusa.

—¿Este es? —preguntó colocando el dedo sobre el rostro risueño del hombre de pelo engomado; su hijo asintió y encendió la lámpara de mesa.

Mario congeló la expresión en un gesto de concentración, la boca semiabierta. La imagen le sugería algo o a alguien: la acercó al haz de luz que iluminaba medio escritorio. Súbitamente el recuerdo golpeó sus neuronas y transformó su cara en una máscara de angustia.

—¡Es el experto que Jaime trajo ayer a casa! —dijo.

Padre e hijo repasaron durante un rato las consecuencias de lo que acababan de descubrir. Los dos concluyeron que Restrepo seguramente trabajaba con Jaime: el examen más detallado de las fechas del paso de ambos por el Cisen y luego la Siedo coincidían puntualmente. Todo indicaba que Jaime lo había llevado consigo en sus distintas responsabilidades, incluso la renuncia de ambos al servicio público era casi simultánea. Mario recordaba que él y Tomás especularon sobre las razones que tendría Jaime para haberse retirado de la administración calderonista dos meses antes del final de sexenio, la misma fecha, veía ahora, que Restrepo escogió para hacerlo.

En aquella ocasión Tomás y Mario asumieron que Jaime se dedicaría al lucrativo negocio de vender consultorías de seguridad e inteligencia a gobiernos estatales, organismos públicos y grupos empresariales: todos los actores políticos y sociales importantes querían espiar, detectar enemigos, mejorar su protección física y cibernética, y pagaban fortunas para conseguirlo. Jaime seguramente había elegido a los mejores expertos de las oficinas públicas que dirigió, para que lo acompañaran en este nuevo giro empresarial. Era probable que Restrepo fuese un lugarteniente en estas nuevas tareas.

No obstante, padre e hijo se resistían a creer que Jaime estuviera detrás del secuestro de Luis; se dijeron que, con

338

toda certeza, Restrepo estaba haciendo esto por su cuenta, a espaldas de su jefe. Al final ambos interpretaron el hallazgo como una buena noticia: la autoridad que Jaime ejercía sobre el policía se convertiría en la mejor garantía de seguridad de Vidal y de Luis.

Mario revisó su reloj, la luz que horas antes entraba por la ventana se había extinguido. Un escalofrío recorrió su cuerpo y pensó que obedecía más a los malos presagios que lo inundaban, que al repentino descenso de la temperatura con la llegada de la noche. Le dijo a su hijo que en la cita que tendría con Tomás y Amelia más tarde les comentaría lo que habían descubierto. Convinieron ambos en mantener a Olga al margen de las nuevas revelaciones y Mario hizo prometer a Vidal que no tomaría ninguna iniciativa hasta que lo discutieran de nuevo.

Martes 3 de diciembre, 9 p. m.

Amelia y Tomás

Impersonal y anodina, pensó Tomás. La oficina de Amelia carecía de cualquier asidero para colgar la vista o la curiosidad, se dijo mientras esperaba a solas que su amiga terminase una reunión en la sala de juntas contigua. Todo indicaba que Amelia ocupaba el lugar como si cualquier tarde fuese a ser la última, le bastaría tomar el bolso y una foto enmarcada de sus padres para abandonar el lugar sin tener que regresar jamás. De cualquier manera, Tomás se divirtió con la idea de que las convicciones ideológicas de izquierda y el buen gusto parecían estar reñidos, o quizá fuese el hecho de que todo presidente del PRD se sabía provisional debido a la accidentada vida interna que caracterizaba al partido.

Al periodista le habría encantado comenzar a leer la transcripción que durante el día había hecho Alicia de los archivos de Pamela, pero no se atrevía a esculcar el escritorio de su amiga. Supuso que muy probablemente los guardaba en la caja fuerte con el resto del material.

La textura y el color de la piel del sofá en el que estaba sentado le hicieron pensar en la noche anterior. Tomás acarició la superficie canela y mullida como si fuese una extensión de los muslos de Amelia; habían comenzado a despojarse de la ropa en el sofá mismo, aunque la intensidad del momento llevó a los dos cuerpos a terminar en el piso.

Fue un episodio menos romántico y más animal que los dos encuentros anteriores, quizá porque ya habían trascendido la sorpresa inicial o tal vez porque el relato de las perversiones sexuales ajenas que contemplaron en la víspera invocó las propias. Tomás observaba el piso y no se explicaba cómo habían acabado en el otro extremo del cuarto; solo recordaba que, tumbados uno al lado del otro, los empellones desesperados y sincopados los llevaron a rastras por el suelo hasta topar con la puerta de la oficina. Se pasó la mano por el irritante tallón que el encuentro había dejado en su cadera; solo ahora reflexionaba en que Amelia debía haber quedado aún más maltrecha.

Se dijo que en algún momento deberían hablar de su relación. ¿Era una relación? Cada uno de los abrazos amorosos habían comenzado y terminado de manera espontánea; arrancaban con una urgencia que no requería palabras y concluían con uno de ellos desenredando la ropa interior de ambos que, como cables en un cajón, se entrelazaban en amoroso amasijo sujeto a su propia pasión. Victoria's Secret y Calvin Klein parecían estarlo pasando tan bien o mejor que ellos mismos.

Pero esta noche no habría intercambio de flujos o de prendas íntimas: Mario se incorporaría más tarde y seguramente la velada terminaría de manera diferente. El recuerdo de su amigo lo llevó a pensar en su extraño mensaje. Media hora antes se había comunicado por el radioteléfono para decirle que tenía información muy delicada que solo podía trasmitirles en persona; por alguna razón quiso asegurarse de que solo ellos tres estuvieran presentes en la oficina de Amelia. Una semana atrás habría desestimado las alarmas de su amigo, hoy no. Luego de la manera en que obtuvo los expedientes de Pamela por conducto de la costurera, Tomás comenzaba a respetar su criterio.

Siguiendo el consejo de Mario, llamó a Amelia minutos antes para asegurarse de que Jaime no hubiese sido convocado a esa reunión, y ella le recordó que ese había sido el acuerdo y no era necesario comentarlo de nuevo. También hizo una observación extraña; le dijo que, curiosamente, Alicia había sugerido lo mismo, que Jaime no estuviera presente. Al recordarlo no pudo evitar que su mirada se dirigiera a la caja fuerte. Se preguntó, de nuevo, qué secretos develaría Pamela esta noche.

—Sobrio y vestido, muy bien —dijo Amelia a manera de saludo.

Tomás sonrió, encantado del sentido del humor de su amiga. Sus comentarios ácidos tenían la gracia de desmontar de manera fulminante las elucubraciones que elaborara en solitario durante horas.

—Todavía es temprano —dijo él—, no me subestimes.

—Carajo —afirmó ella preocupada, haciendo un gesto en dirección al salón de juntas que acababa de abandonar—. Como si no tuviera suficientes problemas. La gente de Salazar tiene un proyecto de ley para destituir a todos los integrantes del IFAI: le van a dar más poder al instituto, pero se van a asegurar de controlar a la mayoría dentro del pleno. Quieren nombrar consejeros a modo.

—Justo lo que hicieron en la Auditoría Superior de la Federación, en la Comisión Federal de Competencia o la Comisión de Derechos Humanos. Más poder a los organismos descentralizados que fiscalizan a la clase política, siempre y cuando queden en sus manos.

—Tal cual. Fortalecen el tejido institucional, y al mismo tiempo se aseguran de que ese tejido sea de su propiedad.

—Las instituciones democráticas en contra de la democracia. Justamente esa fue mi conversación de hoy con Salazar: el tipo está convencido de que lo hacen para salvar al país del caos. Hasta elogió a Putin y la transformación de Rusia —dijo Tomás.

—Es cierto —recordó ella—, hoy viste al Corcho. ¿Y cómo terminó tu reunión?

—Es todo un personaje. Las dos horas que pasé con él me confirman los peores temores: es un hombre peligroso que sabe usar el poder y lo hará hasta las últimas consecuencias. Pese a todo, una parte del viejo conmueve. Es difícil de explicar; hay algo triste y agotado en él. No sé, como si después de Pamela careciera de otra motivación para vivir, salvo llevar a cabo lo que cree que es su destino o su responsabilidad patriótica.

—Lo mismo pensaba Pinochet en Chile, Franco en España o Videla en Argentina. Esos patriotas siempre son los más peligrosos.

—Aquellos eran militares —dijo Tomás pensativo.

—Este en el fondo es policía, no lo olvides —respondió ella.

Los dos guardaron silencio un momento, metido cada uno en sus reflexiones. Inexorablemente sus miradas coincidieron en la caja fuerte. Decidieron comenzar sin Mario; sin embargo, justo en ese momento Alicia comunicó por el interfono la llegada de su amigo.

—Llegas rayando, estábamos a punto de comenzar —dijo Tomás mientras Amelia abría la caja fuerte y extraía el fólder de las transcripciones.

—Esperen —dijo Mario—, antes tengo que decirles algo urgente.

Los otros dos amigos se miraron contrariados, estaban impacientes por comenzar la lectura de los archivos; no obstante, el tono angustiado y la cara sudorosa del recién llegado no admitía réplica.

Mario se tomó su tiempo para relatar todo lo que Vidal le había dicho sobre Luis, el talento singular del tapatío, su papel en la investigación de Pamela y el secuestro y reclutamiento forzado del que fuera víctima. Concluyó con la noticia de su llegada a México y su descubrimiento de la identidad de Restrepo.

Tomás y Amelia trataron de recordar los detalles de la visita de Restrepo y el joven acompañante que habían visto la mañana anterior, cuando la pareja convocada por Jaime llegó al hogar de los Crespo a revisar la computadora de Vidal.

—¿Estás seguro de que es él? ¿Vidal también lo reconoció en la foto? —preguntó Amelia.

—Él nunca lo vio. Se había ido a recostar a nuestra recámara, ¿recuerdan? Fui yo quien subió al cuarto de Vidal para mostrar a Restrepo dónde estaban los equipos. Pasé un rato con él: es el mismo de la foto —al decirlo, Mario se acordó de que había traído consigo la imagen que les facilitó Luis; del bolsillo del saco extrajo la reproducción del diario y se la mostró a sus amigos.

Amelia y Tomás la miraron con detalle y los dos recordaron perfectamente al hombre atildado y eficiente que habían visto el día anterior.

—Pinche Jaime —dijo Tomás—, ¿en qué cosas anda metido?

—Espérate —atajó Mario—, Vidal y yo creemos que Restrepo está actuando por iniciativa propia. Seguramente tiene instrucciones de Jaime de reclutar a los mejores *hackers*, pero los métodos deben ser aportación personal de este cabrón. Ni siquiera creo que Jaime supiera de la existencia de Luis, mucho menos que fuese amigo de Vidal. Nunca lo habrían tocado.

—Yo no estoy tan seguro —dijo Tomás.

—Quizá porque tú no viste la vehemencia que Jaime desplegó para defender a Vidal frente a los policías en casa de los Alcántara. Parecía el padre de mi hijo, Tomás —reaccionó Mario, ofendido.

—En cualquier caso, luego de que hablemos con Jaime él hará que Restrepo deje de ser una amenaza para los chicos; creo que de eso podemos estar seguros —dijo Amelia en tono conciliatorio. En ese momento recordó la sugerencia de Alicia de no convocar a todo el cuarteto a la sesión de esta noche, y se preguntó si tendrían alguna sorpresa adicional de parte de Jaime en lo que restaba de la velada.

—Propongo que nos metamos a ver los expedientes y luego hacemos balance de los pasos por seguir. Le pedí a Alicia que escuchara un poco de cada casete y se concentrara en los nombres más célebres y conocidos, particularmente lo que tuviera que ver con Salazar de manera directa —dijo ella.

—Si quieres yo leo en esta ocasión —propuso Tomás, y tomó el legajo de páginas mecanografiadas de manos de su amiga.

Hurgó en el escrito buscando el apellido de Salazar, pero se encontró antes el de Lemus y se detuvo. Si había algún otro secreto de Jaime, quería saberlo de inmediato.

—Aquí hay uno sobre Lemus —les advirtió Tomás. Amelia hizo un gesto de preocupación; no obstante, inclinó la cabeza para conminarlo a leer. El cuerpo de Mario se contrajo en anticipación de lo que podría escuchar—: «Del archivo "La enorme distancia": En los últimos meses he tratado mucho a Lemus. Es un hombre muy cauto y no ha sido fácil acercársele, aunque pensé que valía la pena porque está metido en muchos temas importantes. No parece muy interesado en el sexo, pero encuentra divertida mi conversación.»

Tomás se interrumpió un instante y miró a sus dos amigos, para ver si alguno objetaba dar lectura a los siguientes párrafos. Los tres sentían que incurrían en alguna suerte de profanación al adentrarse en las confesiones de Pamela sobre su amigo: Jaime nunca había compartido con ellos intimidades de naturaleza sexual. Sin embargo, la curiosidad se imponía a cualquier prurito. El periodista continuó leyendo.

—«A Lemus no le gusta que nos vean juntos, por lo cual pasamos un fin de semana en unas playas solitarias de Costa Rica. Tuve que contarle secretos de algunos de sus colegas para que él compartiera conmigo algo interesante; sabe muchísimo y me fue soltando algunas perlas poco a poco. Para provocarlo me inventé unas trivias: le propuse que la cena fuera gratis para quien lograse mencionar más homosexuales entre la clase política; no, bueno, parece requisito para ascender. Él llegó a veintidós, yo apenas a dieciséis. Por gabinetes, el de Zedillo ganó; tuvo cinco ministros gais en su gestión, por cuatro de Fox y tres de Calderón.

»Luego apostamos a ver quién podía elaborar el *top ten* de los políticos más corruptos en atención al patrimonio acumulado. Yo le rechacé cuatro de sus nombres para que me argumentara con datos. Pues resulta que no son los exgobernadores ni los líderes sindicales los más ricos, ya que están obligados a repartir de manera piramidal, y mira que hay unos, como el de Chiapas, que salieron forrados. Pero no, los más enriquecidos son los políticos que generan grandes negocios para sus amigos y se quedan con una porción de las acciones. Me dijo que el que desfalca treinta millones de dólares del erario es un bruto, el riesgo y la exposición son inmensos; los verdaderamente multimillonarios son los que consiguen la concesión del manejo de aeropuertos por veinte años para una empresa y obtienen diez o quince por ciento de las acciones por medio de prestanombres. Esos, me dijo Lemus, ordeñan fortunas a lo largo de varios sexenios. Concesiones mineras, monopolio en el abastecimiento de agua para ciudades importantes, transportación de petróleo, proveeduría de largo plazo al Ejército o a la Comisión Federal de Electricidad, terrenos dentro de un gran desarrollo urbano o turístico. Ese es el modelo de Hank González, exregente de la ciudad, aunque lo comenzó el presidente Miguel Alemán en los años cincuenta con las concesiones a la televisión mexicana.

»Le estoy aprendiendo mucho a Lemus, aunque lo veo poco. Dentro de quince días nos vamos a Punta del Este. Espero entonces ampliar este informe.»

El periodista se tomó un respiro. Levantó el rostro para ver a sus amigos y solo advirtió expectación en sus miradas; reanudó la lectura.

—«Está cabrón Lemus, creo que se está encaprichando conmigo. En el fondo es algo enamoradizo, aunque lo tiene muy escondido. También me doy cuenta de que, igual que yo, está tratando de sopearme: ya vio que soy un arcón de secretos políticos y hasta parece que quiere reclutarme. Yo le dije en broma que quiere ser mi chulo, mi proxeneta, para regentear mi cuerpo a cambio de secretos pero no le hizo mucha gracia, se sintió ofendido. Eso fue hace tres semanas y no nos hemos vuelto a ver». Me suena mucho a Jaime —dijo Tomás alzando de nuevo la cara para dirigirse a sus amigos.

—No me lo habría imaginado enamoradizo —intervino Amelia—, aunque el resto lo pinta de cuerpo entero.

—Oigan, yo no encuentro alguna revelación comprometedora —dijo Mario con alivio—. Si acaso, más bien me parece que hay que envidiarle.

—¿Hay algo más? —preguntó Amelia.

—Un apunte final —dijo Tomás, dando vuelta a la hoja—: «Ayer nos vimos en la fiesta de los Camil, me saludó de lejos aunque nunca llegamos a hablar. Nos la pasamos mirándonos con disimulo toda la noche; yo creo que los dos nos quedamos un poco enganchados. Sin embargo, ninguno dará el siguiente paso y es una lástima, a pesar de la diferencia de edad».

—No se refiere a Jaime —se hizo un incómodo silencio durante el cual ninguno de los amigos se atrevió a verse a los ojos. Finalmente Amelia dijo lo obvio—: ¡Está hablando de Carlos!

—Qué calladito se lo tenía el licenciado —dijo Tomás, sin poder ocultar una torcida satisfacción por la frustración que advertía en Amelia.

—¿Cuándo habrá sido eso? —preguntó Mario.

—No está claro, supongo que poco antes de comenzar a salir con Salazar, pues ya hace alusión al gabinete de Calderón. Su sexenio arrancó en diciembre de 2006 y ella se hizo amante de Salazar en 2009. Yo lo situaría en torno a 2008 —dijo Tomás, mirando de reojo a Amelia.

Pero ella no lo escuchaba; percibía sus voces lejanas y distorsionadas, como si se encontrase dentro de una alberca. Amelia se sorprendió por la punzada de dolor que le acuchilló el pecho. Nunca había sido una mujer celosa, no obstante, le irritaba darse cuenta de que el gran amor de su juventud estaba metido en el catálogo de amantes de una *vedette* de la farándula. Habría pensado que Carlos estaba en otra liga, apartado del resto de políticos corruptos y depravados. Compartir amante con Pamela la vinculaba a ella misma a esos cuerpos podridos, de lujuria e inmoralidad vergonzantes; apenas dos grados de separación de individuos a los que despreciaba profundamente. La atacó una repentina urgencia de meterse en una tina y desprenderse la nauseabunda costra que sentía brotar en su piel.

Mario y Tomás percibieron su largo silencio y también callaron. Tomás se acercó a ella y la abrazó; Mario los miró con expresión angustiada, sin saber qué hacer. Poco a poco Amelia fue saliendo de su letargo; ella misma rompió el *impasse* que se había instalado en la habitación.

—¿Qué otros casos habrá en el resto del texto? Lo de Carlos sirve para muy poco —dijo en el tono más neutro del que fue capaz, tomando distancia del cuerpo de Tomás. Este último regresó a los papeles y abordó el siguiente caso: leyó sin parar hasta terminar todo el material que tenía en las manos.

Al final, los tres amigos se habían enterado de los asesinatos que ordenó un gobernador de Oaxaca, la red de prostíbulos y tráfico de personas con la que estaba relacionado el director del Instituto de Migración, los vínculos de un arzobispo con el lavado de dinero procedente de Tijuana y el intercambio de niñas y niños con fines sexuales que realizaban entre sí un expresidente de la Comisión Nacional de Derechos Humanos y un destacado líder del PRI en el Congreso.

La lectura dejó a los tres con una sensación incómoda, aunque a cada uno de manera diferente. Mario pensó que la política era más sucia de lo que creía y se felicitó por haber hecho una carrera al margen de ella. Tomás consideró que tenía material para una docena de columnas de impacto explosivo, aunque impublicables por carecer de fuente acreditable. Y Amelia sintió que sus náuseas regresaban solo de imaginarse a Pamela en el lecho con cada uno de los monstruos de los que acababan de enterarse. Fue ella quien hizo el primer comentario.

—No me imagino de dónde sacaba estómago para revolcarse con estos a los que ella misma no duda en calificar de canallas.

—En beneficio de ella hay que decir que en el asunto de los niños abusados, decidió pasarle un aviso al procurador y pedirle que hiciera algo al respecto, como ella misma explica —matizó Mario.

349

—Otro con el que probablemente se había metido en la cama —añadió Amelia.

—Oigan, ¿y si la mataron los propios parientes, molestos por su promiscuidad? Digo, Pamela hablaba explícitamente de las perversiones sexuales en que participaba y hasta se grababa en video. ¿No se habrán hartado o avergonzado en Culiacán? —dijo Mario.

—No jodas. ¿Narcos pudorosos? Eso sí que sería una novedad —respondió Tomás.

—Tampoco puede descartarse —dijo Amelia—. Ella se vino a México y se metió en ambientes más liberales, por decirlo de alguna manera; sus familiares no. Aquellos podrán ser matones, pero en el fondo siguen siendo más provincianos. Si a mí me alarma la impudicia de Pamela para exhibirse como una puta de lujo, a los parientes pudo haberles irritado.

—Le estamos buscando chichis a las culebras —atajó Tomás—. Con lo que hemos leído entre ayer y hoy, por lo menos hay una docena de políticos poderosos que habrían tenido razones de sobra para eliminarla de haberse enterado de los reportes que ella enviaba. No sabemos qué hacían en Culiacán con esta información, pero si fue utilizada para chantajearlos, más de uno pudo haber conjeturado la responsabilidad de Pamela en la filtración de datos.

—Lo cual complica aún más identificar al asesino de Dosantos —dijo Mario.

—Nosotros no somos policías —objetó Amelia—. Si nos interesaba averiguarlo era porque al principio creíamos que Salazar podía ser el autor de su muerte: evidenciarlo habría tenido un impacto político capaz de poner en jaque a la administración y neutralizar sus tendencias autoritarias. Sin embargo, hoy tenemos claro que el Corcho no fue el asesino. Eso nos deja con las manos vacías. Fin de la historia.

—Pero los casos que hemos leído son municiones importantes, ¿no? Algunos son verdaderamente escandalosos —argumentó Mario, poco dispuesto a renunciar al valor de los expedientes encontrados.

—Todavía no ha salido alguien del primer círculo de Prida. La factura sería para toda la clase política: hay varios priistas embarrados, aunque también de otros partidos —respondió Tomás decepcionado.

—Espera. ¿Y por qué no hay un informe sobre Salazar? Pamela los hizo de todos sus amantes, ¿no? —contraargumentó Mario.

—Tienes razón —respondió Tomás—. O Alicia aún no lo ha encontrado o de plano Pamela se encariñó con el viejo y lo excluyó de los reportes.

—¿Y tú crees que el cártel se habría quedado tan tranquilo con su silencio? Salazar era la mayor presa que Pamela había conseguido; no iban a renunciar a tener una oreja en el centro mismo del gobierno de Prida —aseguró Amelia.

—¿Y si Pamela se negó a delatarlo y por eso la mataron? —complementó Mario.

—¿Pamela en un sacrificio por amor? —dijo Amelia—. A estas alturas me resulta imposible creerlo. A mí me parece que ella había desarrollado una verdadera pasión por sus tareas de espionaje; las grabaciones muestran la satisfacción con que relata cada infamia develada. Salazar era la pieza mayor de su colección; debe haber un reporte, simplemente no lo hemos encontrado —concluyó.

—Coincido —dijo Tomás, pensativo—. Dile a Alicia que abandone la transcripción y se dedique a escuchar todos los casetes hasta encontrar algo sobre Salazar o agotarlos.

—Me parece bien —aceptó Amelia—. Veámonos mañana por la noche aquí mismo y revisamos lo que haya encontrado.

Tomás se puso de pie para dar por concluida la larga sesión. Experimentó la fatiga de los días sin dormir, el estrés acumulado y, sobre todo, la frustrante sensación de que recorrían terreno, pero no avanzaban, como si nadaran vigorosamente a contracorriente solo para no retroceder. Muchas cosas habían pasado en dos semanas, y pese a todo seguían con las manos vacías. En este momento solo quería desplomarse sobre su cama y desconectarse de la vida. Mario volvió a conectarlo.

—Falta una última cosa —dijo—. ¿Qué hacemos con Jaime?

—¿Te refieres a lo de Restrepo, a los archivos de Pamela, o a lo que hizo su padre con ella? —preguntó Amelia con la voz enronquecida.

—Lo de Restrepo urge —respondió Mario—, pero también lo otro habrá que decidirlo. ¿Cuándo le informamos lo de los expedientes? Se tomará a mal que lo hayamos mantenido al margen, ¿no creen?

Ahora que Carmelita estaba fuera del país, Mario no tenía objeciones para enterar a Jaime sobre la existencia de las grabaciones. Por el contrario, se sentía en deuda con él por la manera en que ayudara a Vidal ante los policías. El hecho de que hubiese sido el propio Mario quien encontró los archivos y solo los reportara a Tomás y Amelia le hacía sentirse culpable.

—Tiene razón Mario —aceptó Amelia, dirigiéndose a Tomás—. ¿Quién habla con Jaime?

—Hazlo tú, será mejor. Si lo hago yo, acabaríamos a gritos —respondió Tomás.

—De acuerdo, yo lo hago aunque no sé en qué vamos a acabar nosotros —dijo ella.

Los tres amigos se despidieron; Amelia también estaba cansada, pero decidió quedarse un rato más en la oficina.

Quería asegurarse de poner a buen recaudo los expedientes y las transcripciones realizadas por Alicia. Durante algún momento de la sesión se contagió del pesimismo de Tomás pero ahora, en el silencio neutro de su despacho, sentía la proximidad de los archivos, como si fuesen una entidad viva y palpitante. Pese a haber cerrado la caja fuerte, la voz de Pamela insistía en decirle algo. Las cintas con su aliento y las imágenes de la piel lechosa de la actriz se resistían a eclipsarse por la noche, como un pastel de chocolate que tras la puerta de la alacena hace un llamado irresistible.

Los afanes y sudores de la actriz, los secretos de Estado que había develado, las infamias de los poderosos, el centenar de horas grabadas, el semen derramado… Una tarea notable digna de mejor causa, pensó Amelia al recordar a los capos del narco, verdaderos beneficiarios de esa información.

Y solo entonces tuvo la revelación: súbitamente cayó en cuenta de que la lucha ya había terminado. El simple hecho de difundir que la amante de Salazar fue durante años la espía del Cartel de Sinaloa podría convertir en cadáver político al ministro más poderoso del país. Que eso sucediese de manera fulminante o por lento deterioro dependería de Pamela; ¿existía un expediente sobre Salazar, o habría respetado a su amante?

Eso no lo sabría hasta el día siguiente, pero esa noche durmió con la placidez que no había disfrutado en muchos meses.

Miércoles 4 de diciembre, 8.30 a. m.

Carlos y Salazar

Las terrazas donde se servía el desayuno en el Four Seasons exhibían la clientela acostumbrada de políticos y empresarios, comprobó Lemus al repasar las mesas. Los primeros se distinguían de los segundos porque invariablemente elegían estar de frente a la puerta de entrada; los empresarios, en cambio, se sentaban donde el azar los llevara o, si tenían la edad suficiente, donde hubiese menos corrientes de aire procedentes del jardín. Los políticos tenían por regla dar la espalda a una pared, nunca al acceso de la calle. Era en parte un viejo reflejo de los tiempos revolucionarios, cuando todos traían pistola y rencillas pendientes, y la diferencia entre vivir y morir en una cantina dependía más del reparto de asientos que del reparto de culpas. También obedecía a la necesidad de todo político de ver y ser visto, bajo la lógica de que un buen restaurante es siempre una pasarela.

Carlos hizo lo propio y saludó a los comensales de un par de mesas hasta llegar al fondo del salón, donde ya lo esperaba Augusto Salazar. Se conocían de tiempo atrás, aunque Lemus se había encumbrado mucho más rápido en las altas esferas que su colega. Por primera vez en el rosario de encuentros que existía entre ambos, el viejo era el de mayor jerarquía y lo hizo notar: saludó a Carlos desde su asiento, estirando el brazo para darle un saludo breve con mano lánguida y voz apagada. Lemus no lo tomó a mal: seguramente era un desquite infantil por anteriores desaires involuntarios del propio Lemus, cuando las jerarquías estaban invertidas.

Ordenaron café, algo de fruta y huevos revueltos sin yemas; ambos rechazaron beber jugos. Los políticos de hoy en día van al nutriólogo, evitan las harinas y controlan el colesterol; Lemus y Salazar no eran la excepción.

—¿Cómo estás, Augusto? Siento lo de Pamela —dijo Carlos después del primer sorbo al café.

—¡Qué te puedo decir! De la chingada. A ti no te lo voy a ocultar.

—Me lo puedo imaginar. Pamela es irremplazable —comentó Carlos solidario; pero su comentario hizo que Salazar alzara la vista y le examinara el rostro. Lemus se mantuvo inexpresivo, no quería complicar una conversación de por sí incómoda con alguna sospecha por parte del ministro de que él también había sido amante de la artista. Sin embargo, su apostilla era sincera: a Carlos le resultó difícil olvidar a Pamela a pesar de que solo se frecuentaron durante algunos meses. Podía imaginarse la desesperanza de quien fue su amante a lo largo de varios años.

—¿Alguna novedad sobre los responsables? —agregó el abogado cuando creyó que la pausa se había prolongado lo suficiente.

—Esperaba que tú me ayudaras un poco con eso. Sé que conocías bien a Coronel, el abogado que le pasó el tip a Tomás Arizmendi para su columna. ¿Sabes con quién se relacionaba últimamente? ¿Qué asuntos manejaba?

—Por allí va a ser difícil encontrar la hebra. Coronel andaba en muchos asuntos y carecía de clientes fijos; me imagino que su oficina debe tener todo el registro.

—Ya peinamos eso —aseguró Salazar—. Por desgracia era de esos abogados que desconfían de los papeles y los ayudantes, los casos más importantes los llevaba él y los documentos seguramente los guardaba en otro lado, porque no han aparecido. Antes de su muerte fue torturado; quizá los responsables se llevaron sus archivos. En su casa tampoco se encuentran.

—¿Y su celular, el registro de llamadas? —inquirió Lemus.

—Su secretaria afirma que usaba tres aunque el oficial, el que estaba a su nombre, no es de utilidad; solo llamadas a su casa y a su oficina, nada relevante. Los otros dos teléfonos están desaparecidos y ni siquiera conocemos el número —contestó Salazar aunque con irritación creciente: ahora era él quien estaba respondiendo en lugar de hacer las preguntas.

Carlos consideró el tema de los teléfonos celulares y juzgó que él tenía al menos uno de los números desconocidos de Coronel. Recordaba que el abogado asesinado ocasionalmente le había hecho consultas sobre algún tema delicado; con toda seguridad realizó esas llamadas desde su teléfono confidencial, pero eso no se lo iba a decir a Salazar.

—¿Crees que Jaime sepa algo? Sé que también él lo conocía muy bien —preguntó Salazar.

—No tengo idea. Sabes perfectamente que no nos hablamos —contestó Carlos.

El distanciamiento entre padre e hijo se remontaba a más de una década y era conocido por toda la clase política. Carlos consideró que la pregunta buscaba incomodarlo o encerraba alguna amenaza velada; se preguntó si Jaime estaría en la mira del ministro.

—Lo que nadie ha sabido nunca son los motivos de su ruptura —atacó Salazar, clavando una mirada de desafío en Lemus; resultaba claro que lo estaba provocando. Lemus pensó que, después de todo, era probable que supiera de su romance con Pamela, o simplemente estaba tan desesperado que hacía preguntas irritantes intentando pescar algo.

—¿Y qué te hace pensar que los voy a ventilar contigo? —dijo echándose hacia atrás en el respaldo de la silla.

—Tienes razón, esos son asuntos familiares. Para que veas cuán descolocado me tiene este asunto, Carlos —reculó Salazar en tono conciliador.

El abogado tomó otro sorbo de café, no iba a perder los estribos. Una de las máximas de Salazar era justamente esa: «Yo empujo y empujo, y donde toco pendejo por allí me voy», solía decir. Carlos no estaba dispuesto a ser su pendejo del día. Si Salazar quería pescar a oscuras, también él podía lanzar sus anzuelos.

—Quizá te estás obsesionando con las hipótesis políticas. A la mejor el asesinato no tiene que ver contigo, ¿te has preguntado la cantidad de amantes despechados que podría haber en el pasado de Pamelita, los secretos que ella guardaba de otros personajes de poder?

Dio en el blanco: ahora fue el ministro quien levantó la taza de café y la mantuvo un instante más de lo necesario sobre su rostro, pero el impacto del comentario de Carlos quedó evidenciado con el tintineo de la taza al ser depositada sobre el plato por una mano temblorosa. Salazar no desconocía el pasado de Dosantos, pero prefería ignorarlo, como si hubiese un antes y un después a partir del día en que se juntaron; lo que Lemus había insinuado era que su relación simplemente constituía la última cuenta de un rosario de amantes.

—Desde luego que Pamela despertaba pasiones; sin embargo, nadie se atrevería a meterse conmigo por un asunto de amores: se jugaría la vida. No, el que lo hizo le sembró el dato a Arizmendi para tratar de joderme políticamente. Pinche periodista, alguien debería cargárselo por pendejo —afirmó Salazar, colérico.

Y probablemente es lo que tratabas de hacer el día que intentaste secuestrarlo, se dijo Carlos. Se dio cuenta de que en el estado en que se encontraba Salazar, Tomás no estaba fuera de peligro. Tendría que advertirle. Además, a la velocidad con que el periodista hacía enemigos políticos con sus explosivas columnas, Salazar podría hacerlo desaparecer y dejar correr el rumor de que la autoría tenía otros orígenes. El último texto de Tomás, pidiendo mano dura contra los Zetas, ofrecía la coartada perfecta para atribuir su ejecución a un sicario del narco.

—Eso es un tema delicado: el primer crimen político en el régimen de Prida. Sería un escándalo —dijo Carlos, simplemente para ofrecer algún contraargumento.

—En México el asesinato de un periodista ya no conmueve a nadie, ni siquiera a los propios medios de comunicación. Van más de setenta en ocho años —rebatió Salazar en tono inapelable.

—No en el caso de periodistas de este tamaño, todavía se recuerda el de Manuel Buendía y fue en 1984. Supongo que a Prida no le gustará cargar con un mártir de la prensa en su sexenio, ¿no crees? —ahora era Carlos quien le hacía una amenaza velada, una especie de advertencia de que cualquier represalia contra Tomás tendría que ser consultada previamente con Los Pinos.

—¿No te das cuenta de que el asesinato de Pamela para incriminarme es un ataque al propio gobierno de Prida? ¿Tú crees que el presidente no lo sabe?

—Quizá tengas razón, aunque lo de Arizmendi es lo menos importante en esa ecuación. Matar al mensajero no resuelve nada, solo lo empeora.

Salazar resopló incómodo, frustrado. Salvo eso, nada en su cuerpo denotaba que estuviera perdiendo los estribos, pero la siguiente frase no dejó dudas.

—¿Sabes, Lemus, por qué siempre me has caído mal? —preguntó en tono seco, y sin esperar respuesta agregó—: Porque siempre has sido un hipócrita. Los que estamos en la trinchera no somos perfectos, pero sabemos que hay que mojarse. Tú pretendes hacer creer que sobrevuelas la política sin mancharte, cuando en realidad la regenteas. Te has enriquecido defendiendo con éxito a corruptos y corruptores gracias al tráfico de influencias. Das cátedra de análisis político en tus comilonas, nos juzgas a los funcionarios y luego intercambias favores con aquellos a los que criticas, para terminar haciéndote de una facturación millonaria. Me recuerdas a los que venden armas para la guerra y luego se horrorizan de la violencia.

El volumen de su voz atrajo la atención de un par de mesas vecinas; era inusitado ver al ministro aparentemente fuera de sus casillas. Carlos lo escuchaba sin parpadear, pensó que Salazar debía estar al límite; pero él tampoco era alguien que gustase de recibir un golpe sin devolverlo.

—Te voy a decir por qué me retiré de la trinchera, como tú dices: lo hice para no tener que trabajar con tipos como tú. No sé si tu alegoría sobre el vendedor de armas sea cierta, y si así fuera, entonces tú eres el general nazi y belicoso que va a usarlas hasta acabar con todos los soldados que lo rodean, propios y ajenos. Ves la política como un patrimonio que les pertenece a los políticos, su *cosa nostra*; yo la veo como el punto de encuentro entre las necesidades del colectivo y los profesionales que las gestionan. No sé si Prida tenga madera para ser buen o mal presidente, lo que sí sé es que mientras estés tú hablándole de controles, de gobernabilidad y de manipulación, el regreso del PRI será un paso atrás en la modernización del país. Te consideras un artista de la política aunque en realidad eres un dinosaurio disfuncional, peligroso y anacrónico.

Carlos también había alzado la voz: todas las mesas en torno a la suya suspendieron sus conversaciones y escuchaban con atención el diálogo encendido. El abogado los vio de reojo y decidió que él se quedaría con la última palabra. Depositó la servilleta sobre la mesa, se puso de pie, musitó un «Que tengas un buen día, Augusto» y salió del restaurante.

Al subir al auto estaba lívido. De manera mecánica tomó un periódico de la pila que conservaba el chofer en el asiento trasero e intentó leer, pero la página temblaba en sus manos y era incapaz de concentrarse en los titulares. Dejó a un lado el diario y recapacitó; lo que acababa de hacer era peligroso. No solo insultó a Salazar sino que lo había hecho en público. En condiciones normales habría significado un congelamiento de su persona y de sus intereses por parte del régimen y de varios círculos políticos, con todos los riesgos que ello implicaba: auditorías rudas e inesperadas a manos de las autoridades fiscales, demandas de clientes o extrabajadores con pretextos absurdos y jueces complacientes, golpeteo en los medios de comunicación a su imagen profesional. Eso en condiciones normales: en la situación al borde del límite en que vio a Salazar, su venganza podría escalar mucho más alto que eso.

Decidió utilizar un recurso al que se había prometido nunca acudir. Extrajo del bolsillo interior un pequeño teléfono celular, el que rara vez utilizaba y solo tenía diez números premarcados; pulsó uno de ellos y esperó respuesta. Una voz masculina se puso al teléfono. Carlos simplemente pidió:

—Con el presidente Carlos Salinas, por favor. De parte del abogado Carlos Lemus —esperó un momento y escuchó una voz familiar a todos los mexicanos.

—Tocayo, ¿cómo estás? Qué milagro.

—Bien, licenciado. Estoy llamando al privado, ¿cierto?

—Sí —respondió Salinas—. Habla sin cuidado.

—Vengo saliendo de un desayuno con Salazar.

—¿Y qué dice el buen Augusto?

—Dice muchas cosas y no todas convenientes para la imagen de la administración. Juzgué prudente que el presidente Prida estuviese enterado de que su secretario de Gobernación está a punto de perder el control de sí mismo.

Se hizo un largo silencio.

—¿Estás seguro de lo que dices?

—Tan seguro que no me atrevería a decírselo a otra persona —Carlos Lemus pensó que no era un buen argumento, aunque sonaría halagador al otro lado de la línea.

—Mantenlo así. Nadie más se entera. Yo me ocupo —dijo el expresidente y colgó.

Al cortar la llamada, Carlos se dio cuenta de la magnitud de lo que acababa de hacer. En diez segundos había doblado la apuesta: con la acusación transmitida podía perder todo o ganarle la partida a Salazar. Carlos Salinas era una de las pocas personas en el país que podían ser recibidas en el acto por el nuevo presidente. Por supuesto que antes de eso Salinas indagaría primero sobre el estado anímico de Salazar y si confirmaba su versión sin duda acudiría a Los Pinos y le participaría a Prida la situación. No obstante, si no encontraba algún exabrupto por parte del ministro de Gobernación, lo más probable es que se hiciese útil a este y le revelase a Salazar el intento de Lemus de crucificarlo. En tal caso los dos, Salinas y Salazar, acudirían juntos con el presidente para ver qué hacer con el incómodo abogado que intentaba desestabilizar al equipo gobernante; de ser así, Lemus estaría condenado.

El abogado se preguntó si había apostado demasiado alto. ¿Realmente estaba Salazar fuera de sus cabales o solo era un descontrol provocado por la conversación ríspida que acababan de tener? De la respuesta dependería la suerte de ambos.

Lemus se dijo que no podía dejar las cosas al azar. Si el ministro no había perdido el control, pensó que todavía podía hacer algo para conseguirlo. Llamó a otro número de los diez premarcados en su celular.

—Hola, Carlos —contestó Amelia.

Miércoles 4 de diciembre, 10.15 a. m.

Amelia y los Lemus

El aroma que desprendía el cuerpo de Carlos Lemus ya no evocaba un dátil, se dijo Amelia, aunque en el momento de saludarse no pudo precisar la naturaleza de su olor. Debió cancelar una cita matutina para quedarse en casa y esperar al abogado luego de su apremiante llamada. Nunca había escuchado a Lemus tan tenso; por primera vez desde que lo conocía se oía, y olía, como el resto de los mortales: angustiado.

Lo recibió en la sala de su casa con un café, aunque Lemus le pidió un tequila. Eso alarmó aún más a Amelia: él no acostumbraba beber antes de la comida. El abogado ni siquiera se dio cuenta del abrazo frío y el beso al aire con que Amelia lo saludó al entrar a su casa. Comenzó a hablar casi de inmediato.

Lemus relató a grandes rasgos la conversación con Salazar y la llamada telefónica a Salinas; le compartió su impresión sobre el estado emocional del secretario de Gobernación.

—Yo me reuní con él hace tres días —dijo ella—. Lo vi triste aunque muy lejos de estar desquiciado.

—Me da la impresión de que cada día que pasa sin conocer la identidad del asesino comienza a resultarle intolerable. Siempre ha sido un *control freak*, solo que ahora que está convencido de que hay una especie de complot en su contra se le ha disparado la paranoia.

—¿Y tú crees que pueda hacer una estupidez?

—En primer lugar temo por Tomás, durante la conversación se preguntó si no habría que desaparecer a tu amigo. El Salazar de siempre, el profesional, pudo haberlo pensado, pero nunca lo habría dicho y menos a alguien como yo, que no goza de sus confianzas. Y antes de eso insinuó que Jaime podría estar detrás del complot en su contra.

—¿No crees que te pudo estar provocando? Conmigo intentó algo parecido, aunque no llegó a mayores.

—No, fue mucho más que eso. Me atacó de frente como quemando naves, sin posibilidad de retorno. Eso tampoco lo habría hecho un Salazar en sus cabales.

—¿Y crees que pueda cumplir lo que dijo? Me refiero a Tomás, quizás a Jaime.

—Es difícil decirlo, aunque no podemos correr el riesgo.

—¿Y qué sugieres?

—Con la llamada a Salinas he tomado la medida que puede neutralizarlo, pero hay que asegurarnos de que Salazar pierda la compostura, si no es así, el obús se volteará en contra de mí. Mañana jueves es día de publicación de la columna de Tomás; creo que un texto dedicado a Salazar con algunos de sus trapos sucios terminaría por darle la puntilla.

—O a Tomás. Si el Corcho cree que es un complot, con eso asumirá que él está en el centro del mismo. Prácticamente se pondría una soga al cuello si escribe un texto como el que pides —dijo ella, molesta.

—Hay momentos en la vida en que hay que tirar los dados y arriesgarse. Yo estoy convencido de que con ese empujón Salazar perderá los estribos, Salinas hará su trabajo y presidencia sacrificará al ministro. Prida ha actuado de esa manera cada vez que un hombre de su círculo ha quedado comprometido frente a la opinión pública. Bastaría con esconder a Tomás unas horas, un par de días máximo.

—O para siempre, si te equivocas.

—Hace una semana lo recibí cuando me lo pediste. Durante la conversación él me aseguró que estaba dispuesto a ir hasta las últimas consecuencias con tal de hacer una diferencia política, y me pareció sincero. Pues esta es su oportunidad: la caída de Salazar pondría al gobierno de Prida a la defensiva, perdería la fortaleza de la que está haciendo gala, gracias a la cual los suyos están tomando el control de la vida nacional. ¿No es eso lo que querías?

—¿Y tú qué quieres? ¿No habrás llevado una rencilla de machos demasiado lejos? —dijo ella con resentimiento.

Lemus la examinó con atención; era la primera vez en la vida que le hablaba con tal enojo. Se preguntó, por segunda vez en el día, cuántos sabrían de su romance con Pamela. Decidió no incursionar en ese tema, no era el momento para hablar de amores.

—¿Al menos le transmitirás a Tomás mi propuesta?

—¿Y con qué datos alimentaría su columna? —respondió ella, todavía dudosa.

—En el trayecto hacia acá hice algunas notas —anunció él, extrayendo una hoja de un bolsillo lateral de su saco—. Son negocios que ha realizado Salazar gracias a sus puestos públicos, propiedades asignadas a prestanombres, alguna de ellas de proporciones escandalosas. En el transcurso del día te hago llegar un sobre con cifras y datos puntuales.

No se dijeron mucho más. Ella se despidió de mano colocando la izquierda sobre el antebrazo de él para impedir un abrazo, como lo había hecho con innumerables políticos a lo largo de su vida; él ni siquiera se dio cuenta.

Poco después, cuando Amelia se llevó la mano al rostro, captó el aroma de Lemus: era el de un chabacano malogrado por el sol.

Media hora más tarde, camino a su oficina para encontrarse con Jaime, intentó llamar a Tomás, pero este no atendía el radioteléfono. Le urgía hacerle saber lo ocurrido en la mañana entre Salazar y Carlos, y las renovadas amenazas que se cernían sobre él. El recuerdo de Carlos volvió a irritarla: seguía pensando que la preocupación del abogado por Tomás, e incluso por Jaime, era un pretexto para librar una batalla de gorilas alfa con Salazar. No sabía si la animadversión entre ellos obedecía a una rivalidad política o surgía de la competencia por Pamela; en cualquier caso, la visión casi épica que había tenido siempre de Carlos Lemus se estaba haciendo añicos. Lo vio ahora como un político similar al resto, dispuesto a jugar con la vida de los particulares y con el interés público en aras de sus pasiones e intereses personales. ¿Había sido siempre así, desde que eran amantes, y ella había sido incapaz de verlo, o la edad lo había descompuesto por dentro? En cualquier caso, se dijo, una parte de su pasado acababa de empobrecerse haciendo su presente más ruin y empequeñecido.

Cuando llegó al PRD, Jaime ya la esperaba en su oficina. Antes de verlo Amelia le entregó a Alicia el radioteléfono y le pidió que llamara a Tomás cada quince minutos y lo exhortara a acudir de inmediato. Le preguntó si había encontrado ya algún reporte sobre Salazar en los archivos de Pamela: Alicia dijo que no; sin embargo, aún le faltaban ocho casos por escuchar. Le bastaba oír un casete durante cinco minutos en promedio para conocer la identidad de cada político en cuestión; le aseguró que cuando terminara su reunión con Jaime sabría si Pamela hizo o no un reporte sobre el ministro.

Amelia entró a su oficina para enfrentar a Jaime con un hueco en el estómago. Dos Lemus en la misma mañana eran un exceso, pensó.

—¿Cuál es la urgencia? Tuve que postergar la firma de una asesoría en seguridad cibernética con el gobierno peruano, me esperan en su embajada en una hora —dijo Jaime al levantarse del sofá de piel donde se encontraba.

Amelia pensaba explicar primero lo de los archivos de Pamela y ofrecer algún pretexto a manera de disculpa por no haberle informado antes, aunque eso significaría ponerse a la defensiva; el tono imperativo de Jaime la decidió a comenzar por el reclamo.

—Justamente son tus temas de seguridad cibernética los que nos preocupan. Efraín Restrepo, a quien llevaste a casa de Mario, torturó a Luis, un amigo de Vidal, en Guadalajara con el propósito de reclutarlo para tu equipo. Lo tiene amenazado de muerte, y con las temeridades que está haciendo, el joven bien podría terminar en la morgue. Has creado un monstruo, Jaime.

La revelación lo tomó por sorpresa. ¿Cómo podrían haber descubierto la identidad de Restrepo? Su colaborador le aseguró que el chico nunca llegó a verle la cara ni tuvo tiempo de ver el vehículo en que lo trasladaron. Tardó más de un minuto en responder.

—Restrepo seguía mis instrucciones, Amelia —dijo Jaime, ya repuesto—. Simplemente asustaron a Luis para convencerlo de trabajar por una buena causa.

—Bueno, ¿estás siendo cínico o me quieres ver la cara de pendeja?

—Estoy siendo honesto. Podría haberte dicho que Restrepo actuó por iniciativa propia, agregar que lo reprendería, que no volvería a suceder y asunto resuelto. Pero ese no soy yo.

—Pues explícame quién eres tú, porque el amigo con el que crecí no torturaría a jóvenes inocentes.

—El amigo con el que creciste se ha pasado la vida poniendo sus habilidades a favor de la construcción de un país más seguro. Tomás escribe columnas para influir, o por lo menos esa era su idea cuando comenzó; mi padre hace tejemanejes arriba y debajo de la mesa para asegurar acuerdos; tú buscas hacer una oposición responsable, que obligue al gobierno a la rendición de cuentas y a la transparencia. Bueno, yo hago todas esas cosas y mucho más. El futuro reside en la información digital, Amelia. La capacidad de influir directamente en la vida pública ya salió de los medios de comunicación tradicionales y reside cada vez más en las redes sociales. No tienes idea de los recursos que manejo para posicionar un tema, incluso para generar un sentimiento en la opinión pública. Y en materia de transparentar información, es brutal lo que el buen espionaje digital puede hacer. Una docena de expertos como Luis, bien dirigidos, puede hacer un mapa de la corrupción como nunca lo ha habido en el país. Esto apenas comienza.

—Por lo que respecta a Luis y Vidal, esto tiene que acabar. Y en lo que toca a tu buena causa, ¿quién te autoriza a convertirte en una especie de Hermano Mayor capaz de espiar al resto de la sociedad para manipularla? ¿Quién te eligió para jugar a ser Dios? Me parece que tu afán de poder simplemente se disfraza de supuestos buenos propósitos que esconden fines abyectos. Vamos, Jaime: ¿sofocar jóvenes para obligarlos a trabajar a tu servicio? ¿Y si se niegan, qué sigue, asesinarlos?

—Despreocúpate, no le pasará nada a Luis. Eran meras baladronadas para asegurar su cooperación, nunca estuvo en riesgo real; mucho menos Vidal, quien jamás debió enterarse. Más aún, en cierta manera yo buscaba protegerlo. Se le prohibió a Luis enviarle a Vidal material sobre Pamela justamente para evitar que los cárteles fuesen a detectarlo, tal como luego sucedió en casa de los Alcántara.

—Pues asegúrate de amarrar a tu sabueso, porque Luis

lo anda investigando y ya sabemos de lo que es capaz ese joven. Lo que no sé, es de qué sería capaz Restrepo.

—Eso está bajo control.

—No estoy segura. Quizá tienes razón en el argumento de que el poder habrá de residir en el mundo digital y quienes lo controlen; por lo mismo, es la sociedad quien debe decidir qué se abre y qué se deja cerrado. Tú has destapado de manera clandestina una caja de Pandora que te está desbordando. Luis ya ha puesto en jaque tus premisas y Restrepo me parece un chivo suelto.

—Nada que no pueda resolver. Tú sigue tus métodos, Amelia, y yo seguiré los míos. Pero algo me dice que tendré que venir al rescate de algunas de tus causas o las de Tomás, cuando sus ideales se estrellen contra el mundo real.

Lejos de apaciguarla, las respuestas de Jaime aumentaron su irritación. Había en ellas un tono de suficiencia que rayaba en la soberbia.

—Siempre pensé que eras un zorro taimado y astuto, dedicado a la dura tarea de sobrevivir, callado y en solitario. Estaba equivocada. En realidad eres un lobo cruel que disfruta del poder para dispensar vidas y muertes.

La sonrisa irónica que afloró a los labios de Jaime la llevaron a pensar que la alegoría del lobo no había desagradado del todo a su interlocutor. Eso acabó de enfurecer aún más a Amelia.

Jaime se puso de pie, estiró un brazo y con el dorso de la mano acarició un instante la mejilla de su amiga, se dio media vuelta y salió. Ella alcanzó a decirle:

—Detén a Restrepo.

Amelia tardó un rato en reponerse. Nunca había creído en el zodiaco, aunque ahora se preguntó si habría un alineamiento de astros que convirtiera este día en una jornada que la obligaba a reeditar su pasado: ni el amigo con el que creciera ni el amante que tanto la había marcado resultaban ser quienes ella creía que eran. Si cada uno de nosotros somos la resultante acumulada de una biografía y esta se estaba modificando tan vertiginosamente, se dijo que tendría que preguntarse si ella misma era esa persona que su propia narrativa había construido con el correr de los años.

La relación con Carlos le preocupaba menos: evolucionaría en un creciente abandono inspirado en el desprecio que comenzaba a experimentar. Su elegancia intelectual y la desenvoltura señorial que revestían todas sus acciones le parecían ahora una fachada para un hombre que siempre había vivido en la cresta de la ola y saciado todos sus apetitos, un mago a la hora de cuadrar el círculo entre sus principios y sus deseos.

Hacía tiempo que la relación entre Amelia y Carlos habitaba en un limbo, aunque benigno, alimentado por el espejismo romántico de los años compartidos. Ahora tendría que redefinir el pasado y meter en un archivo distinto, más oscuro y polvoso, sus recuerdos de él.

Lo de Jaime, en cambio, le dolía en carne propia. Lo quería como a un hermano y nada modificaría ese hecho; podía enojarse con él, pero de la misma manera en que fastidian los errores de un pariente cercano, alguien con el que tienes que hacer las paces tarde o temprano. Lo veía como un alma atormentada a quien le había costado trabajo encontrar un sitio a la sombra del desprecio de un padre idolatrado. Ahora que lo contemplaba desde esa óptica, no le costaba trabajo proyectar al adolescente inseguro que con golpes de temeridad buscaba imitar al progenitor y siempre quedaba un paso atrás. Entendía que eso en lo que se convirtió era un refugio para sus habilidades y un boleto para el único vagón de primera en el que podía colarse.

Amelia intuía que Jaime había estado enamorado de

ella prácticamente desde la infancia, pero sabiéndose no correspondido, silenció sus sentimientos. Sufrió con las complicidades y coqueteos que ella y Tomás tuvieron, y la larga relación amorosa que sostuvo con Carlos debió producirle un efecto traumático. Pese a desconocer los detalles, sabía que la ruptura con Carlos obedecía al rencor desatado por lo que consideraba una deslealtad abominable. Su amistad con Amelia e introducirla al seno de los Lemus era el único éxito que podía apuntarse en una casa en la que todo era un monumento a la trayectoria del padre, pero por algún capricho este decidió hacer suyo también el amor imposible del hijo. Una acción que seguramente Jaime encontró cruel e imperdonable.

Ella se preguntó qué efecto provocaría en él la nueva relación que había establecido con Tomás. No obstante, lo que sucedía entre ellos era tan inasible y confuso que quizá no tenía sentido examinarlo ahora.

Como si lo hubiese invocado, Alicia anunció en ese momento la llegada del periodista a la oficina.

Tomás le dio un beso rápido en la boca, pero también un abrazo estrecho untando su cuerpo al de ella. En efecto, «inasible y confuso», se repitió Amelia. Él estuvo a punto de proferir un «Hola, corazón» a manera de saludo; se conformó con un «Buen día, presidenta», su título en el partido.

—¿Encontró Alicia algo sobre Salazar? —preguntó Tomás al desplomarse sobre una silla frente al escritorio.

—Veamos —respondió Amelia y llamó a su asistente. Alicia les comentó que, en efecto, había dos casetes dedicados al ministro de Gobernación: uno de ellos contenía varios informes que databan de los dos primeros años de la relación y el segundo, al parecer, era íntegro sobre sus actividades en el ministerio del interior y cubrían el último año. Les dijo que solo había escuchado fragmentos al azar, adelantando segmentos completos, y que apenas iba a comenzar la transcripción.

—Pues al final Pamela no nos decepcionó —dijo Amelia.

—Esos reportes son la verdadera bomba —afirmó Tomás—. Me muero de curiosidad por conocer los cadáveres que hay en el clóset de Salazar.

—Si los hay el desplome sería fulminante, aunque el hecho mismo de que la amante lo haya espiado en beneficio del cártel, al margen incluso de la gravedad de los pecados que se ventilen, deja al Corcho en una posición insostenible. Y a propósito —dijo ella, luego de una pausa—, Carlos Lemus asegura que ya se está tambaleando; esta mañana desayunó con él y terminaron a gritos en el Four Seasons. Piensa que si escribes una última columna sobre algunas malas prácticas de Salazar, terminará cayendo.

—Yo no estoy tan seguro de que un texto mío tenga el poder de tumbarlo.

—Bueno, eso y una llamada telefónica —añadió ella y le informó de la petición de auxilio que Carlos había hecho al expresidente Salinas.

—¿Ahora resulta que estamos en el mismo equipo que Salinas?

—¿Y cuál crees que fue mi reacción? Pinche Carlos, resultó igual que los otros políticos. Al final nos ven como simples peones al servicio de sus jueguitos de poder —dijo Amelia—. Por cierto, me dejó este papel con algunos apuntes sobre los negocios ocultos de Salazar para documentar tu columna. Me dijo que más tarde me envía un sobre cerrado con cifras y datos puntuales.

—Yo te sugiero que le regreses el sobre sin abrir. Lo que vaya a suceder, que sea por nuestro propio esfuerzo, no quiero formar parte de nada que venga de ellos —concluyó Tomás.

—Me gusta. Además, cualquier cosa que me envíe seguramente se quedará corta frente a lo que encontremos sobre Salazar en los archivos de Pamela.

A manera de respuesta él levantó la mano para un *give me five* que ella encontró infantil, pero que igual correspondió. Amelia seguía preocupada por el riesgo que correría Tomás si él mismo se convertía en el vehículo para dar un golpe mortal a la carrera de Salazar; cayera o no, podía constituir un enemigo muy peligroso dentro o fuera del poder. Aún no alertaba a su amigo de las amenazas explícitas que había hecho el ministro durante el desayuno.

Sin embargo, Tomás se sentía eufórico y con ganas de festejar: estaban a punto de dar un golpe bajo la línea de flotación al nuevo gobierno. Le parecía que Amelia y él hacían un equipo poderoso y que espalda con espalda podían enfrentar cualquier cosa. Con súbito remordimiento pensó que debería extender el mérito al buen Mario, y por qué no, incluso a Jaime. Concluyó que los Azules eran de nuevo una entidad viva y que había estado a la altura del desafío; eso le hizo pensar en Jaime.

—Oye, ¿pudiste hablar con Jaime sobre lo que anda haciendo Restrepo?

—Esa es la mala noticia —anunció ella. Le describió la conversación con él, la manera como asumió su responsabilidad en la tortura y en el reclutamiento de Luis y la discusión política que habían tenido.

—No lo puedo creer. Carajo, ¿en qué momento lo perdimos? —dijo él meneando la cabeza, confundido.

—Lo peor es que está convencido de que hace lo correcto —añadió ella—. A ti y a mí nos ve como soñadores románticos, considera que tarde o temprano la política acabará devorándonos por ingenuos. Dijo que cuando eso suceda vendrá a rescatarnos.

—Solo espero que no sea Restrepo el encargado de salvarnos —respondió Tomás en tono irónico; hizo una pausa y agregó—: Pues entonces estamos solo tú y yo. En Jaime no podemos confiar y Mario se está yendo a Querétaro y hace bien.

—Tú y yo, y los archivos de Pamela. Déjame ver qué nos tiene Alicia —concluyó Amelia sonriendo.

Miércoles 4 de diciembre, 1 p. m.

Luis y Vidal

Según consignaba su licencia de conducir, Leonora Sifuentes tenía dos años viviendo en la calle de Las Águilas, en un fraccionamiento de clase media al poniente de la Ciudad de México, aunque la finca estaba a nombre de Efraín Restrepo según el Registro Público de la Propiedad. La mujer se dedicaba a la venta de bienes raíces. La ficha técnica de su licencia afirmaba que contaba con treinta y tres años de edad, 1.71 de estatura y una visión 20/20. La foto mostraba a una mujer de piel muy blanca y pelo negro, de agradables facciones. Estaba dispuesta a donar todos sus órganos en caso de un accidente fatal.

Carecía de cuenta en Facebook y en Twitter, seguramente aleccionada por su todavía marido, aunque era bastante activa en el correo electrónico, particularmente en sus actividades profesionales. Entre sus destinatarios de *e-mail* no aparecía el nombre de Restrepo, pero pronto encontró a un tal goliat336 en Yahoo! con el que intercambiaba mensajes sobre turnos para recoger y dejar al niño en la escuela; la relación entre ambos rayaba en la cortesía fría. Leonora también intercambiaba correos con Dora Bolaños, maestra de su hijo.

Leonardo Restrepo Sifuentes cursaba el tercer año de primaria en la escuela Patria. Según su archivo escolar, tenía

375

facilidad para los deportes y la aritmética, y problemas en gramática y civismo. La ficha incluía los teléfonos y un domicilio donde podría encontrarse a su padre en caso de accidente.

El domicilio y el teléfono proporcionados por Restrepo correspondían a un sitio de la colonia Del Valle. El callejero de Google mostraba la imagen de unas bodegas reconvertidas en oficinas con una fachada coronada por un rótulo con el nombre de la empresa: Lemlock. Conforme al sitio www.lemlock.mx, la empresa se dedicaba a todo lo relacionado con temas de seguridad: consultoría, diseño de políticas, equipo electrónico, asesoría en rescate de secuestros, vigilancia y capacitación. La firma se ostentaba como la empresa líder en América Latina y tenía oficinas en Buenos Aires, San José en Costa Rica, Miami y Madrid.

Una rápida exploración de noticias sobre Lemlock arrojó el resto de la información. Tres meses antes el director de la empresa, Jaime Lemus, había firmado un contrato con el alcalde de Buenos Aires para la instalación y puesta en marcha de un sistema de videovigilancia y respuesta rápida en las calles de la ciudad por quince millones de dólares. La nota del diario *La Nación* de Argentina no incluía foto, solo indicaba que Lemus era exdirector del centro de inteligencia nacional.

La referencia al Cisen fue lo que llevó a Luis a relacionar a este Lemus con el que mencionara Vidal. No recordaba si el nombre de pila del tío de su amigo era Jorge o Jaime, aunque no tenía duda de que había dicho que su apellido era Lemus y que dirigió el Cisen. No podía ser una mera coincidencia.

Luis analizó la nueva revelación; estaba confundido. ¿Quién era este tipo y por qué su gente los había atacado? Lo más extraño de todo era que Restrepo sabía de la relación que tenía con Vidal y pese a todo fueron en su contra.

Luis se encontraba en una cafetería de Paseo de La Reforma al lado del diario *Excélsior*, desde cuya red Wi-Fi había hecho todas las indagaciones en las últimas horas. Faltaban treinta minutos para la cita que tenía con su amigo en el Starbucks de la calle Tamaulipas en la Condesa; había muchas cosas que tenía que aclarar con él. Decidió caminar el largo trecho que lo separaba de su destino para dedicarse a pensar en la mejor manera de sabotear a Lemlock, algo en lo que sus amigos de Anonymous estarían encantados de ayudarle.

Quince minutos más tarde Vidal salió de su casa para dirigirse a la cafetería. Tenía curiosidad de saber qué había encontrado Luis sobre Restrepo; sin embargo, lo más importante era tranquilizar a su amigo; ahora que sabían para quién trabajaba el esbirro, seguramente su tío pondría en paz a su asistente. No obstante, la cabeza de Vidal no estaba en eso: por la tarde él y su familia partirían a Querétaro y tendría que abandonar a Marina por unos días. Entendía que el vínculo establecido entre ellos nacía de la tragedia, el apego que ella le deparaba podía ser pasajero, pero Vidal no podía evitar sentirse perdidamente enamorado. Se dijo que tan pronto terminara su encuentro con Luis, pasaría a la casa donde ella se hospedaba para explicarle la razón de su ausencia temporal.

Una cuadra antes de llegar a la cafetería escuchó que alguien gritaba su nombre; el conductor de un auto gris que se acercó a la acera le hacía señas desde la ventanilla abierta.

—Vidal, don Jaime Lemus me manda por ti, hay una nueva amenaza, súbete al auto. ¡Rápido, te está esperando! —dijo un hombre corpulento al mismo tiempo que abría la puerta trasera.

Vidal vaciló; sin embargo, el tono perentorio, el nombre de su tío, el atuendo negro del individuo, su porte de policía que en nada se parecía al de los sicarios del narco y la puerta abierta lo convencieron: antes de darse cuenta se había instalado en el asiento trasero del auto. Intentó inclinarse hacia delante para hablar con el conductor y preguntarle la naturaleza de la amenaza, pero un vidrio grueso lo separaba de los asientos delanteros, similar al existente en las patrullas. Vidal golpeó el vidrio con el puño para hacérselo notar al hombre de negro; este simplemente accionó un botón que selló las puertas traseras. El joven volteó a la calle con desesperación: comprendió que había caído en una trampa. Trató de hacer señales a las personas que caminaban por las aceras, pero los gruesos vidrios polarizados hicieron inútiles sus gritos y gestos.

Apenas habían recorrido unas cuantas cuadras cuando llegaron a una casa de la colonia Escandón, vecina de la Condesa; el chofer accionó el control automático y un portón metálico se abrió para permitir el acceso a una cochera cubierta. El hombre de negro abrió la puerta y conminó al joven a salir; Vidal observó al individuo grueso, alto y mal encarado, y decidió permanecer en el vehículo. El tipo emitió un suspiro de inconformidad, se dio media vuelta y tocó en una puerta de madera que comunicaba con el resto de la casa. Unos instantes más tarde Restrepo cruzó el umbral y habló con Vidal.

—Disculpa los métodos, Vidal, no tengas miedo; si te hubiera invitado no habrías venido y la verdad me urge hablar con ustedes.

—¿Dónde está mi tío? Comuníqueme con él —dijo el joven, encogiéndose en el fondo del auto.

—Sin duda lo haré; antes debemos tener una pequeña charla. Si tú lo prefieres, lo hacemos en el auto —dijo Restrepo y se deslizó en el asiento trasero al lado de Vidal—. Mira —continuó—, me queda claro que ustedes ya saben que trabajo para don Jaime. El reclutamiento de Luis lo hice a espaldas de tu tío y quizá se me pasó un poco la mano, pero no quiero perder mi chamba o algo peor si el licenciado Lemus se entera. Así es que quiero llegar a un acuerdo con ustedes, al final todos saldremos ganando.

—¿Qué tipo de acuerdo?

—Económico, por supuesto, aquí no hay nada oscuro. Recluto jóvenes *hackers* como ustedes para la empresa consultora de tu tío, Lemlock. Construimos *firewalls* de seguridad para empresas, probamos su vulnerabilidad tratando de hackearlas. Luis y tú podrían trabajar con nosotros por un buen sueldo; más de lo que gana tu padre y desde la computadora de tu casa.

—¿Y por qué no le hiciste esa oferta a Luis desde el principio?

—Me parece que tu amigo no está muy interesado en el dinero; para empezar, su padre es rico. Pero como no quería prescindir de su talento, apreté algunas tuercas; a veces me gana el viejo oficio de policía. Ahora entiendo que fue un exceso y quiero ofrecerles mis disculpas.

—Disculpas aceptadas, ahora déjenme ir.

—Antes tienen que prometerme que nunca le dirán a don Jaime lo del levantón a Luis en Guadalajara, solo habría sido una entrevista. ¿Está bien?

—Perfecto. Ábranme la puerta —dijo Vidal, señalando con la vista el portón de metal que lo separaba de la calle.

—Primero tenemos que hablar con Luis. Debo hacer las paces con él, ¿no crees?

—Vente a la cafetería, tenía cita con él a la una; ya debe estar esperando. Allí lo hacemos.

—¿Estás loco? En cuanto me vea va a salir corriendo. Ya supe que me anduvo investigando y no lo culpo.

—¿Y qué quieres que haga?

—Que lo abordes tú primero, le expliques y entonces entro yo a hacerle una propuesta que estoy seguro que le resultará atractiva, sea por lo económico o por el desafío profesional. ¿Va?

Vidal accedió de inmediato; cualquier cosa con tal de salir de ese lugar. La perspectiva lo hizo respirar aliviado.

—Ya pasan casi veinte minutos de la hora de la cita —dijo Restrepo—. Pregúntale si ya llegó y todavía está allí. ¿Qué cafetería es?

Luego de pensarlo unos instantes el joven le informó del lugar, extrajo del bolsillo su celular y utilizó la aplicación que había usado en los últimos días para intercambiar mensajes breves; funcionaba como WhatsApp aunque borraba, sin dejar rastro, el mensaje tan pronto era leído por su destinatario.

Ya estás allí? Vegas2232, tecleó Vidal y oprimió la tecla de enviar; en ese instante Restrepo le arrebató el celular de las manos para ver el mensaje remitido.

—Pendejo, ya sabía que usaban un programita de estos, aunque no conocía su palabra clave —dijo el policía saliendo del auto, y dirigiéndose al mastodonte agregó—: Tráelo al cuarto del fondo.

Segundos más tarde el teléfono de Vidal parpadeó con la respuesta. *Aquí estoy Vegas2232.* Restrepo contestó de inmediato: *Hay novedades. Allí no es seguro, en casa de amigo, a 8 cuadras. Vegas2232.* Envió el mensaje anterior y añadió otro: *Calle Agricultura 187. Vegas2232.*

Pasaron varios minutos sin respuesta. Restrepo supuso que el joven había recelado algo y en efecto, el teléfono de Vidal recibió un mensaje: *Tu clave personal en proyecto? Vegas2232*

Restrepo sonrió. En el disco duro externo que tenía conectada a la *laptop* sobre la mesa, único mueble de la habitación, estaban replicados todos los archivos de la computadora de Vidal; el policía tomó esa precaución el día que fueron a casa de los Crespo a examinar el equipo del joven. Tres minutos después tecleaba la clave solicitada: *Croupier*. De inmediato obtuvo la respuesta que esperaba: *Voy para allá Vegas2232.*

En condiciones normales Luis habría explorado en Google y en registros públicos la naturaleza de la casa que se encontraba en Agricultura 187; en esta ocasión simplemente la localizó en el mapa de su celular y comenzó a caminar hacia ella. Estaba impaciente por hablar con Vidal. Al llegar a la finca revisó la fachada y no encontró motivo de sospecha. Oprimió el timbre de la entrada, la puerta se abrió violentamente y un poderoso brazo lo jaló al interior de la vivienda.

Entró dando tumbos a una habitación en penumbras y casi se estrelló con el contorno de una persona que lo esperaba inmóvil; Restrepo lo paró en seco con un bofetón que lo tumbó al piso.

—Hijo de la chingada —dijo el policía—, te atreviste a espiar a mi mujer y a mi hijo.

La acusación confundió a Luis. Por encima del ardor en el lado izquierdo de su rostro, se preguntó cómo diablos lo habría descubierto Restrepo: salvo la incursión en el correo electrónico de su esposa, todos los archivos que había hackeado eran públicos. Supuso que Restrepo mismo había intervenido el *e-mail* de su consorte y los archivos de la escuela, y por esa vía detectó su presencia.

—Espera —gritó Vidal desde la habitación del fondo e irrumpió en lo que parecía la sala de la casa; antes de poder asistir a Luis, quien trataba de incorporarse pese a la hemorragia en la nariz, un brazo enorme lo sujetó del cuello por atrás.

—Te advertí que no te metieras conmigo —dijo Restrepo dirigiéndose todavía al joven tapatío; este pensó que nada bueno presagiaba el hecho de que esta vez los dos sujetos tuviesen la cara descubierta.

—Podemos negociar, trabajaremos para ustedes; mi tío nunca se enterará de lo que sucedió —propuso Vidal.

—En eso tienes mucha razón: nunca se enterará —respondió Restrepo—. La muerte de ustedes será atribuida al cártel, luego de lo que sucedió en casa de los Alcántara.

—Pero no es necesario llegar a eso —suplicó Vidal—, aquí todavía no ha pasado nada grave; ¿para qué desperdician el talento de Luis?

—Tu amigo no sirve, nunca sería de fiar. Y nadie se mete con mi vida personal y vive para contarlo —Restrepo dijo esto último dirigiéndose a Vidal. El gordo había aflojado la presión del brazo sobre el cuello del joven aunque permanecía a su lado.

Desde el suelo, Luis advirtió que los dos hombres habían dejado de mirarlo y evaluó la distancia que lo separaba de la puerta de entrada; podía llegar a esta antes que cualquiera de ellos. Sin pensarlo dos veces se lanzó con toda la rapidez de que fue capaz, su vista fija en la perilla; su mano alcanzó a tocarla y comenzó girarla. El movimiento fue suspendido por un estallido que retumbó en la habitación y una aguda punzada de fuego penetró en su pantorrilla. Su cuerpo giró y quedó sentado, la espalda contra la puerta, su brazo extendido hacia arriba y la mano aferrada a la perilla. El hombre corpulento sostenía una pistola en la mano; lo encañonaba directamente, en espera de instrucciones.

Vidal se tocó la oreja izquierda y volteó a ver con sorpresa la pistola que le había hecho estallar el oído a cuarenta centímetros de distancia.

—La siguiente bala va al cerebro —dijo Restrepo—. Ahora les voy a decir qué va a pasar y no les va a gustar: vamos a tirarlos en alguna zanja con un letrero que no deje dudas de que se trata de un asunto de narcos, pero primero tenemos que prepararlos con el procedimiento adecuado. Debe ser verosímil, ¿no creen?

—Prefiero la bala en el cerebro —dijo Luis mirando el charco de sangre que se había formado en torno a su pierna.

—Retiro mi oferta —respondió Restrepo—. A los que hablan de más, los narcos les amputan la lengua; si las intromisiones las hacían ustedes tecleando en la computadora, lo lógico es cortarles los dedos. Sin embargo, perderíamos toda credibilidad si se los quitamos luego de encajarles una bala en la cabeza; el forense lo va a notar. El orden de los factores sí altera el producto, así que primero los dedos, luego la bala. ¿Quién quiere empezar?

—Jaime y mi papá nunca se tragarán lo de los narcos —intervino Vidal, desesperado.

—Gracias, no podía decidirme. Comenzamos contigo —dijo el policía dirigiéndose a él, e hizo una seña con la cabeza al hombre de negro en dirección al cuarto del fondo; el tipo fue por Luis, lo tomó del brazo que todavía sostenía la perilla y lo arrastró por el piso de la casa como a un saco de arena. Luis se dejó hacer mientras veía con curiosidad el rastro de sangre que su paso dejaba en la superficie de madera; el trazo le hizo recordar una pintura abstracta que colgaba en una pared del estudio de su padre.

A tres mil cien metros de distancia, Mario examinaba el interior del Starbucks. Minutos antes, el nerviosismo había hecho presa de él y de Olga: convinieron adelantar la partida a Querétaro y comer en el camino en lugar de hacerlo en casa. Él decidió interrumpir la cita de Vidal y de Luis, que podía extenderse durante horas; además quería platicar con el joven de Guadalajara, convencerlo de abandonar la investigación y conminarlo a viajar a algún lugar seguro durante unos días.

Revisó dos veces el lugar hasta concluir que los chicos no se encontraban allí; eso puso en movimiento los peores presagios. Vidal no habría cambiado el lugar de la cita sin avisarle, no ahora que conocía la gravedad de la situación en que se encontraban. Un pensamiento esperanzador le devolvió el ánimo: llamó a casa y consultó con Olga el número de teléfono donde podían encontrar a Marina Alcántara. Sujetando el celular entre oreja y hombro, Mario escribió el número en su palma izquierda. Dos minutos más tarde sabía que Vidal tampoco estaba en la casa de los parientes de la chica.

Respiró profundo y llamó a Jaime desde el radioteléfono. A gritos le explicó lo que estaba pasando: Vidal y Luis habían desaparecido. Jaime trató de calmarlo y le dijo que le diese diez minutos para investigar el asunto, prometió responder lo más pronto posible.

Jaime había recibido la llamada sentado a su escritorio, colgó el radioteléfono y abrió una pestaña de su pantalla para desplegar un listado de nombres. Seleccionó dos de ellos, cliqueó con el ratón y un mapa de la Ciudad de México apareció ante sus ojos; dos puntitos rojos parpadearon en un lugar de la colonia Escandón. Colocó el cursor sobre el sitio y apareció una leyenda: *Casa de seguridad. Agricultura 187.* Finalmente, tomó su teléfono y envió un mensaje. Al terminar se estiró hacia atrás sobre el asiento. Un tramo de vía quedó dibujado en su entrecejo.

Restrepo sostenía el dedo meñique de Vidal como si se tratara de un cigarro que estuviera a punto de fumar; veía el extremo sanguinolento con la mirada de quien duda si el tabaco ya ha encendido. Lo dejó sobre la mesa y acercó una botella de tequila a la nariz del joven. Vidal había perdido el conocimiento minutos antes, pero el olor del alcohol lo obligó a incorporar la cabeza. La parte superior de su cuerpo estaba echada sobre la mesa, el hombre de negro se recargaba con todo su peso contra su espalda y con una mano extendía el brazo de Vidal en el cual Restrepo había estado trabajando.

Restrepo consideró que cercenar un dedo era más complicado de lo que parecía, o quizá simplemente no tenía la práctica necesaria. Con la frente sudorosa vio de reojo a Tony Soprano y advirtió una mirada de desprecio, como un profesional que reprobara un trabajo chapucero. Había querido castigar personalmente a los dos jóvenes; sin embargo, notó que serruchar otros nueve dedos con su navaja le llevaría demasiado tiempo, y no quería hacer el ridículo frente al gordo.

—Este cuchillo no sirve —dijo—. Termina tú, yo lo sostengo.

El hombre de negro se desplazaba al otro extremo de la mesa para intercambiar posiciones cuando algo vibró en su bolsillo: extrajo su celular, vio algo en la pantalla e ignoró la llamada. Con la mano derecha extrajo de una funda lateral de piel un cuchillo de hoja alemana y con la mano izquierda oprimió la muñeca de Vidal, obligándolo a desplegar la mano sobre la mesa; Restrepo era ahora el que empujaba la espalda del chico y se inclinaba encima de él para presionar su brazo.

—Córtale los cuatro de una vez —dijo Restrepo con ganas de acabar el asunto. El enojo inicial estaba dando paso a la fatiga.

El hombre de negro intentó alinear los cuatro dedos restantes, pero el pulgar quedaba mucho más corto que los dedos centrales. Con la lógica del que corta espárragos, decidió acometer primero los tres dedos largos.

Apoyó el cuchillo un centímetro por arriba de los nudillos y alzó la hoja para tomar impulso, pero al bajarla su muñeca giró para levantar la punta y la proyectó hacia adelante. La hoja penetró en la garganta de Restrepo hasta que topó con algo duro; Vidal escuchó un ruido seco por el oído derecho y un líquido tibio se derramó en su espalda.

Restrepo se incorporó con sorpresa y tuvo tiempo de llevar las manos a la empuñadura del cuchillo; vio al hombre de negro con odio y se dio cuenta de que la animadversión era recíproca. Intentó decir algo, pero un borbotón de sangre salió de su boca. Se desplomó contra el piso. Ninguno de los tres alcanzó a escuchar el «pinche gordo» que había querido expresar.

El hombre de negro extrajo el celular y envió un mensaje, luego desapareció unos instantes en otra habitación y regresó con una sábana que comenzó a romper en tiras: con una de ellas hizo un torniquete improvisado en la pierna de Luis y con otra un vendaje sobre la mano de Vidal. Arrastró el cadáver de Restrepo hasta la cochera, abrió la cajuela del auto y lo tiró en el fondo.

—Súbanse. Los voy a dejar en el hospital —no volvió a hablar.

Miércoles 4 de diciembre, 7.30 p. m.

Tomás

En los próximos diez minutos tendría que tomar la decisión más delicada que hubiera afrontado, una que decidiría vidas y posiblemente muertes, incluida la suya. Acababa de llamar al responsable de turno de las páginas de opinión del diario *El Mundo* para decirle que esta vez entregaría su columna más tarde de lo usual; el joven subeditor le dijo que podía esperarlo hasta las diez treinta de la noche.

Tomás sabía que tenía tiempo, aunque no estaba seguro de tener las agallas. Escribir sobre el espionaje del que había sido víctima el operador político del gobierno por parte del cártel constituiría un misil en el seno de la vida política del país; el problema era que las esquirlas podían provocar muchos efectos colaterales. El periodista se preguntó si en lugar de lanzar un misil se estaba colocando un chaleco explosivo. ¿Quién quedaría más irritado con su denuncia, el cártel que había perdido su fuente de información, o Salazar, que haría el ridículo frente a la nación? ¿De dónde podría venir la represalia, del primero o del segundo? ¿De ambos?

Tomás había pasado la tarde en el hospital del Carmen, en la colonia Roma, mientras intervenían a Vidal y a Luis de sus heridas. Los doctores habían insertado el dedo de Vidal a su mano, aunque era muy pronto para saber si la operación tendría éxito. La bala que había penetrado a Luis alcanzó a romper parte de la tibia, lo cual le dejaría una tenue cojera por el resto de su vida. Sus días de maratonista habían terminado.

Jaime, Mario y Olga fueron los primeros en llegar: el primero se había encargado de aleccionar a los muchachos y hablar con el personal de urgencias para asegurarse de que el incidente quedara registrado como un robo de pandilleros; el policía que esperaba para tomar declaración a los jóvenes estaba más interesado en terminar su jornada que en averiguar lo que realmente había pasado.

Poco más tarde Tomás y luego Amelia se sumaron al cortejo en la sala de espera. Los Azules, incluido Mario, trataban de evadir a Olga; ella solo lanzaba miradas furibundas desde el fondo de la sala, la cual recorría con monotonía de encarcelado. Al final Jaime convenció a Mario de que la pareja se instalara en el cuarto adonde Vidal sería subido al salir del quirófano.

Al retirarse los Crespo, Amelia pidió a Jaime el teléfono de la casa de Luis para dar aviso a su familia en Guadalajara. Él negó tener el número, pero una mirada inquisitiva de ella le obligó a hacer una consulta a su oficina, que se lo proporcionó de inmediato. Amelia habló con el arquitecto Corcuera, padre de Luis, quien le dijo que se apersonaría en el hospital esa misma noche.

Los tres evitaron hacerse reclamos mutuos. Jaime simplemente les explicó que había transmitido un mensaje al celular del esbirro que acompañaba a Restrepo: *Que nada le pase a los chicos. Neutraliza a Restrepo.*

Amelia hizo algún comentario irónico sobre el amplio criterio del matón a la hora de interpretar «neutraliza». Con todo, los tres convinieron que ese desenlace era lo mejor para la futura tranquilidad de Luis y de Vidal. Ni Amelia ni Tomás le hicieron notar a Jaime que hablaba de Restrepo como si no tuviese relación con él.

No obstante, ninguno tenía ganas de pleito; estaban demasiado preocupados por el estado de salud de Vidal y por la angustia de Mario y Olga. Solo pudieron relajarse cuando un doctor les informó que ambos chicos estaban fuera de peligro aunque les esperaban varios días en el hospital. Tomás decidió retirarse a escribir la columna, y Amelia y Jaime se quedaron con la esperanza de poder hablar con Vidal más tarde, cuando se recuperara de la anestesia.

Después, en su casa, Tomás enfrentaba indeciso la pantalla en blanco del monitor. Sabía que tenía en su teclado el poder de acabar con Salazar; la sola idea le proporcionaba un poder embriagante. Raymond Chandler, el padre de la novela negra, había dicho alguna vez que la mayoría de los escritores tienen el ego de los actores de cine pero sin su belleza física ni su encanto. Tomás se preguntó si la temeridad que estaba a punto de cometer obedecía más a su afán de protagonismo que a su conciencia, y no pudo responderse; sin embargo, el recuerdo de la calidez y complicidad con que Amelia lo miraba desde hacía unos días terminó por decidirlo. Comenzó a escribir.

Mata Hari en Bucareli

Hace seis semanas Alonso Prida encabezó en Los Pinos una reunión secreta al máximo nivel. Convocó únicamente a cuatro personas: los secretarios de la Defensa, de Gobernación, de Marina y el director del Cisen. El presidente expuso a este equipo las modificaciones en el combate al narcotráfico que le propusiera su asesor colombiano luego de tres meses de análisis. Uno a uno los secretarios dieron su punto de vista y al final aprobaron por consenso las nuevas medidas. El mandatario asignó tareas y pidió a los presentes el máximo hermetismo para preparar las acciones que habrán de desencadenarse a partir del próximo primero de enero.

Dos días más tarde, el Cártel de Sinaloa tenía el listado puntual de cada una de las resoluciones tomadas en la reunión secreta. La vía de fuga: el lecho de Augusto Salazar, secretario de Gobernación.

Pamela Dosantos fue muchas cosas en su vida: actriz, vedette, cantante, amante de poderosos. Pero solo ahora nos enteramos de su verdadero talento, su vocación secreta: el espionaje político. Durante casi una década transmitió al Cártel de Sinaloa información confidencial de una veintena de políticos connotados: gobernadores, generales, secretarios y subsecretarios, jueces, procuradores y embajadores. Las revelaciones que transmitía eran puntuales y certeras; vicios, perversiones sexuales, corruptelas y secretos políticos. Resulta imposible calcular el daño a la vida pública que generaron los probables chantajes de los que fueron objeto los amantes de Dosantos por parte del narco.

De lo que no hay duda es de que el caso más dañino de este espionaje fue el que se efectuó sobre Salazar, operador político del país. En casetes —materiales que obran en poder del que escribe— la artista grabó horas completas a lo largo de tres años con las actividades, filias y fobias, planes y estrategias de Salazar y del propio presidente, transmitidas a la actriz por el ministro.

Tomás detuvo la escritura. Había terminado por apreciar a Pamela y percibía que los párrafos redactados resultaban severos con la actriz; sintió una punzada de pesar solo de imaginarse el dolor de don Plutarco, el viejo periodista que aún idolatraba a la sinaloense. No obstante, se convenció de que hacía lo correcto. La transcripción que les entregara Alicia unas horas antes sobre Salazar era terrible. Ya no eran historias divertidas de políticos corruptos captados haciendo el ridículo: Pamela había afinado la sensibilidad a medida que su amante escaló hasta llegar al último peldaño de la jerarquía política. Ahora se trataba de secretos de Estado: operativos militares antes de que sucedieran, negociaciones confidenciales con Estados Unidos, tácticas y estrategias emanadas de la sala de juntas de Prida.

El periodista suspiró contrariado y siguió escribiendo. Tres párrafos más tarde redactó el remate.

En su expediente, Pamela solía etiquetar a cada uno de sus amantes con alguna canción de José Alfredo Jiménez: «Cuatro copas», «El caballo blanco», «El Siete Mares». Nunca sabremos por qué escogió «Diciembre me gustó pa que te vayas» en el caso de Augusto Salazar. Ya no está ella para decírnoslo, pero quizá sí para cumplirlo. Corre la primera semana de diciembre. ¿Llegará Salazar a enero?

Tomás imprimió el texto y lo dejó reposar unos instantes. Salió al balcón a respirar el aire frío de la noche, aunque dos minutos más tarde pensó en lo vulnerable que se encontraba de pie frente a la calle. Solo falta que me maten antes de publicarla. Eso le hizo pensar en los obstáculos que aún le esperaban en el periódico.

El director del diario impediría la publicación de su columna en cuanto leyera su contenido. Eran las nueve treinta de la noche, aún tenía una hora para contrarrestar esa posibilidad. Pensó en llamar a Claudia, la hija del dueño, aunque ella estaba demasiado alejada del día a día del periódico como para poder asegurar la publicación de un texto polémico. El asunto terminaría en manos del padre, y Tomás sabía que eso significaría su derrota.

Decidió ocuparse primero de un respaldo internacional. Llamó al corresponsal de *The New York Times*, un veterano solterón, viejo amigo de copas. Por fortuna lo encontró sobrio y en casa; después de todo apenas era miércoles, pensó Tomás. Vivía en Polanco, a no más de veinte minutos de distancia. Le dijo que tenía en su sofá a dos amigas corresponsales que querían fiesta privada, una de ellas la brasileña de *O Globo* por la cual su amigo, Peter Dell, tenía predilección. Pete llegó en dieciocho minutos.

Le puso un whisky con hielos en la mano y le explicó el engaño. El enfado de su amigo solo duró unos segundos: lo que tardó en leer la columna escrita por Tomás. El mexicano le ofreció un par de páginas de la transcripción directa que realizara Alicia del audio sobre Salazar; eran algunas confidencias sobre la personalidad del embajador estadounidense en México que Salazar compartió con su amante, y algunos asuntos relacionados con la DEA.

—¿Puedo escuchar los casetes? —preguntó Dell, todavía con desconfianza.

—No ahora, pero sí en los próximos días. Mañana te puedo hacer llegar el audio con la voz de Pamela de los extractos que te estoy pasando. Lo podrían subir a su portal.

—¿Y cómo puedo asegurar a mis editores que estas grabaciones son de ella?

—Hagamos esto: tú haz una nota para tu periódico sobre mi columna. La noticia será que un periodista mexicano, tal y tal, denunció en su colaboración de *El Mundo* que el secretario de Gobernación fue espiado por el cártel por medio de su amante; no eres tú quien lo afirma sino yo. Y utiliza este material sobre el embajador para darle color.

—¿Estás seguro de que te la van a publicar?

—Me las arreglaré, aunque solo después de medianoche podré confirmártelo. Tú mientras escribe tu nota y si todo sale bien, la envías a la una de la mañana para que la suban temprano a la web del *Times*; será explosiva en México y en Washington. Haz eso y te prometo que tendrás preferencia en el reparto de audios que iremos haciendo en los próximos días.

—¿Cómo conseguiste esos archivos?

—Son absolutamente auténticos y me consta, confía en mí. Si revelo la fuente, la matan.

—¿Puedo llevarme también tu columna?

Peter apuró el vaso de whisky, lo dejó vacío en la mesa de centro, tomó los papeles y caminó hacia la puerta.

—Si esto sale bien, resultó mejor que cogerse a la brasileña —dijo antes de desaparecer.

Tomás buscó el abrigo para salir, pero el timbre de la puerta lo detuvo. Por la mirilla de entrada vio que se trataba de nuevo del periodista estadounidense. Le dio acceso y este, con el celular en la mano, le hizo una petición.

—¿Puedo tomarte una fotografía? Podría ser la última, ¿sabes?

—Pinche gringo —dijo Tomás con una carcajada y lo dejó hacer.

A las 10.20 Tomás estaba en la cafetería del hotel Mirador, frente al diario *El Mundo*. Desde un teléfono del hotel había llamado un minuto antes a Emiliano Reyna, el subeditor de las páginas de opinión en turno. Emiliano era de los pocos amigos personales que tenía en la redacción: la familiaridad entre ambos surgió de manera natural luego de años de envío de sus dos artículos semanales. Tres años antes Emiliano le pidió un par de charlas para la clase de periodismo de opinión que impartía en la Universidad Iberoamericana, y en ambas ocasiones se fueron a comer juntos luego de la cátedra. Desde entonces el joven editor lo trataba con amabilidad y deferencia; hoy Tomás iba a ponerlas a prueba.

—Me puede costar la chamba —dijo Emiliano cuando escuchó la propuesta del columnista.

—Entendería que el director y el dueño pararan el artículo en este momento, pero en un día o dos, cuando Salazar se derrumbe, don Rosendo va a estar encantado de que haya sido resultado de una nota de su periódico. Hasta el presidente va a estar agradecido de poder depurar su gabinete de filtraciones.

—¿Y qué te hace pensar que Salazar no aguantará el madrazo?

—Imposible, mañana se publica en *The New York Times*. ¿No te das cuenta de que es la nota periodística del sexenio?

—A ver, me pides que pase a revisión con el director las páginas de opinión, con un hueco donde va la tuya.

—Vamos, no sería la primera vez; el director las revisa contigo alrededor de las once de la noche. Normalmente, luego de eso se retira, ¿cierto? Solo dile que ya te llamé dos veces y que en cualquier momento la recibes. Coméntale que anuncié que está dedicada al problema hebreo-palestino: nadie se va a desvelar para revisar el asunto. Mañana, si te reclama, le dices que te cambié el tema en el último minuto.

—Mañana te envío mi CV —dijo Emiliano con una sonrisa de claudicación. Tomás le entregó una memoria USB con el archivo de su artículo, le pidió que le llamara cuando pasaran a fotocomposición las páginas editoriales y le dio un abrazo.

Al regresar a casa estaba agotado, no obstante, sabía que no podría dormir. A las doce llamaría a Peter Dell y luego esperaría en vela hasta las cinco treinta, hora en que *El Mundo* subía a su página web los contenidos de la edición impresa del día. Solo entonces Tomás podría estar seguro de que habían terminado con Salazar.

El periodista observó que todo había comenzado con una de sus columnas, y con un poco de suerte, todo podría acabar diez días después, de nuevo con un texto suyo. Recordó a Raymond Chandler otra vez, pero se vio obligado a reconocer que aquello había sido más un resultado del azar que del mérito. Si el abogado Coronel hubiese elegido a otro para filtrar la información del cadáver de Pamela, las cosas habrían sido distintas. El recuerdo de la frase del abogado que desencadenara el escándalo volvió a incomodarlo: un dato demasiado bueno para ignorarlo, había dicho Coronel.

Repentinamente comprendió el sentido de la frase y el motivo de su molestia. Un súbito escalofrío y una explosión en el cerebro lo obligaron a sentarse; Tomás se dio cuenta de que acababa de descubrir la identidad del asesino de Pamela.

Alargó la mano para alcanzar una botella de tequila, apagó la luz de la mesa lateral y bebió a oscuras. A medianoche recibió una llamada e hizo otra. Las cosas habían tomado su curso. A las 2.20 sintió que el tercio ingerido de la botella había hecho su efecto y se sentó al teclado a escribir una carta de amor.

Jueves 5 de diciembre, 5.35 a. m.

Salazar

Wilfredo Gamudio despertó a la segunda llamada de uno de los dos teléfonos celulares que descansaban sobre la mesa de noche. El tono de *Misión Imposible* que emitía el aparato era el que había asignado al jefe de asesores del secretario.

—¿Qué pasó, Raúl? —dijo aun antes de encender la luz; sin embargo, su cerebro ya estaba totalmente despierto por la adrenalina. Una llamada a esa hora solo podía significar malas noticias, de las que vienen en mayúsculas.

—¿Tienes a la mano internet? Abre la columna de Arizmendi de *El Mundo*. Te espero en línea.

Gamudio estiró la mano, tomó su iPad y abrió la aplicación del diario. Leyó dos veces el primer párrafo y en diagonal el resto. Observó que la nota tenía ya noventa y cinco retuits. Comprobó el reloj y percibió que debieron haberla subido apenas cinco minutos antes; no tardarían en reproducirla en los noticieros matutinos.

—Estamos jodidos. ¿Ya lo sabe el secretario?

—No, Willy, justo por eso te hablo, alguien tiene que avisarle.

En teoría el jefe de asesores, Raúl Preciado, tenía más jerarquía que el secretario particular, Wilfredo Gamudio, pero todos en la secretaría sabían que «Willy» era el hombre de mayor confianza y el que más influía en el ánimo del ministro.

—Yo lo hago. Llama al primer círculo y espérenme en la casa de Salazar, por si se necesita algo. Allá nos vemos —dijo Gamudio y colgó. El primer círculo incluía a dos subsecretarios, el oficial mayor, el jefe de comunicación social y la secretaria personal del viejo.

Seis meses antes el laborioso asistente había logrado mudarse a un apartamento a solo dos cuadras de la residencia del ministro; le pareció que sería importante para estar a la mano los fines de semana y en caso de emergencia. Como esta, pensó mientras comenzaba a ponerse la ropa que se había quitado unas horas antes.

Llamó a casa de Salazar mientras terminaba de vestirse. Luego del tercer tono respondió Maricruz, el ama de llaves del ministro; Gamudio le dijo que encendiera las luces y comunicara a los guardias del portón de entrada que le dieran acceso.

—Luego despierte al licenciado, dígale que es una emergencia. Yo estaré llegando en ese momento.

Cuatro minutos más tarde estaba plantado frente a Maricruz.

—Ya le toqué. Me dijo que salía en un momento —dijo ella.

Gamudio no esperó: subió por la escalera al segundo piso y tocó en la puerta de la recámara de Salazar en el instante en que este comenzaba a abrirla.

El joven simplemente le mostró la pantalla luminosa de su iPad, con el texto intitulado *Mata Hari en Bucareli*. Salazar se dio media vuelta en busca de sus lentes, atravesó la recámara y entró a su estudio por una puerta lateral. Gamudio lo siguió.

Mientras Salazar leía el texto acodado en su escritorio, el joven lo observó con detenimiento. Había estado devanándose los sesos para sugerir alguna estrategia de control de daños; no obstante, el espectáculo que tenía a la vista lo distrajo. Siempre vio al político perfectamente peinado, rasurado y vestido con elegancia: lo que contemplaba ahora era a un anciano prematuro, con claros en el pelo que mostraban el cráneo, los ojos más hundidos de lo ordinario, los pómulos salientes y las mejillas aplastadas. Le hizo pensar en una actriz japonesa de kabuki recién desmaquillada.

Salazar concluyó la lectura y se quedó inmóvil, la vista clavada en algo que parecía una mancha en la superficie de madera al lado de la tableta electrónica.

—Ya convoqué a los muchachos, deben estar por llegar. Habrá que preparar un boletín para desmentir el asunto: tenemos que asegurarnos de que se lea nuestra posición al mismo tiempo que se divulgue la columna en los noticieros —dijo Gamudio nervioso, rompiendo el silencio que se había instalado en la habitación.

El ministro hizo un gesto afirmativo con la cabeza y con la uña del pulgar raspó minuciosamente la mancha del escritorio. Sin levantar la cabeza dijo por fin:

—Haz eso. Mientras, voy a bañarme, tú atiende las llamadas. Solo pásame la que venga de Los Pinos. Ahorita nos vemos —Salazar regresó a su recámara y cerró la puerta.

Gamudio bajó a la sala para recibir al resto de los funcionarios, que se fueron integrando poco a poco. Les pidió que se repartieran entre ellos las llamadas a los conductores de los noticieros de radio y televisión de la mañana y les pidieran no transmitir al aire el texto de Arizmendi. En los casos en que no pudieran conseguirlo, debían negociar al menos que los noticieros esperaran a tener el comunicado oficial para dar juntas las dos noticias.

En ocho minutos tenían un borrador que encontraron aceptable:

El día de hoy el articulista Tomás Arizmendi ha hecho revelaciones sobre un presunto archivo secreto de la difunta actriz Pamela Dosantos e incriminaciones absurdas que involucran al secretario de Gobernación. Esta dependencia rechaza categóricamente la existencia de tales expedientes y considera los infundios producto del afán sensacionalista e irresponsable de un periodista que ha emprendido una cruzada personal en contra del titular de esta Secretaría.

La autoridad se reserva el derecho de investigar si las difamaciones se originan en las esferas del crimen organizado, resentido por las eficaces acciones que el gobierno del presidente Alonso Prida ha realizado en contra de los cárteles de la droga. Firmado. Secretaría de Gobernación. Dirección de Comunicación Social.

—Subo a que lo apruebe. Mientras, continúen con las llamadas.

Con un marcador verde, uno de los subsecretarios había hecho una lista de conductores de radio y televisión sobre una pared lisa de la sala, el resto tecleaba números telefónicos desde sus celulares. El jefe de comunicación social tenía preparados en su *laptop* los correos electrónicos agrupados de los jefes de información de los noticieros y en su pantalla el texto listo para ser enviado.

Gamudio subió al estudio; la puerta de la recámara de Salazar continuaba cerrada. Tenía varios minutos esperando cuando su celular difundió las notas de Tango Number 5; era el jefe de comunicación social.

—Willy, acaba de publicarlo el portal del *The New York Times*, una nota de Peter Dell.

—Puta madre. Envía el correo del comunicado, yo me hago responsable —dijo.

El joven esperó en silencio otros cinco minutos; Salazar no aparecía. Cayó en cuenta de que todavía no había recibido alguna llamada política, ni de Los Pinos ni de nadie.

Como si lo hubiera invocado, el teléfono del estudio timbró en ese instante; era un viejo aparato de disco que emitía el sonido de la campanilla clásica, como el de las viejas películas en blanco y negro. Maricruz, el ama de llaves, le dijo que era una llamada para el licenciado de parte de Rosendo Franco, dueño de *El Mundo*.

—Willy, qué bueno que estás allí, hay que apoyar al hombre en estos momentos. ¿Me lo puedes pasar?

—Imposible, don Rosendo. Está hablando con el presidente; se están poniendo de acuerdo para emitir un comunicado por parte del gobierno de la República.

—Entiendo. Solo dile que el texto publicado de este cabrón fue colado en el último momento, no tenía autorización mía ni del director. Ya sacamos la nota del portal y despediremos a los responsables, empezando por el propio Arizmendi. Llamé para que el secretario estuviera informado.

—Muchas gracias, le dará gusto saberlo.

—Y Willy, ofrécele mis disculpas. Dile que más tarde le llamo y que estoy a sus órdenes.

Alertado por el sonido de la conversación, Salazar abrió la puerta de la recámara y se internó en el amplio estudio; el aroma de Carolina Herrera para caballeros precedió su entrada. Un traje negro, camisa blanca y corbata gris plateada sugerían la imagen de alguien que estuviera a punto de fungir como testigo en una boda. El ministro se instaló de nuevo en la silla de su escritorio.

Gamudio le mostró la tableta con el texto preparado, lo puso al tanto de la llamada del dueño del periódico y le informó de la publicación de *The New York Times*. Salazar solo afirmaba con la cabeza.

—¿No han llamado de Los Pinos? —preguntó.

—Todavía no —respondió Gamudio. Prefirió ocultarle que, salvo Rosendo Franco, nadie más había llamado. Sabía que en cualquier minuto los medios de comunicación bombardearían los teléfonos, buscando una declaración de boca del propio ministro, pero no eran esas las llamadas que Salazar habría deseado.

El viejo levantó el teléfono de disco y marcó de memoria un número. La imagen del regreso del disco del antiguo teléfono producía un efecto hipnótico en Gamudio; el sonido volvió a recordarle las películas de los años cincuenta.

—Comuníqueme con el señor presidente, habla Augusto Salazar —el ministro esperó algunos instantes en la línea mientras el interlocutor hacía alguna consulta—. Dígale por favor que es muy urgente. Que lo comuniquen conmigo en cuanto sea posible. Muchas gracias.

El semblante de Salazar lucía impávido cuando terminó la llamada, aunque los dedos y nudillos de la mano que sujetaba el auricular estaban blancos por la presión ejercida. Depositó el teléfono como si fuese una mancuerna, una pesa pequeña. En cierta manera lo era: una lápida política. Los dos sabían que no habría una llamada de Los Pinos; la desvinculación con el ministro apestado ya había comenzado.

Salazar se sumió en sus pensamientos; Gamudio desvió la vista a la ventana. Eran las seis cuarenta de la mañana y el sol de diciembre todavía tardaría en salir. El joven pensó que el día aún no arrancaba y sus vidas ya habían cambiado de manera radical.

El ministro abrió el cajón del escritorio, tomó una hoja en blanco y comenzó a escribir. Dobló la hoja y se la entregó a Gamudio.

—Entregue esto en manos del comandante Fabián Lara, dígale que son mis encargos. Que lo haga como él quiera, pero que liquide estos asuntos. Ahora déjeme reflexionar.

Gamudio se guardó el papel en el bolsillo y salió del estudio; se mantuvo de pie afuera de la puerta cerrada sin saber qué hacer a continuación. Desde el corredor del segundo piso percibió el frenesí de sus colaboradores en la planta baja; sin embargo, permaneció donde estaba, atraído por el caprichoso diseño del kilim rectangular que se extendía a lo largo del corredor; extrajo un cigarrillo y aspiró lentamente en profundas bocanadas. Finalmente escuchó el sonido que estaba esperando: el estruendo de un balazo que paralizó el frenesí de la planta baja.

El joven apagó el cigarro en el kilim y entró al estudio; alcanzó a ver el último de los estertores de la espalda desplomada sobre el escritorio. Sobre este advirtió una hoja en blanco con una sola palabra escrita: *PAMELA*. Gamudio contempló pasivo la manera en que la sangre se extendía lentamente bajo la cabeza del ministro e invadía la hoja en blanco, solo la última A quedó a salvo de la mancha roja.

Al lado del teléfono encontró tres papeles arrugados. Abrió uno tras otro y supuso que se trataba de intentos de nota de suicidio: «Antes que nada, he sido un patriota», decía la primera. «A lo largo de mi vida he creído que el servicio público», decía la segunda. «Alonso, presidente y amigo, lamento que», decía la tercera. Ninguna pasaba de la primera frase. Al final Salazar prefirió dejarse de demagogias, se dijo Gamudio, y escribir lo que verdaderamente le importaba en el último instante de su vida. Vio de nuevo la hoja ensangrentada con el nombre emborronado y pensó con ironía que la muerte le había quitado a Pamela por segunda vez.

En la puerta del estudio se agolpaba media docena de personas, Gamudio se abrió paso entre ellas con la mano en el bolsillo apretando los borradores inconclusos de Salazar. Eso le hizo recordar la hoja doblada que le entregara el ministro, dirigida a su esbirro, el temible comandante Fabián Lara. La abrió y leyó tres nombres, tres sentencias de muerte, supuso Gamudio: Jaime Lemus, Tomás Arizmendi, Carlos Lemus.

Jueves 5 de diciembre, 6.50 a. m.

Amelia

Sin necesidad de abrir los ojos, Amelia adivinó la razón por la cual el teléfono la estaba despertando antes que su alarma, programada para las siete. Alicia, su secretaria, no se había aguantado las ganas de darle la noticia de la devastadora columna de Tomás en *El Mundo*.

La tarde anterior, antes de correr al hospital para ver a Vidal, ambas especularon sobre la posibilidad de que el periodista se animara a revelar las explosivas confesiones de Pamela en relación a Salazar. Alicia se había mostrado más bien escéptica; conocía de sobra la inconsistencia de las resoluciones de Tomás y entendía que hacerlo entrañaba un riesgo de consecuencias incalculables. Pero ahora la asistente de Amelia estaba eufórica porque nunca llegó a imaginarse la crudeza y la temeridad del texto que acababa de leer.

Para Amelia no fue una sorpresa. No abrigaba ninguna duda de que él se jugaría todo en una última y desesperada decisión; pensó que el Tomás de las últimas dos semanas era una versión mejorada del joven con el que había crecido. Solo se preguntaba cuánto tiempo duraría la solidez de este Tomás, antes de que su pasajero oscuro y su líquida personalidad volvieran a asomar la cabeza.

No obstante, el texto publicado superó sus expectativas: comprendió que lo que allí se decía implicaba el fin de la carrera de Salazar. Hizo a un lado la *laptop* y reflexionó sobre las posibilidades políticas que originaría la remoción del secretario de Gobernación; sería una oportunidad de oro para establecer una nueva relación de los otros actores con el régimen de Prida.

Su computadora emitió una tenue alerta por la descarga de los correos de las últimas horas. De manera distraída Amelia los recorrió rápidamente y su vista se detuvo en un mensaje de Tomás; lo abrió con curiosidad y leyó:

Colibrí,

Hoy caigo en cuenta de que nunca en todos estos años asignaste apodos a los integrantes de los Azules pese a tu fiebre bautizadora; supongo que nos conocías demasiado para capturarnos en una etiqueta. Te lo agradezco: no quiero ni imaginarme los adjetivos que habrías tenido a tu disposición para endilgarme.

Pero los acontecimientos de estos días y media botella de tequila me llevan a romper tu código. No sé qué sucederá a partir de mañana y no quiero que lo que ahora siento se disipe en la cruda o en una huida intempestiva.

Siempre he pensado que eres un colibrí que flota sobre el jardín del mundo y que allá donde te posas iluminas vidas; por lo menos la mía. Mis periodos de tiniebla y sombra son los de tu ausencia, y mis momentos Kodak invariablemente incluyen tu presencia.

Sé que enamorarse no es una actividad recomendable para el corazón; sin embargo, estoy dispuesto a pagar cualquier precio por convertirme en el hombre que soy cuando estoy contigo.

Quiero tener cada mañana la certeza de que al final del día tu cuerpo tibio y la respiración sobre mi hombro disiparán los azares o «salazares» que depare la jornada. Quiero amanecer contigo para ironizar la noticia del momento, para tallarte la espalda, para comentar con sorna tu atuendo de cada día.

Vamos a las playas que no conocemos, acudamos a un spa
*para asfixiarnos en el temazcal y burlarnos del falso chamán.
Quiero que me despiertes impaciente por la mañana y te rías de
mis modorras y me tortures con el melatoninazo de las cortinas
descorridas. Leerte cuentos de Raymond Carver las tardes de
domingo. Inaugurar a cuatro manos cada arruga de nuestros
cuerpos. Quiero cabalgar tus increíbles entusiasmos, lamer tus
arrebatos de coraje, sobar tus explosiones de indignación.*

*Y no quiero terminar mis días encogido y solitario aunque
me encuentre acompañado por alguien que no eres tú. No quiero morir maltrecho, malvivido y malcogido.*

*Eso es lo que quiero en la vida. ¿Cuándo? Ya. El próximo
lunes o el primero de enero. Hoy a las ocho de la noche. Cuando renuncies al PRD o la próxima vez que salgas al pan. No sé,
pero ya. A sorbos o a bocanadas.*

*Tampoco sé si lo nuestro es reencuentro o zona inédita. Sí
sé que los grandes arrebatos de amor tienen lugar en la caseta
de personas extraviadas o en el mostrador de objetos perdidos.
No me queda claro si alguna vez nos perdimos, si fue el caso,
quiero vivir para recuperarnos.*

Tomás

Lo primero que pensó Amelia fue una vieja frase que solía
decir en su juventud: «No juegues con mi corazón, para eso
tengo el clítoris», sin embargo leyó la carta una vez más.
Tomás sabía escribir, se dijo ella, pero también sabía ser
cursi; a su pesar, estaba conmovida. Ciertamente no se veía
como un colibrí, aunque agradeció el elogio: con más frecuencia se percibía como una avispa que incordiaba a la
molicie de la gente, sus prejuicios y conformismos. Se vio
despertando todos los días con Tomás y su mente acotó la
imagen a los fines de semana. No obstante, le encantó la posibilidad de hacerle el amor por la mañana, aunque luego

no le tallara la espalda, y sí, se imaginó comentando la revista de *El País* del domingo sobre una taza de café o soltando pestes al alimón sobre la última infamia del gobernador en turno. Quería entretejer complicidades cotidianas con Tomás; sin embargo, no quería enamorarse de Tomás: los sentimientos de su amigo eran como los álamos, con raíces largas y extendidas aunque muy poco profundas. Eso sí que sería una actividad poco recomendable para el corazón, pero ¡qué carajos!, se dijo Amelia, la prudencia no era su mayor virtud.

Decidió meterse a la ducha para despejar su mente, pero el agua caliente y jabonosa que resbalaba sobre su cuerpo terminó de hacer lo que la carta de Tomás había iniciado. Salió de la regadera desnuda, con los pezones erectos, y destilando gotas caminó hasta el teléfono de la recámara.

—Hola —dijo Tomás con voz aguardentosa.

—Buen texto —saludó ella, cautelosa.

—Amelia, perdón, no tenía derecho. Ya lo platicaremos serenos; ayer fue un día muy intenso, demasiado emocional. El alcohol podría explicar…

—Tomás —lo interrumpió ella—. Cállate y ven a hacerme el amor.

Jueves 5 de diciembre, 7.30 a. m.

Tomás y Jaime

Tomás se metió a la ducha envuelto en emociones encontradas. El deseo que le provocaba la cita inminente con Amelia; la distensión relajada y plácida que dejaba la satisfacción de una tarea terminada; el dolor de cabeza punzante, secuela etílica de la noche anterior; un nerviosismo soterrado e indefinido frente a los riesgos que podría afrontar. Y estaba la conversación pendiente con Jaime.

Tuvo el primer mareo mientras se secaba la espalda. Sus inclinaciones hipocondriacas le hicieron temer por su corazón y sonrió con una mueca de dolor cuando recordó que al menos había tenido la oportunidad de publicar la columna y confesar su amor a Amelia. Pero su pecho siguió palpitando con regularidad, indiferente al desenlace climático que Tomás comenzara a contarse a sí mismo.

Un rato más tarde concluyó que había tenido un ataque de angustia o lo que fuera, aunque estaba claro que iba a sobrevivir a ello. Mejor, a Tomás le costaba imaginarse un mundo sin Tomás: más allá de su funeral, sobre el cual podía conjeturar, el resto de la película entraba en una bruma difusa una vez que él hubiera hecho mutis.

Se vistió pensando en Amelia. Su mejor ropa interior, unos *jeans* estrechos, escogidos por Jimena, una camisa azul de rayas delgadas, un suéter ligero azul marino y una chamarra de motorista en piel. Se miró en el espejo y se sintió optimista; si no guapo, al menos limpio. Se dijo que si iba a sobrevivir a Salazar, a los narcos y a la arritmia, se aseguraría de que valiese la pena. Hoy podría ser el primer día de un nuevo ciclo, un ciclo que nunca pudo imaginarse dos semanas antes, cuando inició todo el escándalo.

En ese momento experimentó el segundo vértigo; sintió que se ahogaba y un sudor frío le perló la frente. Se sentó en la cama y esperó hasta que la respiración se estabilizó de nuevo. Tomás entendió lo que le sucedía; había tratado de empujarlo al fondo de la lista de sus preocupaciones, pero el asunto comenzaba a enfermarlo. No tendría más remedio que hacerle frente.

Decidió postergar la visita a Amelia, pidió el taxi ejecutivo y sin aviso previo se apersonó en casa de Jaime, en las Lomas. Un guardia le exigió una identificación en el portón de entrada antes de permitirle el acceso y otro guardaespaldas lo guio hasta la sala de la casa y lo conminó a tomar asiento. Aunque no se atrevieron a registrarlo, la vista de uno de los gorilas parecía escanear la silueta de Tomás en busca de algún bulto sospechoso. El mayordomo de Jaime, don Artemio, intervino para indicar que los dejaran solos, e informó que se trataba de alguien muy cercano a la familia.

Tomás advirtió que en la terraza había una mesa dispuesta para el desayuno a pesar del frío decembrino de la mañana: Jaime siempre había sido de costumbres espartanas. El periodista accedió a la invitación del mayordomo de acompañar a su patrón a tomar los alimentos, aunque fue advertido de que solo se trataba de café, fruta y un licuado con proteína.

Su amigo salió de la recámara luego del baño sauna y de su acostumbrada sesión de gimnasio; recibió a Tomás con los brazos abiertos y una sonrisa inusualmente expresiva.

—Tomás, qué honor recibirte en casa justo el día más importante de tu vida —le dijo mientras con un gesto lo invitaba a ocupar un sitio en la mesa de la terraza.

—¡Ah, chingado!, me hubieras advertido; me habría perfumado y talqueado antes de salir de casa —dijo él, tomando asiento.

—No estás enterado, ¿verdad?

—¿De qué?

—Incendiaste al país.

Las palabras de Jaime le ocasionaron un incómodo *déjà vu*: algo parecido le dijo Mario el día que llegó a despertarlo con la cantaleta de que había incendiado la pradera y Jaime, al igual que Mario en aquella ocasión, estaba poniendo a prueba su paciencia.

—No juguemos a las adivinanzas. ¿Qué pasó? —preguntó Tomás con brusquedad.

Jaime lo miró con sorpresa, asintió con la testa y cambió el tono.

—Hace una hora me informaron que Salazar se pegó un tiro en la sien.

Tomás se quedó de una pieza. No sabía si alegrarse o lamentarse y prefirió desviar la mirada al jardín. Un pájaro se había posado en una rama cercana y cantaba con el pecho inflado. Imaginó el corazón diminuto del ave latiendo a un ritmo vertiginoso; pensó en el suyo, que creía colapsado hacía apenas media hora, y en el de Salazar, quieto y seco para siempre.

—No seas hipócrita ni finjas buenos sentimientos, que no te quedan —lo amonestó Jaime—. Queríamos tumbarlo, ¿no? ¿Y sabes qué habría sucedido si hubieras tenido éxito, pero él siguiera vivo? El viejo se convertiría en una amenaza eterna y puedes estar seguro de que tarde o temprano te la habría cobrado, y contigo a todos los Azules. Así que es el mejor desenlace posible.

—Quizá, pero pegarse un tiro es algo que no le deseo a nadie —respondió Tomás dudoso.

—Carajo con ustedes: quieren jugar a la política y luego le hacen el asco a las consecuencias de sus actos —dijo Jaime con desprecio.

A Tomás le llamó la atención la vehemencia de su amigo y recordó qué lo había llevado hasta allí.

—Y pensar que todo comenzó con una frase de Coronel: «un dato demasiado bueno para ignorarlo» —dijo Tomás, haciendo los signos de comillas con las manos.

Jaime lo escuchó en silencio; entendía que Tomás quería ir a algún lado. En efecto, el periodista continuó:

—No lo recuerdas, ¿verdad? Tú usaste exactamente la misma frase días más tarde en mi azotea. Apenas ayer lo recordé y entendí que eso fue lo que instruiste a Coronel que me dijera; nunca se te ocurrió que me lo iba a transmitir literalmente.

—¿Y? ¿Adónde quieres ir con eso?

—¿No es obvio? Hasta ahora entendí por qué te quería matar el Chapo.

—Explícate y ahora tú déjate de adivinanzas —dijo Jaime exasperado.

—¿Por qué mataste a Pamela Dosantos?

Jaime observó a su amigo con detenimiento: Tomás sostuvo la mirada pese a sentirse objeto de un inquieto examen. Jaime parecía evaluar el grado de amenaza que podía representar el periodista. Luego de un instante el semblante del anfitrión se relajó, emitió un largo suspiro y comenzó a hablar.

—Detectamos hace casi seis meses que Joaquín Plascencia, primo de Pamela, era el conducto de la actriz para transmitir reportes confidenciales al Cártel de Sinaloa. El tema parecía grave por ser la amante de Salazar, aunque conociendo el oficio del viejo, supuse que no le soltaría nada más que frivolidades y asuntos de poca monta. Pero hace cuatro meses mi gente y yo pudimos interceptar un correo que revelaba el contenido de uno de esos reportes: al parecer el Chapo estaba en algún lugar de Sudamérica y sus colegas en Culiacán consideraron de tal gravedad la información que decidieron consultar con su jefe, y se lo enviaron. Entonces me percaté de que se trataba de verdaderos secretos de Estado, filtrados directamente de la mesa de trabajo de Prida.

—Hace un año que saliste del Cisen y del gobierno. Cuando hablas de tu gente, ¿a quién te refieres? ¿para quién trabajas?

—Es mi empresa, Tomás, y trabajo para quien me contrate. En el fondo continúo haciendo lo mismo que en el Cisen, solo que ahora por mi lado: inteligencia y contrainteligencia a fin de anticipar amenazas y riesgos para el país, muchos de ellos provenientes de las pinches elites que nos gobiernan. Pero déjame continuar. Una vez alertado sobre el espionaje del que era víctima Salazar, dediqué todo tipo de búsquedas y hackeos a los nodos de la estructura del cártel, desde Pamela hasta el Chapo. Finalmente pude hacerme con el contenido de otros dos reportes. El material era gravísimo. A partir de ese momento la suerte de Dosantos estaba echada.

—Pero, ¿matarla, Jaime? ¿Desde cuándo eres asesino?

—Déjate de moralinas, ¿quieres?, y escucha. El espionaje no podía continuar y tampoco había otras salidas. ¿Informarlo a Salazar? Pamela lo habría negado y el ministro le hubiera creído; o quizá no, y paraba a Pamela. Solo que antes me borraba del mapa para que el hecho no se supiera.

—¿Y haber recurrido a la opinión pública, denunciar el hecho?

—Menos. Primero, porque yo no tenía los archivos que tu columna describe. Ya me dirás cómo los conseguiste; nunca me enteré de que Pamela hiciera una copia para sí misma. Segundo, porque no quería que el país pasara por esa vergüenza: de por sí los gringos nos ven como república bananera en materia de seguridad. Imagínate, «una Mata Hari en Los Pinos», como tú dices.

—Pues al final a eso llegamos, de cualquier manera: al escándalo público. En realidad no habría hecho falta asesinar a Pamela.

—Mi solución era mejor. Desaparecida Pamela, el daño concluía y nadie se enteraba, ni siquiera Salazar. Pero no resistí la tentación de provocarle un dolor de cabeza al ministro, con el propósito de ablandar la soberbia del gobierno: por eso te filtré la información del baldío donde colocamos el cadáver.

Tomás recordó las fotos del cuerpo destrozado de la actriz y no pudo impedir un estremecimiento.

—¿Quién la mató?

—¿Y para qué quieres saber? Da lo mismo —dijo Jaime, y luego de una pausa agregó—: El mismo que ejecutó ayer a Restrepo para salvar a Vidal. En todo caso, me aseguré de que fuera una muerte incruenta. Tomás, convéncete: Pamela sabía que jugaba con fuego y que tarde o temprano tendría un final trágico. Su muerte era necesaria. Razones de Estado. Punto.

—¿Y la muerte de Coronel? ¿Y de la familia Alcántara? ¿También razones de Estado?

—Lo de Pamela fue una obligación dolorosa; lo de Coronel, una depuración necesaria y aceptable. Era un canalla, ¿sabes? Y por favor no me achaques a los Alcántara porque terminarás cargándome los setenta mil muertos de la guerra contra el narco.

—No jodas, Jaime, ¿desde cuándo haces estas cosas?

—Deberías ver la cara que pones al decirme «estas cosas». ¿No te das cuenta de que nadie es inocente? Tu columna te hace responsable de la muerte de Salazar tanto como si tú hubieses disparado la bala que le destrozó el cerebro. ¿Estás consciente de ello?

—Matar a Pamela y escribir una columna son dos cosas muy distintas. No me compares contigo.

—En el fondo no somos tan diferentes. Tú te sientes heroico por atreverte a escribir un texto desafiante y acabaste causando una muerte. Yo eliminé la peor filtración montada por el narcotráfico contra el Estado mexicano, sabiendo que me convertiría en objeto de cacería por parte del cártel. Y como bien recordarás, estuvo a punto de costarme la vida. Así que no me vengas a dar lecciones acerca de lo que es bueno y lo que es malo.

—Ninguno de los dos somos santos, pero yo no soy un asesino. Y Dios sabe desde cuándo comenzaste tú.

—No se trata de asesinatos, sino de darle una oportunidad a este país. No tienes idea de lo que enfrentamos. ¿Sabes por qué murieron los Alcántara y por qué nos atacaron los sicarios en el Reina Victoria? Por la capacidad de inteligencia e infiltración que posee el crimen organizado en todos los niveles, incluido el ciberespacio. Tardaron solo una semana en enterarse de mi papel en la desaparición de Pamela; Salazar, con todo el poder del Estado, nunca logró averiguarlo. Todos los días mueren ejecutadas treinta personas en promedio en México, diez mil este año. El gobierno simplemente no puede detener a los cárteles.

—Comienzas a preocuparme en serio, Jaime: del asesinato de una artista pasaste a los planes mesiánicos. Ahora resulta que tú vas a salvar a México.

Jaime lo miró con exasperación. Alguna vez pensó explicar a los Azules lo que hacía por el país: podrían no coincidir con él, aunque confiaba en que habrían de comprender sus razones y en el fondo admirar su habilidad. Había montado una organización capaz de penetrar en los rincones de los clósets de los poderosos y detectar lo que antes se hacía en lo oscuro, o dar golpes estratégicos a la operación del crimen organizado. Podía influir en las redes sociales de maneras insospechadas y desencadenar tormentas políticas sobre los actores públicos, y lograría aún más si Amelia y Tomás se le unieran. Sin embargo, la mirada de reprobación que vio en su amigo le hizo pensar que no estaban listos.

—Creo que no vamos a coincidir, Tomás. Otro día lo discutiremos.

—Mejor —coincidió él. Sintió el deseo urgente de salir de allí, de reunirse con Amelia, de reconciliarse con la posibilidad de un mundo mejor por otras vías.

—Solo te voy a pedir un favor: no le digas nada de esto a Amelia. Nos lastimarías a todos, a ella en primer término. Déjame ser yo quien se lo cuente cuando me sienta preparado —exigió Jaime.

—De acuerdo —respondió Tomás y se incorporó para marcharse—. Pero antes contéstame algo.

—¿Qué? —preguntó Jaime con desconfianza.

—¿Cuánto de la decisión de matar a Pamela tuvo que ver con el beneficio del país y cuánto con lastimar a tu padre?

Jaime lo miró ahora con resentimiento. Intentó deshacerse de la taza de café que sostenía en la mano, quizá para golpear a Tomás, pero la colocó en el borde de la mesa y cayó al piso haciéndose añicos. Los dos miraron las piezas rotas expuestas a los primeros brillos del sol.

—Ya no me respondas —dijo Tomás y salió de la casa.

Viernes 6 de diciembre

Todos

María Cristina decidió pedir el día libre en el estudio fotográfico donde trabajaba, para quedarse en casa. Desde el
día de anterior el estado de ánimo de su padre, que ya era
deplorable, había declinado visiblemente. Los medios de
comunicación no hablaban de otra cosa que del suicidio
del ministro de Gobernación luego de la revelación de los
archivos de la Mata Hari de Sinaloa, Pamela Dosantos. La
hija temía que el escándalo terminara por agotar el débil
corazón del viejo periodista de nota roja.

A las nueve de la mañana decidió entrar a la recámara
del anciano, luego de dos llamados sin respuesta. María
Cristina se temió lo peor; tocó con los nudillos en la puerta, giró la perilla, entró a la habitación y la escena la tomó
por sorpresa: Plutarco Gómez se miraba al espejo mientras
se ajustaba el nudo de una corbata tan ancha que hacía
pensar en una banda presidencial. Ella no recordaba la última vez que su padre vistiera traje y corbata, silbara una
canción o se perfumara profusamente con su vieja loción
Yardley.

—No seas malita, mija, hazme unos huevos rancheros,
¿sí? —pidió él al advertir la presencia de María Cristina.

—¿Estás seguro? Ya ves que el doctor nos prohibió las sal-
sas picantes —dijo ella, todavía sorprendida por la escena.

—Y un licuado de esos de plátano. Necesito un buen desayuno porque voy a tener un día atareado.

—¿Y adónde vas? ¿Qué vas a hacer? —respondió la hija con mejor talante.

—Hoy comienzo a escribir el libro sobre Pamelita. Mis colegas no entendieron lo que ella intentaba hacer: el archivo que encontraron seguramente era la gran denuncia que preparaba para desnudar a la clase política como nadie lo ha hecho en este país, pero la descubrieron y la mataron, y ahora están enlodando su memoria. No le perdonan sus orígenes. Yo voy a mostrarles cómo fueron las cosas.

—¿Y por qué te vistes para salir? —dijo ella, todavía no muy segura de que su padre estuviera en condiciones de andar por la calle.

—Debo hablar con Carmelita. Ese será el arranque de mi investigación —dijo Plutarco, afinando a dos manos las puntas de su bigote.

A 3,480 kilómetros de distancia Carmela Muñoz veía a Agustín a través del vidrio, feliz entre sus compañeros en la gran sala de juegos. Casi todos los niños eran estadounidenses, seguramente por el alto precio de las cuotas. Su hijo no hablaba más de una docena de palabras en inglés, aunque eso no parecía ser una limitación entre los demás chicos con síndrome de Down. A Carmela le hubiera gustado que los adultos fuesen como ellos: el resto de los padres esperaba el final de la clase charlando de manera animada, mientras ella se mantenía aislada en un rincón de la sala de espera.

Una amiga le había conseguido la cita en la escuela para niños con discapacidades Children Up en San Juan, Puerto Rico. Todavía se hospedaban en un hotel, aunque ese mismo día comenzaría a hacer citas para ver algunos apartamentos. El dinero no sería problema, pero tendría que hacer algo o terminaría muriéndose de nostalgia.

Quizá su amiga, quien era una respetada asistente de producción en diseño de vestuario, le podría encontrar empleo en alguno de los proyectos de filmación que llegaban a la isla en busca de exenciones fiscales.

Carmelita miró de nuevo a su hijo y trató de convencerse de que podrían ser felices en su exilio; la sonrisa que le dirigió una madre desde el fondo del salón confirmó su tímido optimismo. Volvió a pensar en la búsqueda de un nuevo hogar y decidió que mejor optaría por una casa: algo amplio, con un jardín en el cual Agustín pudiese jugar. Se animó pensando en una residencia grande con un cuarto iluminado para la costura y, ¿por qué no?, con un estudio colmado de libreros para que Mario pudiera leer los fines de semana cuando la visitara. Recordó el último beso de su amado, contestó con una sonrisa ancha a la señora del fondo de la sala y pensó que, después de todo, había vida luego de la muerte de Pamela. Resuelta, sacó su celular, tecleó *Tu canario te espera* y se lo envió a Mario. Guardó el teléfono y el rubor venció la lividez de su rostro.

El celular de Mario había agotado su batería en algún momento durante las largas horas transcurridas al lado de la cama de hospital donde yacía Vidal. Ahora, con la luz de la mañana, contemplaba la respiración pausada de su hijo, quien dormía apaciblemente bajo el influjo de los sedantes. La vista de la mano vendada que reposaba sobre el vientre del joven torturaba al padre. Desconocían todos los detalles, pero la camisa con la que Vidal llegó al hospital estaba empapada de una sangre que a la postre resultó no ser suya. Le pediría a Jaime la recomendación de algún psicólogo especializado en estrés postraumático para evitar mayores secuelas luego del infierno por el que pasara su hijo.

Pensar en Jaime lo llevó a reflexionar sobre los Azules. Ni siquiera sabía si existirían como tales luego de los últimos acontecimientos: veía crecer la desconfianza de Amelia y Tomás hacia Jaime, y hasta cierto punto la entendía aunque él mismo, por alguna razón, nunca se había sentido tan cerca de Jaime como en este momento. La angustia que provocó en su amigo la salud de su hijo cuando arribaron al hospital lo conmovió profundamente. También percibía que algo nuevo sucedía entre Tomás y Amelia a espaldas de ellos, algo que partía a los Azules por mitades y, pese a todo, sabía que él y Tomás seguirían unidos. Así había sido a lo largo de treinta años, por encima del accidente y de sus respectivos matrimonios, hijos, enfados y desenfados; y eso, se dijo Mario, nada podría cambiarlo.

Olga entró al cuarto con pasos susurrantes, se acercó a su esposo y puso en sus manos un vaso de cartón con café humeante. Ninguno de los dos había dormido mucho las últimas treinta y seis horas, pero estaban juntos y relativamente sanos y salvos, pensó ella mientras mesaba con cariño el pelo descompuesto de Mario.

—El doctor dice que tendremos que quedarnos al menos otros cinco días —murmuró al oído de su esposo.

Mario afirmó con la cabeza. Tenía sobre las piernas un ejemplar de *El Mundo* con una inmensa foto de archivo de Salazar y Pamela en mejores días. Olga acababa de oír en la televisión de la cafetería un encendido debate sobre la obligación que tenía Tomás Arizmendi de entregar los archivos de la actriz a las autoridades. Pensó que debía comentárselo a Mario, no obstante decidió que se lo haría saber más tarde. En este momento le parecía que las sensaciones de ambos estaban tan anestesiadas como el brazo de Vidal, por lo mismo, experimentaba una especie de burbuja plácida que no quería romper. La escena le hizo recordar los años en que contemplaban desde el umbral de la puerta la cuna de Vidal y el bebé de meses dormía por fin tras una

419

larga sesión de llanto; hubiera querido alargar ese momento indefinidamente.

Vidal lo interrumpió. Abrió los ojos como si sus párpados fuesen pesadas cortinas metálicas y miró a sus padres. Con escasas intermitencias, había estado sedado y sumido en un profundo sueño casi durante día y medio. Hizo una mueca de dolor al recordar dónde se encontraba: el ardor de su mano había desaparecido aunque el vendaje le confirmó que la amputación del dedo no era una pesadilla.

Olga y Mario flanquearon los costados de la cama del joven. Su padre le informó de la operación, de las altas probabilidades de que el injerto tuviera éxito y la mano recuperara su movilidad. Vidal se preguntó si Marina sabría lo que le había ocurrido; se dijo que debía comunicarse con ella tan pronto se sintiera mejor. La imagen de la chica inclinada sobre su cama acariciándole el brazo sano fue en sí misma una caricia.

Luego recordó el balazo y sus ojos olvidaron la pesadez de los párpados para abrirse angustiados al preguntar por Luis. Mario le mintió al asegurarle que estaba mucho mejor que él: en realidad todavía le hacían estudios para saber qué tipo de secuelas físicas dejaría la lesión del hueso de la pierna del chico. Vidal se tranquilizó con las noticias recibidas y le dijo a sus padres que invitaría a su amigo a unirse a él, Manuel y Nicolás, para desarrollar juntos la aplicación que los haría ricos. Ellos prefirieron no recordarle que Nicolás había muerto cinco días antes.

—Con la ayuda de Luis, *Piarañas* será un éxito mundial —sentenció Vidal.

A dos cuartos de distancia Luis también pensaba en computadoras, pero no precisamente en un juego. Bajo los efectos de los antibióticos y los analgésicos que le habían administrado, su mente estaba perdida en el diseño de truculentas estrategias para derrumbar a la empresa Lemlock y a su propietario, Jaime Lemus. Recordaba los sucesos de dos días antes y el anuncio de la inminente muerte que le esperaba a manos de Restrepo y su gorila, aunque a partir del fogonazo en su pierna y la sangre perdida, sus recuerdos flotaban entumecidos en una espesa bruma. Retenía el olor a sudor ácido que despedía el gordo cuando lo cargó durante el traslado al auto para llevarlo al hospital, porque era el mismo que percibió cuando lo inmovilizó en Guadalajara. Un olor que nunca olvidaría: había sido lo primero que aspiraba con desesperación cuando le quitaban la bolsa de plástico tras una sesión de asfixia.

Recordó su pierna y se dijo que debería indagar la gravedad del daño. Todavía faltaban tres semanas para el maratón; el incidente retrasaría su programa de preparación, pero pensó que podría acelerarlo cuando se acercara la fecha. Abrió los ojos y vio a su padre de espaldas, mirando por la ventana. Las arrugas de su camisa de lino y el pelo blanco alborotado mostraban los estragos de una noche de sofá. Estuvo a punto de hablarle, luego decidió que aún estaba muy cansado. Prefirió cerrar los ojos y seguir pensando maneras de arruinar al tal Jaime Lemus.

—Es absolutamente imprescindible que Tomás y Amelia estén a salvo de toda amenaza de ataque —dijo Jaime a los cuatro colaboradores que lo rodeaban en la mesa de la sala de juntas de su oficina, apenas a cuatro kilómetros de donde se encontraba Luis—. No me importan los recursos ni la gente que invirtamos en eso. Renten un apartamento frente al edificio donde vive Tomás, quiero allí un equipo de intervención 24/7, coloquen sensores y micrófonos, intervengan llamadas, peinen todas las comunicaciones del narco y paren las orejas para detectar lo que pudiera involucrar a mis amigos. Hagan parejas de seguimiento en los traslados de Tomás. Ellos aún tienen los radioteléfonos que les di. Síganlos con el GPS.

—¿Y qué hacemos en el caso de doña Amelia? Ella trae guardaespaldas federales.

—Compren a uno de ellos, de ser posible al jefe: ofrézcanle tres mil dólares al mes para que colabore en su vigilancia. Explíquenle que es mi amiga, pero es demasiado orgullosa para aceptar ayuda. Hay que convencerlo de que es en beneficio de ella, así se sentirá mejor cuando se embolse el dinero. Y recuerden, los dos próximos meses son clave; después de eso revisamos todo el operativo.

Cuando concluyó la junta Jaime pidió a su secretaria que le tramitara una llamada. Sabía que si el Cártel de Sinaloa quería atentar contra Tomás o Amelia, la seguridad que pudiera ofrecer él o cualquiera sería insuficiente; no obstante, el despliegue de recursos que estaba dispuesto a ofrendar en beneficio de sus amigos, incluso a espaldas de ellos, lo hacía sentirse mejor. A sus ojos era la más palpable demostración de que era él quien vivía en el mundo real, en tanto que ellos flotaban en una nube romántica de convicciones tan infantiles como imprácticas.

En el fondo Jaime sabía que la única manera de neutralizar una amenaza en contra de Tomás pasaba por una negociación con el cártel; una especie de adenda a lo que él lograra antes.

—Don Jaime, está lista su llamada con el exgobernador Zendejas —dijo su secretaria.

—Agustín, qué gusto oírte, hermano.

—El gusto es mío, Jaime, ¿para qué soy bueno?

—Oye, buenísimas las botellas que me enviaste. Quiero conseguir otra caja y te voy a hacer una propuesta que encontrarás irresistible. ¿Cuándo nos vemos para platicártela?

—Hombre, déjame verlo con nuestro anfitrión y te propongo día. Un abrazo, hermano.

Jaime colgó y se quedó pensativo: algo tendría que ofrecer al cártel a cambio de la tranquilidad de Tomás. El comandante en jefe de las patrullas de caminos en el estado de Puebla le debía el puesto, una perla que seguramente los sinaloenses sabrían apreciar.

En cambio Tomás y Amelia nunca valorarían lo que hacía por ellos, se dijo. Quizá le estaba salvando la vida al periodista. Se sintió generoso y, ¿por qué no?, incluso moralmente superior a los dos. Dejaría pasar algunos meses y luego confiaría en que la fuerza del pasado volviera a unirlos. Asumía que tarde o temprano Tomás arruinaría lo que estuviera sucediendo entre él y Amelia, y sabía que su padre hacía mucho tiempo había dejado de competir en ese terreno. Algún día Amelia podría ser suya.

El recuerdo de su padre le hizo preguntarse cómo estaría llevando el gran Carlos Lemus la pérdida de Pamela. Gracias a las comisiones que entregaba a los respectivos gerentes de la florería y la joyería preferidas de su progenitor, Jaime se enteró del regalo que Lemus enviara a Pamela una semana antes de su muerte, una pulsera de brillantes y un mensaje: *Los diamantes son eternos; nosotros no, dejemos de fingir.* Carlos Lemus viviría torturado por conocer la respuesta que nunca habría de llegarle.

Carlos recibió con sentimientos encontrados la noticia de la muerte de Salazar. No le sorprendió el desenlace luego de leer la columna de Tomás sobre los expedientes secretos de Pamela: era lo único que podía haber hecho el ministro luego de la exhibición del vergonzoso espionaje del que fuera víctima. Su desaparición generaba en Lemus un enorme alivio tanto por razones de orden político como de seguridad personal.

Sin embargo, la revelación del archivo que Pamela guardaba sobre sus examantes lo llenaba de zozobra. Primero trató de convencerse de que lo que se había dado entre ellos era especial; Pamela nunca lo habría incluido en sus reportes. Pero luego recordó la molestia de Amelia el día anterior, que en su momento le pareció desproporcionada. Su enfado solo podía obedecer al hecho de haberse enterado de su amorío con la actriz.

El disgusto de Amelia le preocupaba menos que el riesgo de que se hiciera pública su relación con Pamela; todo el que estuviera relacionado con los expedientes de la actriz quedaría satanizado por el resto de su vida. Carlos buscó tranquilizarse diseñando una estrategia de acción: buscaría a Tomás para conocer el contenido del reporte sobre su persona, en caso de haberlo. Tendría que convencer al periodista de destruir esa ficha del archivo. Luego comenzaría a frecuentar de nuevo a Amelia; se dijo que había un tejido largo de complicidades y recuerdos entrañables que facilitarían recomponer su amistad.

Sin embargo, primero tenía que recuperar la pulsera y, más importante aún, la tarjeta que la acompañaba. La había mandado sin iniciales, pero la compra de la prenda podía ser rastreada hasta él. Decidió convocar al comandante Miguel Ordorica para pedirle que esa misma noche entrara al apartamento de Pamela y sustrajera la alhaja. Salazar había desaparecido, no así sus colaboradores; seguramente Gamudio y compañía intentarían eliminar del apartamento de la actriz todo rastro comprometedor sobre su jefe y sobre ellos mismos.

Wilfredo Gamudio no estaba pensando en Pamela ese viernes por la mañana, un día después de la tragedia; lo que Willy hacía era tratar de recordar si la corbata gris del ministro se había manchado de sangre. Estaba junto a Maricruz dentro del enorme vestidor de Salazar, eligiendo el atuendo para vestir el cuerpo del secretario. El Ministerio Público les entregaría dentro de un rato el cadáver luego de la autopsia de rigor, que el presidente no quiso dispensar.

El día anterior fue una jornada vertiginosa entre llamadas de familiares y amigos personales del ministro, el acoso de periodistas y noticieros y telefonazos desde Los Pinos, quienes exigían un inventario de los asuntos más urgentes en la agenda de Gobernación. Ayer mismo uno de los subsecretarios había sido designado encargado de despacho de la oficina y se esperaba el nombramiento de un nuevo ministro en cualquier momento.

Las corbatas eran innumerables, aunque a Gamudio le parecía que la gris del día anterior era la más apropiada para vestir el cuerpo en su última aparición en público; el ama de llaves le hizo notar que el traje negro preferido de don Augusto era justamente el que se había puesto ayer. Gamudio se preguntó por qué razón los suicidas arruinaban su mejor traje metiéndose dentro de él antes de matarse, en lugar de dejarlo intacto para vestirlo el resto de sus días, así fuera dentro de un féretro.

Optó por llevar dos piezas de cada prenda de ropa para que los familiares, la hermana y los sobrinos recién llegados de Tampico, tomaran la decisión final. Al pasar por el estudio no resistió la tentación de acercarse al escritorio. Una sombra redonda de sangre seca sobre el fondo claro de la madera había dejado una curiosa impronta: un distorsionado yin-yang con un par de pisapapeles a manera de remaches.

Gamudio se sentó en la silla principal y revisó la mancha que el ministro raspara con la uña el día anterior. Observó con satisfacción que había desaparecido y la sangre respetó esa porción. Luego hizo algo extraño: recostó la cabeza sobre el escritorio y adoptó la posición en que encontró a Salazar. En ese momento comenzó a sollozar y siguió haciéndolo durante un largo rato.

Finalmente se incorporó y caminó hacia el baño para lavarse el rostro. Metió la mano en los bolsillos de su saco en busca de algún pañuelo desechable, y tocó los papeles arrugados que tomó del escritorio la mañana de la tragedia. Apenas en ese instante se percató de que esa mañana se había puesto una camisa limpia, pero había mantenido el mismo traje de la víspera. Apoyado en el lavabo releyó las notas truncas de Salazar. Gamudio pensó que, como el resto de sus discursos, él mismo habría debido supervisar la redacción de una nota suicida más apropiada. Finalmente abrió la hoja doblada y leyó en voz alta los nombres de los tres sentenciados a muerte: Jaime Lemus, Tomás Arizmendi, Carlos Lemus. Sollozó unos instantes, se limpió nariz y ojos con un pañuelo desechable, y con él arrojó todos los papeles al escusado; tiró de la cadena y observó la manera en que las pasiones de Salazar desaparecían en el drenaje.

Las pasiones de Amelia y Tomás, en cambio, se entremezclaban gozosas en un lecho que ella pensó que no volvería a compartir con alguien. Había tenido parejas ocasionales en los últimos años, pero nunca las recibía en casa: temía que algo de ellos quedara entre las sábanas o en su baño y contaminara de alguna forma el espacio íntimo que reservaba para estar consigo misma. Prefería viajar o pernoctar en casa ajena porque eso le permitía retirarse en el momento que ella eligiera.

No obstante, no había nada invasivo en la presencia de Tomás. Era como un desdoblamiento de sí misma; un trozo del pasado que formaba parte de su biografía de la misma manera que el lunar rojizo de su labio o su olfato que otorgaba orden y nomenclatura a las cosas del mundo.

Habían hecho el amor con las cortinas abiertas y a la luz del día por vez primera, sin la urgencia de las anteriores ocasiones; menos con el apetito del expoliador que pisa un territorio al que podría no regresar, y más con el ánimo paciente del colonizador que llega a una comarca en la que piensa instalarse.

Eran las 13.55 del primer viernes de diciembre. Compartían una cerveza para reponer los fluidos perdidos entre las sábanas del lecho; la habitación exhumaba el olor de sus cuerpos con una intensidad que a cualquiera que no fuera alguno de ellos le habría resultado ofensiva.

Tomás pensó que les había tomado treinta años, pero ahora que estaban juntos tenían toda la vida por delante. Pensó con alivio que dejaría atrás la vida errante e incierta del soltero enamoradizo y construiría con ella un futuro al alimón en el que pudieran envejecer con la dignidad que solo tienen aquellos que se sienten eternamente mimados por el ser querido.

Amelia reflexionó sobre los amores de Tomás; en más de una ocasión fue la confidente del corazón roto o de la pasión incombustible de su amigo. Intuía que había algo más que un encaprichamiento en lo que les sucedía, aunque conocía demasiado bien la fragilidad de las hormonas de Tomás y la inconsistencia de sus apegos. Después de todo, tenían el fin de semana por delante y unas vacaciones decembrinas en perspectiva, lo demás lo diría la vida. Si el futuro le tenía preparado un desengaño, decidió que se desquitaría por anticipado bebiendo hasta el fondo lo que ofrecía el presente.

Resolvieron acampar en casa de ella por el resto del fin de semana y olvidarse durante algunas horas de Pamela, la clase política, los cárteles, las redes sociales y los noticieros. Tenían una pila de libros sobre el buró para leer, el último ciclo de películas de Woody Allen y la más reciente temporada de *Mad Men*. Amelia estaba pintando un gran fresco en la pared de su estudio y Tomás le pidió que le enseñara a combinar colores; a cambio, él le explicaría cómo bailar salsa lineal.

Amelia habló a su oficina para cancelar su agenda y él encendió por unos instantes el teléfono para trasladar al lunes su cita dominical con Jimena. Se habían acumulado cientos de mensajes y llamadas perdidas en el celular apagado de Tomás desde el día anterior: todos los noticieros y muchos políticos querían hablar con él. El país estaba en ascuas acerca del resto de los expedientes de los amantes de Pamela y solo el periodista parecía tener las claves.

Sin embargo, antes de que pudiera teclear el número de su hija, entró la llamada de Rosendo Franco, dueño de *El Mundo*.

—Querido Tomás, qué bueno que te localizo.

—Don Rosendo —dijo Tomás mientras se cubría el sexo con una esquina de la sábana; con un gesto festivo llamó la atención de Amelia y colocó el receptor entre ambas cabezas para que ella escuchara.

—Sé que estarás abrumado, todos quieren entrevistarte. Solo quería decirte que has dado un golpe al corazón de la corrupción política de este país. No sabes lo orgullosos que estamos todos de tu trabajo de investigación; para publicar textos como el tuyo es que fundé este periódico y es lo que me hace arrastrarme cada día hasta las oficinas pese a mi edad.

—Gracias, don Rosendo, es muy amable.

—Bueno, no molesto más. A ver cuándo vienes a cenar a la casa, también Claudia tiene muchas ganas de verte. Y oye, ya entre amigos, si aparece alguien cercano en los archivos de Pamela lo platicamos antes, ¿te parece?

Tomás colgó y ambos soltaron la carcajada.

—Bueno —dijo Amelia—, ¿y a quién carajos no se cogió Pamela?

—A mí —se quejó Tomás.

—Eso podemos compensarlo, mi charro negro —respondió ella.

A tres colonias de distancia, Jaime miró por enésima vez la pantalla de su computadora: dos puntitos rojos seguían superpuestos uno sobre el otro. Molesto, sacó el teléfono del bolsillo y llamó a Tony Soprano.

Nota final del autor

En noviembre de 2008 cayó el avión en donde viajaba Camilo Mouriño, secretario de Gobernación y brazo derecho del presidente de entonces Felipe Calderón. El mismo puesto que ostenta nuestro personaje Augusto Salazar. En noviembre de 2011 José Francisco Blake, quien había sustituido a Mouriño, falleció cuando se desplomó el helicóptero en el que viajaba. Cualquier novelista que hubiera utilizado dos veces el mismo recurso, un accidente aéreo, para *matar* al secretario de Gobernación en el mismo período presidencial habría sido tildado de fantasioso y su guion, tachado de inverosímil. Y es que en efecto, la política real suele ser inverosímil.

Con lo anterior quiero decir que la trama de esta novela se queda corta con respecto a lo que realmente sucede en las esferas del poder en México y, para el caso, en cualquier otro país. Gran parte de las situaciones aquí descritas son absolutamente ciertas. Están cambiados los nombres y los lugares geográficos donde tuvieron lugar, por supuesto. Pero las descripciones sobre la clase política, los escándalos y el análisis de los procesos históricos derivan en gran medida de la experiencia de mi ejercicio como periodista durante más de veinte años.

Desde luego, tales experiencias y testimonios no son solo míos. Agradezco a Lydia Cacho su cariñoso apoyo y acompañamiento para decidirme a iniciar esta novela. Ricardo Raphael y Alejandra Cullen hicieron aportes sustanciales para la construcción de algunas figuras políticas. Guillermo Zepeda cuidó que los dislates gramaticales no avergonzaran a la familia. Mariana Gallardo fue una hada mágica que revoloteó alrededor de mi teclado derrochando alegría y sugerencias. Camila Zepeda aplicó su acostumbrado y severo filtro a los productos que emanan de su padre y mejoró esta obra de pies a cabeza. Carmina Rufrancos y Gabriel Sandoval resultaron editores generosos y entusiastas. Con todos ellos estoy en deuda por hacer posible *Los corruptores*. Amenazo con seguirles molestando para escribir otro episodio de los Azules.

México, D.F., Abril de 2013.

Índice

 **Planeta**

España
Av. Diagonal, 662-664
08034 Barcelona (España)
Tel.: (34) 93 492 80 00
Fax: (34) 93 492 85 65
Mail: info@planetaint.com
www.planeta.es

Paseo Recoletos, 4, 3.ª planta
28001 Madrid (España)
Tel.: (34) 91 423 03 00
Fax: (34) 91 423 03 25
Mail: info@planetaint.com
www.planeta.es

Argentina
Av. Independencia, 1682
1100 C.A.B.A.
Argentina
Tel.: (5411) 4124 91 00
Fax: (5411) 4124 91 90
Mail: info@eplaneta.com.ar
www.editorialplaneta.com.ar

Brasil
Av. Francisco Matarazzo,
1500, 3.º andar, Conj. 32
Edificio New York
05001-100 São Paulo (Brasil)
Tel.: (5511) 3087 88 88
Fax: (5511) 3087 88 90
Mail: ventas@editoraplaneta.com.br
www.editoraplaneta.com.br

Chile
Av. 11 de septiembre, 2353, piso 16
Torre San Ramón, Providencia
Santiago (Chile)
Tel.: Gerencia (562) 652 29 43
Fax: (562) 652 29 12
www.planeta.cl

Colombia
Calle 73, 7-60, pisos 7 al 11
Bogotá, D.C. (Colombia)
Tel.: (571) 607 99 97
Fax: (571) 607 99 76
Mail: info@planeta.com.co
www.editorialplaneta.com.co

Ecuador
Whymper, N27166,
y Francisco de Orellana
Quito (Ecuador)
Tel.: (5932) 290 89 99
Fax: (5932) 250 72 34
Mail: planeta@acces.net.ec

México
Masarik 111, piso 2.º
Colonia Chapultepec Morales
Delegación Miguel Hidalgo 11560
México, D.F. (México)
Tel.: (52) 55 3000 62 00
Fax: (52) 55 5002 91 54
Mail: info@planeta.com.mx
www.editorialplaneta.com.mx
www.planeta.com.mx

Perú
Av. Santa Cruz, 244
San Isidro, Lima (Perú)
Tel.: (511) 440 98 98
Fax: (511) 422 46 50
Mail: rrosales@eplaneta.com.pe

Portugal
Planeta Manuscrito
Rua do Loreto, 16-1.º Frte.
1200-242 Lisboa (Portugal)
Tel.: (351) 21 370 43061
Fax: (351) 21 370 43061

Uruguay
Cuareim, 1647
11100 Montevideo (Uruguay)
Tel.: (5982) 901 40 26
Fax: (5982) 902 25 50
Mail: info@planeta.com.uy
www.editorialplaneta.com.uy

Venezuela
Final Av. Libertador con calle Alameda,
Edificio Exa, piso 3.º, of. 301
El Rosal Chacao, Caracas (Venezuela)
Tel.: (58212) 952 35 33
Fax: (58212) 953 05 29
Mail: info@planeta.com.ve
www.editorialplaneta.com.ve

Grupo Planeta   Planeta es un sello editorial del Grupo Planeta